閻連科

谷川毅＝訳

丁庄の夢

河出書房新社

丁庄の夢

第一巻

給仕役の長の夢――私は夢を見た。目の前に葡萄の木が一本あり、その木には枝が三本あって芽を出し花を咲かせ、一番高いところにある枝の葡萄は熟しているようだった。ファラオの杯は私の手の中にあり、私は葡萄を取るとファラオの杯に詰め込み、彼に手渡した。

料理役の長の夢――私は夢を見た。頭の上に白いパンの入ったカゴを三つ載せ、一番上のカゴの中にはファラオのために焼いた色々な食べ物が入っていて、鳥が飛んでくると私の頭の上のカゴの中の食べ物をついばんだ。

ファラオの夢――夢を見た。自分が川べりにたたずんでいた。七頭の雌牛が川から上がってきた。きれいでよく肥えており、蘆《あし》や荻《おぎ》の草むらで草を食べた。それからまた七頭の雌牛が川から上がってきた。今度は貧相で痩《や》せていて、さっきの七頭の雌牛と一緒に川べりに立った。この貧相で痩せていた七頭の雌牛は、そのきれいでよく肥えた七頭の雌牛を食べ尽くしてしまった。ファラオはそこで目を覚ました。彼はまた眠りにつくと、二度目の夢を見た。一本の麦から七つの穂が出ていて、丸々と美しい実をつけていた。それからまた一本の麦から七つの穂が出て、それは痩せて風にさらされ干からびていた。その痩せた穂はその七つの丸々と美しい実を呑み込んでしまった。*原注

＊原注──『旧約聖書』創世記（訳注：給仕役の長の夢＝第四〇章・第九節〜第一一節、料理役の長の夢＝第四〇章・第一六節〜第一七節、ファラオの夢＝第四一章・第一節〜第七節）

第二巻

第一章

1

秋も終わりの黄昏《たそがれ》のひとときだった。落日は河南省《かなんしょう》東部の平原を、まるで血のような赤に染め上げ、空も大地も真っ赤になった。赤い絨毯《じゅうたん》を敷き詰めたようなその光景は正に秋の黄昏だった。秋が深まると寒さも厳しくなる。寒さで村の通りは人通りも絶えていた。

犬は穴蔵へと帰った。鶏は止まり木にとまっていた。牛小屋の牛もさっさと寝そべり、暖を取っていた。

村は凜《りん》とした寒さと静けさに包まれ、物音はまったく途絶えていた。丁庄《ていしょう》の村は生きながら死んでいるのと変わりはなかった。その静けさに秋の深まりと黄昏の暗い色が加わり、村も人も縮こまってしまっていた。縮こまったまま、日々の生活は荒れ果て、人々は土の中に埋められた死体のように青ざめていた。

日々は死んでいるようだった。平原の草という草、木という木は枯れてしまった。平原の砂地と作物は血のような赤に染まり、縮こまっていた。丁庄の人々は家の中で縮こまり、決して外へ出ようとはしなかった。

私の祖父、丁水陽《ていすいよう》が町から戻ってきたとき、黄昏の光が平原を覆いつくしていた。祖父の乗ってきた長距離バスは潙県《いけん》からやってきて、また遥か遠い東京《とうけい》へ向けて走っていくのだった。バスは祖父を秋の落ち葉のようにはらりと道ばたに降ろした。丁庄へ続く道は、十年前に丁庄の各家の人々が血を売ったときにきれいにしたため、コンクリート舗装になっていた。祖父はその道の端に立って、目の前の村の姿をながめた。風がサッと吹き過ぎ、道中ずっとぼんやりしていた頭が少しはっきりしてきた。どうやら糸口をつかんだようだった。祖父には丁庄が今、どういう事態になっているのかがわかってきたのだった。朝早く村を出てバスで町へ行き、県のお偉方たちのわけのわからない話を半日も聞かされた。が、今、丁庄へと続く道にさしかかったところで、雲が切れ、晴れ間が広がるように、はっきりとしてきたのだった。

十年前に売血した村人たちが、ことごとく熱病に罹《かか》ってしまっているのだった。熱病に罹れば、じき死ななければならない。枯れ葉が風で落ちるように、あの世に逝《い》ってしまわなければならなかった。

熱病は血の中に隠れていた。祖父は夢の中に隠れていた。

熱病は血を恋しがり、祖父は夢を恋しがった。

祖父は毎晩夢を見た。ここ三日ばかり、祖父は毎日同じ夢を見ていた。

祖父が以前行ったことのある潙県と東京《とうけい》の街は、地下に管が蜘蛛《くも》の巣のように張り巡らされていて、その中を血が流れていた。きちんと接合されていない継ぎ目の隙間から、管の曲がったところから、血が水のように噴き出していて、空中高く飛び散り、どす黒い雨のように降り注ぎ、べったりとした生臭い臭いが鼻をついた。さらに平原でも、祖父は井戸や川の水が真っ赤で生臭い血になってしまっているのを見た。町中の、村中の医者たちが、熱病のせいで悲痛な叫び声を上げていた。毎日丁庄の大通りに座りこみ、笑っている医者が一人いた。日の光は金色に輝き、丁庄はしんと静まりかえり、村の人は扉を閉めきっていた。しかしその中年の医者は、白衣を着て、薬箱を足下に置き、そして通りにあるエンジュの老木の下の石の上に座って笑っているのだった。ハハハと大声で。その笑い声は響き渡り、村中を揺るがした。秋風が休みなく村を吹き抜けているようで、黄色く色づいた葉っぱがハラハラと舞い落ちていった。

夢を見終わったところで、県のお偉方から祖父に、会議に参加するよう要請があった。丁庄には村長がいなかったので、祖父が代わりに会議に出た。この会議に出て、祖父は一連のことをはっきり理解することができたのだった。

熱病が実は単なる熱病ではなく、学名をエイズという病気であること。あの年に売血して、その後十日か半月の間に熱を出した者は、間違いなく今エイズに罹っているということ。エイズになると、初期症状は風邪で熱が出た感じで、解熱剤を飲めば熱は下がり元通り良くなるのだが、半年後、あるいは三、四ヵ月後にその病気が発症すると、全身の力が抜け、身体にできものができ、舌はただれ、水分が抜けたように干涸《ひか》らびてしまうのだった。よくて三ヵ月から半年、八ヵ月持ちこたえることもあるが、一年生き延びることはめずらしかった。そして確実に死んでしまうのだった。**木の葉が風でハラリと落ちるように。灯が消えるように。**

祖父が改めて知った四つ目のことは、この二年足らずの間、丁庄では毎月決まって死人が出ているということだった。次々と四十人あまりが死に、村の墓場の土饅頭《どまんじゅう》は、田んぼに積まれている刈り取った麦の束のように並んでいた。自分の病気は肝炎だと言う患者もいれば、肺に影があると話す患者もいたし、肝臓も肺もきれいなのに、食べものが喉《のど》を通らない患者もいた。その彼らは半月後には飢えて枯れ草のようになり、洗面器半分の血を吐いて、あの世に逝ってしまうのだった。**木の葉のように、灯のように、消えて落ちて、人がこの世からいなくなってしまうのだった。**あのとき、胃が痛いと言っていた男や女、肝臓病になったと言っていた男や女、肺病に罹ったと言っていた男や女、彼らはいずれも熱病だった。エイズだったのだ。

祖父にわかった五つ目のことは、もともとその熱病は外国人の病気、街の人間の罹る病気、品行方正でない人間が罹る病気である、ということだった。しかし今では中国でも、田舎でも、まじめな人間でも罹ってしまうのだった。しかも一度患者が出ると、あっという間に広がるのだ。イナゴが農作地に飛んでくるように、一匹飛んできたら後はあっという間だった。

六つ目はこの病気になると必ず死ぬということだった。エイズは人類にとって新しい不治の病だった。どんなにお金を払っても治すことはできないのだ。

七つ目は、この病気の感染はまだ始まったばかりで、爆発的に広まるのは来年か再来年だということだった。そのとき死人は雀《すずめ》や蛾《が》や蟻《あり》ほどの存在になってしまうのだ。今はまだ犬並みの価値はある。犬は蛾や雀よりは貴重だ。

八つ目は、祖父の住居の裏の壁の下に埋められた私は、まだ十二になったばかりで、五年間学校に行っただけで死んでしまったのだが、それは、エイズとも呼ばれる熱病で死んだのではなく、十年前、私の父が村の売血王だったから死ぬ羽目になったということだった。父は血を買い、血を売った。父が丁庄、柳庄《りゅうしょう》、黄水《こうすい》、李二庄《りじしょう》など八つの村の、最大の血頭《けつとう》だったからだ。村血頭の王だったのだ。私はトマトを食べて死んだ。村の入口で拾ったトマトを食べて死んだ。毒が入っていたのだ。半年前、うちの鶏が毒を盛られて死んだ。一カ月後、今度は母が世話をしていた豚が、通りで誰かが投げた大根を食べて死んだ。そしてそれから数カ月たって、私は村の入口で拾ったトマトを食べて死んだのだった。トマトは誰かが私の下校路の道端の石の上に置いていたのだ。食べたとたん、おなか中がはさみで切り刻まれているように痛み始め、何歩も行かないうちに通りに倒れ込んだ。祖父が駆けつけて私を抱いて家に連れ戻し、ベッドに横にしたとたん、私は口から白い泡を吹いて死んだのだった。

私が死んだその日、父は泣かなかった。私の身体のそばで一本煙草を吸うと、丁亮《ていりょう》叔父さんといっしょになって、一人は鋭く尖った鍬《くわ》を持ち、一人はギラリと光る大鉈《おおなた》を手に持って出ていった。二人は村の真ん中の十字路のところに立つと、声を嗄《か》らして叫んだ。

叔父さんが叫んだ。「心当たりのある奴は、出てこい。こっそり毒を盛るとは、どういうことだ。出てこい、この丁亮が頭をかち割ってやる」

父は尖った鉄の鍬を地面に突き立てて怒鳴った。

「おまえら、わしが金を持っとるのが羨《うらや》ましいんだろう。妬《ねた》ましいんだろう。おまえら八代前まで呪ってやる、覚悟するがいい。うちの鶏に毒を盛って、豚に毒を盛って、それでも気が済まんで子供にも毒を盛りやがって、クソッタレが、いいかげんにしとけよ」

昼からあたりが真っ暗になるまで、叫び、怒鳴りつづけた。でも父の話を聞きに顔を出す者は誰もいなかった。もちろん丁亮叔父さんの話を聞きにくる者も。

そしてついに、私は埋められてしまったのだった。まだ十二歳で大人になっていなかったので、しきたりで祖先のお墓に入ることはできなかった。祖父は私の小さな身体を抱いて、自分が住んでいる丁庄小学校の裏に埋めた。狭くて小さい白木の棺桶《かんおけ》に、教科書や宿題帳、筆記用具が入れられた。

　祖父は学校で勉強したことのある人で、今は学校で鐘たたきをしているが、インテリの雰囲気があったので、村の人たちは祖父のことを「先生」と呼んでいた。祖父は棺桶の中に、物語の本も入れてくれた。物語集だ。ほかにも神話や伝説の本もあった。そして字典と辞書。

　そうして一区切りついて手が空《す》くと、私の墓の前に立ったままじっと考えていた。もしかしたら村人が、また自分の家の者に毒を盛るのではないか、彼の孫娘――すなわち私の妹だが――の英子《えいし》に毒を盛るのではないか、ただ一人残された男子の孫、小軍《しょうぐん》に毒を盛るのではないか、と。すると祖父の頭の中には、父と丁亮叔父さんに、村の一軒一軒を回って頭を下げ、もう決して丁家の者に毒など盛らないよう、丁家の血筋を絶えさせないように頼みに行かせなければならないという考えが浮かんだ。祖父がそんなことを考えている間に、丁亮叔父さんが熱病に罹っていることが発覚した。祖父には叔父さんの熱病が、父の代わりに血を買い、血を売ったことへの報いだということがわかっていた。そこで叔父さんは別にしても、父だけには村回りをやらせなければと意を決した。

　それからまだ九つ目があった。はっきりしたことの九番目は、一年か二年後に、熱病がこの平原一帯に爆発的に広がるだろうということだった。丁庄、柳庄、黄水、李二庄をはじめとする数百数千という村で熱病の大爆発が起こり、黄河が決壊したときのように数百数万の家が洪水の渦に巻き込まれ、そのときには**人は蟻のように、木の葉のように、灯が消えるようにあの世に逝ってしまうだろう。そのときには、丁庄の村人たちはほとんど死滅してしまい、丁庄はこの世界から消失してしまうのだ。老木の葉っぱが縮んで黄色くなり、最後にはハラハラとすべて落ちてしまうように。丁庄は葉っぱと同じようにどこかへ消えていってしまうのだ。**

　それから最後の十番目だ。県の上層部は、売血したことのない者に病気が伝染しないように、ただちに丁庄の患者を一カ所に集めて住まわせることにした。

「丁先生、当時売血したときに、おたくの長男は売血王だったし、ここはひとつあんたに骨を折ってもらって、丁庄の患者を学校に集めて住まわせるようにしてほしいんだが」。この話を聞いて祖父はしばらく黙っていた。口に出せないことが心の中にまだいっぱい詰まっているような感じだった。

私が死んだということ、父が売血王だったということを考えると、祖父はすぐにでも父に村の一軒一軒を順番に回って頭を下げさせ、頭を下げ終わったら死んでほしいと思っていた。井戸に飛び込むなり、毒を飲むなり、首吊りでもよかった。

すぐに死んでほしかった。丁庄の村人たちの前で死んでくれるのが一番よかった。そう考えるやいなや、祖父は村へと歩いていった。私の家に向かって。祖父は本気だった。父に村人に頭を下げてから死ねと話しに行ったのだ。

2

丁庄にとっては天地のひっくり返るような出来事だった。八百人にも満たない、二百戸足らずのこの小さな村で、二年間のうちに七十人あまりもの村人が死んでいるのだ。計算してみると、この二年の間、十日に一人、月に三人の村人が死んでいることになる。しかも死人の季節はやってきたばかりで、来年になると死人は秋に収穫された食料のように積み重なり、お墓は夏の刈り取った麦束のように並ぶことになるのだ。死んだ者は上は五十過ぎから下は五歳、三歳に及んでいた。誰もが発病する前は十日か半月熱が出る。だから熱病と呼ばれるようになった。熱病の蔓延は、すでに丁庄の首根っこを押さえ、村に死人が絶えることはなく、泣き声も絶えることはなくなってしまっていた。

村の大工たちは、棺桶作りで、鋸《のこぎり》や斧《おの》をすでに三つも四つも使い潰《つぶ》していた。

死は真っ暗闇の夜のようにどっしりと村を覆い、周囲の村々にも波及していった。毎日、通りで交わされる知らせは悪いものばかりで、どこそこの家の誰それが発病したとか、どこかの誰かが昨日の晩遅くに死んだとかいうものばかりだった。どの家の誰だろうが、男があの世に逝ったら、妻はすぐに再婚の準備に取りかかった。嫁ぐ先が遠ければ遠いほどよかった。遠くの山奥へと嫁いでいった。この熱病の蔓延している闇の場所よりずっと離れたところならばどこでもよかったのだ。

どうしようもない苦しみの日々だった。死は毎日家々の戸口を彷徨《さまよ》い、飛び交う蚊のようで、入られた家では誰かが熱病に罹り、そして三、四ヵ月後には死の床につくことになるのだ。

死人は日増しに多くなっていった。こちらの家で半日泣き叫んで悲しみに暮れ、何とか金を工面して黒塗りの棺桶で埋葬したかと思うと、あちらの家では嘆き悲しみはしないものの、しばらくの間その遺体を囲んで座ったあと、溜息をついてから埋葬するといった案配だった。

村の桐の木も、棺桶にできるものはすべて切り尽くされてしまった。三人の大工は、毎日棺桶作りに追われたため、うち二人は腰痛になってしまった。

造花をつないで花輪を作る王さんは、花輪の注文が増える一方で、ハサミとナイフを休みなく動かしているうちに、手にはいくつものまめができ、つぶれ、そしてそれは乾いて固くなり、黄色い芋虫《いもむし》のようになってしまっていた。

熱病に罹っていない者もすっかり気力が萎《な》えてしまっていた。死が戸口に腰を据えて待ちかまえているとなると、畑に種蒔きに行ったり、日雇いに出たりする気にはなれないのだった。毎日戸口を閉めたまま、ただ家の中でじっとしていた。熱病が外から入ってくるのが怖かったのだ。しかし実際は熱病が入ってくるのをただじっと待っているに過ぎなかった。熱病の患者が出たら、政府が軍用の大型トラックに患者を乗せて、甘粛省《かんしゅくしょう》の砂漠へ運んで埋めるそうだと話す者もいた。昔、伝染病が広まったときに患者を生き埋めにしたという話があったからだ。デマだとわかってはいたが、心の中ではそれを信じる者がいた。だからひたすら家の中でじっとして、門扉《もんぴ》を閉ざしているのだった。そうこうするうちに熱病がやってきて、人は死んでしまうのだった。

死人が多くなると、村自体もそれにつれて死んでいった。土地は耕されることなく荒れていった。畑は水を撒《ま》かれることなく枯れていった。

死人が出ると、食事は毎度毎度作るものの、茶碗や箸《はし》を洗わなくなった家もあった。洗っていない鍋で次の食事を作り、洗っていない茶碗や箸で食事をした。

十日、半月顔を見かけないと、どこへ行ったんだときかなくても、きっと死んでしまったに違いないと考えてしまうのだった。

しかし井戸に水汲みに行ったとき、その当人が水を汲んでいるのに出くわすと、びっくりしてしばらく見つめ合ってからたずねるのだった。「なんだ、まだ生きていたのか？」。向こうは笑って答える。「頭が痛いんで二、三日寝ておったんだ。熱病に罹ったかと思ったんだが、違っていたようだ」。そして二人は生きていることを喜び合って笑うと、片一方は水の入った桶を担ぎ、片一方は空の桶を担いで井戸端で擦れ違っていくのだった。


これが丁庄だった。これが丁庄の熱病に苦しみ耐える日々だった。

祖父は大通りから村へ戻り、村の入口で馬香林《ばこうりん》に出会った。彼は熱病に罹っていた。墜子《ついし》（河南省の歌物語）を歌うのが好きな男だった。馬香林は夕日の当たる自分の家の軒先に座って、何年も使わず色の褪《あ》せた胡弓《こきゅう》の手入れをしていた。赤い屋根瓦の三間続きの煉瓦《れんが》造りの家は、彼が売血して建てたものだった。今、その家の軒下に座って、胡弓を直しながら、木の皮のような渋い声で歌っていた。

日は東の海から昇り西の山に沈み、愁《うれ》いても一日、
喜んでも一日
作物を売ってわずかばかりのお金を稼ぎ、多くても一日、少なくても一日……

その様子は病気になど罹っていないかのようだった。しかし祖父には馬香林の顔に死相が出ているのがわかった。青い光が、その窶《やつ》れた顔を時々さっと撫でていくのだ。顔には膿《う》んだできものが乾いた痕がポツポツあり、干涸らびたエンドウ豆のように赤黒い色をしていた。祖父に気がつくと胡弓を片づけ、黄色い笑顔を見せると、おなかが空いて何か食べたそうな目をして、どこか歌の調子が残っているような声で話しかけた。

「丁先生、町で会議でしたか？」

祖父は目をそちらに向けながら言った。「香林、ずいぶん痩せたなあ」

香林はすぐに応えた。「いやいやそうでもない。飯のときには、まだマントウ（中国式蒸しパン）が二つも食べられるからな。……先生、お偉方さんはこの病気が治ると言ってたかい？」

祖父はしばらく考えてから言った。「治るそうだ。新薬がもうすぐ来るそうだ。新薬さえ来れば注射一本ですぐよくなるそうだ」

香林の顔に生気が戻った。「新薬はいつ来るのかい」

「もうすぐだ」

「もうすぐと言うといつ頃かね」

「数日中だ」

「その数日というのは何日のことだ」

「もう何日かしたらまた行って、きいてみよう」

言い終わると、祖父はその場を立ち去り、横町に沿って歩いていった。両側の家々の玄関には白い対聯《ついれん》が貼ってあり、新しいもの古いもの、その白い色が目に突き刺さり、ずんずん進んでいくと、横町が白い雪に覆われているような錯覚に陥った。この横町には祖父と近縁の親戚の家があって、この家では三十歳にもならない息子を熱病で失い、玄関の白い対聯には「人去って家むなしく三秋が過ぎ、灯消え日落ちて夕日に涙する」と書いてあった。李という家では、娶《めと》ったばかりの新妻が熱病で死んだが、病気は実家から持ってきたもので、夫に病気が伝染《うつ》っただけでなく、生まれた子供にも病気は感染していた。しかしその子供の熱病がよくなるようにと、対聯には次のように書かれていた。「月落ちて星少なく家は暗く、それでも日の光が明るく照らしてくれるのを願う」。次の家の玄関にある二枚の白い対聯の紙には墨の跡がなかった。祖父にはただ白い対聯の紙を貼るだけで、文字が何も書いてないのがどういうことかわからなかったので、近づいて触ってみると、その対聯の下にはさらに白い対聯が二重に貼ってあったのだった。この家では少なくとも三人が熱病のために死んだということなのだ。もはや対聯を貼ることさえ耐え切れない煩《わずら》わしいこととなり、いっそのことと、文字を書くこともやめてしまったに相違なかった。

祖父がその玄関先でぼんやり立っていると、馬香林が追いかけてきて、後ろから叫ぶ声が聞こえてきた。

「丁先生、新薬がじきに来るとはめでたいことだ。村の者を学校へ集めてもらえんか。わしの墜子を聞かせたい。自慢の喉を聞かせたいんだ。先生、もうみんな、家に閉じこもって息が詰まりそうになっとる。どうだろう?」

祖父は振り返って相手を見た。馬香林はさらに数歩前へ進み出ると言った。「学校は墜子をするには、いい場所だ。あんたが一言、声をかけてくれればそれでいい。ここで売血やったとき、あんたの一言でみんな、血を売りに行ったんだ。みんなあんたのところの長男の丁輝《ていき》に売った。あのとき、あんたの息子は採血するのにひとつの脱脂綿で、三人の腕を九回擦《こす》っとった。まあ、そのことについても言うのはやめよう。わしもそれがわかっていて、いつもあんたの息子のところに売りに行っていたんだから。あれだけ売ってやったのに、今じゃ街で会ってもろくに話もしてくれんが。まあ、それはよしとしよう。全部過ぎたことだ。村のもんを学校へ呼んでくれりゃ、それでいいんだが。何曲か歌って聞かせたいんだ。丁先生、もうなにも言わん。わしは、ただ墜子を歌いたいだけなんだ。歌いながら新薬が来るのを待っていたい。こうでもしないと、気持ちが滅入《めい》って、このまま歌わないままで新薬が来るのを待っていたら、薬が来る前にあの世に逝ってしまう気がする」

言い終わると、馬香林は祖父のすぐ目の前まで近づいてきていた。その顔は飢えて物乞いをするような、砂漠で喉が渇いて水をほしがるような切迫した様子だった。祖父が香林を見ながら、視線をその肩越しに向こうへやると、背後に何人か立っているのが見えた。村の熱病患者の李三仁《りさんじん》、趙秀芹《ちようしゆうきん》と趙徳全《ちようとくぜん》だった。みんなその目には何かききたいような光が宿っていた。

祖父は彼らがききたいのは新薬のことだとわかったので、声を張り上げて言った。

「新薬はまもなく来るそうだ。――香林、いつ歌いたい？」

馬香林の顔がパッと明るく輝き、赤みが差した。

「今夜はもう間に合わんから、明日にしよう。みんなさえよければ、毎日でも歌うよ」

3

祖父は馬香林と別れの挨拶をしながら家へと歩いていった。私の家は村の南の新街にあった。

新街は名前の通り新しい通りだった。丁庄が豊かになってから新しく作られた通りだった。お金ができて新しい家を建てるとなると、みんな、村からこの新街へと引っ越してきた。政府の規定により二階建てにした。一畝《ほ》の土地の東側に建物を建てて、三面は壁で囲み、建物の壁は白いタイルで覆い、壁は赤い煉瓦で覆った。タイルは一年中、四季を問わず白い香りを放ち、煉瓦は赤い香りを放っていた。二つの香りがぶつかって紅白混じり合い、金色を帯びた硫黄の臭いがした。

街中、新しいタイルと煉瓦の硫黄臭でいっぱいだった。それは一年中、四季を問わず、漂っていた。そこら中が、その硫黄臭でいっぱいだった。

私の家はその硫黄臭の中に建っていた。硫黄臭は昼も夜も鼻をくすぐり、耳に入り込み、目を抉《えぐ》り、村の人々の心を引きつけた。多くの村人がこの硫黄臭の中で生活していた。そして多くの人がその中で暮らしたいと思っていた。だからみんな、血を売った。その結果、みんな熱病に罹ったのだった。

新街には家が全部で二十数戸あったが、その二十数戸の主がすべて、血頭だった。血頭は儲かったので、新街に家を建てた。そしてみんな、新街に住んだ。そうやってこの街はできあがったのだ。父は当時最も早く血頭になり、そしてその中の一番になった。売血王になったのだ。だから私の家は新街の真ん中にあった。二階建てではなく、三階建てだった。政府の規定では二階建てまでしか建てられなかったが、私の家は三階建てだった。他の誰かが三階建てを建てようとしても政府がしゃしゃり出てきて干渉したが、うちが三階建てにしたときには誰も口出ししなかった。

建物は、最初から三階建てだったわけではなかった。他の人が藁《わら》葺《ぶ》きに日干し煉瓦の家に住んでいるときに、父は瓦屋根に本物の煉瓦の家を建てた。他の人が瓦屋根に本物の煉瓦の家を建てたら、父は瓦屋根と煉瓦の家を取り壊して、二階建ての家を建てた。他の人が二階建てを建てたら、さらに一階加えて三階建てにした。他の人がもう一回継ぎ足して三階建てにしようとしたとき、政府が横やりをいれてきて、県の模範村ではどれも二階建てで三階建てではない、と言った。

私の家の中庭には、その建物には似つかわしくない、豚小屋、鶏小屋、そして軒下には鳩小屋まであった。家を建てるとき、父は東京《とうけい》の洋館をそっくりそのまま真似て建てた。建物の床には白と薄い赤の大きなタイルを敷き詰め、中庭の地面には一メートル四方のコンクリートを敷き、千年来雨ざらしだった露天の便所の穴は、家の中の便器に変わった。しかし父も母もその便器の便座では、どうしても排便ができなかったので、結局建物の裏に穴を掘ることになった。洗面所には洗濯機が置いてあったが、母は洗面器を庭に持ち出して手で洗う方が好きだった。こうして便器は飾りになった。洗濯機も飾りになった。冷蔵庫も飾りになった。台所もテーブルも飾りになった。

祖父が私の家に着いたとき、私の家では一家みんなで門を閉めて庭で晩御飯を食べているところだった。献立は白いマントウに玉蜀黍《とうもろこし》のスープ、大根の細切りと白菜の煮物だった。白菜に付いている唐辛子の赤が、年画（旧正月に掛けるめでたい絵）の赤い部分を貼りつけたようで鮮やかだった。父も母も小さな椅子に座り、庭の真ん中に小さなテーブルを置いて、一家で囲んで晩御飯を食べていた。祖父が門の扉をたたいた。妹が扉を開けると、母はすぐに祖父にスープをよそい、椅子を並べ、さあみんなで食べましょうと言った。祖父は箸を持ったまま、じっと父を見つめていた。まるで知らない者でも見るような冷たい目だった。父も冷ややかに祖父を見ていた。こっちはこっちで同じように、まるで知らない人でも見ているかのようだった。

ついに父が言った。「おやじ、食べたらどうだ」

祖父は言った。「ちょっと迷ったが、おまえに話したいことがある」

「今はやめて、先に食べようや」

「今、話さんと食べ物も喉を通らんし、夜も眠れん」

父は手に持っていたお碗を机に置き、箸をそのお碗の上に置くと、祖父をチラッと見てから言った。「なんの話だ」

祖父は言った。「今日、お偉方の会議があってな」

「熱病がエイズという病気だという話のことか。エイズは新しい不治の病ということだが……。おやじ、食べたらどうだ。そんなことなら話してくれんでも全部知っとる。村の三分の二の者も知っとる。病気になった者の何人かが知らんだけだ。熱病に罹っている者で知っている者も、知らんふりをしとる」。それから父は祖父をチラッと見ると、冷たく馬鹿にしたような顔をした。先生が手に持っている、できるとわかりきっているテストの問題用紙を生徒が見るような感じだった。そしてついに父はお碗を手に取り、箸を持つと、勝手に食べ始めてしまった。

祖父は先生とは言っても、実際には学校でずっと鐘を鳴らしてきた。今年六十になるが、いまだに鐘を鳴らしている。病気になったり用事ができたりした先生に替わって子供たちの面倒を見たり、半日一年生の国語の授業をしたりすることもあった。「上中下、左と右」。祖父がチョークで書く字は、茶碗の口のように大きかった。

　父は祖父に教えてもらった口だ。しかし今では昔のように祖父を尊敬しなくなっていた。祖父は父の目に軽蔑《けいべつ》の色が出ているのを見抜いていた。祖父は父が自分にかまわず茶碗を取り御飯を食べているのを見ながら、自分の茶碗をそっとテーブルの上に伏せた。

　祖父はとうとう切り出した。「村の者の前で死ねとは言わん、頭ぐらい下げたらどうだ」

　父は目を剝《む》いた。「なんでだ」

「おまえが血頭だったからだ」

「この街に住んでいるのはみんな、血頭だろうが」

「みんな、おまえの真似をしたんだ。しかし、おまえほど稼いどるのは、おらん」

　父はもう一度お碗をテーブルにたたきつけた。スープがテーブルに飛び散った。箸はテーブルに放り投げられ、転がって地面に落ちた。

「おやじ」。父は祖父を睨《にら》みつけて言った。「これから先、また村のもんの前で頭を下げろという話をしたら、あんたはわしの父親じゃない。老後の面倒見てもらおうとか、葬式出してもらおうとかいうことは考えんことだ」

　祖父は茫然として強張《こわば》った手で箸を持ったまま、そっと言った。「わしが頼んでもだめか。村の者の前で跪いて頭を下げてくれんか、頼む、できんか」

　父は大声で言った。「おやじ、帰ってくれ。もう一言でもなんか言ったら、あんたはわしの父親じゃない」

「輝《き》や、頭を下げるだけのことだ。それでことがすむ」

「もういい、金輪際あんたはわしの父親じゃない。たとえあんたが死んでも墓へ埋めたりせん」

　祖父はしばらくぼんやりしていたが、箸をゆっくり茶碗の上に置くと、身体を起こして言った。「村では四十人以上も死んだ。おまえの家のもんがみんなで頭を下げりゃ、たかだか四十人だ、そんなに疲れることもあるまい」。そう問いかけながら、祖父も疲れて力を使い果たしたようで、母の方をチラッと見ると、視線をそのまま英子に向けて言った。「英子や、明日の朝、学校へ行こう。おじいちゃんが国語の勉強を見てやる。おまえらの先生はもう来ることはない。二人で国語の授業をしようや」

言い終わると、祖父は立ち上がって帰っていった。

その祖父を父は見送らなかった。母も見送らなかった。祖父はゆっくりと歩いていった。背を丸め、うなだれて、トボトボと、老いぼれ山羊《やぎ》が長い道を行くようだった。

第二章

1

丁庄のことを少し話すことにしよう。

丁庄は東京《とうけい》から潙県へ続く大きな道の南側にあって、村には全部で三本の通りがある。東西に一本、南北に一本。その二本に新街が一本加わったのだ。もし新街がなければ丁庄はちょうどきれいな「十」の字なのだが、新街ができて「土」の字になってしまった。

祖父は新街を出て、叔父さんの家で少し無駄話をしてから、学校へ戻った。村の南一キロ足らずのところに学校はあった。もともとは関帝廟《かんていびょう》で、正堂の脇にある廂房《しょうぼう》を校舎に使っていた。関羽様は正堂に祀《まつ》られていた。丁庄の村人たちは、金持ちになりますようにと正堂へ線香を上げに来ていた。それを何十年と続けてきたのに、結局は売血でお金を稼ぐことになり、関帝廟も取り壊されてしまったのだ。関羽様を信じないで、売血を信じたのだ。

売血を信じ、この新しい学校を建てた。新しい学校が建ってから、祖父は学校に住み着いたというわけだ。十数畝の広さをもつ野原にあり、赤い煉瓦の壁で囲って、東向きの一番高いところに二棟の建物を建て、窓には大きなガラスをはめ込み、教室の入口には「一年一組」「二年一組」「五年一組」の木の札が掛かっていた。運動場にはバスケットボールのゴールが一つあって、鉄の門には「丁庄小学校」の木の札が掛けられて、これで学校のできあがりというわけだった。学校には祖父の他に二人、算数と国語の先生がいた。二人とも若く、他処《よそ》の村の人で、丁庄に熱病が出たと聞いて、学校へ教えに来ることは二度となくなった。学校には祖父一人が取り残され、学校の扉、ガラス窓、机や椅子、黒板を守り、丁庄と熱病の蔓延した平原の苦しい日々を守っていたのだった。

学校には今でもまだ、新しい煉瓦と新しい河原の硫黄の臭いが残っていた。秋が深まった夜中、硫黄の臭いは新街のものよりも、もっと強かった。祖父はこの学校の新しい瓦の硫黄の臭いをかぐと、心のざわめきが落ち着いていきて、たくさんのことを思い出すのだった。今、黄昏は深まり、平原の休むことなく流れる川のような静けさが学校を取り囲み、霧のように立ちこめていくのだった。祖父は運動場の真ん中にあるゴールの足元に座り、天を仰いだ。秋の夜の湿り気が、彼の顔を滑っていった。ちょっとおなかが空いていた。新潟県へ一日出かけていたので、食事を一回しかしていなかった。おなかが空いていたので、気持ちが落ち着かなかった。心は細い縄できつく縛られたようで、肌に食い込み痛かった。祖父は肩をぶるっと震わせた。

それで今度はあの春のことを思い出した。

それは緑が春の野を埋めつくしていくように、祖父の頭の中に広がっていった。祖父はその春の出来事の一部始終を思い出した。満月に照らされた夜のようにはっきりと鮮明に。

風で木の葉が地面に散り敷かれ、肩を寄せ合うように並んでいた。その年の春はそうして訪れた。県の教育長がやってきた。二人の県の幹部を引き連れて、村人を売血運動に動員しようとやってきたのだった。春真っ盛りで、村には春の暖かさと爽《さわ》やかさが留まっており、通りでは清々しい香りが鼻をくすぐっていた。教育長はその香りの中、村長の李三仁を訪ね、上層部が民衆を組織して大売血運動をすることに決めたと告げた。

李三仁は驚いて大きな口を開けて言った。「なんですと？　血を売るんですか？　冗談じゃない。村の者に血を売らせろとおっしゃるんですか？」

李三仁は丁庄で村人を動員するという会議へ行かなかった。三日後に教育長がやってきて、もう一回彼に丁庄を組織して売血させようとしたが、彼は何も言わず、地面にしゃがみこんで煙草をふかしているだけだった。

半月後、教育長がまたやってきた。李三仁を探し出すと、もうおまえに丁庄の村民を動員して売血させることはしないと告げた。しないでいい、しかし村長を解任する、と。

彼は四十年務めた村長をクビになった。会議で解任が正式に言い渡された。解任され、李三仁はやはり大きな口を開け、しばらくは言葉が出てこなかった。その会議で、教育長は自ら丁庄の人々を動員して売血させると言い、村民会議で大いに語った。彼は売血経済を発展させ、国民の利益を計り国家を増強することを力説した。最後に会議を見つめている村民に向かって叫んだ。「私の話したことがわかったか？　もう頼むから、何か言ってくれんか、これだけ話したんだ、耳を家の布団《ふとん》の上にでも置いてきたのか？」

彼が叫び続けるので、鶏は驚き、会場から逃げ出して遠くでクークー鳴いた。怒った犬は主人のそばで立ち上がると、教育長に向かってワンワン吠えた。犬の主人は驚き、犬の腹を一発蹴り上げると、怒鳴りつけた。「吠えるな！　誰に向かって吠えてるんだ！」

とうとう犬はグルグル言いながら走っていってしまった。そしてついに教育長は手に持っていた書類を机の上に放り出すと、肩を落として座り込んでしまった。しばらくして、彼は祖父を訪ねて学校へ行ったのだった。

学校で、祖父は正規の先生ではなかった。しかし先生のようなものだった。いちばん年寄りの先生だった。小さい頃、彼は『三字経《さんじきょう》』を読むことができたし、『百家姓《ひゃつかせい》』を暗唱することもできたし、『万年暦』の生年月日と干支を計算することまでできた。中華人民共和国成立後、上層部は村々の文盲を一掃するために、丁庄の南にある関帝廟の中に小学校を作り、祖父を先生にしたのだ。祖父はまず生徒に『百家姓』を読ませてから、地面に木の棒で『三字経』を書かせた。そのあと、上層部がちゃんと教えることのできる先生を派遣してきてからは、柳庄、黄水、李二庄の子供たちをみんな関帝廟に集め、「上中下、左と右」や「私たちの国は中華人民共和国で、首都は北京です」や「雁の群れが南へ飛ぶ」などを教え始めたのだった。祖父は出番がなくなり、学校の雑用をし、鐘をたたくようになった。廟の物品が盗まれないように管理した。

それが何十年と続いた。先生の報酬は給料だったが、祖父の報酬は便所の屎尿《しにょう》だった。そしてその屎尿は祖父の畑へと還《かえ》っていった。そうして一年また一年と過ぎてゆき、数十年が過ぎたのだった。村の人たちはみんな祖父を先生と見なしていたが、学校は給料は払っていても、教師として扱ってはいなかった。しかし先生が足りなくなったり、授業に穴が開いたりしたときには、祖父を先生扱いするのだった。


祖父は先生ではなかったが、先生と言えた。上層部の教育長が学校へ祖父を訪ねていったとき、祖父は庭の掃除をしているところだった。教育長が訪ねてきたと聞いて、顔をほてらせ、手に持っていた箒《ほうき》を思わず落とすと、大慌《おおあわ》てで学校の門へと馳せ参じた。学校の正門に教育長が立っているのを見ると、祖父の顔は興奮で朱に染まった。


祖父は言った。「教育長さん、いやいや、教育長さん、どうぞ中へお入り下さい」

「いや、結構だ」。教育長は言った。「丁先生、全県の各局、各委員会が動員をかけて農民を組織し血を売らせることになった。教育局は動員を五十の村に割り振ったんじゃが、丁庄では肘鉄《ひじてつ》を喰らってしまった」

「血を売る!?」

「あんたは村では徳もあるし尊敬もされている。丁庄には幹部がいなくなったので、ここはひとつあんたに出てもらわんといかん」

「なんですと、動員をかけて血を売るとおっしゃったんですか?」

「丁先生、あんたは教養のある人だから、人間の血も泉と同じで、売っても売っても湧いてくるという道理がわからんことはないと思うが」

そこに立ったまま、祖父は茫然としていた。冬枯れの平原のように。

教育長は続けた。「丁先生、鐘をたたき門番をしているだけでは、先生とは言えん。しかし学校が模範的教師としてあんたの名前を出してくるたびに、私がそれを承認してきた。模範になるたびに、賞状と賞金が出たはずだが。そのわしの今回の頼みをきいてくれんとなると、あんたは私を馬鹿にしとることになるが」

学校の門のところに立ったまま、祖父は声も出なかった。無言のまま、毎年の模範的教師選出のことを思い出していた。算数の先生も国語の先生も自分が選ばれたがり、譲ろうとしなかったため、結局祖父の名前を県に通知していたのだ。県は祖父を模範的教師と認め、賞状と賞金をくれた。賞金は多くはなかった。化学肥料二袋分に過ぎなかった。そして真っ赤な賞状。これは今でも部屋に貼ってある。

教育長は言った。「他の局では七十人も八十人も動員する村を出しているというのに、わしが五十人どころか四十人も動員できんちゅうことになったら、わしはどうなる」

祖父は声を出さなかった。学校の生徒はみんな、ドアや窓にへばりつき、身を乗り出して外を見ていた。まるでスイカが積み上げられているようだった。ずっと模範になれなかった、かの二人の先生も見ていた。その顔には教育長のところへ話しに行きたがっているような様子があった。しかし教育長はこの二人のことはまったく知らない。教育長は祖父一人しか知らなかった。

教育長は言った。「丁先生、ほかにはなにもしなくていいんだ。ただ村の者に血を売るのはたいしたことじゃない、血は泉と一緒で取っても取っても次から次へ湧いてくると話してくれたら、それでいいんだ。ただそれだけのことだ。私の代わりにやってくれんか」

祖父はボソボソと言った。「やってみましょう」

「それでいい、ちょっと言うだけだ」

再び鐘が鳴らされ、村の人々が村の中央に集められた。教育長は祖父にあの次から次へと湧いてくるという話をさせた。祖父はエンジュの木の下に立って、黒々とした村人たちの一団をしばらく眺めていたが、静かに言った。

「みんなついてきてくれ。村の東の川まで一緒に来てくれんか」

村の人々は彼について村の東の川まで行った。丁庄は昔から黄河古道（むかし川が流れていた跡）の上にあった。このあたりの村はみな黄河の跡の上にあった。数百年、千数百年もの間。砂地で干涸らびていたが、春の恵みの雨が降ったばかりだった。祖父はどこからかスコップを調達してくると右手に持って、一番前を歩いた。教育長と県の幹部たちは祖父の後ろについて歩いた。村の人々も祖父の後ろについていって、川べりに着くと、土の湿り気を確かめようと、つかんだ土を手でこねた。

地面を掘ってみると水が出てきた。穴の半分ぐらいまで水が湧き出てきた。祖父はこれまたどこから持ってきたのか、欠けた茶碗で水を汲み出した。さらに汲み出す。一杯また一杯汲み出し、もう全部汲み出したと思って手を休めると、すぐまた半分ほど水がたまった。

結局すべて汲み出すことはできず、水は次から次へと湧きだしてきた。祖父はその茶碗を砂地に放り投げると、手を擦って村の人々を横目で見た。「見ただろう?」。祖父は大きな声で言った。「これが人間の血だ。取っても取っても湧いてくる。空っぽになんぞなりゃせん。あとからあとから出てくる」

言い終わると、祖父は視線を教育長に移した。「学校がわしの戻るのを待っている。わしが鐘をたたいてやらんことには、授業が終わったのか終わっていないのか、子供たちにわからんから」

教育長は生徒の授業が終わるかどうかなど、どうでも良かった。彼は祖父を見てから丁庄村の人々を斜に構えて見ると、声をのばして叫んだ。「わかったか? 汲んでも尽きることのない水なんだ。売り切れることのない血ということだ。血はこの水と一緒なんだ。これは科学なんだ」。そして最後に、砂地の上の茶碗をあさっての方に蹴飛ばして言った。「貧乏なままか、金持ちになるか、お前らが決めることだ。『金光大道』（輝かしい道）を歩んで『小康』（まずまずの生活水準）に突き進むか、丸木橋を進んでまたすってんてんの貧乏になるか、どっちかだ。丁庄は県の中でも一番貧乏な村だ。カランカラン音がするほどだ。貧乏か、金持ちか、家へ帰ってよく考えるんだ。みんな、家へ帰ってよく考えるんだ。じっくり考えるんだ。別の県では売血はもう大はやりだ。村には次から次へと家が建っとる。しかしここはどうだ。解放されてからン十年、共産党がおまえさんらを指導してン十年、社会主義になってン十年、なのにおまえさんたちはまだ藁葺き小屋だ」

教育長は言い終わると行ってしまった。祖父も去っていった。丁庄の人々も皆、散り散りになって家に戻っていった。貧乏のままか、金持ちになるか、それは彼らの手に委ねられたのだ。

黄昏の中、黄河古道は荒涼とした色を深め、砂地が夕日の中で光り、深い褐色を帯びた血のような赤を浮かび上がらせた。遠くの畑から小麦の青臭い匂いが風に乗って漂ってきて、砂地の上を撫でていった。目に見えない水紋を広げていくように。

父はその場に残っていた。その古道から離れなかった。祖父が掘った穴の横にずっと立っていた。その穴をちょっと見てから腰を曲げ、穴の中から手で水をすくって口に含み、手を洗うとニヤリと笑った。そして手を穴の中に伸ばして掘ってみた。その穴は活《い》ける泉だった。水はこんこんと湧いてきて、穴から溢《あふ》れ出すと、乾いた砂地へと流れていった。箸のようにまっすぐに、柳の枝のように遠くへと流れていった。二十三歳の父はそれを見て笑っていた。

2

祖父が眠っている部屋は学校の正門の横にあって、赤煉瓦で平らな屋根、奥の部屋にはベッドと机が備え付けてあった。表の部屋にはかまどが作ってあって椅子が並べられ、茶碗や箸、鉢やたらいが置いてあった。祖父はいつも、この二部屋をきちんと片づけるのだった。表の部屋は寝る前に椅子を壁際に置いて、茶碗や箸をまな板の上に、桶はかまどの下に置いた。奥の部屋は拾ってきた使いかけのチョークが半分入った箱を机の右上に置き、拾ってきた古い本や宿題帳を引き出しの中に並べ、置くべきものを置くべきところへ置き、この二つの部屋はいつもきれいに整理整頓されていた。祖父が夜見る夢もその部屋同様、整然としており、日が昇って目が覚めても、その晩に見た夢は、麦は麦、豆は豆の如く、はっきりと思い出すことができ、一言一句も、どんな小さな事柄さえも忘れていることはなかった。

真夜中になって祖父は横になった。そして眠った。夢を見た。あの売血騒動の一連の事柄が、夜風に乗って彼の顔を撫でた。すると祖父にはあの熱病の来歴も、売血の来歴も、豊かさの来歴もはっきりと見えてきた。


県で初めての採血所が丁庄の入口に忽然《こつぜん》と姿を現した。深緑のズックのテントが日の光の下で、青首大根のような緑の光を輝かせていた。赤い文字で県病院採血所と書かれた白木の看板がテントに立てかけられた。しかし丸一日たっても、丁庄では一人も血を売りには来なかった。二日目も誰一人来なかった。三日目になり、教育局の高《こう》教育長がまたジープに乗って祖父を訪ねてきて、学校の正門で話をした。

教育長は言った。丁先生、県長が私を解任すると言い始めたんだ。丁庄の血源はどうなっているんだ。あんたに意地悪するわけじゃないが、丁先生。明日トラックを二台来させるから、丁庄の者たちを蔡県《さいけん》へ連れていって向こうがどうなっているか見てもらおうじゃないか。蔡県は省で一番豊かになった模範的な県だ。私の代わりに一軒一軒回って人を集めてもらい、明日蔡県へ連れていってくれ。

蔡県へ行く者には一人一日十元ずつ補助金を出す。それだけじゃない。帰りには省都へ寄って、二・七記念塔（一九二三年二月七日、京漢鉄路総工会の成立大会をきっかけに、軍閥・呉佩孚によって行われた労働者虐殺事件に抗議するストライキが行われた）へも行ってもらうし、アジア百貨店も見学してもらうことになっている。

教育長は続けた。申し訳ないが、丁先生、もしあんたが村の者を集めてくれないと言うのなら、悪いがもう学校の鐘はたたいてもらわなくてもいい。丁庄小学校の仕事はもうしてくれなくてもいい。

そう言い終わると、教育長はまたジープに乗って村をあとにした。果てしのない平原に、ジープの音がトラクターよりも優しく響いていた。祖父は学校の門に立ったまま、教育長のジープの立てる砂煙を見ていたが、顔は強張り、血の気を失って白くなっていた。蔡県が丁庄とは別の地区の赤貧県であることは知っていた。しかし蔡県がどうやって省の中で一番豊かな模範県となったのかは知らなかった。高教育長は風のように行ってしまった。祖父は一軒一軒回って動員をかけ、通達するしかなかった。

「ほんとに一人一日十元補助が出るのか？」

「高教育長が自分で言ったんだ。出さんわけにはいかんだろう」

「見学の帰りにほんとに省都が見られるのか」

「高教育長が自分の口で言ったんだ。車から降ろして見せんわけにはいかんだろう？」

こうして、人々は動員され、事は動き始めた。丁庄で売血するための下準備は整った。秋の収穫のため春に堆肥《たいひ》を埋めるように。丁庄村の人々が蔡県を見学しているところで、祖父はベッドの上で長いため息をつき、寝返りを打った。目には二粒の涙が浮かんでいた。

蔡県は潙県から百五十キロあまり離れていて、丁庄の人々は早起きしてトラックに乗ったが、蔡県に着いたのは、お昼近くだった。見学するのが蔡県のどこの郷の上楊庄《じょうようしょう》だかわからなかったが、車が蔡県に入ると、そこはまるで天国に来たようだった。道路の両側の村の家はどれもみな洋館だった。赤煉瓦に赤い瓦の二階建てで、紙の上に線を引いてきれいに並べたように整然と並んでいた。どの家の玄関にも花が飾ってあった。そしてどの家の庭にもモチノキが植えられていた。大通りはセメントで舗装されていた。そしてどの家の玄関の壁にも一律に黄色に赤枠の四角いプレートが嵌《は》め込まれていた。そのプレートには星印が五つ、または四つ輝いていた。言うまでもなく、星五つは売血最優良五つ星家族、星四つは売血優良四つ星家族であることを、そして星三つはもちろん、並の家族であることを表していた。

高教育長は丁庄の村人たちを連れて上楊庄へ見学に行くと、一軒また一軒へと次々に入っていった。上楊庄はまるで大都会のようだった。驚いたことに、村の横町には「光明街」、「大同街」、「陽光街」、「光復街」などモダンな名前が付いていた。家の門には番地がきちんと割り振られていた。それまでどの家にも門の前や庭にあった豚小屋や鶏小屋は、村の入口にまとめられていた。豚小屋も鶏小屋も赤煉瓦を積み上げた低い壁に取り囲まれていた。さらに各家庭の冷蔵庫は、一律に玄関を入った左側に置かれ、テレビはソファの向かいの赤い台の上に置かれていた。洗濯機はかまどの隣の浴室だった。玄関扉はアルミ製だった。箱やタンス、飾り棚はすべて赤い漆《うるし》に黄色い模様だった。ベッドにはシルクの布団が敷いてあり、床には羊毛の絨毯が敷かれ、部屋中に香水の匂いが漂っていた。

高教育長は一番前を歩いていた。父はそのすぐ後ろを歩いていた。丁庄の村人たちは父の後を歩いていた。

上楊庄の女たちが通りの向こうから歩いてきた。おしゃべりしながら笑いながら近づいてきた。みんな、手には肉を数斤（一斤＝五百グラム）ぶら下げ、一束の新鮮な野菜を持っていた。買物か？　ときくと、彼女たちは答えた。買物？　村の委員会に受け取りに行ってきたのよ。私たちは、毎日御飯時になったら村の委員会に行って、ほしいもんをもらうの。ほうれん草がほしけりゃ、ほうれん草、ニラがほしけりゃ、ニラ、豚肉が食べたいときには豚肉、魚がほしければ生簀《いけす》から取ってくるのよ。

丁庄の人々は信じられない様子で彼女たちを眺め、

顔には疑惑の厚い壁が現れた。父がきいた。ほんとか？　冗談だろ？　彼女たちは冷ややかに丁庄の村人たちを横目で見、父をチラッと見ると、御飯の支度をしに家へ帰っていった。父の質問に彼女たちは侮辱されたと思ったようで、もう父たちと話すのも嫌といった感じで、ちょっと行ったところでもう一度振り向くと、見下げたように父を見た。その一瞥《いちべつ》は父の心をナイフのように抉《えぐ》った。

父は愕然として、きれいに整備された上楊庄の通りに立ち尽くしていた。そこにまた三十歳くらいの女が魚と野菜をぶら下げて歩いてきた。慌てて彼女を押しとどめてきいた。ちょっと、その魚や野菜はほんとうに分配されたものなのか？

逆にその女はまた疑り深い目で父を見た。

父は続けてきいた。毎日の肉や魚、野菜の金はどこから出るんだ？

すると女は自分の袖を肘の上までまくり上げると、腕一面の赤い胡麻《ごま》のような注射針の痕を見せ、父を睨《ね》めつけて言った。ここを見に来たのは、この村が省の模範的血源村だからでしょ？　ここの者がみんな、血を売ってることはわかってるんでしょ？

父は彼女の腕の胡麻のような注射針の痕を見て、しばらく黙り込んでから、ヒュッと息を吹いて言った。痛くないのか？

女は笑って応えた。雨の日はちょっとむず痒いんだけれど、蟻に噛まれたようなものよ。

父は言った。毎日血を売って、頭がフラフラしたりせんのか？

その女はちょっと驚いたように父を見て、毎日売れるわけないじゃないの。十日や半月でも売らないわよ。でも売らないと、体がお乳で張った乳房のようになるのよ。

質問はそれでおしまいだった。

その女は魚と野菜を持って光明街二五号の家に入っていった。

丁庄の村人たちは思い思いに上楊庄の通りを見て回った。道の両側に並ぶ建物の庭に行ったり、村の東にある豚小屋と鶏小屋や、村の手前にある赤い瓦の幼稚園や、村の向こうにある塵《ちり》一つない小学校など、見たいものを見て、ききたいことをきくと、彼らが省でも、地区でも、県でも一番の血源模範村で、天国のような日々は血を売ってできたものであるということを信じないわけにはいかなかった。地区と県の採血所が村の真ん中の十字路に建てられていて、病院と同じようにに入口の上には赤十字があって、医者が出たり入ったりしていた。医者たちは毎日血を抜き、検査し、血液型によって分類した。血漿は五キロごとに大きな瓶に詰め、消毒され、蓋《ふた》をして、他のところへと出荷されていくのだった。

父はその採血所に行って中を見てから、丁庄の数人の若者たちと康庄路という名前の一番広い道を歩いていった。通りの真ん中にクラブがあった。クラブにいるのは若者ばかりで、みんないきいきと元気な様子でトランプに興じたり将棋を指したり、あるいは種をかじりながらテレビを見たり、本を読んだり、学校や都会でしかお目にかかれない卓球をしたりしていた。春で暖かくなっていたので、平原の熱は初夏の陽気のようで、彼らは種蒔きに行っているわけでもないのに、クラブの中で遊んでいるだけで、種蒔きでもしたかのように各人の額には玉のような汗が浮かんでいた。トランプや将棋で山場にさしかかると、自分の袖をまくり上げて叫び、力をこめた。若者たちの腕には、さっきの三十女と同じように、一面に注射針の痕があった。赤黒い胡麻をばらまいたようだった。

その様子をしばらく眺めてから、父と丁庄の若者たちはクラブから出て、広いコンクリートで舗装された道路に立った。明るい日の光を浴び、村から漂ってくる強い花の香りと暖かさを享受した。誰もが袖を肘の上までまくり上げて、二本の腕を外に出し、関節や皮膚、筋肉に日の光を当てていた。ニンジンが大通りに並んでいるかのようだった。腕から発散される体臭の生臭さが濁った渦巻く泥水のように上楊庄の空の下のきれいな通りを流れていった。

彼らは自分の裸の腕を見て言った。クソッタレが、わしらこれじゃ、人間とは言えないじゃないか！

注射針の痕一つない腕をたたいて言った。チキショウめ、売ってやる！　死んでも売ってやる！

彼らは手で自分の腕の血管をつねり上げた。腕の皮膚が青く紫色になって、豚の霜降り肉のようになった。

やってやる、おまえのこの血と腕が金のなる木だったんだ！

3

丁庄で売血が始まった。轟音《ごうおん》を響かせるように、売血騒動の嵐が丁庄に吹き荒れた。

一晩のうちに、人口がたった数百人の丁庄の中に、突如十数カ所の採血所ができたのだ。県病院採血所、郷病院採血所、郷政府採血所、公安局採血所、組織部採血所、宣伝部採血所、獣医採血所、教育局採血所、商業局採血所、駐留軍採血所、赤十字採血所、種籾配給所採血所……。どれもこれも木の札を一枚立ててその上に字を書き、二人の看護師と会計を用意しさえすれば、採血所が一丁できあがり、というわけだった。

村の入口、交差点、どこかの家の空き部屋、もともとは使われなくなった牛小屋がきれいに掃除され、戸板を一枚剝《は》がして牛の飼料桶の上に置くと、注射針や注射器、アルコールの瓶を並べ、採った血液を入れる瓶を牛小屋の梁《はり》に吊し、売血、買血が始まったのだった。

村のいたるところ、血の流れるビニールの管が藤の蔓《つる》のようにからまりあい、赤ワインのような血漿《けつしよう》瓶へとつながっていた。そこいらじゅう、使用済みの消毒綿と注射針、割れた注射器と貯血瓶だらけだった。集められたO型、A型、B型、AB型の血液を入れた瓶とバケツだらけだった。地面は一面こぼれ落ちた血液と、飛び散った赤い血漿のあとだらけで、空気には一日中、赤く鼻をつく血の生臭い臭いが漂っていた。春の木々の枝も緑の葉も、その赤黒い匂いを日々呼吸していたので、エンジュの葉も、楡《にれ》の葉も、桐の葉も、ほんのり血の色を醸《かも》し出し始めていた。エンジュの葉は、薄く柔らかく、いつもなら日の光のもと、どの葉っぱも薄い黄色で細い葉脈は黒っぽい深い緑だったが、この年は、新しく出たエンジュの葉は薄い赤色をしており、葉脈も紫っぽい赤色だった。獣医採血所は村の西にあるエンジュの木の下にあったが、血を採りすぎたため、その葉はすぐに秋の柿の葉のように紅葉し、その上、いつもよりもずっと大きく、厚みもあった。

村の犬は毎日血の臭いをかがされ、採血所に走っていっては吠え、蹴りつけられても、採血後の消毒綿だけはくわえて飛び出し、どこかに隠れては、その血の付いた脱脂綿をその腹に呑み込むのだった。

白衣の医者と看護師は、丁庄で手を休める暇もなく、額を汗だらけにして、行ったり来たりして、縁日の人混みのようだった。医者たちは、採血したら五分間押さえて、五分間押さえているのですよ、と言った。「五分間押さえて」は医者と看護師の口癖になっていた。

　医者は血を抜き終わると、砂糖水を飲ませた。そのせいで県の商店から砂糖が消えた。売り切れてしまったのだ。そこで大急ぎで隣の省や市に頼んで砂糖を調達するはめになった。

　医者は、血を抜き終わると、三、四日ゆっくり休むように言った。丁庄の通りはほとんど南向きだったので、みんな、庭や玄関口に竹のベッドや木のベッドを持ち出し、村中ベッドだらけになってしまった。

　医者は、丁庄の隣村の人々にも売血をさせた。そのため丁庄の通りは人が川のようにひっきりなしに流れるようになった。通りには飯屋が二軒増え、塩や砂糖、滋養強壮剤を売る店が二軒増えた。

　丁庄は栄えた。丁庄は賑やかになった。丁庄は、あっという間に潟県の模範的な血源村になったのだった。教育局の高局長はあのジープを売り払って新型の乗用車を購入した。高局長は初めてその新車に乗って丁庄を訪れたとき、村をぐるりと一回りして、採血所ごとに立ち寄っては状況をきいた。そして私の家で卵とケイガイ（シソ科の一年草）入りのうどんを二杯食べると、丁庄小学校へ行き、祖父の手を握って、祖父を驚かせるようなことを言った。丁先生、丁先生は丁庄の救世主ですよ！

　――あんたは丁庄の救世主だ！

4

　丁庄の繁栄はあっという間に過ぎ去ってしまった。三日二晩で真相が明らかになった。

　丁庄の売血は順番待ちとなったのだ。それぞれの年齢、血液型、健康状態によって、上は五十歳から下は十八歳までの丁庄村の人々は、皆、採血カードを作らされた。薄黄色の牛皮紙で、五センチ四方の大きさで、表には名前と年齢、血液型、持病について書かれており、裏には罫《けい》が引いてあって、毎回の採血日、および回数が書いてあった。カードがあれば、規定により三カ月に一回売ることができた。このカードによって、売血をした日付と、採血してからどのくらいたっているかを確かめることができるのだ。このカードの規定によって、三ヵ月に一度しか売ることができないもの、二ヵ月に一度しか売れないものもいた。幸い、ほとんどの村人はひと月に一度は売ることができた。年齢が低い十八歳から二十五歳までのものは、血の再生度が早く、半月に一度一瓶売ることができた。

しかし、採血所は村を巡回するようになり、今月丁庄だったら、来月は柳庄、黄水、あるいは李二庄といった感じだった。

こうして丁庄の人々にとって、売血は不便なものとなった。片手で茶碗を持って飯を食いながら、片方の腕を宙に浮かせ、採血瓶をベルトに着け、飯を食い終わったら一瓶満杯一丁上がりで金が手に入る、というわけにはいかなくなった。いつものように、畑に行くついでにちょっと採血所へ寄って一本分血を抜いて、もらった百元札を日の光に透かして真贋を確かめ、お札に印刷されている偉人の横顔を見て、太陽の光に輝く血で満杯の採血瓶のように頬を紅潮させて笑みを浮かべるわけにはいかなくなったのだ。

そのとき、父が待ってましたとばかりに登場したのだった。

こんなある日のこと、父は突然街へ行くと、袋一杯の注射針、注射器、アルコール綿と血を入れるガラス瓶を背負って帰ってきた。家に帰ると、それらの品物をベッドの上に広げて、豚小屋から一枚板を引き抜き、表に丁家採血所と書いた。そして村の中央のエンジュの木の下で石ころを拾って鐘をたたくと、声を張り上げて村の人々に叫んだ。

「血を売りたいもんは、うちへ来い。向こうは一本八十元だが、うちは八十五元で買うぞ」

何度か叫んでいるうちに、丁庄の村の人々が家から出てきて、一団となって私の家を取り囲んだ。私の家は人々にすっかり取り囲まれてしまった。そして丁家採血所が、この日の午後のこのとき、誕生したのだった。

半年後、丁庄には十何軒かの私設の採血所ができたが、彼らはどこへ売ったらよいかわからなかったので、結局うちへ売りに来た。そして父はそれらをひとまとめにして、さらに金額を上乗せして、夜中にこっそりと道端に止まっている採血車へ売りに行ったのだ。

こうして丁庄には売血の嵐が吹き荒れた。十年後、平原は売血の狂気に巻き込まれてしまったのだ。十年後、熱病が雨のように降ってきて、売血したことのあるものたちは、みんな、熱病に罹ってしまうことになった。その死に様は犬か蟻のようだった。

葉っぱが一枚落ちると人が一人いなくなった。灯が消えると人が一人あの世へ逝った。

第三章

1

秋の早朝、日の光は河南省東部の平原を血のような独特の赤に染め、空も大地も真っ赤だった。その朝、祖父は村を一軒一軒訪ね、夜、学校で馬香林が墜子を聞かせるから来るようにと知らせて回った。家ごとに、祖父は扉を押し開けて言った。

「どうだ、夜、学校へ墜子を聴きに行かんか。熱病を治す新薬ができたそうだ。家に籠《こ》もっていてどうする」

相手はきいた。「ほんとに新薬ができたのか?」

祖父は笑った。「この年まで学校の先生をやってきて、一遍も嘘《うそ》なんかついたことはないだろうが」

また別の家の扉を押し開けた。

「おい、家で毎日ウジウジするのはやめようじゃないか。夜、学校へ墜子を聴きに来てくれ」

相手はきいた。「馬香林の墜子か?」

「わかるだろ? 馬香林は熱病に罹ってもう先が長くないと悟って、最後に思いっきり歌いたいんだ。夜、用事がないんだったら聴きに行ってやってくれ。歌っているうちに新薬が来るかもしれん。間に合うかもしれん」

相手はきいた。「ほんとに新薬が?」

「この年まで学校の先生をやってきて、一遍も嘘なんかついたことはないだろう」

祖父はこうして一軒また一軒と知らせて回った。新街のところまで来たとき、父と母と英子が新街のセメント舗装の道路を歩いて、家へ帰っていくところにでくわした。母は手に一括《ひとくく》りの野菜をぶらさげていた。言うまでもなく、一家三人みんなで、朝早くから畑に行って野菜を採ってきたのだ。祖父の姿を見て、三人は通りの中央に立ち尽くし、硬い表情で奇妙な笑みを浮かべていた。祖父は孫娘の英子に向かって言った。「英子、夜は学校へ行って、墜子を聴こう。家のテレビよりずっと楽しいぞ、どうだ?」。母は、娘が答えるより先に英子の腕を引っ張って、家に帰っていった。すれ違いざま、祖父の身体と擦れ合うほどの勢いで。そして二人の姿は家の中に消えた。

二人が家に戻ってしまうと、祖父と父の二人が残された。父親と息子は通りで対峙していた。日の光が頭上から降り注ぎ、顔には濃い影ができていた。通りのセメントの匂い、煉瓦の匂いには、秋の陽差しのぬくもりが残っていた。村の外の畑から流れてくるヒンヤリとした空気の中には、新しい土の爽やかな香りが混じっていた。祖父は顔を上げ、目の前の新築の家の軒から遥か遠くを見た。趙秀芹の旦那の王宝山《おうほうざん》が、自分の家の畑を耕しているのが見えた。妻が熱病に罹っていたので、畑へ出かける気力も出ず、畑は荒れたまま放置されてきた。しかし新薬ができて病気が治るかもしれないと聞いて、季節はずれだったが、畑に出たのだった。

鍬を入れた畑の土は水分を含んでいる。まだ白菜の苗を植えるのには間に合う。何も植えないにしても、鍬を入れてさえおけば、畑を荒れ地にせずにすむのだ。そして今、王宝山はその畑を耕していた。鍬を入れていた。祖父は視線をそちらへちらりと投げ、しばらく見てからまた視線を元へ戻すと、笑みを浮かべて、父に向かって言った。「晩はおまえも馬香林の歌を聴きに行くがいい」

「そんなもん聴いてどうなるというんだ」

「村の連中はみんな行く。人が集まった時を見計らって、舞台へ上がり頭を下げるんだ。口で謝るだけではだめだ。頭を下げろ。それですべてけりがつく」

父は祖父を睨みつけて応えた。「おやじ、あんた気でも狂ったのか? 丁庄でわしにあれこれ指図するもんはおらんというのに、あんたはこのわしに、ああしろ、こうしろと言うのか」

祖父はじっと父を見た。父の顔は、門神の絵を貼り付けたかのように青ざめて怒りが顕わになっていた。鼻でフンと息を吐くと、祖父は言った。「輝よ、わしが知らんとでも思ってるのか？　あの頃、おまえは客の袖をまくると、ひとつの綿棒を三人に使い、注射針一本で何人もの血を抜いたろう」

父は祖父を恨みのこもった目で見ると言った。「おやじ、もしあんたがおやじでなかったら、殴ってるところだ」

そう言い終わると、父は母の後を追いかけていってしまった。祖父の身体をかすめて。

祖父はすぐに踵《きびす》を返して、父の背中に向かって叫んだ。「輝、頭を下げろとは言わんから、せめて二言三言謝ったらどうだ」

父は振り返りもせず、祖父に言い返しもしなかった。

祖父は数歩追いかけて言った。「おい、ひと言謝ってくれんか」

父は家の玄関の戸を開けて、振り向いてから応えた。「もう今後、わしのことを輝と呼ばんでくれ。わかったか。今年中にうちはこの丁庄を離れるつもりだ。もう会えるとは思わんでくれ」

そう言い終わると、父は身体を斜めにして庭に滑り込むと、かたん、と鍵を下ろした。祖父は道端で杭のように立ったまま、叫んだ。

「輝、こんなことでは、おまえ、いい死に方はできんぞ」

2

日が暮れ月が出て、歌は始まった。墜子が始まったのだ。

教室から電線を引っ張ってきて、バスケットボールのゴールに二つの百ワットの大きな電球を掛けたので、校庭は昼間のように明るくなっていた。舞台は本物の舞台ではなく、地面に煉瓦を並べ、はずしてきた二枚の戸板を敷いたものだった。その上に馬香林が歌うときに座る高い椅子を置き、その前にもう一つ低い椅子を並べて壺を置き、水の入った茶筒を置けば準備万端ととのった。立派な舞台ができ上がった。舞台の下は丁庄の人々で埋まり、病気のものもそうでないものもみんなやってきた。食事をしてから学校への道を踏みしめて、大騒ぎしながらやってきたのだった。

舞台の下は人で埋め尽くされた。二百人、いや三百人近くはいた。それが黒いカラスのようになってひしめいていた。病気のものは前に座り、病気でないものは後ろに座った。晩秋の夜の冷気が、省、県を覆い、河南省東部の大平原を覆っていた。丁庄も柳庄も黄水も李二庄も、そしてその近くの村々も、その中にあった。馬香林の墜子を聴きに来ていた丁庄の村人たちは、すべて綿入れを着ていた。着ていなくても肩に羽織っていた。熱病に罹っているものは、風邪を引くのを恐れていた。風邪で死ぬのは一人や二人どころではなくなっていた。そこでみんな、綿入れを肩に掛け、綿入れズボンをはいて、まるで真冬のような恰好をして運動場にやってきていたのだ。みんなそこいら中に思い思いに座り、気ままな雑談に興じていた。話の中には新薬のこともあった。打てばすぐに良くなるらしいという話に、誰の顔にも幸せそうな表情が浮かんだ。見交わす顔に慰めの表情が浮かんだ。月が学校の裏の天空に懸かっていた。馬香林はすでに舞台に準備されている椅子に座っていた。顔にはやはり死相が現れており、青白い光を放ち、村の人たちには、彼の病気が最後の段階に入っており、もういくらも生きられない、新薬が十日か半月のうちに届かなければあの世へ行くしかない、死んでしまうしかないということが見てとれた。

馬香林はもうすぐ死んでしまうのだ。しかし毎日ここで墜子を歌い、気持ちを明るく伸びやかに保つことができれば、あるいは十日、半月といわず、ひと月、ふた月はもつかもしれない。だから彼には毎日墜子を歌ってもらい、村人たちもそれを聴きに来ることにしたのだ。

祖父は自分の住んでいるところから水の入った壺と茶碗を二つ持ってきて、舞台の下にいる観客に向かって叫んだ。「水を飲むものはいないか?」。自分よりいくつか年上の村人にきいた。誰も飲みたいと言わないので、壺と茶碗を舞台の隅に置くと、もうじき死ぬであろう馬香林に向かって大声で言った。「始めよう。月も昇ったことだし」

馬香林は弦の状態を確かめた。弦はすでにちゃんと調律されていたが、彼は舞台の上で改めて調律した。舞台の上で開演を待っているときには特に変わったところはなかった。白髪頭《しらが》に青黒いできもの、黒ずんだ唇は、死期が近いことを示していた。しかし、祖父の始めようの一言で、馬香林の身体に奇跡が起こった。彼の顔に突然赤みが差し出したのだ。彼は村人たちに笑いかけ、その笑いを引っ込めると、二胡を弾き始めた。顔の赤みは結婚を間近に控えた若者のようで、艶々と輝き、青黒いできものも赤く染まり、電灯の下で光を放ち、ひとつひとつが白い点となって輝いた。くすんだ灰色だった髪も、黒ずんだ唇に赤みが差すとともに、赤みを帯びていった。頭を振り、目は半分閉じて、何を見ているわけでもなかった。舞台の下に誰もいないかのようだった。左手は竿と弦の上を、時にはゆっくり時には速く滑り、そして右手の弓も時にはゆっくり時には速く動かしていた。弦の音は乾いた砂の上を流れる水の音のようで、爽やかな中にも熱を帯び乾いた感じがあった。一渡り音を響かせてから馬香林は言った。「まずは幕開けに一曲」。彼は喉の調子を確かめると村の誰もが知っている『出門詞《しゆつもんし》』を歌い始めた。

息子が遠くへ旅立つその日
母は村はずれまで見送りに
かける言葉はたわいもないが
心の中の思いは何千斤
母は息子に言う
息子や
外へ出たら家とは違う
寒けりゃ服をちゃんと着て
おなかが減ったらちゃんと食べ
おじいさんを見たら自分のじいちゃんだと思って
大切にな
おばあさんを見たら自分のばあちゃんだと思って
大切にな
おばさん、姉さんも敬って、
目下も目上と敬うんだよ……

『出門詞』を歌い終わると、馬香林は『穆桂英《ぼくけいえい》』『程《てい》咬金《こうきん》』『楊家将《ようかしよう》』『三俠五義《さんきようごぎ》』『小八義《しようはちぎ》』と続けて歌った。こうやって舞台の上で歌っている馬香林を見ながら、村人たちは彼が大作の台本をどうしても覚えられなかったことを思い出した。馬香林は墜子を習っているとき、台本を覚えることがもっとも苦手だった。歌うのは好きだったが、歌詞を覚えるのがだめだった。その上、弾く方も歌う方もよく調子を外すので、師匠からクビを言い渡されたのだった。だから彼が正式の舞台に上がって歌うことはこれまでなく、独り家で歌うしかなかったのであった。しかし今夜、二、三百人の村人の前で歌うことになったというのに、大作を歌うことはやはりできなかった。大作を初めから終わりまですべて歌うことはできなかったので、ともかく覚えている一段を次々に歌うことにした。その覚えている一段を歌ったら、なんと偶然にも精粋《エッセンス》の寄せ集めになったのだ。

　馬香林が覚えていたのは、名場面ばかりだった。こうして彼は一晩、墜子の精粋を集めて歌ったので、それは年代物の酒よりも味わい深いものとなった。初めて正式に村の人々のために歌ったのだ。しかも舞台の上で。病が重くなったところで、祖父が演奏会を組織したのだ。当然、何百倍も気合いが入る。腰をまっすぐに伸ばし、頭を上げ、目を半開きにして、何も見ず、左手は弦を滑り、右手は弓を動かした。声は少し嗄《か》れていたが、その嗄れた感じが豚骨スープの塩加減のようで、ちょっときつかったが、深い味わいを醸し出していた。彼の口から出てくる方言や土地の言葉は、丁庄の人々にはもちろんわかった。歌の中に出てくる物語や登場人物も、少し年配のものであれば誰でも知っていた。穆桂英だの程咬金だの楊六郎《ようろくろう》などは毎年の正月飾りの年画に必ずといって登場する人物だ。彼らの物語は、丁庄の人々にとっては、昨日の出来事のようなものだった。知っている話の面白いところだけを聴くのは、コース料理のおいしいおかずだけ食べているようなものだった。まだ若い者、子供たちは、話の内容や来歴はわからなくても、馬香林が一心不乱に演奏している様子を見るだけで満足している様子だった。それで十分だった。馬香林の額からは汗が滴《したた》り落ちていた。まもなく死を迎えるその顔は赤く輝き、頭を振るたびに、汗が額やあごから飛び散り、真珠のようにきらめいた。手を動かし、頭を振り、足は歌に合わせて拍子を取っていた。その拍子を取る足の、舞台の柳の木を打ち鳴らすタンタンという音が、木魚《もくぎょ》のように絶え間なく舞台の上を流れていた。楊六郎が死ぬような絶頂の場面では、右足を持ち上げ、舞台が太鼓であるかのように踏み鳴らした。

　校内は馬香林の歌と演奏で満ちていた。それ以外の音は聞こえなかった。あたりは静寂そのものだった。夜空は月と星の光で乳白色ににじんでいた。平原もぼんやり乳白色に光っていた。畑にはすでに小麦の苗が緑の葉を出し、その伸びゆく様は雀の羽毛が空から降りてくるようだった。秋の夜の月の光の下で、荒れ地の枯れ草には白枯れた香りがあった。ほど近いところにある黄河古道には、焼いた砂に水をかけたような乾いた匂いがあった。それらの匂いが校庭に集まってきて漂っていた。その匂いで一杯になって、違った静けさが人々に染み渡っていった。馬香林の歌に様々な味わいがあるように。

一心不乱に、絶唱しつづけ、彼は自分の声がどんどん嗄れていっていることにさえ気がつかなかった。丁庄の人々も全身全霊で聴いていた。全身全霊で見入っていた。馬香林の演奏に打ち込む姿を見ていると、自分が病気であることを忘れた。明日をも知れない命であることを忘れた。全力投入がみんなに伝染した。なにもかも忘れていた。校庭には馬香林の歌声と弦の音、足で戸板を踏み鳴らして拍子を取る音以外には、何の音もしなくなった。

静かだった。死んだように静かだった。しかしこの静けさの中、二、三百人と一人の絶対的な静けさの中、馬香林が「薛仁貴《せつじんき》、刀を振りていざ西へ、三日三晩八百里、人も馬も疲れ果て、千軍万馬もはやこれまで」の件《くだり》を歌っていたとき、校内の舞台の静けさは打ち破られた。はじめはひそひそ話だったが、はっきりとした話し声が聞こえはじめた。後ろを振り向くものがいた。なぜかわからないが、後ろを振り向いた。趙秀芹と彼女の旦那の王宝山が突然群衆の中から立ち上がると、声を張り上げて叫んだ。

「丁先生、丁先生」

歌声はプツンと途切れた。

祖父はみんなの前に立ち上がると言った。「なにごとだ」

趙秀芹は祖父に向かって大声で言った。「はっきりさせてほしい。熱病を治す新薬はあるのか、ないのか。私は村の連中のようには騙《だま》されないからね」

「これまでずっと先生をしてきた。わしが嘘を言うと思うか?」

「だがな、あんたのところの長男の丁輝が後ろで、熱病を治す薬の話など聞いたことがないと言ってるぞ」。

王宝山は詰問するように言うと、頭を後ろへねじった。

それにつられて丁庄の人々も後ろを見た。父が妹の英子を連れて後ろに立っているのが見えた。父までが墜子を聴きに来ていようとは誰も思っていなかった。自分のところだけ村に残され、寂しくなって聴きに来たのだ。墜子を聴きながら、彼は熱病を治す新薬などないという話をしたのだ。

そう話を切り出したとたん、騒動になった。父がやっかいごとを引っ張り出してしまったのだ。丁庄の村人全員が振り返って父を見ていた。表情にも口元にも熱病を治す新薬をほしがっている様子が表れていた。

馬香林は二度と歌おうとしなかった。舞台の上に立って、舞台下の様子を眺めていた。客席は晩秋の寒さのような静けさ、キリリと突き刺すような静けさ、爆薬の導火線に火がつけられた後の張りつめた静けさで、丁庄の村人たちは皆、息をすることもできなかった。誰かが口火を切れば爆薬が破裂する。祖父を見、父を見、二人を見、爆発の瞬間を待っていた。爆発してすべてが明るみに出るのを待っていた。

父は祖父に向かって声をかけた。結局彼が祖父の息子であることは動かしようがなかったからだ。父は祖父と向き合って話しだした。遠く観衆を挟んで大声で言った。「おやじ、こうやって村のもんを騙して一体どうするつもりだ？　ほんとうに熱病の新薬を出せるとでもいうのか？」

村人たちの目がまたいっせいに祖父に注がれた。祖父は何も言わなかった。祖父はしばらくの間、冷ややかな目差しで立っていたが、丁庄の村人たちをざっと見渡すと、その間を縫いながら父に向かって近づいていった。落ち着いた様子で歩いていった。村人たちの視線の中に埋没しそうになり、もがきながら村人たちの中から抜け出すと、父の一歩手前まで近づいたところで立ち止まった。祖父の顔は青ざめて紫がかり、唇をキリキリと嚙みしめ、カッと見開いた冷たい目で父――自分の息子――を見据えていた。眼球が今にも顔から転げ落ちそうだった。電球の明るく黄色い光に照らされて、祖父の目は赤い光を放っていた。祖父は父と向かい合ったまま何も言わず、いつの間にか握った両手いっぱいに汗をかいていた。

父も何も言わず、祖父を横目で見ていた。わしをどうするつもりだ、とでも言わんばかりに。祖父と父はそのまま対峙していた。冷たい視線と醒《さ》めた視線、強張った視線と柔らかさを持った固い視線。丁庄の村人全員も二人を見つめていた。それらの視線が森の樹木のように、平原を吹き荒れる砂嵐のようにびっしりと校庭を覆っていた。祖父と父はただ黙って向き合っていた。冷たい目で見つめ、さらに睨みつけ、祖父の掌《てのひら》は汗でぐっしょり濡れてしまっていた。口元が誰かに引っ張られたかのようにピクリと引きつれた。それと同時に、突然、祖父は「ウオォーッ」と叫び、いきなり両手で父の喉元に摑《つか》みかかっていた。

「ウオォーッ」の一声で父は地面に押し倒され、首を絞め付けられた。

誰にも予想できないことだった。祖父は父の首を絞め付け、その手をゆるめることなく、歯を食いしばりながら大声で叫んだ。

「なんで新薬がないことを知ってる、なんでだ！ なんで知っとるんだ！」。祖父は叫び続けた。「わしがおまえに売血させた！ わしがおまえに村のもんの血を売らせたんだ！」

祖父の二本の親指は叫び声とともに、少しずつ父の喉にめりこんでいった。父は不意打ちを食らって押し倒され、頭を西にして仰向けになり、その上に祖父は馬乗りになって、その二本の親指で正確に喉仏を押さえつけ、あと一押しで喉は押しつぶされそうだった。父の目は外へ飛び出しそうになった。はじめのうちは足をバタバタさせていたが、しばらくするとそれもゆっくりになり止まってしまった。祖父の胸を押していた父の手の力も抜けていった。

あまりにも急な出来事だった。寒冷前線通過に伴う突風と雷雨のようだった。もうどうすることもできなかった。しかし祖父は父の親であり、父は祖父の息子であり、実の親子なのであり、こんな生死を分けるようなことが許されるはずもなかった。しかし今、二人は生死をかけた状態になってしまっていたのだった。妹の英子はそばで大声で泣いては叫び、叫んでは泣いていた。「とうちゃん！ とうちゃん！――。おじいちゃん！ おじいちゃん！――」

他の人々もみんな驚いていた。びっくりして何も言わずにその場に立ちすくんで見ていた。微動だにせず取り囲んで見ていた。愕然としているようだった。一言もしゃべろうとせず、闘牛でも見ているようだった。見ているばかりで声を出そうとしなかった。二頭の牛がどうなるのか結果を待っているだけだった。祖父が父を絞め殺すという結末を待っていた。

しかし私の妹はそこで泣きながら鋭い声で叫んでいた。「とうちゃん！ とうちゃん！――おじいちゃん！　おじいちゃん！――」

その妹の叫び声に、祖父の手は父の首で強張り、それまでのような力がなくなった。棍棒《こんぼう》で後頭部を殴られたように力が抜けていった。そしてその手をゆるめた。騒動はこうして終わりを迎えた。雷雨は過ぎ去った。

祖父は夢から覚めたように父の身体から離れて立ち上がると、茫然と、群衆の中に立っていた。電灯の光の下で横たわっている父を見ながら、低い声でブツブツと他の人にはわからないことをつぶやいていた。

「せっかくたくさんの村のもんが集まっとるんだ、額を地面にこすりつけて謝ったらどうだ。たくさんの人が集まっている。頭のひとつも下げたらどうなんだ」

父はしばらく横たわっていた。しばらく横たわってから息をフゥーと吐くと、ゆっくり起きあがった。顔色は血の気を失って蒼白だったが、顔面は腫《は》れて赤みを帯びていた。急な坂道を大急ぎで登り切り、力尽きて座り込み肩で息をしているようだった。彼は喉元の襟をゆるめると、風を送り込んだ。そこには祖父が付けた火傷《やけど》の痕のような二つの指の跡が見えた。目には涙が浮かんでいた。何も話そうとしなかった。言葉が出てこなかった。喉はゼイゼイと喘息患者のような音をたてていた。

しばらく喘《あえ》いでから、父は立ち上がって冷たく恨みのこもった目で祖父を見ると、突然妹の英子の顔を殴りつけて怒鳴った。「だから来るなと言っただろうが。それを無理矢理ついて来るから、こういうことになるんだ。来なければよかったんだ」。それからまた祖父を冷ややかな恨みがましい目で見てから、立ったまま祖父が父の首を絞めるのをただ黙って見ているだけで、誰一人祖父を父から引き離そうともしなかった村の人々に一瞥をくれると、泣いている英子を引っ張って帰っていってしまった。

電灯の光の中、祖父は父が一歩一歩学校の正門から遠ざかっていくのを見ていた。そして父の影が正門の向こうに見えなくなってから向きを変え、額に汗を浮かべて一歩一歩重い足取りで舞台までたどりつくと、ぼんやりしている馬香林の前に立った。そして茫然としている村人たちに向かい、一渡り眺めると突然跪《ひざまず》いた。ガクンと跪くと、大声で村人たちに言った。

「わしは、みんなに謝らねばならん。六十にもなって土下座して頼むしかない。うちの長男の丁輝の代わりに頭を下げさせてもらう。村の熱病はうちの長男が売血に手を染めたからだ。うちの次男の丁亮もみんなと同じように熱病に罹っとる、孫は十二歳になったばかりだったが、薬を盛られて死んでしまった。もうそのことは気にせんで忘れてくれんか」

ここまで言って、祖父は舞台の上から村の人々に土下座をした。「わしが土下座してみんなに謝らしてもらう。どうかもう、わしの家のもんを恨まんでほしい」

また額をこすりつけて言った。「ほんとうに申し訳ないと思っとる。最初のときに、わしは、血は泉のように次から次へと湧き出てくるもんだとみんなに言った」

さらにもう一度額を舞台に打ちつけて言った。「わしが政府の代わりにみんなを集めて蔡県に見学に連れていったのが悪かったんだ。あれでみんなが血を売るようになった。そしてそれが今の病気の元になった」

祖父が最初に頭を打ちつけたとき、村人の一人が駆け寄り、繰り返して言った。「先生のせいじゃない、先生のせいじゃないですよ」。そう言いながら祖父の土下座をやめさせようと腕を引っ張ったが、祖父はそれに抗《あらが》って無理矢理三回頭を打ちつけた。言いたいことを全部言ってしまうと、お参りが終わったかのように立ち上がった。立ち上がると先生が教壇から生徒を見るように村人たちを見渡した。客席で座っているものも立っているものも、祖父に注目した。祖父は授業の始まりを告げるように言い渡した。「明日からのことなんだが――この村には今、幹部がおらん。もしわしを信じてくれるのだったら、病気のもんはみんな、学校へ来て住んでくれ。寝るのも食べるのも学校でしてくれ。食料はわしが上のもんに頼んで支給してもらう。学校では、どんなことでもいい、わしに言ってくれ。わしがなんとかする。もしわしがみんなのためになんもせんようだったら、長男の丁輝も次男の丁亮も、うちの豚も鶏もほかの者も毒殺してもらってもかまわん。ほんとのことを言う。上のもんは熱病が治る新薬のことなんか、ひとことも話しておらん。熱病は、ほんとはエイズという名前らしい。新しい伝染病だそうだ。国にも病気を治す方法はないそうだ。死ぬしかない不治の病なんだ。病気のもんで、家の者に病気を伝《う》染《つ》したくないもんは、家でじっとして病気が伝染るのを心配しとるんだったら、学校へ来て、学校に住んで、まだ病気になっていない者を安心させてやってくれ」

　ここまで話して、祖父はさらに何か言おうと全員を見渡した。そしてまさに言おうとしたそのとき、突然後ろで「ゴトン」という音が聞こえた。切り倒された木が舞台の上で倒れたような音だった。振り返ると、馬香林が椅子から転げ落ち、首を曲げたまま、顔色は対聯の紙のように白くなっていた。胡弓がその身体の上に落ちて、弦が音を響かせた。

　馬香林は祖父から本当は新薬がないことを聞かされて、バタリと倒れてしまったのだ。口元から血が流れていた。口元だけではなく、鼻からも血が流れ出していた。血は何筋もの流れを作っていた。学校に死人の血の臭いが漂った。

3

　死んでしまった。馬香林は歌の舞台の上であの世に逝ってしまったのだ。

　埋葬のとき、祖父は馬香林の妻に短く話しかけた。代わりに葬式を取り仕切る。丁庄に熱病が流行っていることを知らない画家を連れてきて、馬香林の肖像画を描かせる。舞台で演奏に酔いしれている姿を。舞台の下は彼の歌を聴いている観客でいっぱいだ。何千何万の人が客席で彼が胡弓を弾いて歌っているのを見ているのだ。客席は満杯で、座るところが足りず、学校の壁の上にも木の上にも人が鈴なりになっている。観客であふれかえっている。客席には縁日のように屋台もあって、焼き芋や梨のお菓子、砂糖菓子にサンザシの飴《あめ》かけなどを売っている。そういう賑やかな絵にする。その絵を巻いて棺桶の中の馬香林の身体の横に置く。そして身体のもう一方には彼の胡弓を置く。

　実際に馬香林はこうして埋葬された。

第三巻

第一章

1

馬香林が埋葬されてから、熱病の患者たちは、次々と学校へ移ってきた。

冬が来た。この年の冬は格別寒く、雪も降った。鵞《が》鳥《ちょう》の羽のような雪が舞った。雪は舞い続けて村は一晩で真っ白になった。あたり一面、白銀の世界になった。平原は一枚の紙のようだった――破れやすい、綿のような紙。村はその紙の上に描いた絵で、人間も紙の上の鶏、豚、猫、犬、鴨、驢馬、馬のようだった。

丁庄の熱病患者たちは、寒いと行くところがないので、ほとんどのものが学校へ行くことを希望した。学校は熱病患者の活動拠点となった。この小学校はかつては関帝廟だった。しかし今や熱病患者の憩《いこ》いの場となった。以前は学生のために用意されていた炭や薪も、患者が火をおこすのに使われた。火があるとなると、患者の数はますます多くなっていった。李三仁の病気はすでに中期に入っていたが、家では食事にしろ、睡眠にしろ、薬を煎《せん》じるにしろ、妻の手が十分回らなかったので、学校へやってきた。来たら帰りたくなくなってしまった。死相の出ている顔に奇妙な笑みを浮かべて言った。

「丁先生、学校に住むことにするよ」

李三仁は本当に自分のベッドを学校へ運んできた。学校は家より居心地が良かった。建物は風を通さないし、火をおこす薪もあった。食事のときには祖父と一緒に食べたり、建物の端の上階の部屋で自分で作って食べたりした。

冬が来て、村でまた一人、売血したことのないものが死んだ。売血しなかったのに熱病に罹ってしまったのだ。彼女の名前は呉香枝《ごこうし》といい、年は三十を過ぎたばかりだった。丁躍進《ていやくしん》に嫁いだときにはまだ二十二歳になっていなかった。ふっくらして可愛らしく臆病で、血を見ただけで気を失ってしまうほどだった。丁躍進は妻が可愛くて仕方がなかったので、自分は売血に行っても、彼女には行かせなかった。しかし呉香枝の夫は売血してもまだ生きているのに、一滴も売血したことのなかった彼女が熱病に罹って死んでしまったのだ。数年前には、呉香枝のお乳を飲んだ娘が先に熱病に罹って死んでしまっていた。熱病とはそういう伝染の仕方をするものだと考えるしかなかった。呉香枝が死んだことで、患者たちはこぞって学校へと移ってきた。患者のほとんどが学校に移り住んだ。

丁亮叔父さんも学校へやってきた。叔母さんは叔父さんを校門まで見送りに来た。二人は雪の中に立っていた。叔父さんは叔母さんに向かって言った。「もうお帰り。ここは患者だらけだ。わしが伝染《うつ》さんでも病気が伝染ってしまうかもしれんからな」

叔母さんは校門の外側に立っていた。雪が彼女の頭の上を舞っていた。

叔父さんは言った。「帰れや。おやじがここにいるから、わしが不自由な思いをすることはないし、安心してくれ」

叔母さんは帰っていった。ずいぶん遠ざかってから、叔父さんは雪景色に向かって叫んだ。「おい、毎日会いに来てくれよ！　頼むぞ！」。叔母さんがその言葉を聞いてうなずくのを確かめても叔父さんはまだ校舎へは入ろうとせず、そこに立って叔母さんの方を見ていた。ただぼんやり見ていた。叔母さんの姿が見えなくなるまで、ただぼんやりと。

叔父さんは叔母さんを愛していた。この世界を愛していた。叔父さんは病気になって数カ月たっていた。最初の辛い時期は過ぎて、桶半分の水も担げないほど弱ってはいたが、マントウをひとつ食べ、スープを半分飲むことはできた。年の初めに熱病が彼の身体を襲った。いつもの風邪の熱だろうと思った。三カ月の潜伏期間を経て、身体が痒《かゆ》くなり始めた。一晩のうちに、顔、腰、太腿などあらゆるところに蛇の肝のようなできものができた。体中が痒くてたまらず、頭を壁にぶつけたいほどだった。喉には嫌な感じの痛みがあり、胃にも毎日、痛みが荒波のように押し寄せ、空腹でも食べることができなかった。一口食べると二度吐いた。そこで叔父さんは自分が熱病に罹ったことを悟ったのだった。妻と息子の小軍に伝染るのを恐れて、母屋から廂房に荷物を運び、そこで寝起きすることにした。叔父さんは叔母さんと向き合って言った。「じきにわしは死んでしまう。そうしたらおまえは小軍を連れて再婚しろ。ほかの人がそうしているように、できるだけ遠くへ。この化け物のすみかになってしまった丁庄からずっと離れたところへ嫁ぐんだぞ」

しかし一方で、叔父さんは父にはこう話していた。

「兄さん、うちの母ちゃんと小軍が潙県に行って検査してもらったら、二人とも熱病ではなかった。それはそれでいいんだが、わしが死んだら、なんとかして二人を引き留めてほしい。よそへ行って再婚でもされたら、わしは死んでも死にきれん」

叔父さんは叔母さんを愛していた。この世界を愛していた。叔父さんは自分が熱病に罹ったとわかってから、自分はもうじき死んでしまうのだと考えるだけで、目には涙がにじんだ。

叔母さんは言った。「何を泣いているの?」

「わしは死ぬのは恐いことはないが、残されるおまえのことを考えると不憫《ふびん》でならん。わしが死んだら小軍を連れて再婚すればいい」

しかし叔父さんは祖父にこう話していた。「おやじ、うちの母ちゃんは、あんたの言うことは聞くから頼む。わしが世界で一番あいつを可愛いと思っとる。他の誰と一緒になっても、わしよりあいつに良くする者はおらん。だから、わしがこうなった以上、おやじがあいつに話して聞かせるのが一番だ。家を守って再婚なぞせんように、よく言ってくれ、頼む」

祖父は再婚させないとは言わなかった。

「おまえが元気にしとりゃ、よそへ嫁に行ったりはせん。ものごとにはすべて例外というものがある。癌《がん》は不治の病だが、癌になっても八年も十年も生きることもあると言うだろうが」

叔父さんはその例外になるために、炒め物二皿に、二杯の白酒《はくしゅ》(コーリャンやトウモロコシなどを原料とした蒸留酒)を飲むようにした。彼の最大の苦悩は、自分はまだ三十にもなっておらず、叔母さんはまだ二十八だというのに、叔母さんが夜、彼には触れようともしないことだった。それどころか手を握ることさえ、させてもらえなくなってしまったのだ。叔父さんは、例外になるために生きることにも、虚しさを感じ始めていた。人にこのことを話そうにも、どこから話していいかわからなかった。叔父さんは叔母さんを愛していたのだ。この世界を愛していたのだ。

　しかし叔母さんは村へ帰っていくとき、叔父さんが学校の正門で彼女をずっと見送っていたのに、振り返って叔父さんを見るのを忘れてしまった。叔父さんはそこに立ったまま、叔母さんの後ろ姿をいつまでも見つめ続けた。泣きはしなかったが、唇を咬《か》みしめていた。叔父さんはキリキリと唇を咬むと、地面の石ころを思いっきり蹴飛ばした。


　学校は突然人でいっぱいになった。生徒でいっぱいになったのではなくて、何十人もの大人でいっぱいになったのだ。三十歳前後から四十五歳前後までの男女だった。祖父の提案で男は二階の教室に、女は一階の教室に住むことになった。家からベッドを持ってきたものもいれば、どこからか何枚かの板を持ってきたものもいたし、教室の机を合わせてベッド代わりにするものもいた。校舎の端にある蛇口からはいつでも水が出た。蛇口のすぐそばに部屋が二つあって、もともと倉庫代わりに使っていて、壊れた机や脚の折れた椅子などが積み上げられていたのだが、今では患者たちが煮炊きするための厨房になっていた。鍋をかけたり、窓際に粉をこねる台を置いたり、部屋の中はあっという間に足の踏み場もなくなってしまった。

　庭の雪は踏み荒らされて泥だらけになっていた。階段の下には缶詰や穀物の袋がいっぱいに置かれていた。祖父は大童《おおわらわ》だった。やれこれはあっちへ置けだの、あれはあっちへ運んでいけだの、てんやわんやの大騒ぎだった。

　学校で最も役に立つ黒板やチョーク、生徒が残していった宿題帳や教科書はひとつの部屋にまとめて放り込んで鍵をかけた。新しい机や椅子もひとつの部屋にまとめて鍵をかけた。

　生徒はもう学校へは来ない。それでも学校は使い道があったのだ。学校には人があふれていた。祖父は忙しくなるばかりだった。老いた顔に若者のような汗が流れ、少し猫背だった背中もまっすぐになったようだった。ごま塩の頭も見た目にはごま塩のままだったが、艶が出てきたようで、枯れ果てたごま塩頭ではなくなっていた。

　二年生の教室は机をすべて後ろに下げて、椅子を教室の真中に並べ、まるで熱病患者の会議場のようになってしまった。そしてこの会議場で、料理が駄目な患者が発言した。「もうじき死んでしまうというのに、一人一人が自分で作って食べるより、みんなで作って一緒に食べた方がよほど割に合うんじゃないかと思うんだが」。どの家の患者も自分で食事を作って食べていたので、薪も食料も無駄が多かった。それぞれの家からは、患者の頭数に応じて食料を出してもらい、薪も食料も節約するのだ。

　最も肝心なのは、お上《かみ》が、食住をともにすれば、小麦粉と米を支給すると言っているということだった。人のものを食べていれば、自分のものは節約できる。病気になってまで毎日自分で食事の支度をする必要はない。みんなで一緒に食べればいいのだ。

　祖父は教室で患者全員を集めて会議を開いた。祖父は先生だった。ここの多くのものたちが字を知らなかったし、知っていたとしてもそれは祖父が先生の代わりに教えたもので、みんな祖父の生徒といってよかった。ほとんどは成人だったが、祖父より年を取っているものはいなかった。ここは学校で、学校は祖父の管理すべきものだった。ここに集まっている熱病の患者には、今日があっても明日はわからない人もいた。祖父だけが熱病には罹っておらず、熱病が伝染るのを恐れもしなかったので、祖父が自然と患者たちの取りまとめ役となった。祖父は指導者だった。

　みんな、教室の中に、ばらばらに座った。丁躍進、趙秀芹、丁桩子《てぃしょうし》、李三仁、趙徳全、そして何十人という丁庄の村人たちでいっぱいだった。座っているものもいれば立っているものもいる。人いきれで部屋の中は暖かかった。患者一人一人の顔には、大勢がひしめき合って暮らすことで、ゆったりとした穏やかな笑みが浮かんでいた。みんなは、黙って見ている祖父を、授業を待っている生徒のように見守っていた。

　祖父は煉瓦を三重に積み重ねて作った教壇に立って、患者たち、いや生徒たちを見渡すと、言った。「まあ、座って。みんな座ってくれ」。壁や窓際に寄りかかっていたものたちが全員座るのを待ってから、経験に培われた大声で言った。「嫌な話は先にすますことにしようや。わしはこの学校で一生のほとんどを過ごしてきた。一人前とは言わんでも、半人前の先生とは言えるだろう。みんな学校に来たからには、わしの言うことを聞いてもらう。わしの言うことに従えん者は手を挙げてくれ」

祖父は下に座っているみんなをジロリと見渡した。何人かがヘラヘラと子供のように笑っていた。

祖父は続けた。「誰も手を挙げんのだったら、わしの言うことを聞いてもらう。いいか。第一に、お上が援助してくれた食料が来る前に、各自が家から持ってきた食料は一ヵ所に集める。丁躍進に会計をしてもらい、良し悪しを帳簿に付けてもらう。今回多ければ、次はちょっと少なめに納めてもらう。今回が少なければ、次回はたくさん納めてもらう。次に、学校での飲み食いには金を取らない。電気代は毎月徴収する。夜更しはしないこと。自分の家と同じように節電に努めてもらう。第三に、食事の支度は女の仕事、力仕事は男の仕事だ。炊事班の取りまとめは、秀芹にやってもらう。病気の軽いものは多く働き、病気の重いものは無理をしないようにする。一日交替でも三日交替でもいい。第四に、わしはもう今年六十歳だ。みんなは今日は見ることができても、明日はどうなっとるかわからん命だ。当たり前のことだが、先に死んでも残されたもんは生きていかねばならん。これから先、ここには子供たちに戻ってきてもらい、勉強してもらわなければならん。今日からみんな、この学校に住むことになったわけだ。用事があろうがなかろうが、家へ帰ることはならん。けがでもして血が出て、そのままかみさんや子供にさわったら、それで病気が伝染るかもしれんのだ。ここに住むからには、この学校の机や椅子や窓を大切にしてもらう。自分の家と同じと思ってもらっては困る。使うのはかまわんが、大切に使うことだ。最後に、自分の病気を人に伝染さないようにしなければならんし、残りを楽しく過ごさなければつまらんし、碁が打ちたい、テレビが見たい、なんでもいいから、やりたいと思ったこと、食べたいと思ったものがあったら、遠慮なく言ってくれ。できるだけのことはする。この学校で生きるいうことは、熱病なんだから、たとえ天が落ちてきても残された時間を有意義に過ごすということなんだ」

ここまで言うと、祖父は舞台の上で一息つき、横を向いて外の大雪を眺めた。雪は梨の花のように大きく白く、あっという間に泥だらけの校庭を真っ白に塗り替えてしまった。一面真っ白になった。キリッとした冷気が、外から入ってきて、教室の中に澱《よど》んでいた熱病患者の人いきれとぶつかった。清流と泥水が混ざり合うような音が微かに聞こえた。校庭のバスケットボール・コートのあたりに、どこかの斑犬《ぶちいぬ》がやってきた。飼主を追っかけながらやってきた。犬は校庭からこちらの方を遠い目で見ていた。見ているうちに雪で真っ白になり、迷子になった羊のようになってしまった。

祖父はその光景から視線を戻すと、教室にいっぱいの丁庄の村人たちの鉛色の顔を見ながら言った。「誰か何か言いたいことはあるか？ 何もなかったら飯の支度をしよう。今日は最初の日だ。誰がやってくれてもいいんだが、上手な者にやってもらおうか。鍋は学校が外の村から来た生徒のために使った大きな鉄の鍋がある。かまどはバスケットボール・コートの西側にあるやつを使え」

そして散会となった。みんなニコニコして部屋の真ん中の火をしばらく取り囲んでいたが、まだちゃんとしつらえていない自分のベッドがある教室へと戻っていった。

祖父が教室から出ると、雪が顔にぶつかってきた。水しぶきがかかったような感じだった。風があるため、雪は風に投げつけられて顔に当たり、ピシャピシャと音を立てた。顔にはまだ教室にいたときの温もりが残っており、村人たちの前で一、二、三、四と口上を述べた興奮が残っていた。雪は顔に当たるとすぐに解けて、雨に濡れたようになった。

一面真っ白だった。茫として白かった。踏むとキュッキュッと音がした。そのまま歩こうと思ったときに、叔父さんが祖父の後ろを追いかけてきて、「おやじ」と声をかけた。そして祖父が振り向いてから言った。

「わしも他のもんと一緒に大部屋に寝るのか？」

「おまえはわしと一緒に寝ればいい。部屋は狭いが温《ぬく》いからな」

「なんで会計を躍進にやらせることにしたんだ？」

「村の会計をしていたことがあるだろうが」

「わしがやった方がいいと思う」

「会計をやってどうするつもりだ」

「どのみち、わしは、あんたの息子なんだから、わしがやった方が、おやじも安心だろう」

「あいつでもわしは安心だが」

「まあ、誰がやっても同じだ。みんなどうせすぐ死ぬんだから。誰も小細工するもんはおらんだろう」

親子二人は正門横の平屋に向かって歩いていった。雪をかき分けつつ、話をしながら。二人の姿は雪に紛れてあっという間に見えなくなった。

2

数日して雪が解け、熱病患者たちの日々は、天国にも勝るものとなっていた。飯だぞ、という祖父の号令と共に、みんな、茶碗を持って校舎西側の平屋に行き、食事をした。食べたいだけ食べ、食べたいものを食べ、味の濃いものが好きな者は濃いものを食べ、薄いものが好きな者は薄いものを食べ、野菜でも肉でも魚でも何でもあった。食べ終わった茶碗は池の畔《ほとり》で洗ってから、どこかに置いたり、袋に入れてゴールや木の枝に引っかけたりした。熱病に効くらしいという漢方薬が手に入れば、大きな鍋で煮込んで、みんなで一杯ずつ分け合って飲んだ。どこかの家から肉まんの差し入れがあれば、みんなで分けて食べた。食べて、飲んで、やることがなくなれば、ひなたぼっこをしたり、テレビを見たり、四人集めてトランプに興じたり、二人が揃って風の当たらない日向《ひなた》の場所にしゃがみ込むと、石ころで将棋を指したりした。

余計なことは考えなかった。中庭をうろうろしようが、ベッドで鼾《いびき》をかいて昼寝をしようが、誰も文句は言わなかった。草原に咲くタンポポのように自由だった。家に帰りたければ気ままに様子を見に行けばよかった。作柄が気になれば、畑まで見に行けばよかった。

何か別のことがしたければ、家の者に言いさえすれば、すぐ学校に来てくれる。

熱病患者の日々は天国以上だった。しかし半月後、そうした日々は終わった。泥棒が出たのだ。泥棒はネズミのように校内を駆けめぐった。まず食堂の米が半袋なくなった。それからかまどの隅に置いてあった大豆もなくなった。それからまた李三仁が枕の下に隠していた数十元の現金がなくなった。さらに、丁小明《ていしょうめい》叔父さんに嫁いできた楊玲玲《ようれいれい》のシルクの赤い綿入れがなくなった。

玲玲は今年二十歳を迎えたが、結婚してすぐ発病した。数年前、実家で血を売ったのだ。病気になっても誰に恨み言を言うわけでもなかったが、ただ毎日沈んだ様子で口をきかず、笑みを浮かべることもなかった。彼女が発病したことがわかったその日、小明叔父さんは、彼女を一発張り倒すと言った。「二人で会ったとき、わしはおまえに血を売ったことがあるかどうか聞いたよな？　そのとき、おまえは売ったことはないと、はっきり言った。これでもう売ったことがないとは言えなくなったな」

殴られた顔は赤く腫れ上がっていた。殴られて笑顔を作ることができなくなってしまった。そして彼女は、生きる意志さえ失ってしまったのだった。こうして玲玲はこの学校に送り込まれ、他の熱病患者と一緒に過ごすことになったのだ。

その彼女が来て七日目だった。ベッドの頭のところに掛けておいたシルクの赤い綿入れがなくなったのだ。日中はずっとあった。日が落ちる頃になって着ようと思ったところが、なくなっていた。

泥棒は鼠《ねずみ》のように校内中を走り回った。放っておくわけにはいかなかった。暗くなる前に祖父は全員を教室に集めると、座らせようとしたが、座るものはおらず、みんな、立ったままだった。祖父は大声で言った。

「もう残り少ないわずかな命だというのに、この期《ご》に及んで人の金や食料や、買ったばっかりの服を盗むのか。命がもうわずかしかないというのに、金をほしがってどうするんだ、ええ？　もうすぐあの世逝きだというのに、食料を盗んでどうするんだ。薪も十分あっておこす火に困っとるわけでもなかろうに、なんで人の綿入れを盗むんだ。みんな、わしの言うことを聞いてくれ。一、今日は誰も村へ帰ってはならん。盗んだ物を家に持って帰らせんためだ。二、盗んだ者を探すことはしない。今晩のうちに元のところへ戻せ。食いもんは調理場へ、金は盗まれた者のところへ、服は元あった場所へ。わかったな」

落日の薄桃色の光が、庭の方から上がってきて、教室を黄昏の赤に染めつくした。冬の風は肌を刺すように吹き、教室の薪の灰を四方に巻き上げていた。丁庄の患者たちは、病状の軽いものも重いものも、祖父の話を聞いてお互いに顔を見合わせた。見ればすぐにでも誰が泥棒かわかる、すぐに泥棒を見つけ出せるとでもいうように。しかし見ても探しても、泥棒は見つからなかった。叔父さんは、村人たちの間で叫んだ。

「探そう。探すんだ！」

若者たちはすぐにそれに呼応して、探そう！　と叫んだ。

祖父は台上で言った。「探してどうする。盗ったもんを夜中に元へ戻せば、それでいいじゃないか。もし直接返すのが嫌だったら、中庭に戻してくれればいい」

そしてそれ以上は何も言わず、散会を言い渡した。男どもは、米や豆を盗んだ泥棒のことを、口々に罵りながら出ていった。

叔父さんは、弟の妻のそばへ行くと言った。「玲玲、どうしてちゃんとしまっておかなかった？」

「綿入れよ、ベッドの頭のところへ掛けとく以外に、どこにしまえっていうの？」

「もう一枚セーターを持ってきてやろうか？」

「いいのよ。もう二枚着てるし」

夜に入り、いつものようにテレビを見る者もいれば、おしゃべりをする者、大鍋で煎じる薬が信じられなくて、自分で煎じて飲む者、それぞれが思い思いに過ごしていた。教室にも部屋にも廊下にも、そこらじゅうに薬を煎じるための鍋が並び、鍋には焦げ付いた薬の跡が付いていた。教室や校庭だけでなくこの河南平原にまで、朝昼晩一日中、苦《にが》そうな漢方薬の香りが漂い、丁庄小学校は漢方薬生産工場さながらだった。

薬を煎じて飲んでしまうと、みんな、次から次へと眠りについた。中庭は校舎の外と同じように静かになった。ただ冬の風が、ヒューヒュー音を立てながら校庭を吹き抜けていくだけだった。

叔父さんは、祖父の部屋の、もともとは宿題帳がたくさん並べられていた机を動かすと、自分のベッドを窓のそばに置き、そうして二人一つの部屋で一緒に暮らし始めたのだった。彼の妻、宋婷婷《そうていてい》は実家に戻ってしまっていた。彼女が実家に戻ってしまったので、叔父さんは焦っていた。「おやじ、例のことはあいつに話してくれたんだろうな？」

「なんのことだ」

「わしが死んでも再婚せんようにということだ」

「もう、寝ろ！」

二人はそれ以上、口をきくのをやめた。外は寒く、部屋の空気は暗く重く、溶かした膠《にかわ》のようにどんよりと澱んでいた。夜はもうずいぶんと更けていた。涸《か》れ井戸のように深く静かな闇の中で、叔父さんは外で物音を聞いたような気がした。そこでもう一度耳を澄ませてよく聞くと、身体を祖父の方へ向けて声をかけた。「おやじ、患者の中で、誰が泥棒だと思う?」

答えを待ったが、ただ静かな寝息が聞こえるだけだった。そしてまた外を歩くような物音が聞こえた。叔父さんは緊張して言った。「おやじ、寝たのか?」。やはり答えはなかった。

祖父が何も物音を立てないことを確認してから、叔父さんはゆっくりベッドから降りると、誰が泥棒なのか、中庭の様子を見にいこうとした。そっと服を着て、出ようとしたそのとき、祖父がベッドで寝返りを打つと言った。

「どこへ行くんだ?」

「寝てなかったのか」

「どこへ行くのかときいとる」

「あいつが実家へ帰ってしまったから、心配で寝つけないんだ」

祖父はベッドの上に起きあがった。「おまえはなんでそんなに意気地《いくじ》なしなんだ」

「おやじ、ほんとのことを言うと、あいつはわしのところに嫁に来る前に、同じ村の中にもう一人、嫁ぎ先を見つけていたらしい」

祖父は何も言わず、暗闇の中で黒く燻《いぶ》された柱を見るように叔父さんを見ていた。しばらくしてから声をかけた。

「今日煎じた薬はちゃんと飲んだのか?」

「ごまかさんでくれ。どうせ良くならん」

「治らんかもしれんが、試してみないと」

「もう気にせんことにする、治らんといったら治らん。わしがあいつに病気を伝染《うつ》しさえすりゃいいんだ。そうすりゃ、あいつは再婚できんし、わしは死んでも安心だ」

祖父が驚いてあっけにとられているうちに、叔父さんは綿入れを着て外へ出ていった。中庭に着いた。広い庭は月の光に照らされて薄い氷が張っているようだった。薄いガラスが敷き詰められているようだった。叔父さんはまるで本当に地面が薄いガラスであるかのように、注意深く足を下ろした。足下を確かめて、西向きの校舎のところで立ち止まった。二階建てだった。もともと教室のある建物だったが、今ではどの教室にも五、六人の患者が住んでおり、熱病患者の住処《すみか》となっていた。そのなかに泥棒がいるのだった。数十人もの患者全員が眠っていた。その患者たちは水道の蛇口から漏れる水のような寝息を立てていた。それは途切れることなく続いていた。叔父さんはその校舎の陰に隠れながら歩いていった。すると向こうの方で黒い影が動いた。盗んだ米を返しに来たのかもしれなかった。そこでそっちへ向かって進んでいった。

近づいてみると、やはり人だった。しかもそれは弟の嫁、半年前に嫁いできた楊玲玲だった。

「誰だ!?」

「私よ、丁亮兄さん」

「玲玲だったのか。こんな真夜中に何をしている」

「丁庄村の誰が泥棒なのか、一体誰が私の綿入れを盗んだのか、確かめたくて」

叔父さんは笑った。「同じことを考えていたのか。わしも誰が泥棒なのか、おまえの綿入れを盗んだ奴が誰か、見てみたかったんだ」。言いながら、二人はその場にしゃがみ込んだ。玲玲は叔父さんのそばに寄り添った。二つの米袋が並べて立ててあるように見えた。月の光は明るく、中庭の遠くを走り回る猫や鼠まではっきり見ることができた。彼らが砂を踏むシャッシャッという音が耳に届いた。叔父さんは言った。「玲玲、恐いことはないのか?」。叔母さんは言った。「昔はなんでもかんでも恐かった。鶏を絞めるのを見ただけでも腰が抜けそうだった。だけど、血を売ってからは強くなったみたい。自分が熱病だとわかってからは何にも恐くなくなった」

「なんで血を売った?」

「洗髪クリームを買いたかったの。うちの村の知り合いが使っていてね、そのクリームで洗ったら、髪の毛がほんとサラッと滑らかになって、艶々《つやつや》になるのよ。どうしても使ってみたくてね、どうやって買ったのかきいたら、血を売ったお金で買ったというから、私も血を売りに行ってそのクリームを買ったというわけ」

玲玲が話し終わると、叔父さんは紺色の空を遠くに見ながら言った。

「そういうことか」

「兄さんは、なんで?」

「兄貴が売血王だっただろ? ほかの者がみんな兄貴のところへ売りに行くから、わしも売りに行った」

「みんな丁輝兄さんは腹黒いやつだと言ってるね。一瓶と言っときながら、一本半分血を抜くって」

叔父さんは笑った。玲玲に笑顔を見せると、血のことは話さずに、肘で叔母の肘をこづき、笑って言った。「人がおまえの綿入れを盗んだからといって、人のものを盗んだりしないよな」

玲玲は言った。「人間は後ろ指をさされないようにしないと。もうすぐ死ぬんだから、犬の屁《へ》みたいな悪い評判をとってどうするの？」

「おまえの評判は悪くないよ。しかし、おまえの旦那の小明のやつは、おまえが熱病だということがわかったら、思いっきり殴ったらしいなあ。病気だと聞いて、心配することもせず、ひどい話だ。わしだったら病気とわかっても、絶対に相手に言ったりせん。相手に伝《う》染《つ》してやる」

叔母さんは驚いて、まったく見知らぬ人がそこにいるかのように叔父さんをみつめ、少し身体を叔父から遠ざけた。叔父が泥棒であるかのように。

「お義姉《ねえ》さんに伝染したの？」

「そのうちそうなる」

叔父は軒下のコンクリートの地面に座り、背中を煉瓦の壁にもたせかけ、空を見上げていた。煉瓦の冷たさが綿入れを通して背中に伝わってきた。その冷たさは背筋を冷たい水が流れていくようだった。叔父さんは顔を元に戻すと、何も言わずに前に目をやっていた。その頬を二筋涙が流れた。

叔母さんには彼が泣いているのは見えなかったが、言葉の調子に涙声が混じっているのがわかった。

叔母さんはうなだれ、叔父さんの方をうかがうと言った。「お義姉さんが憎いの？」

叔父さんは涙を拭いた。「あいつも昔はわしによくしてくれた。しかしわしが病気とわかったとたん、悪くなってしまった」。叔父さんは暗がりの中の義妹《いもうと》を見ながら言った。「玲玲、バカにしていいから聞いてくれ。わしが病気とわかってからあいつはわしに触れようともしないんだ。ええ？　どう思う？　わしはまだ三十にもなっとらんのに」

叔母さんはうなだれていた頭をさらに下げて、頭が地面にくっつきそうになった。彼女は黙ったまま何も言わなかった。張りつめた沈黙だった。叔父さんには叔母さんの顔が赤くなっているのは見えなかったが、叔母さんは顔のほてりがひくのを待ってから頭を上げ、叔父さんをチラッと見てからそっと言った。「私も同じよ、お義兄《にい》さん。お義兄さんこそ私をバカにしてもいいから聞いて。うちの人も、私が病気だとわかってからは、触ってくれたことなんていっぺんもないのよ。私はやっと二十四になったばかりよ。お嫁に来てからたった数ヵ月しかたっていないのに」

　そして二人は向き合った。顔と顔がくっつくほど近くで向き合ったのだ。

　月明かりはすでに学校の外へ移っていたが、校内はまだ明るかった。薄く張った氷が溶けて、水に光が跳ね返っているようだった。薄いガラスが敷き詰めてあるようだった。十分に明るかったので、建物の陰でも、お互いの顔をはっきり見分けることができた。叔父さんは熟したリンゴのような叔母さんの顔を見た。十分熟していたが、斑点が出ていた。それは熱病のできものだった。しかしそのちょっとだけある斑点が、可愛らしく愛らしい味わいを強めていた。叔父さんはそういう叔母さんをながめながら、熱病のできもの特有の臭いの他に、隠そうとしても隠せない若い娘の放つ匂い、まだ汚されたことのない清らかな味わい、結婚したばかりの娘の鮮烈な女の香りを感じ取っていた。

　叔父さんは咳払いをすると大胆に切り出した。「玲玲、言いたいことがあるんだが」

　叔母さんは聞き返した。「なにを？」

「クソッタレ、こうなりゃ、わしらがうまいことやるしかない」

　叔母さんはぎくりとした。「うまくって、なにを？」

　叔父さんは言った。「二人とも結婚していて、じきに死んでしまう。いいと思ったことをやろうじゃないか」

　叔母さんはまた驚いて、また知らない人でも見るかのように叔父さんのことを見つめた。

　もう夜半過ぎで、寒さは厳しく、叔父さんの顔も少し青ざめており、熱病のできものは凍った土に埋もれた砂の粒のような青黒い色をしていた。叔母さんは叔父さんを見つめ、叔父さんも叔母さんを見つめ、二人の視線は月の光の中でぶつかり合って音を立てた。そして叔母さんは叔父さんの視線に耐えられなくなった。叔父さんの二つの目は漆黒の闇のようで、そのまま生きた人間を吸い込んでしまいそうだった。叔母さんはまたうなだれるしかなかった。

「お義兄さん、うちの小明は、お義兄さんにとってれっきとした従弟《いとこ》なのよ、わかっているわよね？」

「小明のやつが、おまえを大切にしているんなら、わしも何も考えなかったかもしれん。しかし、あいつはおまえに、ひどいしうちをした。殴ったんだ。うちのやつもひどい嫁だが、わしは、あれに手をあげたことはいっぺんもない」

「でも、二人は従兄弟同士なのよ」

「なにが、従兄弟だ、わしらは二人ともももうすぐ死ぬんだぞ」

「もし他の人に知られでもしたら、二人とも頭の皮をひん剝かれるわ」

「ひん剝きたきゃ、ひん剝きゃいい。どうせ死ぬんだ」

「ほんとにひん剝かれるわよ」

「どうせすぐ死ぬんだ。誰かに知られたら二人で一緒に死にゃいい」

叔母さんはまた顔を上げて叔父さんを見た。彼が死ぬと言ったら死ぬような人間かどうか確かめるように。叔父さんの蒼白だった顔はもう青ざめてはいなかった。月明かりの陰になってぼんやりした黒い塊になっていた。しかしそのぼんやりとした輪郭が話すときに出る息は、蒸気のように白く暖かく吹き出し、叔母さんの顔にかかった。

叔母さんはたずねた。「お義兄さんと一緒のお墓に入れてもらえるの?」

「是が非でも一緒の墓に入ってほしい」

「あの人は私に言うのよ。おまえが死んでもわしと一緒の墓には入れないって」

「わしはどうしてもおまえと一緒の墓に入りたい」

そう言いながら、叔父さんは叔母さんの手を握り寄せ、叔母さんを抱きしめた。先に叔母さんの方へ身体を寄せ、それから抱き寄せた。長い間探していた子羊を抱くように、きつく、彼女がもがいて逃げ出さないように。叔母さんも叔父さんを抱きしめた。叔父さんの胸の中で、そっとしがみついていた。夜は一番深いところを過ぎ、空は明るくなろうとしていた。新しい一日が近づいていた。この時間の平原の静けさは、夜気の流れていく音が聞き取れるほどだった。日陰に積もった雪はガチガチに凍っていた。雪が凍る音は、無数の氷の粒が天空を動き回っているようで、校舎の壁に当たって落ちて、叔父さんと叔母さんの上に、回りの地面に降り注ぎ、パラパラと音を立てた。

二人はそのまま寄り添ってしばらく座っていたが、何も言わずに、地面から立ち上がった。何も言わないまま調理室の向こうにある部屋へ入っていった。その部屋は倉庫になっていて、熱病患者たちのための食料など雑多なものが置いてあった。二人はそこへと入っていった。部屋は暖かかった。そこで二人は互いを温め合った。人は温かくなると、生きる意味をつかみ取る。

3

日の光が明るく丁庄を照らし、大地を暖めていた。

四方八方の花々は一夜のうちに一斉に咲き始めた。村の通り、庭、村のはずれの田んぼ、そのまた向こうの黄河古道にも、菊、梅、牡丹《ぼたん》、芍薬《しやくやく》、薔薇《ばら》、野生のオバイやフジバカマ、そしていつもは山間《やまあい》の崖に咲く矢車草やタンポポ、ネコジャラシやエゾギク、赤や黄色や紫、桃色や白、さらには赤と紫、赤と緑、緑と青、青に紺がまざった名前もわからない花、茶碗のように大きな花から牡丹のように小さい花までが一斉に一面に花を咲かせた。家々の豚小屋の垣根の上にも、鶏小屋の屋根の上にも、牛小屋の飼い葉桶のそばにも色とりどりの花が咲いていた。鼻につんと来る花の香りが村中を狂奔《きようほん》し、村には香りが氾濫《はんらん》していた。祖父にはこの花々がどうして一夜のうちに咲き始めたのかわからなかった。彼は不思議に思いながら村の通りを端から端へと歩いていった。どの家の主人も子供も顔に笑みを浮かべ、忙しそうに花でいっぱいの村の通りを行ったり来たりしていた。服で覆いを掛けた籠《かご》を担いでいる者や、口をくくった袋を担いでいる者など、まだ年端のいかない子供たちまで、皆、重そうなものを抱えているのだ。何をしているのか、何をそんなに忙しそうにしているのかきいても、誰も何も言わない。ただ忙しそうに、家から出たり入ったりしていて、その足元は歩くというよりは走っているのと変わらなかった。

そこで祖父は彼らの後をついていった。一面花盛りの通りの真ん中を過ぎ、西の端まで来ると、村の郊外の畑までもが、天地を覆い尽くすかのようにびっしりと花で埋め尽くされているのだった。村のはずれから見ると、見渡す限りの花の海が風に波打ち、逆巻く絢《けん》爛《らん》が天を桃色に、淡い黄色に染め上げるようだった。その忙しそうにしている村人たちは、それぞれ自分の畑に入ると、男は鍬や鋤《すき》を手にして花を掘り起こした。李サツマイモや落花生でも掘り起こすみたいだった。李

三仁がいた。あまり口をきかない男だが、今日は彼までもが村人たちと一緒に忙しそうに、顔には笑みを浮かべ、額には汗を浮かべて、尻を高々と押っ立てて、自分の畑に鍬を入れては花を掘り出していた。花を掘り出しては腰をかがめて拾いあげ、泥を払い落とすと横に放り投げ、また休む間もなく次の花を掘り始めるのだ。花が十株か二十株になるのを待って、女や子供たちがそれを拾っては籠に入れていった。籠がいっぱいになると、彼はシーツをかぶせて籠を覆い、天秤棒でその重い籠を二つとも担いだ。一歩進むごとによろめき、今にも倒れそうだった。しかし彼は転ばないよう必死で身体を保っていた。

李三仁は丁庄の村長だった。祖父よりは少し若かったが、むかし兵隊だったことがあり、南にある天国とか言われている杭州へ配属され、鉄条網で囲まれた兵営で入党し、功を立てた。部隊が彼を幹部に抜擢しようとしたとき、彼の胸は熱くなり、気持ちが高ぶって、指をかみ切って血で手紙を書いた。血判書だった。その中には、自分は故郷に帰って故郷を江南のように豊かにしたいとあった。その後、部隊から戻ってきて、そのまま村の幹部になった。

幹部になってから数十年、村の幹部として、朝から晩まで村の者たちと共に、堆肥を施したり、種を蒔いたり、水をやったり、収穫したり、一日としてそれを休んだことはなかった。上層部は上の方針だと言っては地面を耕させ、綿花を植えるとなれば、麦の苗を踏みつけて綿花の種を植えさせた。数十年が過ぎた。日が昇り日が沈み数十年が過ぎた。しかし村の様子は数十年前と何も変わっていなかった。人口は増えたが、瓦葺きの家は一軒も増えていなかった。機械も一台も増えていなかった。電動の粉挽《こなひ》き機も耕運機も一台もなかった。柳庄、黄水、李二庄と比べてもさらに貧しかった。丁庄はやはり薪になる木もなければ苗も枯れてしまうような貧乏な村だった。ついにある村人が彼の顔につばを吐きかけて言った。「李三仁、おまえ、それで幹部と言えるのか?」

その村人は続けて言った。「李三仁、あんたが村長と支部書記をやるようになって、もう何十年にもなる。しかし、うちじゃ、年越しのときに餃子を作ったことは、これまでいっぺんもない」

こうして彼はついに売血運動のとき、罷免《ひめん》されたのだった。その後、彼はものを言わなくなった。彼の表情はいつも踏み固められた灰のようになってしまったのだった。

そうして上層部は、父に売血をさせ、頭もよく働くので、村長にしようとした。父にはあまり採血させずに、丁庄を指導して採血所をたくさん作らせ、血頭をたばねさせようとした。父はそこでちょっと考え、血頭が多くなると、自分のところで採血する村人が少なくなると思い、村長にはならなかった。それ以後、村長はいなくなった。今の今まで村長はいないままだった。村長がいなくても号令はかかり売血が始まったが、李三仁は絶対に血を売ろうとはしなかった。決して売りに行こうとはしなかった。自分が村長として半生をかけたのはみんなに血を売らせるためではないと主張した。しかし彼の妻は、血を売った隣近所が次から次へと立派な瓦葺きの家を建てていく様子を見ると、通りの真ん中で彼を罵ってこう言ったのだった。「あんた、血を売ることもできないで、それでも男かね。まあ幸いなことに何十年もこの村の幹部をやってこれたが、村の女どもが生理用のナプキンひとつ買えなかったのは、結局あんたが村長だったからだ。アソコを切り取られたわけじゃあるまいし、瓶一本分の血も抜くことができんのだから。いや半分も、一滴も売ろうとせん。血ぐらい売れんで、あんた男と言えるのかね?」

そのとき李三仁は、門のそばにしゃがんで御飯を食べていた。そして妻からこれでもかとばかりにこき下ろされたのだった。彼は妻が口汚く罵るのを、黙って聞いていた。

罵倒の最後まで聞き終わると、彼は何も言わずに茶碗を門の地面の上に押しつけ、無言でどこへともなく行ってしまった。しかし彼の妻がそろそろ洗い物を終えて、次は豚にえさをやる準備に取りかかろうという時分に、彼は百元を手に持って帰ってきた。シャツの片方には袖を通していたが、もう片方の袖は肩に掛けられていた。袖を通した方の手で、裸の腕の肘の裏側を押さえていた。顔は少し青ざめ、落ち着かない様子で、額には汗を浮かべていた。家に戻ると、そのお金をかまどの鍋置きの角のところに置き、妻を見ると目に涙を浮かべて言った。

「おい、わしも血を売ることにしたから」

彼の妻は茶碗を洗う手を休めると、血の気を失った彼の顔を見て言った。

「ようやった。ようやってくれた。それでこそ男というもんだ。ほんとにまあ、あんたはやっぱり一人前の男だったわ」

そして彼にきいた。「砂糖水、飲む？」

彼は目を潤《うる》ませたまま答えた。「飲まん。半生を革命に捧げたこのわしも血を売り始めたというわけだ」

こうして李三仁の売血は始まったのだった。はじめは一ヵ月に一度だったが、二十日に一度となり、十日に一度となっていった。血を売らないと血管が膨張していくような気がした。血管がこらえきれなくなって爆発しそうだった。抜かなければ噴き出してしまいそうなほど、血が多くなっているように感じるのだった。


その頃、血を売るものは多かったが、血頭をするものも多かった。多くの血頭が採血の道具一式を持って血を売りたいものの家まで出向いていた。廃品回収さながらだった。売りたい者は家にいればそれでよかった。しばらくすれば、「血を売りたい者はおらんかー、買いに来たぞーー」の呼び声が聞こえてくるのだった。行商人のように、屑集《くずあつ》めのように、野菜売りのように。


血頭は畑にまでやってきた。鍬を入れ、土起こしをしている村人に声をかけるのだった。「おーい、血を売らんか」

畑の村人は大声で言う。「すまんなあ、さっき売ったばっかりだ、またにしてくれ」

しかし血頭は立ち去ることなく、また言う。「おまえんとこの小麦はよう育っとるなあ。青色が濃くて、黒くみえるほどだ」

畑の村人はそれを聞くと顔をほころばせて言う。「どれぐらい化学肥料をやったか、わかるかね？」

血頭は畦《あぜ》にしゃがみこむと、羨ましそうに、小麦の苗の葉っぱを撫でながら言う。「そりゃわしにはわからんが、化学肥料は、血を売った金で買ったんだろう？」

「血一本で二袋買える。一袋もありゃ、豊作間違いなしだ」

「なんといっても畑仕事が一番大事だからなあ。血を売り始めてから、畑に出ないようになった者も増えたからなあ。血は一生売り続けることができるといっても、人間は百年も生きられん。しかし、畑は百年、千年と耕せる。百年、千年豊作が続くこともきっとある。

しかし人間は、百年、千年血を売り続けることはできん」

畑を耕していた村人は、話しているうちに畑の中から出てきて血頭のそばまで行く。そのうち話に乗せられて、気持ちが高ぶってくると、袖をまくり上げて言うのだ。「よっしゃ、あんたのためにもう一本売るか。これもなにかの縁だ」

そして彼はまた一本売る。そして彼はまた一本買う。そうして二人は別れる。友人同士が別れるように。村人と友情を育《はぐく》んだ血頭は、その村人専属となり、彼の腕に注射針を刺し続け、血を抜き続けるのだった。

李三仁はちょうど自分の畑を耕していた。すでに畑の端から端まで一気に耕すことができなくなっていた。毎月、しかも二回も三回も血を売っていたので、顔は黄ばみ、蠟《ろう》のような光を放っていた。村長になった頃は、ツルハシを鍬のように軽々と振り上げていたのだが、今では石臼でも担ぎ上げるかのように重そうだった。麦の刈り入れが終われば種蒔きだ。玉蜀黍の種を蒔かねばならない。秋の種蒔きは夏の種蒔きとは違う。一日早く蒔けば、収穫するのが四、五日早くなる。その分、風や雨を心配しなくていいのだ。李三仁は、この二日間で玉蜀黍の種を蒔かなくてはならなかった。畑を端まで耕さなければならなかった。季節は秋だったが、夏の厳しい暑さが残り、平原に目をやると広い大地は燃えさかる炎に包まれているようだった。彼はその中で地面を掘り起こしていた。汗は顔の上を滝のように流れた。裸足で上半身は肌脱ぎになっていた。背中の汗はたった今水から上がってきたかのように滴り落ちていた。二本の腕には胡麻のような注射針の痕があった。汗で赤く腫れ、痒かった。彼は本当に力が出なくなっていた。去年なら半日で終わった土起こしが、今年は半年間血を売り続けたおかげで、畑も人も変わっていないのに、二日たってもまだ半分しか進んでいなかった。半分まで耕し終わったとき、太陽はちょうど真南だった。丁庄に昼御飯の煙が上がり、白い緞子《どんす》のような煙が宙を漂っていた。

三カ月前に私の祖母があの世に逝った。祖母は血の入った洗面器の端を踏みつけて、A型の血を浴びてしまった。あたり一面に飛び散った血を見て、祖母は驚いて地面に倒れた。それからというもの祖母はひどい心臓病を患ってしまい、その病気がもとでこの世を去ることになったのだった。祖母の心臓が動悸を打つことは二度となくなった。祖母が死んで、父と叔父さんは一緒に泣くと、もう金輪際、血を採ることも、売ることも、決してしないと何度も誓った。しかし三ヵ月を過ぎると、父は叔父さんを連れ、血を採り、血を売りに行くようになった。

その二人が李三仁の畑の横を通りかかった。他の村を回って戻ってきたところだった。幹線道路からずっと離れた辺鄙《へんぴ》なところにある村まで血を採りに行っていたのだ。集めた血の入った瓶を満載した三輪車をこいでいた。農繁期だった。農繁期、農民はみな畑に出る。採血所まで血を売りに行ってはいられない。しかし父は血液回収業者との契約で、毎日たくさんの血を渡さなければならなかった。だから他の村にまで足を延ばし、畑まで行って声をかけるしかなかったのだ。

父と叔父さんは、李三仁が畑でツルハシをふるっているのを見ると、三輪車を止めて大きな声で呼んだ。

「おーい、売らんかぁ?」

李三仁は頭を上げて二人をチラッと見ると何も言わずに畑を耕し続けた。叔父さんがどなった。「おい、売るのか、売らんのか?」

李三仁は突然頭をブルッと振り回すと言った。「おまえら、丁庄の者が死ぬとは思わんのか」

そのとき、叔父さんはまだ十八歳だったので、小さな声で毒づいた。「このくたばり損いのクソジジイが。せっかくわざわざ来てやったのに、何という言い種《ぐさ》だ」。叔父さんは畑の端に立つと、父がそばに来るのを待っていた。父は李三仁をながめると、やはり畑の端にしばらく立っていたが、畑の真ん中に向かって入っていった。空気を含んだ土は軟らかく、綿花を踏んでいるようだった。一足踏むごとに土の甘くむっとした空気が立ち昇ってきた。李三仁のすぐ前まで来ると、父は「おい」ではなく、「村長」と声をかけた。李三仁の振り上げたツルハシが宙で止まった。彼は唖然として父を見た。もう二年近くも彼を村長と呼ぶものはいなかったからだ。

父は呼んだ。「村長——」

李三仁は何も言わなかった。振り上げたツルハシを下ろした。

「村長、数日前のことだが、県で売血経験交流会があった。県長も局長も、丁庄は血の集め方が少ないと言って批判するんだ。まとめて面倒を見る幹部がおらんのが悪いと言うんだ。それで、県長も局長もわしに村長になってくれんかと言うんだが」

ここまで話して、父はちょっと間を置くと、李三仁の顔を見つめた。

「もちろん、わしがなるわけにはいかん。わしは、県長とわしらの村の、『脱貧致富』担当の教育局局長に言った。丁庄にはあんたのほかに村長をやれる者はいないとな」

李三仁は父の顔を穴が開くほど見つめた。父は続けた。

「あんたとわしは苗字は違うが、わしにはよくわかっている。丁庄のことを一番気にかけ、村のことに一生懸命になれるのはあんただけだ。今あんたがおるのに、村長になろうと思うやつはいないよ。今、あんたがならなくて、誰がなるというんだ?」

話が終わると、父は畑から外へ向かって歩いていった。耕された土にはバッタやカエルが跳びまわり、父の足の上で戯れて、そのひんやりした感じが足から全身に伝わってきた。父は足を上げて、カエルを蹴散らしながら、一歩一歩畑の中を歩いた。畑から出たところで背中から李三仁の声が聞こえてきた。

「おい、丁輝、血を売ってやろうか?」

「もう顔が黄色になってるぞ。もう少し経ってから、売ったらどうだ」

「何十年も生きてきたんだ。なんのこれしき。お国のためになるんなら、なんということもありゃせん」

そしてすぐに畑の端まで出てくると、エンジュの木の下に横になり、ツルハシの柄を枕にした。父は血漿袋をエンジュの木の枝に掛けた。叔父さんが李三仁の腕に注射針を刺すと、血はすぐに箸ほどの太さのチューブを通って袋の中へと流れていった。その血漿袋は一袋五〇〇cc二五〇グラムのはずだったが、普通にいっぱいにすると六〇〇cc三〇〇グラム、さらに端を引っ張って袋をたたくと、七〇〇cc三五〇グラム入れることができた。血を抜きながら父は袋をたたいた。血が固まらないようにするためだと説明した。袋をたたきながら李三仁に話しかけた。

「この村には、あんたのほかに村長になれるもんは、ほんとうにいない」

「村長の仕事ももうあきた。もうじゅうぶんだ」

「まだ五十にもなっとらんのに。ちょうどいい年齢じゃないか」

「丁輝、もしわしが復帰することになったら、手伝ってもらうからな」

「もう県長と局長にわしの態度は表明しとる。あんたが出なかったら、殴り殺されてもこの村の幹部にはならんとな」

「もうそろそろか？」

「慌てんでもいい。もうすぐいっぱいになる」

そして血漿袋は血でいっぱいになった。パンパンに張り切っていた。湯たんぽにいっぱいに水が入って、揺れているようだった。だだっぴろい畑地に甘く濃い血の生臭い匂いが広がった。落ちたばかりの棗《なつめ》を拾ってきて煮たときのような匂いだった。李三仁の腕から針を抜いて、血漿袋を片づけて、父は百元の代金を渡した。李三仁はお金を受け取って言った。「おつりは？」

「今は価格が下がる一方でな、だいたい一袋八十元じゃ」

「それなら、二十元返さんと」

父は彼の手を引っ張りながら応えた。「村長、いや、叔父貴、おつりをわしに渡すということは、わしの横っ面を張ることと同じだ。十元、二十元というような、細かいことは言わないでおこうや。五十元でもわしゃ受け取らん」

李三仁は恥ずかしそうにお金をしまった。父と叔父さんは行こうとして李三仁を見た。彼の顔は蒼白となって顔には汗が噴き出しており、蠟人形の顔に雨がかかっているようだった。立ち上がって畑に戻ろうとしたが、二、三歩行ったところでふらつくと、ツルハシに寄りかかってしゃがみ込んでしまった。

李三仁は大きな声で言った。「丁輝、めまいがひどい。空も地面も回っとる」

「やめといたらと言ったのに、売るからだ。足を持ってひっくり返してやろうか？」

「ああ、そうしてくれ」

そこでまた畑の端で横にすると、父と叔父さんがそれぞれ足を一本ずつ持ち上げ、足を上、頭を下にして、足の血を頭の方へ下ろそうとした。頭に十分下りていくように、父と叔父さんは持ち上げた彼の足をゆっくり揺らした。洗濯したズボンの水を下に落とすかのようだった。

揺らし終わると、二人は持っていた足を離した。

「具合はどうだ？」

李三仁は地面からゆっくり起きあがると、二、三歩歩いて振り向いて笑うと言った。「よくなったみたいだ。なんのこれしき」

父と叔父さんは三輪車をこいでその場を離れていった。

李三仁はツルハシに寄りかかりながら、畑仕事へと戻っていった。ふらふらよろめいているので、そのうち倒れるのではないかと思われたが、そのまま畑の真ん中まで行くと、振り返って叫んだ。

「丁輝、わしが村長に返り咲いたら、副村長をやってくれ、頼むぞ」

父と叔父さんは振り向いて李三仁の方を見ると笑い、そのまま笑いながら丁庄へ帰っていった。村はずれでも村の通りでも、日のよく当たるところ、風を避けることのできる日当たりのいい場所では、血を売ってめまいのする人々が、坂道で頭を低くして横たわり、頭に血を上らせていた。あるいは自宅の戸板を高い椅子と低い椅子に渡して、その上に横になる者もいた。若者の中にはただ壁に向かって逆立ちして頭に血を下ろす者もいた。父と叔父さんは、彼らが外へ採血に行っている間に、丁庄に採血しに来ている者がいると知って驚いた。父は何も言わなかったが、叔父さんは続けざまに罵った。

「コンチクショウめが！　クソッタレが！」

しかし彼は一体誰に向かって罵っているのか、自分でもわからなかった。

李三仁は五十になる前に売血を始めた。売り始めるや、やめられなくなってしまった。始まりはあったが終わりは見えなかった。そして六十になる前に熱病に罹った。病状は他の者よりも重かった。話をする力も出ないほどだった。終わりは見えたと言えた。最後はまだ村長になりたいと思っていたのだが、郷政府は誰も彼を村長に任命しようとはしなかった。

李三仁はすでに老け込んでしまっていた。六十にもなっていないのに、七十の老人のようだった。もう数カ月もすればあの世へ逝ってしまうのだ。病状はすでにかなり進んでおり、歩こうにも、足には大きな二つの石がつながれているようだった。妻は言った。「あんた、ほかの家のもんは病気になったら、みんな、学校へ行って楽しくやっとるというのに、あんたはなんでいつまでも家にいすわって、あたしに世話をさせるつもりなのよ」。そして彼は学校へ行き、他の患者と一緒に暮らすようになったのだった。他の者と一緒にいても、彼は毎日なにもしゃべらず、一人学校の中をゆっくり歩き、景色をのんびり眺め、部屋の角に備え付けたベッドにゆっくりと這い上がって眠るのだった。毎日あの世へ逝くのを待っているようだった。しかしこの日、日の光はまぶしいほどに輝いていた。丁庄の到る所で花が咲き誇り、咲いたばかりの花の香りが天地を覆い尽くすかのように香っていた。人々はその香りの中で、土を掘り返し、穴を掘り、荷物を背負い、担ぎ、息をつくのが精一杯で話もできないほど忙しく、みんな顔に汗をかき、笑みを浮かべ、バタバタそそくさと動き回っていた。祖父は村の入口に立って、李三仁が病気にもかかわらず二つの大きな竹籠を担いでいるのを見た。竹籠にはシーツが被せてあり、中のものが籠を突き抜けて地面に落ちそうだった。李三仁が前に一歩踏み出すたびに、籠と天秤棒《てんびんぼう》がギシギシと音を立てた。末期症状になってもう先は長くないというのに、そんなに重い荷物を担いでいてもその顔は光り輝いていた。祖父は李三仁が目の前を通るときに、慌てて声を掛けた。おい、三仁、おまえ、なにを担いでいるんだ？　彼も他の村人と同じように笑うばかりで何も言わず、ただ祖父の目の前で天秤棒を担ぎ直すと、そのまま家の方へ行ってしまった。ちょうどそのとき、李三仁の五、六歳になる孫が彼を追いかけて駆け出してきた。胸に服のようなものを抱えて、走りながら、じいちゃん、じいちゃんと叫んでいた。孫は李三仁の前まで来たところで、道の真ん中まで根を張っていた迎春花《げいしゅんか》につまずいて転んでしまった。孫が抱えていた包みの中身が道に散らばって、鈴のような音を響かせた。祖父はその音の方を見やって驚いた。一瞬驚いて固まった。その包みから散らばったものが、燦然《さんぜん》と輝く金の棒や金塊、あるいは丸々と育った金の落花生だったからだ。平原いっぱいに咲いた花の下には、金が埋まっていたのだ。李三仁の孫は自分の手から転がり落ちた金の豆を見て泣き出した。私の祖父は助け起こしてやろうとして手を伸ばした。そのとき、祖父は目を覚ました。李三仁が彼を起こしたのだった。

4

祖父が寝ているような寝ていないような、朦朧《もうろう》とした意識でいるとき、李三仁はそっとやってきて、ベッドの前でしばらくぼんやりしていた。そして、あたりに気をつけながら「水陽兄さん」と声を掛けた。

その一声で祖父は目が覚めた。目を覚ましてから、祖父は夢の中で李三仁の孫を助け起こそうとして伸ばした自分の手が、布団の外にあるのを見た。**天地を覆い尽くす花の海で、平原が、丁庄が、郊外の畑が、黄河古道が、様々な色で輝き、金の煉瓦、金の瓦、金の延べ棒、金塊、金の玉、金の粒になるのを**見た。祖父はすぐには目を開かなかった。もう一度、**地上の花、地下の黄金**の情景を見た。ベッドの上でそっと寝返りを打ち、その光景をはっきり思い出そうとした。李三仁の「水陽兄さん」と呼ぶ声に、祖父は笑顔を向けると、三仁か、ちょうど今おまえの夢を見ておった、と言おうとした。しかし言葉が口から出かかったとき、李三仁の血の気を失った顔が見えたのだ。天が落ちてくるような一大事が起こったようだった。

祖父は急いで身体を起こした。「三仁、何かあったのか」

李三仁は悩んでいる様子で嗄れた声で応えた。「まったく、神も仏もない。今回のこの泥棒は、天も恐れず何でもかっさらって行きよる」

祖父は慌ててきいた。「何がなくなったんだ」

悩んでいる様子で答える。「泥棒のやつは、最も盗むべきでないものを盗んでいってしまったんだ」

祖父は慌ててきいた。「一体何を盗《と》られたというんだ」。祖父はベッドから下り、服を着ながら続けた。「なあ、三仁、おまえは村長をしていたときは、話も仕事もきびきびと手際が良かったのに、なんで今はそんなに要領を得ん？」

李三仁は祖父の顔を見て、しばらく躊躇《ためら》ってから言った。「水陽兄さん、ほんとうのことを言うと、丁庄村の委員会の公印はずっとわしが身につけておった。この十年は村に支部書記も村長もおらんかったから、その公印は、わしがずっと肌身離さず持っていたんだ。それと少しばかりの金もあって、昨日の晩寝るときに枕の下に入れて寝たんだが、今し方起きて見てみたら、影も形もなくなっていた。金はなくなってもしかたがないが、公印はなくすわけにはいかん。どうしても取り返さにゃならん。この十年、公印を手元から離したことはいっぺんもなかった、それが目が覚めたら見あたらんのだ」

空は明るくなって、窓や入口から入ってきた光が、部屋を広く照らし出していた。叔父さんはまだ外から戻ってきていなかった。祖父はベッドに視線を走らせた。表情は霧がかかったように曇っていた。李三仁は痩せて小さく、どうしたらいいかわからないという顔をしていた。祖父は彼にたずねた。「一体いくらなくなった?」

李三仁はそれには答えずに言いつづけた。「お金はしかたがないが、公印だけは探し出さんといかん」

「だから、いくらなくなったんかと聞いとる」

李三仁はそれでも同じ言葉を繰り返すだけだった。

「お金はしかたがないが、公印だけは探し出さんといかん」

祖父はまっすぐ李三仁を見つめた。目の前には、これまでに会ったことのない、まったく知らない人間がいた。結局、祖父はそれ以上追及するのはあきらめて言った。「三仁、どうやって探す」

「捜査するんだ」と李三仁は厳しい顔をして言った。

「水陽兄さん、あんたはずっと先生をしとった人だ、生徒は盗みなんぞせん、だが、今は熱病患者が集まってきとる。泥棒は目の前におるはずだ」

祖父は部屋から外へ出た。東の地平線はすでに金色に染まり、まるで**畑と畑が連なり、連なった畑がさらに連なり、一面に花が咲いて、天地を覆っているかのようだった。**その花の光は学校に降り注ぎ、学校はその花畑の光の中に溶けこんでいた。二棟の教室に寝ている熱病患者たちは、まだ目を覚ましていなかった。真冬は早朝から起き出すより、暖かい布団にくるまっているに越したことはなかった。校庭の桐の枝にはもうカササギがやってきて鳴いていた。カササギが鳴くのは吉事の到来を意味していた。この学校に良いことがあるのだ。熱病患者たちに良いことが訪れるのだ。

祖父はその桐の木の下に立つと、木の股から鐘突き棒を取って、「ガン! ガン! ガン!」と集合の合図を鳴らした。緊急呼び出しの音が響き渡った。

鐘も鐘突き棒も長い間使う者がいなかったので、赤く錆《さ》び付き、浮き上がった錆が、ポロポロと剝がれ落ちそうだった。学校に生徒がいなくなり、鐘も飾りになってしまっていたのだった。校庭の真中から東寄りにはコンクリートの台に鉄管を立て、ペンキを塗って旗竿とし、かつては毎日授業が始まる前に国旗掲揚を行っていた。しかし今ではこの旗竿も単なる飾りになりはててしまっていた。

ところが今、鐘はたたかれ、その音が鳴り響いたのだった。「ガン！　ガン！　ガン！」、切迫した銃声のような音が学校中に響き渡った。

早速、綿入れを羽織り、二階の窓から身を乗り出し、「なにごとだ」と叫ぶ者がいた。

李三仁はかつて幹部だった頃のように、声を張り上げて応えた。「集まれ。みんな、出てきて集まるんだ」

また誰かがきいた。「泥棒が捕まったのか？」

李三仁は声をのばして叫んだ。「みんなが集まりゃ、誰が泥棒かがわかる」

患者たちがみんな、部屋から出てきた。目を揉《も》みながら、服のボタンを留めながら、次から次へと部屋から出てきた。そしてグラウンドの桐の木の間に集まった。その中には、丁亮叔父さんと玲玲もいた。二人がどこから出てきたか誰も気にしていなかった。人混みの中に紛れ、身なりもきちんと整っていて、顔は生き生きと輝き、病人ではないかのようだった。二人はバラバラに立ち、一緒にいたことがわからないようにしていた。太陽が東の地平線から昇ってきた。太陽の光の降り注ぐ音とともに、新しい一日が始まった。泥棒捜しが始まったのだ。

祖父は言った。「おまえさんたちは、今日明日のこともわからんというのに、この期に及んで、まだ人のものを盗むのか。また盗られたんだ。昨日の晩、李三仁の金が盗まれた」

李三仁が大声で割って入った。「金のことはどうでもいい、だが、そいつは村の公印を盗んだ。この十年肌身離さず持っとったのに、昨日の晩、持っていかれた」

「探さなきゃならん」。祖父は声をのばして言った。「誰かわしと李三仁と一緒に一部屋ずつ探してくれんか」

言い終わると、祖父は目を群衆に向けた。一渡り見終わる前に、丁亮叔父さんが興奮して群衆をかき分けて出てきて大声で言った。「わしが行く。怒らせても構わん、誰がうちの従姉妹の綿入れを盗ったのか探し出してやる」

玲玲の顔は朝の太陽のように真っ赤に染まった。叔父さんは群衆の中から出てくると、英雄のように胸をそらせた。さらに二人が名乗り出たところで、一部屋一部屋上から下まで捜索がはじまった。

二人の泥棒が見つかった。その一人は趙秀芹だった。みんなのために食事を作っていた趙秀芹だった。

趙秀芹の熱病も末期の様相を呈していた。顔にはいっぱいのできものがあり、そのひとつひとつが煮込んだエンドウ豆のように膨《ふく》れあがっていた。服の外に出ている手の甲や手首にも、顔と同じようにできものがあり、古いできものの痕に新しいのが顔を出し、鮮やかな赤色をしていた。ひとつひとつが寄り合うようにびっしりできていて、痒みがひどくいつも掻きむしっているために、傷口が膿んで、腕には白い液がたれ、他の者には嗅がせたくない酸っぱいようなしょっぱいような臭いがしていた。

普通は発病してから半年経って、体中にできものができるようになるとすぐに死んでしまうものなのだが、彼女はまだ生きていた。死んでいてもいいはずなのに、生きていた。

趙秀芹は十歳年上の王宝山が血を売った金でもらった嫁だった。彼女はその支度金で自分の弟に嫁を取ってやった。それから王宝山と一緒に売血し、夫から渡された支度金をすべて返済したのだった。しかし十年後、夫は発病しなかったが、趙秀芹は発病してしまったのだ。半年前、熱が出てそれは数日続いた。彼女は毎日自宅の庭に座って、地団駄を踏みながら泣き喚《わめ》いた。

「あたしは悔しい。悔しくてたまらん」

王宝山が彼女の手を引っ張ると、趙秀芹は夫の顔に爪を立て引っ掻いた。傷からは血が流れた。彼女は罵った。

「あんたが私を病気にしたんだ、ひとでなし！　あんたのせいであたしは熱病患者になった、バカタレが！」

趙秀芹は泣き騒ぎ、地団駄を踏み、地面の土を高く舞い上げた。しかし数日すると泣くのも騒ぐのもやめた。いつものように食事を作り、鶏にえさをやり、以前と同じように夫に食事を運んだ。しかし今は自分の夫ではなく、村の患者たちのために食事の準備をするようになったのだ。村人のために食事の支度をしながら、村人たちのための食料を盗んだのだ。

趙秀芹は一階にある一年生の教室に寝泊まりしていた。教室の壁際の一角だった。祖父と李三仁は叔父さんを連れて一階の教室を一つずつ捜索していった。布団を剝がし、ベッドをひっくり返し、一人一人の荷物の包みや箱もすべて開けて調べた。趙秀芹は調理室で食事の支度をしているところだった。彼女は夜明け前には調理場に行っていた。食事、洗い物と、恨み言一つ言わず、骨身を惜しまず、愚痴一つこぼさず働き、患者のためにおいしい料理を提供し続けたのだ。祖父が趙秀芹の布団をめくり、李三仁が枕を動かした。枕は重かった。鉛が入っているかのように重かった。その枕の中を見てみると、そこには米がぎっしり詰まっていたのだった。その米は丁庄の患者たちの目に曝《さら》された。

誰もが驚きで顔を強張らせていた。あの自分たちのために食事を作ってくれている趙秀芹が食料を盗むなど、思いも寄らなかったのだ。祖父は調理場にいる彼女を呼びに行かせた。このとき、叔父さんは二階でもう一人の泥棒を見つけ出していた。これもまた意外な人物であった。人に向かって大きな声を出したことのないように五十歳を過ぎた趙徳全だった。全員が外に出て集まったとき、彼は出てこなかった。ここ数日は特に脱力感がひどく、もう幾日も生きられないかもしれない、歩くこともベッドから起きあがることもできない、と話していたという。二階はもうすべて探し終わり、あとは趙徳全のベッドだけだった。趙徳全はベッドに横たわり、窓から入ってくる日の光が彼の乾いた顔を赤く照らしていた。死体に日が当たっているかのようだった。趙徳全は調べる必要はないと誰もが思っていた。彼はこれまでまじめに畑に種を播いてきた。商売のときには秤を気にせず、値段の交渉もしなかった。もう十年になる丁庄の売血でも、買い取り価格に文句を言ったことは一度もなかった。渡してくれる分だけ受け取り、取りたい分だけ取らせた。

「どれだけ取るんだ?」と父が聞いても、「顔が黄色うなったら抜くのをやめてくれ」と言うだけだった。父は一番大きい血漿袋を取り出すと、その袋いっぱいに血を抜いた。顔が黄色くなり、額に汗が出てきたところで注射針を抜いた。金を渡すときにはいつも二元多めに渡していた。趙徳全は金を受け取るとき、父を見ながら言った。「丁輝よ、採血屋の中でおまえがわしに一番よくしてくれるよ」

だから売血するときはいつも父を捜した。

叔父さんはどういうわけだか、趙徳全が玲玲の新調した綿入れを盗んだのだと考えた。彼が人の新妻の綿入れを盗るなどとは他の誰も考えなかった。日の光が窓から穏やかに差し込み、その顔は乾いた死体のようだった。死んだ魚のような目は白く濁っていた。泥棒捜しの村人らが目の前を通り過ぎたとき、自分と同じように病気でも元気な村人を見て、その顔には羨ましそうな表情が浮かんだ。他の者たちがまだ生き生きとしているのが羨ましかったのだ。目に涙を浮かべ、長い長い溜息をついた。みんな彼にあきらめるよう、あるいは「早く死んで、早く生まれ変われ」などと冗談を言って、気持ちをなごませてやるのだった。誰も趙徳全が泥棒だなどと考えたりはしなかった。

みんなが趙徳全のベッドを通り過ぎ、次の部屋を捜索しようかというときに、叔父さんは首をひねって彼の方を見た。叔父さんにも自分が彼に疑いを抱いた理由はわからなかった。叔父さんは我知らず身体の向きを変えると、早足で趙徳全のベッドの枕元まで行くと、足下の掛け布団をめくり、風呂敷包みを取り出して開けてみた。その中には正に玲玲の赤い綿入れがあった。新しい一日の日の出のように真っ赤な綿入れだった。

趙秀芹は調理場から呼ばれて出てきた。趙徳全も二階から連れてこられた。どちらも趙だった。趙一族の恥さらしだった。

太陽の温もりが校庭を包み始めていた。日の光はたき火のように暖かかった。平原の清新な空気が校内にも広がっていった。鳥の鳴き声が雨のように降り注いだ。数十人の丁庄の村人たち、すなわち熱病の患者たちは、まるでとっくの昔に趙秀芹が泥棒の一人だと気づいていたかのような様子で、彼女が調理場から連れてこられたときには、全員、好奇の目で待ちうけていた。人々はバラバラに桐の木のあたりに集まって、中の一人が趙秀芹を呼びにいったのだ。みんな、彼女がうなだれて調理場から出てくると思っていた。しかしその顔には恥ずかしそうな様子はまったくなく、歩きながらエプロンで手についた小麦粉や水滴を拭き、堂々と村人たちを見渡しながら、呼び出される筋合いなどないかのように、引け目を感じている様子など微《み》塵《じん》もない様子で出てきた。審問を目前にしても慌てふためくことはなかった。

祖父は桐の木の前面に立ち、枕の中に隠された米を見て、目の前に立った趙秀芹を見て言った。「秀芹、調理場の米を持っていったのか」

「そんなことしてないけど、なんで?」

「おまえは昔、ひとの畑のものをよく盗んでいたらしいが、もうすぐ死ぬというのに、同じ境遇の者の米や小麦粉を盗むのか?」。話をしながら、祖父は目で足下に置いてある枕に詰められた米を指した。趙秀芹もその白い米でいっぱいの枕に目をやった。しばらく呆気にとられていたが、突然駆け出し、その枕に詰め込んだ米を胸に抱くと、子供を連れていかれる母親のような様子で祖父の前にしゃがみ込み、左右の足を交互にバタバタさせて、嗄れた声で泣きながら言った。

「あんたたち、私のベッドを探したのか? ひどい人に黙って探したんだね。みんな熱病患者、エイズ患者だというのに、良心もヘッタクレもないのかい。黙って人のベッドをあら探しするなんて。私があんたたちの面倒見たのはなんでかわかる? うちの王宝山や、うちのジジババやガキの面倒見るよりは、ましだったからよ。毎日私は朝早く起きて食事の支度をしているというのに、あんたたちときたら、メシがすんだら、茶碗もそのままほったらかしにしてる。なんで私があんたたちの茶碗を洗わんといけないのよ。食事の支度でただでさえ水汲みは大変なのに、あんたたちときたら水を大切に使おうなんて、これっぽっちも考えてないんだから。茶碗一つ洗うのに、どんだけ水を使えば気がすむの」。彼女は続けて叫んだ。「あんたたちも病気だが、私も病気だ。あんたたちももうすぐ死ぬかもしれんが、私も今年は越えられんかもしれん。みんなもうすぐ死ぬ。その私が、なんであんたたちの面倒見ていたと思ってるの? さんざんあんたたちの面倒を見て、毎月ほんのこれっぽっちの米をもらったからといって、なんなのよ? もし私が病気じゃなくて、これだけの面倒見たら、数百元はもらえるところよ。聞くけどね、あんたたち、お金がほしくないの? 少しでもたくさんほしいとは思わんの?」。彼女は叫びながらさらに言った。「みんな、私の作るごはんをおいしいと言ってくれたじゃない。口に合うって言ってくれたじゃないの。私がなんであんたたちのために、わざわざあんたたちの口に合う料理を作ってたと思うの? なんであんたたちの世話をしていたと思ってるの? たかが枕いっぱいの米じゃない」。話しながら喚き、話しながら泣き、しかし目には一滴の涙もなく、実際には泣いてはいなくても、声の調子はやりきれなさでいっぱいだった。言い終わると、彼女は涙のない目をぬぐい、泣き明かしたような様子で丁庄の村人たちを睨みつけた。

祖父は言った。「家で食べる物に困っているのか？」

趙秀芹は目をカッと見開くと言った。「食いものどころか、薪一本にも苦労してるわ」

祖父は怒鳴った。「そんなに足らんのだったら、わしがあんたにやる」

趙秀芹はすぐにやり返した。「あんたのものをもらってどうするの。もらうべきものをもらってないのに、あんたのものをもらうなんて」

祖父は言葉を失った。言うことがなくなってしまったのだ。その場にいた丁庄の村人たちも啞然としていた。状況はまるで村人たちが趙秀芹に対して申し訳ないことをしてしまったかのようであり、趙秀芹が村人たちに対して顔向けできないというのではないかのようだった。そのとき、叔父さんと数人の村人が、趙徳全を連れて下りてきた。

趙徳全には趙秀芹のような肝っ玉も勢いもなかった。男のくせに女ほどの肝っ玉も勢いもなかった。顔には血の気を失った黄色い色が張り付いており、額にはたくさんの汗をかいていた。冬のさなかだというのに、汗びっしょりだった。小さな歩幅でゆっくり歩き、前に向かって退却している感じだった。下に降りてきて、頭を上げて校庭に集まっている村人たちを見て、趙徳全は後ろにいた叔父さんに何か言った。叔父さんも彼に一言何か言った。頭を元に戻したとき、その顔は一面、白に黄色にと変化した。病状が実際に悪く、寿命が尽きようとしていた。焼け焦げた薪のように痩せこけ、かつて身体にぴったりしていた綿入れズボンもブカブカとなり、身体が中で泳いでいるほどだった。骨が枝、皮が葉っぱのようで、歩くだけでユラユラ揺れた。人間というよりは幽霊だった。趙徳全はその状態で丁庄の村人たちの前に姿を現したのだった。深々と頭を下げ、生徒がカンニングをして捕まったような姿だった。寒さのただ中だというのに、額には汗が細く流れていた。人々の目は趙秀芹から趙徳全に移った。誰もが彼が玲玲の綿入れを盗んだとは信じられなかったからだ。玲玲も彼が自分の綿入れを盗んだとはとても信じられなくて、趙徳全と丁亮叔父さんを交互に見ていた。

叔父さんは綿入れを玲玲に返すと言った。「布団の足下で見つかったんじゃ」

趙徳全の目の前で、その綿入れを玲玲に返したのだった。趙徳全は、ゆっくりとしゃがみ込むと、額を地面にこすりつけるほどにうなだれていた。目の前で手渡されているのが、綿入れではなく、自分の顔の皮のようだった。彼の顔色は黄色になった。蠟のような黄色になった。死んだ魚のような目で自分の足下を見据え、身体は縮こまって、たたかれ怯えている犬のようだった。

祖父は言った。「徳全、この綿入れは本当におまえが盗ったのか?」

趙徳全は枯れて縮こまったまま何も言わなかった。

「おまえが盗ったのか、そうではないのか?」

趙徳全は枯れて縮こまったまま何も言わなかった。

「もしおまえが盗ったのだったら、ちゃんと白状すべきなんだぞ」

趙徳全は、頭を上げて祖父の顔を見たが、依然として枯れ果てた様子で何も言わなかった。涸れ井戸だった。

叔父さんが言った。「趙徳全、わしがあんたを突き出した。わしを恨むか?」

趙徳全はもうこれ以上は下げられないほど頭を下げたが、相も変わらず何も話さなかった。

祖父は叔父さんを冷ややかに一瞥すると言った。「おい、おまえはどうしてそう一言多いんじゃ」

叔父さんも口をつぐんだ。日はすでに地平線からすっかり顔を出し、その濃密な光は金色の水かスープのようだった。太陽はいったん顔を出すとあっという間に高く昇り、その光は学校全体を突き抜けていくかのようだった。その光の下、丁庄の村人たちは、誰も何も言わず、祖父を見、趙徳全を見、事の成り行きを見守っていた。

祖父は言った。「趙徳全、おまえはいい歳をしてなんでまた、新妻の綿入れを盗んだ」。趙徳全の額からついに、汗が流れ落ち、地面に滴った。真冬だというのに、汗が滴り落ちた。ただじっと黙っていた。丁庄の村人たちはみな黙ったままだった。趙秀芹はその沈黙の中、立ち上がると、米の詰まった枕を抱いて調理場に向かって歩いていった。

祖父は言った。「どこへ行く」

彼女は振り向くと言った。「鍋を火に掛けたままだ。ごはんがベチャベチャになったらどうする」

李三仁は追いかけるように聞いた。「秀芹、村の公印は盗んでないだろうな?」

趙秀芹はムッとした様子で答えた。「あんた、それを金のように大切にしとったじゃないの」

　李三仁はちょっと固まると、少し考えて、趙徳全の横にしゃがむと、そっと聞いた。「徳全兄さん、わしらは同じ五十のじじいだ。ごまかしっこなしだ。もしあんたがわしの枕元にあった村の公印を盗ったのなら、わしに返してくれ」

　趙徳全は真剣な面持ちで首を横に振った。

　李三仁はまたきいた。「ほんとうに持っていってないんだな?」

　趙徳全はうなずいた。

　李三仁はすっかり失望した様子で立ち上がった。趙徳全の額の汗が移ったかのように、彼の額からも汗が噴き出し、懇願するような様子で村人たちを見渡すと、大声で言った。「金はどうでもいい。村の委員会の公印は返してくれ。この何十年という間、ずっと手元に置いとった。家では鍵のかかる箱に入れとったし、外に出るときには懐に入れとった。寝るときには枕の下に置いといたのに、朝起きたらなくなっていたんだ」。李三仁は大声でもう一度喚いた。「金はいらん、公印を返してくれ」


事態はこうして過ぎていった。音もなく過ぎていった。四、五日過ぎたが、その間、人々は学校で静かにしていた。玲玲は学校の便所へ行った。男便所は建物の東に、女便所は建物の西にあった。玲玲は西の便所に向かった。例の赤い綿入れを着ていて、たき火が西へゆらゆら移動していくように見えた。太陽はちょうど真南にあり、とても暖かく、人々は皆、建物の下で、ひなたぼっこをしていた。横一列になって日に当たっていた。残り少ない日々を耐え、熱病にかかってしまった自分の運命に耐えていた。ちょうどそのとき、玲玲が赤い綿入れを着て西へ行く姿が、趙徳全の目に飛び込んできたのだった。彼はひなたぼっこをしながらうとうとしている人々を見ると、自分も西へ歩いていった。

　彼は便所からあまり遠くないところで玲玲を待ち伏せた。玲玲が便所から出てきた。二人はお互いににらみ合った。玲玲が軽蔑したまなざしで趙徳全を見て立ち去ろうとしたとき、趙徳全は前に進み出て彼女をさえぎると、そっと言った。「玲玲よ、その綿入れをわしに売ってはもらえんだろうか」

　玲玲は蔑むように男を見た。男は顔に笑みを浮かべていた。乾いて干涸らびた笑顔だった。うすっぺらの強張った笑顔だった。

「笑われてもかまわん」。笑いながら言った。「わしには自分がもう今年の冬を越せんとわかっとる」。笑うのをやめて続けた。「笑ってくれ。あんたの姉さんと結婚したとき、彼女に赤い綿入れを買ってやると約束した。息子がもうじき結婚し、わしは死んでしまうというのに、あいつはわしがまだ赤い綿入れを買ってやっていないのを覚えとるんだ。わしはもうすぐ死ぬ。死ぬ前にあいつに赤い綿入れを買ってやりたいんだ」

玲玲はしばらく立ち尽くしていたが、何も言わずに趙徳全の前から立ち去ろうとした。

趙徳全は追いすがって言った。「五十元でどうだい」

玲玲はそれを振り払った。

「八十元でどうだ？」

彼女は彼の前から逃げた。

「百元でどうだ？」

玲玲はずっと遠くまで行ってから振り向いて言った。

「潙県まで買いに行けばいいじゃないの」

5

事態は平穏に過ぎていった。ただただ静かに推移していった。

なくなった食料、なくなったお金、なくなった公印、なくなった綿入れ。捕まるべき泥棒はすべて見つかった。趙徳全は死ぬ前に奥さんに借りを返したかったのだ。赤い綿入れは二人が結婚したときに約束したものだった。しかし今、自分は熱病でもうすぐ死んでしまい、自分の息子が結婚して独立するというのに、その約束が果たされていなかったのが、心残りとなっていたのだった。そしてそのことを思うあまり、盗みに手を染めたのだった。趙秀芹は何の見返りもなく他の村人たちのために食事の支度をするのは割に合わないと思い、食料を盗んだのだった。趙徳全には綿入れを楊玲玲に返させ、趙秀芹には他の二人の女性と一緒に、やはり食事の支度をしてもらうのだが、他の患者が家から米や小麦粉や雑穀を供出して、彼女たちはただで飲み食いすれば良いことになった。またもし今後、再び手癖の悪い輩が出た場合には、その患者には家に戻ってもらい、家のベッドで最期を迎えてもらうことになった。

　明日をも知れない命の者ばかりで、この期に及んで何か企むなどありえないことだった。しかし李三仁は村の委員会の公印を見つけ出せず、ずっと納得できないままでいた。「もう探すのはやめだ、やめたやめた、どうせ丁庄には村の委員会なぞありゃせんのだし」と言いながら、こっちの人のベッドをひっくり返したかと思うと、あっちの人の服を探ってみたり、二階の鼠の巣まで暴いて糞を一粒一粒どかすことまでした。

　しかし結局は見つからなかった。見つからないことで、気持ちはふさぎ込み、時折、突然、情けなさそうな長い溜息をついた。あるときからは、一日中、ひなたぼっこもせず、日の当たる窓際に座ることもせず、布団に潜り込んだままになった。夜も朝も、布団の中にいた。午前中いっぱい布団の中で、昼御飯時になっても布団に入ったままだった。祖父が躍進叔父さんに呼びに行かせた。叔父さんは自分の茶碗をたたいて李三仁の教室の入口で叫んだ。「三仁おじさん、飯だ」

　返事がないので、また言った。「村長さんよ、食べんのか？」

　あいかわらず返事がないので、叔父さんはベッドのところまで行って、手で彼を押してみた。押してもびくともしない石の柱のようだった。慌てて布団を剥いでみると、彼の顔はすでに青色になってしまっていた。青みを帯びた紫色だった。

　李三仁はあの世に逝ってしまった。とっくに死んでいたのだ。おそらく前の日の晩の夜遅くに死んだのだろう。枕元は彼の吐いた血で染まっていた。どす黒い血で、泥で汚れたように見えた。黒く汚れた氷のようになってこびりついていた。趙徳全は病が重かったにもかかわらず生きていた。李三仁は趙徳全より病気が軽かったのに、先に死んでしまった。血を吐いていたがその顔はゆがんでおらず、死の直前にそんなに苦しまなかったのだろう。たぶん咳か何かしただけなのだ。咳と同時に血を吐き、あの世に逝ったのだ。その顔には無念の表情が残っていた。目はまだ見開き、口も開いており、誰かに何か話したいのに言葉が出てこないまま死んでしまったという印象だった。

　叔父さんはベッドの前で茫然と突っ立っていた。顔は蒼白だった。恐ろしいわけではなかったが、寒けを感じたのだった。自分にもじきこの日が来て死んでしまうのだ。そのことに思いいたったとき、寒けを感じたのだった。茶碗も箸も叔父さんの強張った手の中で凍り付いていた。叔父さんはしばらくぼんやりしていたが、手を伸ばすと慎重に李三仁の鼻の前に当てた。冷たい空気がその手を掠《かす》めるのを感じると、腰を伸ばして窓を開け頭を出して、ちょうど食事に行こうとしていた数人に向かって叫んだ。「おーい、李三仁が死んだぞ」

下の人々は頭を上げて言った。「なんだって?」

「李三仁が死んだ。もう冷たくなってる」

みんな驚き、互いに顔を見合わせると、食事に行くのはひとまず措いて、先に二階の教室へと上がっていった。その五、六人の村人も、李三仁を見、手を鼻にかざして確かめた。みんな、顔から血の気が引いていた。

祖父もやってきた。顔はやはり蒼白だった。祖父も同じように彼が死んでいるのを確かめると、青ざめた顔で振り向いて言った。「誰か彼の家の者に知らせに行ってくれ。家に棺桶も死装束も準備してあるはずだ」

一人が祖父を見ながら言った。「先に飯を食ってから知らせに行けばいいでしょう。そうせんと飯が冷めてしまう」

祖父はちょっと考えると、布団で李三仁の顔を覆い、村人たちを連れて下に降り、食事にとりかかった。食事のとき、彼らは李三仁が布団の中で死んでいることを一言も口にしなかった。知っている者もいつもどおり食べ、知らない者もやはりいつもどおり食べた。風はなく、日の光は調理場から西へ少し傾いて降り注いでいた。校内は暖かく静かで、みんな、思い思いに、立ったりしゃがんだりして、マントウを食べ、趙秀芹が作ったおかずを食べた。彼女の作った塩味の玉蜀黍のスープを飲んだ。教室から持ってきた椅子に座って、自分の靴の上に座って、みんな、ズルズル音を立ててすすった。村の昔話をしながら、笑い話や笑えない話をしながら。本当のことも冗談もごちゃまぜで。

玲玲と丁亮叔父さんは一緒にしゃがんで食べていた。玲玲が聞いた。「村長さん、亡くなったんじゃないだろうか」

叔父さんは応えた。「違うだろう。気分が悪いから食べにこれんと言っていたが」

「公印を持っている人は返してあげたらいいのよ。ずっと気にしてるんだから」

「綿入れは見つかったんだ、もうよかろう。これ以上あれこれ言わんことだ」

二人は頭を下げては御飯を食べ、頭を上げては話をした。みんなが食べ終わった頃に、祖父は趙秀芹に向かって言った。それは全員に向かって告げることでもあった。「李三仁はここに住むことはできんようになった。もう彼の分は作らんでもいい」

みんな啞然《あぜん》として、祖父の話がわかったような、わからないような様子で互いに顔を見合わせ、聞こうにも聞けず、調理場周辺は一瞬のうちに、村人たちの呼吸の音だけになってしまった。呼吸の音さえも聞こえなくなった。羽毛が風に乗って飛んできた。その羽毛の飛ぶ音さえもはっきり聞こえてきそうだった。調理場の入口に座っていた丁嘴嘴《ていしし》が、咳払いをすると言った。

「笑い話を一席。昔、県の役所の下級官吏にとても賢い男がおりました。どんなことでも彼にかかるとあっという間にできてしまうのでした。ある日、県知事が彼を試そうと思い立ち、役所から出て郊外までやってきました。見ると美しい娘が菜園の端を歩いてきます。県知事は言いました。あの娘のところへ行って、ちょっと話をして、もしあの娘がおまえに口づけさせたら、県知事の印を三日間おまえに貸し与えることにしよう。もし口づけさせることができなければ尻たたき五十回だ。どうだ、できるか？　その賢い男はちょっと考えてから、その娘のいる菜園の端へと行くと、何かしら言葉を交わしておりましたが、なんとその娘は自分から口を近づけ、その賢い男に口づけしたのでありました。彼は約束通り、役所に戻ると三日間県知事となったのでした。さてこの賢い男は娘になんて言ったのでしょう？」

丁嘴嘴は丁庄の村人たちにたずねた。みんなが食べるのをやめて、彼の笑い話を聞いているのを見て、全員を見渡し、あとは聞いてのお楽しみとばかり、スープを二、三口飲んで引き延ばすと、また話を始めた。

「その賢い男は菜園の端を歩いていた娘を押しとどめると言いました。もし、お嬢さん、横道にそれてはいけませんよ。うちの菜園のニラを盗んだでしょう。その娘さんは言いました。違います。私はずっとこの道を歩いてきたのです。あなたの菜園のニラなど盗んではおりません。その賢い男は言いました。私はあなたが盗んだニラを口に入れるところをはっきりと見たのです。どうして盗んでいないなどと言うのですか？　その娘は、彼の眼前で口を大きく開けて言いました。私が盗んだですって？　私の口の中を見てご覧なさい。賢い男は言いました。あなたは呑み込んでしまったのです。見えるわけがありません。娘は言いました。おなかを開いて見せろとおっしゃるのですか？　賢い男は言いました。それには及びません。ニラは臭いがきついので、ちょっと嗅がせてもらえればそれで結構です。すると娘は口を開けて顔を近づけ、彼に彼女の口の臭いを嗅がせたのです。県知事は印を貸し与え、彼を三日間県知事にするしかありませんでした。その賢い男はこの三日の間に、村や町から彼の親戚友人を呼び寄せて役所の各部門に配属させ、みんな幸せな日々を送ることになりましたとさ」

丁嘴嘴は数日前に学校に移り住んできたのだった。熱病になってから、学校へ行って天国のような暮らしをしたいと言いだし、家の者を付き添わせてやってきたのだった。彼が来てからというもの、学校には笑い声が絶えなかった。彼の笑い話は尽きることがなかった。祖父が李三仁はもう学校には住めなくなったと言ったとき、瞬間、みんな驚いて固まってしまっていたが、丁嘴嘴の笑い話を聞いて我に返り、クックックッと笑い出した。口をすぼめて笑った。天を見上げて笑った。笑い過ぎて椅子から転げ落ち、茶碗をひっくり返して中身を浴びてしまう者もいた。

6

李三仁があの世に逝ってから二日後、埋葬の日、彼の妻は泣かなかった。彼女は祖父にきいた。「うちの人は、なんで口は開いたままで、目は閉じていないのかしら。なんか心残りでもあったのかしら」

祖父は霊安所に安置された李三仁を見た。そこには口を大きく開け、生きているときよりも大きく目を剝いていて、白目が白い喪服のようだった。祖父は何も言わず、しばらく考え込んでいたが、一人村を離れるとどこかへ行ってしまった。

半日して戻ってきたときには、新しい村の公印を手に持っていた。丸い印だった。新しい印だった。さらに朱肉まであった。心残りをなくすために、祖父はその新しい印を彼の右手に、朱肉を左手に握らせた。そして祖父は呼びかけた。「三仁よ、公印は学校で見つかったぞ。誰も盗っちゃおらんかった。おまえさんのベッドの枕元の床の隙間に入り込んでいたんだ」

それから李三仁の目に手を当ててそっと撫でて目を閉じさせ、開いていた口も閉じさせた。

すると、彼の死に顔が変わった。乾いた枯れた感じはあったが、ほっとしたような、思い残すことのない表情になった。

李三仁は満足し安心したにちがいない。

第二章

1

家について話そう。父について話そう。祖父が見た、父と家の夢について話そう。長い長い夢について。

父は丁庄から引っ越すことに決めた。丁庄はすでに荒涼としていた。寒々としていた。人の住んでいる気配はなくなっていた。患者はほとんど村の郊外にある小学校に行った。行かない者は一日中、家の中にこもっていた。村の通りからは人影が絶え、話し声も聞こえず、粛然としていた。いつからか、死人が出ても、白い対聯を貼らなくなった。人が死ぬことが日常茶飯事になってしまって、貼るのも面倒になったのだ。大騒動して葬式をする必要もなくなった。親戚や友人を葬式に招くこともしなくなった。人が死ぬのは、灯が消えるようなもの、秋に木の葉が落ちるようなものとなってしまった。村は静寂に包まれていた。墓地のような静けさに覆われていた。新街からすでに何軒かの家が潟県の県城に引っ越していった。東京《とうけい》に引っ越していった家族も一軒あった。

ワラワラと引っ越していった。残された村、新しく建てられた瓦葺きの家も不要なものとなってしまった。

人がいなくなり、家は空っぽになった。丁庄はがらんとして、人気《ひとけ》がなくなってしまった。

祖父に絞め殺されそうになってから、父は丁庄を離れることを決意していた。**まとまった金を準備して、**

潙県か東京《とうけい》に引っ越すつもりだったが、まだ金が足りなかった。金が足りないということが、父を一晩中眠らせなかった。その日、一晩中ベッドの上でもんもんとし、夜が明けるや部屋の外に出て、庭でちょっと立ち止まってから、家を出て村へ向かった。村を突き抜けてはずれまで来ると、朝の日射しが平原の東から昇ってくるのが見えた。その光には漢方薬の苦味がかった匂いが含まれていた。父は村の西にある空き地に立って、その薬臭い匂いを嗅いでいた。学校の患者たちが起きて薬を煎じ始めているのだった。しかし父はその薬を煎じるために立ち上っている煙を見ているときに、はたと気づいたのだ。

ポンと音がした。誰かが手で彼の心を弾いた。学校の上空に立ち上る煙、金色に銀色に輝く煙を見つめながら、父ははたと思い出したのだ。村でこんなにたくさんの者が死んでいる、そしてもっとたくさんの患者が死ぬのを待っているのだ。上層部は村人たちのために何か言うべきだ、何かするべきだ。

何も言わず何もせず、何にも関わらず何も見ようとしない上層部などどこにもない。

2

父は生来、大きなことをしたいと考えている人間だった。父は大きなことをするためにこの世に生まれてきたのだ。祖父の息子として、私の父として。はじめは丁庄と丁庄を中心とした半径数十キロの範囲の村の人々の血と命を仕切ったわけだが、今度はその人々が死んだあとの棺桶とお墓を仕切ろうとしていた。こんなに多くのことに関わることになろうとは、彼自身、思いも寄らなかった。彼はただ考えたことをやってみただけだった。潙県の県政府に行ってちょっと試してみたらうまくいったのだ。門を開けてみたら、日の光がさっと部屋いっぱいに射し込んだのだ。

父は潙県に出向いた。そして賑やかさでは並ぶところのない県城の高県長を訪ねた。高県長は、丁庄に初めて来たときには教育局の局長だったが、そのときにはすでに副県長になっていた。県の熱病委員会の責任者でもあり、父とたくさんのことについて話し合い、様々なことについて相談してきた。

高県長は言った。「丁庄ではすでに数十人も死んでいるというのに、何でもっと早くわしを訪ねてこなかったんだ？　おまえは副県長であるわしが、丁庄に心をくだいていることを、よく知っているはずだ。おまえのおやじさんの丁先生もわしが丁庄のことをどう思っているのか、わかっとらんのかなあ？」

父は高副県長の方に顔を向けた。高県長は言った。

「熱病に罹った患者には、一人に一つ棺桶を支給することになったのを丁庄の者は知らんのか？　誰も通達する者がおらんかったのか？」

高県長は座ったまま父にたくさんの話をした。

高県長は言った。「前は死んでしまったらそれまでだったが、今は熱病で死んだら、きちんと手続きして県政府に申し込みさえすれば、棺桶が支給されるんだ」

父は高県長の顔をただ見上げていた。高県長は言った。「もう帰っていいぞ。丁庄のケイガイをまた食べたいものだ。今度来るときは採れたてのケイガイを持ってきてくれんか」

3

祖父は自分で夢を見ているとわかっていた。見ているのは夢の中の出来事だとわかっていた。続きなど見たくなかったが、その夢は不思議な光景で見たこともない場所だった。祖父はその大きな囲いの中に入っていかざるをえなかった。


大きな敷地の中は棺桶工場だった。棺桶にする材木の加工場だった。

そこがどこかはわからなかった。祖父は夢の中で、これは夢だとはわかっていた。しかしどこの夢を見ているのかわからない。一面の荒れ野を過ぎ、黄河古道の砂丘の上に広がる平地を過ぎ、砂丘の作った谷を越えると、広々とした小さな盆地があった。小さいとは言っても、端っこがどこかわからないほどの広さだった。茫漠として果てしのない平原の緩やかな稜線を描く砂丘の間に、祖父はその棺桶工場を見たのだった。周囲は鉄条網で囲われ、その囲われた中の平らなところには一面、棺桶用に加工された黒塗りの材木が並べられていた。材木の種類は一様ではなく、大きさ、厚さによってチョークで甲・乙・丙の文字が書かれていた。ちょうどお昼時で、太陽は平原の真上にあり、幾筋もの金色の光が降り注ぎ、無数の金の糸が張り巡らされ、金の糸で作られた網が空中にあるかのようだった。遠く黄河古道の平原には、錆の浮いた鉄条網を通して、日の光が砂地の上で揺らめいており、光の洪水がゆっくりこちらへ向かってくるかのようだった。

　祖父は棺桶工場の材木の並んでいる広い平地に立ってその光景を眺めていた。何百何万という棺桶用の黒塗りの材木が、ひとつの村よりも広いコンクリートの敷地に整然と並べられ、正午の日の光を浴びて一面黒光りしていた。どの材木にも腕ほどもある太さで大皿くらいの大きさの「祭」あるいは「奠」（供え物をして死者を祭るの意）の文字が書かれていた。金色で書かれたその文字は日の光に反射して目に眩《まぶ》しく突き刺さった。祖父にはこれが政府が熱病患者専用に作った棺桶工場だとわかった。入口を通ったときに見かけた対聯には、「心は病人とつながっている、あなたを愛しています、道中何事もなく無事天国に召されますように」と書かれてあった。対聯の横には警備員がいた。祖父は聞いた。これは何の工場だ？　彼は答えた。棺桶工場です。どこがやっとるんだ？　県の上の方です。中へ入って見させてもらっていいかな？　どうぞ、ご覧下さい。それで祖父は中へ入っていった。そしてこの数百、数千という棺桶を見たのだ。地上に生まれた黒い湖だった。「祭」と「奠」の字が湖の中で揺らめいて、蛇か金魚の頭のようだった。

　さらに行くと、ゴロゴロという機械の音が春雷のように響いてきた。砂丘をぐるっと回っていった向こうに、大きな工場の建物が二棟並んでいた。工場の中では、木工職人、塗装職人、彫り物職人が慌ただしく行き交っていた。木工職人は材木から木材を切り出し、彫り物職人がその上に「祭」あるいは「奠」の文字を彫刻した。漆職人はその彫りの終わった木材を工場の外へ運び出すと、黒い塗料を吹き付けた。それが乾くのを待って、金色の塗料で文字を書いた。そのすべての工程が終わると、木材の品質によって、甲・乙・丙に分けるのだった。

　この棺桶工場の作業場では、木工職人、塗装職人、彫り物職人が流れ作業で忙しく動き回り、祖父と話をするような余裕のある者はいなかった。誰もが自分の仕事で手一杯だった。祖父はその作業場を出て、もう一方の作業場に行ってみることにした。途中、木材に甲・乙・丙の等級を専門に書いている中年の男を見かけたので、声を掛けた。棺桶用の板にも等級をつけるのか？　食べ物にも、粒の大きい小さいがあるだろうが。そう言いながらその男は行ってしまった。祖父はしばらくあっけにとられていたが、もう一方の、松の木と鋼材で作られた作業場に入っていった。中に入って見てわかったのは、こちらの棺桶はさっきのものとはまったく違うということだった。できあがって並べられている黒い棺《ひつぎ》を見ると、そのうちの三つは十五センチほどの厚みのある桐の木で、もう二つはこれも十五センチほどの厚みのある朝鮮松の木だった。朝鮮松は埋めても虫が付かず湿気に強く、この中原《ちゅうげん》地帯では高級な木材だった。精巧に作られた棺桶の表面には、例の「祭」あるいは「奠」の文字が彫られているだけでなく、その周りには龍や鳳凰の模様が施されていた。棺桶の側板には、地上で魂が昇天する絵と、天上で天国へ迎えられる絵が描かれていた。色とりどりで金も施され、宮殿の花園のようだった。さらに歩を進めると、もっと大きな棺桶が二脚の椅子の上に渡して置いてあった。棺桶の前後両側にそれぞれ霊魂昇天図、神仙歓迎図、百鳥朝鳳図、極楽世界図の四種類の彫刻が施されていた。そこには塗装職人が金銀をふんだんに使って豊かさと豪華さを極めていた。さらにもう一人の彫り物職人が棺桶の蓋を壁に立てかけて、子孫一同が揃って宴を開いている様子、故郷に錦を飾った主人を迎える女性たちの舞いの様子を刻み込んでいたが、その中の老人、子供、女はどれもまるで生きているかのようだった。故郷に錦を飾った主人のために踊る侍女たちのその美しさときたら、もう言葉も出ないほどで、唐王朝時代の宮廷の女官たちのようだった。その彫り物職人たちの精魂こめて彫っている様子を見ていると、その棺桶は土の中に埋めるのではなく、並べて展示するためのものであるかのようだった。祖父は首をかしげながら、その職人たちの前を通り過ぎた。彼らが彫っている棺桶の木材はすべて柏《はく》だった。しかもどれもこれも柏の一枚板で、二つを貼り合わせたようなものは一枚もなかった。その柏の木でできた棺桶の前で、祖父は息を殺し、言葉もなく、ただ見入っていた。その一枚には、金と銀の鳳凰、園の中には川が流れ高い山があり、村々の田畑や山脈が彫られていた。別の棺桶は天国での大宴会の様子で、その中には煙草の大中華や酒の茅台（マオタイ・中国の蒸留酒のトップブランド）、鶏の丸焼きや大皿に盛られた黄河で獲れた魚まで彫り込まれていた。麻雀牌《パイ》にトランプも、そして唐王朝の皇帝のそばには肩を揉んだり団扇《うちわ》で風を送っている女官や召使いが侍《はべ》っていた。どうにも異様な感じだったのは、その極楽園にはテレビや冷蔵庫から洗濯機、祖父が見たこともない電化製品や機械が描かれ、またその横の古色蒼然とした建物の門の上には半円形の瓦があって、門の枠の真上には中国人民銀行の六文字が彫ってあることだった。どの職人も仏師が仏像を彫る如く、脇目もふらず一心に棺桶に向かっていた。彼らの額には小さな汗の粒が浮かび、目はカッと見開いていて今にも飛び出しそうだった。彼らが手にしている彫刻刀には平らなものから三日月形のもの、鋭く尖ったものから足の爪切り形のものまであった。彼らが削るたびに飛び散る柏の木の屑が白くあるいは黄金色に光り、それは花か米粒のように地面に厚く積もっていた。柏の木の香りが棺桶や木屑から噴き出して、作業場の中で渦を巻き、入口の大きな門から外へと流れて出ていった。祖父はその棺桶を一体誰が使うのかがわからなかった。熱病患者にこの皇帝さながらの棺桶はあまりにも不釣り合いだった。彫刻刀を研ぎに行った職人がそのついでに言った。この棺桶の木は正真正銘いいものですよ。なんと言っても龍の棺ですから。

　それはたしかに龍の棺だった。祖父は振り返って聞いた。あの天国で大歓迎の様子の描いてある、松の木の棺桶は何の棺桶かね？　麒麟の棺です。あの前の桐の木の棺桶はただ残しとくために彫っているのか？　あれは獣王《ライオン》の棺です。祖父はフンと鼻を鳴らすとまたたずねた。この龍の棺は誰が使うんだ？　その職人はもうこれ以上つきあってはいられないとばかりに目を上げると、祖父が聞いてはならないことを聞いたような表情をした。祖父は煮え切らない気持ちのままそこにしばらく立っていた。

　しばらくして、その龍、麒麟、獣王の棺を作っている作業場を出ると、太陽が砂丘の真上から西へ傾こうかという時分になっていた。冬の日差しの暖かさを突いて冷たい風が吹いていた。湖のように見えていた目の前一面に広がる甲・乙・丙の黒い棺は、軍隊の陣形の様相へと変貌した。その陣営の中をこの棺、あの棺、と忙しく走り回っている者がいた。棺を選んでいるようだった。

棺桶の陣営の端には、棺を満載した大型トラックが止まっていた。大きな黒い山だった。その山の上では最後の棺が慎重に積まれているところだった。ぶつけて傷が付かないように、下でもう一人が指示を出し、棺桶の角には筵《むしろ》があてがわれていた。その指示を出している男は、青色の短いコートを着て、赤い襟を立て、派手な身振り手振りに大きな声で指示を出していた。その話し声が祖父には耳になじんでいる自分の家の者の声のような気がした。

祖父はその声の主を見た。それは自分の家の者だった。そこで棺の積み込みを指示していたのは、私の父だった。祖父はしばらくの間、茫然としていたが、自分の息子の方へ近づいていった。しかし祖父が棺の間を大急ぎで擦《す》り抜け、そのトラックまであと一息というところで、最後の棺の積み込みは終わり麻縄が掛けられると、トラックは真っ黒な排気ガスを出しながら出口へと走っていった。荷物を積み込んでいた男も、父と一緒にあっという間にトラックに乗り込み、消えていった。

祖父はさっきまでトラックが止まっていた場所に立ち、遠く車の音がする方を見て叫んだ。輝《き》ー、輝ー！

叫んだところで目が覚めた。

夢から覚めて、祖父は父が枕元で笑みを浮かべて立っているのに気がついた。父は言った。県城へ行って、高県長と会ってきたよ。以前は教育局の局長だったが、今じゃ副県長さんで、熱病委員会の責任者だ。高県長さんがおやじによろしくとのことだった。それで丁庄の熱病患者の家には、いい年が越せるように、一軒につき五斤の油と、爆竹を支給して下さるそうだ。

祖父はベッドの端に座って、放心した様子で父を見ていた。棺桶工場の夢のことを考えていた。まだ深い夢の中にいるようだった。

第三章

1

正月が過ぎた。正月が過ぎて、村に一つの事件が起こった。

年越しの期間に、親戚の間を行き来するうちに、ある村では、熱病で死んだ者に県政府が黒い棺を支給しているらしいこと、県城のはずれには棺桶工場があって、熱病患者専用に棺桶を作っているらしいということが知られるようになった。同じ病気で、同じ県に住んでいて、一方は何百元もする棺桶が支給されて、なんで丁庄は十数元ぽっちの油と数元にしかならない爆竹だけなのだ？

そこで人々は父のところへ理由をききに行った。正月十六日の朝御飯のあと、趙秀芹と丁躍進を先頭に、父のところへ問い詰めに行ったのだった。父はちょうど庭の一角を掘り返しているところだった。そこは豚小屋と鶏小屋のあったところだった。しかし豚も鶏も村人に毒を盛られて死んでしまった。もう家畜の世話をするのはやめ、小屋の壁を壊し、地面をならして耕し、ケイガイを植える準備をしていたのだった。壊された煉瓦の残骸が庭に積まれ、掘り返された土は黒々としていた。ずっと豚と鶏を飼っていたので、土が脂ぎって黒くなり、ケイガイを植えるにはこれ以上ないものになっていた。その黒い土には作物が大好きな肥やしの匂いがしていた。父は上着を脱いで、その黒く香っている土を掘り返しているところへ患者たちがやってきて門を取り囲み、口々に言ったのだった。どうしてほかのとこは、死んだら黒い棺桶で、わしらが死んだら五斤の菜種油しかもらえんのだ？

父は耕している土の中から出てくると、入口に立ちはだかって言った。「もしわしが走り回らなかったら、どうなっとったと思う？　その油ももらえんところだったんだぞ。二百人ちょっとの村で、百人近くのもんが死んどるんだ。比べてみろ。丁庄はまだ幸せな方だ。そこの村と棺桶を取り合うことはできんだろうが。五百人あまりの村で、三百人が熱病患者のところもある。そこと棺桶を争うわけにはいかんだろうが」

それで話は終わりだった。それ以上は何も言わず、父は地面を掘り返す作業に戻った。冬は終わりに近づいていた。もうすぐ春だった。春が来れば、そこにケイガイの種を植えて、二日に一度水をやれば、一週間後には芽が出るはずだった。

半月後、ケイガイはしっかり育ち、ピリピリしそうな浅緑の香りがあたりに漂った。

ケイガイの種を植えた頃に、村人が一人死んだ。まだ三十歳になっておらず、死体を納める棺桶がなかった。村人たちは村の入口に集まると口々に、父の家に行ってその村人のために棺桶をお願いしようと言った。そして私の家までやってくると言った。「丁輝兄貴よ、ちょっと上の人に口をきいてもらって、棺桶を支給してもらうわけにはいかんか？」

父は難色を示した。「考えてもみろ。もらえるんだったら、とっくの昔に行ってもらっているところだ。油も爆竹もわしがみんなのためにお願いしに行ったんだろうが」

村人たちは帰っていった。

父が植えたケイガイは揃って大きく育ち、庭いっぱいにその香りを漂わせていた。蝶々が飛んできて、そしてまた飛んでいった。蜜蜂が飛んできて、そしてまた飛んでいった。

ケイガイには刺激臭があった。スウッとするような香りが蜜蜂や蝶々を引き寄せるのだった。私の家には春の光がいっぱいに満ちていた。

第四巻

第一章

1

　新しい年がやってきた。そして正月の十五日も過ぎた。正月は一日一日と過ぎていった。日々はいつもと違うところはなく、日が照れば暖かく、風が吹けば寒く、熱病患者になれば薬を煎じ、誰かが死ねば埋葬した。

　人を埋葬すると、やはり学校が患者たちにとってすばらしい環境であることに気づかされた。熱病患者同士が一緒になって、しゃべり、笑い、軽やかな時間が流れていた。熱病患者たちは正月にはそれぞれの家に戻っていたが、家の中も庭も寂しさであふれ、三分《ぶ》だった病気の進行が七分になった。そして七分になるとあの世へと旅立っていった。患者たちは皆、また学校へ行って集団生活の日々を送りたいと考えるのだった。棺桶のことで父と争ったものだから、祖父のところへ話をしに行きにくくなっていた。結局祖父は父の父なのであり、血のつながった親子なのだから。

　その日、朝御飯が終わって、日の光が優しく照らし、村はとろ火に掛けられているように暖かかった。趙徳全、丁躍進、賈根柱《かこんちゅう》、丁竹喜《ていちくき》、趙秀芹らはひなたぼっこをしていた。丁亮叔父さんと玲玲もその中にいた。立ったまま、間に人を置いて、互いに見つめ合っていた。

　二人は「賊愛」だった。賊のように愛し合っていた。

その賊愛の二人の間にいた者が言った。「丁先生のところへ行って、みんながまた学校で住めるように誰に話をしてもらおうか」

丁亮叔父さんは笑うと、居並ぶ熱病患者たちに向かって言った。「わしが行こう」。みんな「それがいい、あんたが行くのが一番だ」と言った。叔父さんはみんなを見渡して大きな声で言った。「誰かわしと一緒に行ってくれんか」。そして叔父は誰かが声を上げる前に続けて言った。「玲玲、あんた、わしと一緒に行ってくれんか?」。玲玲が戸惑っていると、趙秀芹が声を張り上げて言った。「玲玲、あんたが行きな。あんたは病気がまだ重くないし、足腰もしっかりしているし」

玲玲と丁亮叔父さんは、村を出て学校へと向かった。道のりは遠くなかった。道の両側には小麦が冬の寒さの中、青い葉を出し、青臭い匂いを日の光に漂わせていた。平原の透き通った空の下、遠く柳庄、黄水、李二庄の村々が、大地に影のように映っていた。背後の丁庄の村の家々はずっと近いところにあったが、村の入口には誰もいなかった。みんな村の中央にある広場に集まってひなたぼっこをしているのだった。叔父さんは玲玲と肩を並べて歩き、後ろを見、前を見、玲玲の手を取った。玲玲はびっくりして後ろを見、前を見た。

叔父さんは言った。「誰もおらんよ」

玲玲は笑った。「私がほしいの?」

「おまえはわしが嫌いか?」

玲玲は仏頂面をして応えた。「うん」

「うそだ」

「毎日病気のことばかり。いつ死ぬかわからないもの」

叔父は改めて玲玲の顔を見た。顔色は去年と比べるとずっと悪くなっていた。死期の近いことを示す黒ずみが隠れていた。黒ずんだ赤い布に覆われた腐った水のようだった。去年はまだ少なかった顔のできものも、年が明けてからは額にたくさん出ており、赤く腫れて少し膿んでいた。叔父さんは玲玲の手を取ってひっくり返し、手の甲や手首を見た。そこにはまだ新しいできものはなく、皮膚にはまだ微かにしなやかな若々しい輝きがあった。二十代の新妻の光だった。

「たいしたことはない」。叔父さんは言った。「安心しなさい」

「あんたにわかるの?」

「病気になってかれこれ一年だ。熱病にかけては玄人はだしだ」。叔父さんは笑った。「腰のできもんを見せてくれんか」

玲玲は立ち止まると、叔父さんの顔をまじまじと見つめた。

「玲玲、わしはおまえのことを考えたら、たまらん」。叔父さんはそう言いながら玲玲の腰から視線を戻すと、彼女を道端の草むらに引っ張っていった。どこの畑なのか、種蒔きをやめ、荒れ放題で、膝のあたりまで雑草が伸びていた。冬の終わりで草むらは枯れてはいたが、枯れる前の勢いは残っており、どこか黴《かび》臭いような匂いを発散していた。それは青々と繁っているときよりも肺に染みこんできた。玲玲は草むらにどうしても行こうとしなかった。

叔父さんは聞いた。「ほんとにわしが嫌いなのか?」

「好きよ」

叔父さんは力を入れて玲玲の手を引っ張った。玲玲は言った。「意味なんかないの、生きていても何の意味もないから」

叔父さんはさらに力を入れ引っ張りながら言った。


「意味がないんだったら、ともかくその日一日を生きようと思えばいいんだ。そうすりゃまた意味のある一日がやってくる」

そうして、彼女をひきずって草むらに入っていった。枯れ草を踏みつけながら一番深いところまで入っていって腰をおろすと、周りの草を押し倒した。身体を横倒しにして押し倒した。そして二人はその草地で結ばれた。我を忘れた激しい行為だった。叔父さんも玲玲も、どうかなってしまったかのようだった。病気のことも忘れていた。まるで病気でないかのようだった。日の光が後ろから二人を照らしていた。玲玲の身体のできものは充血し、瑪瑙《めのう》のように赤く光っていた。腰と背中のできものが、都会の街路灯のように乳白色に光っていた。絶頂に達したとき、彼女の顔は輝き、黒ずんだ皮膚は艶やかな赤色になり、ガラスのように日の光を反射した。叔父さんはそのとき、玲玲が若いだけでなく、潤んだ黒い大きな瞳の、ツンと鼻筋の通った美しい女性であることに気がついた。彼女は草地の枯れ草の上に横たわっていた。枯れかけていたその身体は、瑞々《みずみず》しさを取り戻していた。あっという間に本来の張りと艶を取り戻していた。できものも、それがあるゆえ逆に、彼女の身体の瑞々《みずみず》しさを際だたせていた。その肌の白さは天の贈り物だった。叔父さんは玲玲にのめりこんだ。そして彼女は叔父さんの激情を受け入れた。平原の新芽が春の暖かさを迎え入れるように。

嵐のような行為のあとには汗と涙があった。肩を並べて仰向けに横たわり、空を眺めていた。日の光が眩しくて二人とも目を細めていた。

「おまえがかみさんだったら良かったのに」

「私、今年いっぱいはもたないと思ってる」

「ひと月もたないと言われても、おまえをかみさんにしたい」

「婷婷姉さんはどうするの？」

「ほっとけばいい」

玲玲は身体を起こして草地に座ると、ちょっと考えてから言った。「やめときましょう。二人とももうすぐ死ぬんだから」

叔父さんも座ってちょっと考えると、やはり無理することはあるまいと感じた。二人とも立ち上がると、押し倒された草を見て笑った。二人は笑みを浮かべて学校へと歩いていった。

学校では、祖父が年末にみんなが集まった大教室を片づけていた。チョークで黒板に描かれた豚や犬や亀、その横に書かれた名前を雑巾で消していた。消しているときに、叔父さんが入口に立って笑っているのに気がついた。祖父は聞いた。「おまえが書いたのか？」

叔父さんは言った。「みんな、学校に戻って住みたいと言ってるよ」

「子供たちに学校へ来てもらって勉強してもらわんとな」

「大人がもうすぐ死ぬというのに、子供を学校に来させてどうするんだ」

「大人が死んでも子供たちは生きていかなければな。大人がみんな死んでしまったら、誰が子供たちの面倒を見る」

玲玲は祖父の顔を見ていたが、突然祖父の顔が親しいものに感じられた。会ったことのない舅《しゅうと》を見るような感覚だった。彼女の舅は早くに亡くなっていた。彼女が丁庄に嫁いできたときには、家の正堂の机の上に写真が飾ってあるだけだった。痩せて、この世に心残りがあるような顔だった。彼女にとって、今や祖父が舅だった。祖父の顔を見ながら、舅に言うようにきいた。「お義父《とう》さん、大人が一日長く生きりゃ、子供たちを一日孤児にせんですむし、私たちの罰も一日少なくてすむんじゃないですか」

祖父は手に持っていた雑巾を黒板に打ちつけてある釘に引っかけると、手をたたいてチョークの粉を払った。「そういうことなら、来てもらってもかまわんよ」

玲玲は叔父さんと一緒に村へ戻って、みんなにそのことを知らせることにした。学校の門を出ると、二人はまた手をつないだ。あの枯れた草むらのところまで来ると、お互いにちょっと見つめ合うと、何も言わずに目配せし、その草むらの真ん中へと再び入っていった。

二人とも座った。そして横になった。日の光が真上から二人の裸身を照らしていた。

2

学校へ戻って住むには、まず患者たちの食料を調達しなくてはならなかった。これまで通りの規則で、一人一人が小麦粉、玉蜀黍、米などを持ち寄った。それを村の真ん中に集めると、小麦粉は小麦粉の袋に、米は米の袋に、大豆や小豆はまとめて一つの袋に入れることになっていた。躍進が会計を担当し、秤で量って多いものは減らし、少ないものは補い、専用の袋に詰めさせた。趙秀芹は食事の担当だったので、食料集めに関わる必要はなかったが、徴収が終わり集められた小麦粉の袋、米の袋の口を縛っていた。そのとき、彼女は袋の中に煉瓦が詰められているのを見つけた。煉瓦一つで五斤、四つで十キロだった。もう一つの小麦粉の袋を探ってみると、煉瓦は入っていなかったが、茶碗ほどの大きさの石が出てきた。さらに米の袋を見てみると、煉瓦も石も入っていなかったが、瓦のかけらがまとめて数キロ分入っていた。見つかった石や煉瓦は通りの中央に放り出され、あたり一面白い粉でいっぱいになった。投げ出された石や煉瓦が山になった。石は剃った頭のようで、煉瓦は小麦粉で作った四角いモチかマントウのようだった。その山の重さは五十キロを超えた。小麦粉四袋半と、米二袋半、豆類一袋、玉蜀黍数袋が徴収されたが、煉瓦や瓦の重さはその一袋分にもなった。人々はその煉瓦や石を取り囲んで、口々に言った。

「まったく、人間というのは困ったもんだ。みんな患者だというのに、まだズルをしようというんだから」「クソッ、もうじき死ぬというのに、どこの恥知らずだ！」

趙秀芹は小麦まみれの煉瓦を高々と差し上げると声を張り上げて言った。「心当たりのある者は出てきなさい。一人あたり二十五キロの中に、四つの煉瓦を入れて、十キロ得したやつがいるということになる」。そして罵声を飛ばした。「ひどい、ひどすぎる。人間じゃないわ。あんたのズルのおかげで、また私が盗んだと思われる」。煉瓦を持ち上げ、並んでいる小麦粉の入った袋の前を移動し、さらに声を張り上げた。「ねえ、みんな、見ただろう。みんな私のことを泥棒だと言って罵ったよね、確かに私は泥棒だ。でも、野菜畑の横を通るときに、ネギを一本、大根をみりゃ大根を抜いて、うちの旦那や子供に千切り大根を食べさせただけだ、キュウリがあったらキュウリを水代わりに失敬しただけだ。今回のこいつは泥棒じゃないが、二十五キロの小麦粉の袋の中に、煉瓦を四つ入れたんだ。米の袋の中に大きな石をいくつも放り込んだんだ」。趙秀芹は手にした煉瓦を袋のそばに放り投げると、今度は小麦粉だらけの茶碗ほども大きさのある石を持ち上げようとした。病気に罹る前だったら一度にいくつも持つことができた。石でいっぱいの籠を二つ担ぐこともできた。しかし病気になってからは力が出ず、一つの石さえ、持ち上げようとしても持ち上がらなかった。もう一度、今度は子供の頭でもかかえるように、やっとのことで持ち上げると、人々の間を行ったり来たりしながら叫んだ。

「見ての通りよ。これっぽっちの石さえ、持ち上げられんようになってしまった。どこのバカか知らんが、石で食いもんを作れというのか。そんなことができる者がいたら、この石を持って帰って自分の家の鍋に放り込んで煮込んで食べてみるがいい」。彼女は石をドスンと地面に落とすと、右足を石の上に乗せ、左足は地面に下ろしたまま、男のように両手を腰に当てて罵って言った。「あんたら、毎日鍋に米じゃなくて石を入れて炊いているのか？　あんたらのところは、クソでも食べとるというのか？　お年寄りに石や瓦を出して食べさせているのか、ええ？」

趙秀芹は村人の中を歩き回りながら罵りまくって疲《ひ》労困憊《ろうこんぱい》し、袋の上に腰を下ろした。食料の徴収は昼御飯のあとだったので、太陽はちょうど真南で頭上にあった。村は暖かく、布団の中にいるようだった。冬が去り、春がやってきてはいたが、村人たちは綿入れやコートを羽織っていた。お年寄りの中には羊の毛皮を着ているものもいた。しかし村のエンジュの木の枝にはすでに若芽が出ており、緑や黄色、透き通った黄緑色が、日の光の中で水滴のように光っていた。患者もそうでない者も、村人全員が家から出てきていた。この事件は大騒動になってしまった。粉袋煉瓦混入事件は、これ以上ないほどの大騒動となってしまったのだった。この二年、村に熱病が広まってから、村には騒動らしい騒動はひとつもなかった。だから老いも若きもみんな外へ出て集まってきて、取り囲み、見物したのだった。趙秀芹がろくでなしを罵るのを見物したのだった。

賈根柱《かこんちゅう》は一番新しい患者で、是非とも学校へ行きたいと思っていた。学校に行けば、母親に彼が毎日陰で泣いている姿を見せなくてもすむようになるからだ。彼の妻は、病気が自分や子供に伝染《うつ》るのを心配しなくても良くなるのだ。だから彼は一番上等な米、一番きめの細かい小麦粉を提供したのだ。しかし他の者が差し出したものを目にしたとき、彼は自分が損をしたと思っていたところにこの騒動だった。大損だった。その石を見ながら言った。

「チクショウ、クソッタレが、わしの米と小麦粉を返してくれ。わしは、学校へは行かん！」

叔父さんは言った。「五キロ差し引いて返すしかないな」

根柱は目を剝いた。「なんでだ？」

「みんなに返すことになったら、あの石や瓦は誰に返せばいいんだ？」

根柱はちょっと考えると言った。「クソッ、やっぱり学校へ行くしかないか」

食料を提供した村人は全員、その石や瓦のところへ行って触ってみた。日は次第に西に傾き、村は赤く染まり始めていた。冬の風が一日の終わりを告げるように平原から吹き込んできた。村人たちは足踏みしたり手を揉んだりして身体を温めた。そこへ祖父がやってきた。彼は誰も学校に来ないので、様子を見に来たのだった。状況を聞くと、石や瓦のそばに立ってそれにチラリと目をやって言った。「水増しした者が見つからなかったら、学校へは行かんのか？」

みんな言った。「行く。家で死ぬのを待つわけにはいかん」

祖父は言った。「それなら、行こう」

しかし誰も動かなかった。みんなその地面の上の石や煉瓦や瓦を見つめていた。とんでもない大損をしたかのようだった。いや、そうではなく、自分がズルをできなかったことを残念がっているようだった。みんな身体を固く強張らせ、立ったまま、あるいは座ったままで動こうとしなかった。

祖父は言った。「学校へ行きたくないんだったら、みんな家に帰るんだな」

みんな依然として口をきかなかった。

祖父は言った。「もし行くんだったら、車を調達して、食料を学校へ運ばにゃならん」

座っている者も、立っている者も、両手を袖やポケットに入れたまま、お互いを探り合っていた。ひたすら黙りこくり、このままではたまったもんじゃないという様子だった。太陽は静かにジリジリと西へ傾いてゆき、大きな火の玉が落ちていくかのように最後の光を放っていた。その光にはまだ暖かみがあった。結局、祖父は誰も動こうとしないのを見て、丁躍進にきいた。

「石の重さはいくらあるんじゃ」

躍進は答えた。「計ってみよう」

賈根柱と趙徳全が、その石や瓦や煉瓦を籠に入れ、躍進が一籠ずつ計量した。合わせると四十八キロになった。祖父は全員で何人が学校に行くのかたずね、提供されたものの良し悪しには関係なく頭割りにしようとした。すると祖父の話が終わる前に、賈根柱が祖父の前に立ちはだかると言った。「丁先生、わしは死んでもこれをみんなに分配するのは嫌だ。うそだと思うなら丁躍進に聞いてくれ。わしが差し出したのはほんとに一番上等のものだったんだ。米は粒が大きくて白くて、子供の乳歯のようだった。小麦粉は飛び散る水しぶきのようだったんだ」

賈根柱は言い終わると、趙徳全も、袋の上にしゃがみ込み、やっとのことでつぶやくように言った。「わしも……わしもこれを分けるのは嫌だ」

他の者もみんな、分けるのは嫌だと言った。祖父はしばらく立ったまま思案していたが、何も言わずに村の東の方に向かって歩いていった。村人たちを村の真ん中にほったらかして、新街の方に向かって歩いていった。村人たちには祖父が何をしようとしているのかわからなかったが、全員、村の中央で彼を待っていた。

旱魃《かんばつ》のときの雨乞いのように。祖父はすぐに戻ってきた。ちゃんと戻ってきた。新街から落日に染まる村へ、二袋の小麦粉を積んだ自転車を父に押させながら。親子は父が前、祖父が後ろになり、村の静けさを足音で打ち破りながら戻ってきた。村人たちは驚いた目で二人を出迎えた。急がず慌てず、ゆっくりと歩いてきた。父の押す自転車のチェーンがカラカラと音を立て、歌声のように響いた。近くまで来ると、積んである小麦粉は政府の直営工場のものだった。私の家ではいつも町の人が食べるこの小麦粉を使っていた。父は前で、祖父は後ろから自転車を押していた。父ははじめ村人たちを見下し軽蔑しているような顔をしていたが、十字路を曲がって村人たちが自分たちを待っているのが見えると、寛大な明るい笑顔になった。丁躍進や賈根柱、趙秀芹ら、棺桶のことで家にやってきた連中の顔を横目で見ながら、笑って言った。「たかが五十キロほどの小麦粉のことじゃないか、同じ村の同じ病気のもの同士で、言い争ってなんになる」

そう話しながら、積み上げられた石を見て、二袋の小麦粉を供出された小麦粉の袋の横に下ろすと、自転車の荷台に付いた粉を払って言った。「五十キロある。どっちも町の者が使う上等なものだ。わしの気持ちだ」。言い終わると、自転車の向きを変え、声の様子を固くしてさらに言った。「覚えといてもらわんと困る。この丁庄で、わしは、あんたらに顔向けできんようなことは、なにもしてないからな。おまえさんたちが、このわしに顔向けできんことをしているだけだ」

話し終えると父はすぐに行ってしまった。ちょっと手で押してから自転車に飛び乗ると、あっという間に消えてしまった。

事態はこうして打開された。丁庄の村人たちは、だんだんと父に対して、丁家に対して申し訳ないような気持ちになっていった。そしてこのときから長い間、父に対して疑いの気持ちを持つことはなかった。

夜になって、学校は以前の様相を取り戻した。みんな元のところで眠った。叔父さんはやはり祖父の部屋で寝た。ベッドに横になって灯を落とすと、二人は話をはじめた。

叔父さんは言った。「クソッ、損をしてしまった」

祖父は言った。「なんのことだ」

「わしは、米の中に石ころひとつ入れただけだったのに。兄貴が連中に二袋も持ってくるとは思いもしなかったわ」

祖父はベッドの上に座ると、窓際の叔父さんを見たまま黙っていた。

「おやじ、煉瓦は誰がいれたんだと思う？　わしは、躍進だと思ってる。重さを計っていたのはあいつだけだったからな。一袋の中に十キロ分の煉瓦を四つ放り込むこともできたはずだ。あのな、おやじ、去年あいつのかみさんが死んだとき、あの家じゃかみさんの墓の煉瓦を買っとるんだ」

話しているときに、窓の外で音がした。咳のような音だった。その音は突然やむと、立ち去っていく足音だけが残った。叔父さんはその音を聞くと、便所に行ってくると祖父に告げ、上着を羽織りながらその足音についていった。

3

三週間後、丁亮叔父さんと玲玲は食料庫に閉じこめられてしまった。祖父が呼ばれたときには、学校にいるすべての患者たちが部屋の入口を取り囲んでいた。

夜には月の光が学校を清々《すがすが》しく照らしていた。患者たちは入口の前にバラバラに立って、開けてやれ、二人を外に出してやれよ、と言っていたが、鍵がどこにも見つからなかった。みんな服を着て、その騒動の様子を見ていた。賊愛の当人たちが捕まったというこれ以上ない見せ物を見物していた。

窓の外に患者たちの集まってくる足音が聞こえてきたとき、丁亮叔父さんは部屋の中から叫んだ。「みんなもうすぐ死ぬ人間だろうが。明日をも知れん者ばっかりだろうが。こんなことをしやがって、慈悲もなにもないのか」

趙秀芹が群衆の中から出てきて調理場の灯をつけると、入口から漏れた灯に照らされて、食料庫の入口に取り付けられた鍵が見えた。新しい鍵で、黒光りしていた。彼女は中に向かって叫んだ。「丁亮、これは、私がかけた鍵とは違うわ。私はとっくの昔に、あんたら二人がいい仲になってるのはわかっとったが、誰にも言ってないよ。私の口はこの鍵のように固いんでね。この鍵は誰かが家から持ってきた新品の鍵よ。あんたと玲玲を捕まえようと思ったんだろうね」

丁亮叔父さんはしばらく静かにしていたが、不意に外に向かって大声で叫んだ。「捕まるのがなんだ。銃殺されようが恐いことはない。わしと一緒に病気になった者のうち、何人かはもう死んだ。わしがまだ生きとるのは、儲かった命のようなもんだ。賊愛の現場を取り押さえられたからといって、なにも恐いことはないわい」

外はしーんと静まり返った。誰も話すことがなくなってしまった。玲玲と丁亮叔父さんを閉じこめたことが、とんでもない間違いだったような雰囲気になった。しかし叔父さんと玲玲はまさにそのまっ最中につかまったのだ。丁麦全《ていばくぜん》、王貴子《おうきし》、賈根柱、丁躍進、趙秀芹らの村人たちは、外に立ったままお互いの顔を見交わすばかりで、どうしてよいかわからなかった。

趙徳全は中でも年配の方だったので、光に照らされている入口を見ている人々に向かって、叔父さんの代わりに懇願した。「開けてやってくれんか」

賈根柱は横目で彼を見た。「鍵はあるのか?」

趙徳全は杭のように地面にしゃがみ込んだまま、身じろぎもしなかった。

丁躍進が前に出て、入口に付いている鍵を引っ張ってみてから、振り向いて聞いた。「誰だ、鍵を付けたのは。もうすぐ死ぬというときに、こんな連中を捕まえてどうするつもりだ。一日楽しむことができるんなら楽しませてやればいいじゃないか。開けてやってくれ。丁亮は兄貴の丁輝よりよっぽどいい奴だろう」

賈根柱も前に出て鍵に目をやると、後ろを向いて言った。「開けてやってくれ。丁亮も玲玲もまだ二十歳を過ぎたばっかりだ。その日一日をまっとうな人間として生きていかねばならん。決してこの騒ぎを村へ持ち込んではならん。二人の家に知らせるのはもってのほかだ。そんなことをしたら、二人とも人として生きていかれんようになる」

みんな、鍵を見ては、振り返って開けてやれとは言うのだが、誰が鍵をかけたのか、鍵がどこにあるのか、わからなかった。玲玲が部屋の隅にしゃがんで泣きはじめた。泣き声は部屋を吹き抜ける風のように流れてきた。二十歳になったばかりでこの丁庄に嫁いできて、新婚生活を数日も送らないうちに熱病であることが発覚したこの娘のことを、みんな憐れに思った。しかし熱病であることがわかって慌てて丁庄に嫁いできたのか、嫁いできたあとに発病したのかははっきりしなかった。しかしどちらにしろ、彼女は丁家に災いをもたらしたのだった。彼女が来て、一家の穏やかな日々はガラスのように打ち砕かれ、粉々になってしまった。当然の如く、玲玲は嫁ぎ先から冷たい仕打ちをされることになる。

病気の上に、姦通したことが夫の丁小明に知られると大変なことになる。姦通とは言っても相手が血のつながった従兄なのだ。とんでもない話だった。彼女としては泣くしかなかった。ただ嘆き悲しむしかなかった。玲玲が大声をあげて泣き、叔父さんが扉をガタガタ揺らし始めたとき、祖父は何事かと出てきた。そしてそこで初めて、叔父さんがいつも夜中に部屋を出ていくのは、誰かと話をしに行くのでも、将棋を指すのでもなく、玲玲と会い、愛を確かめ合うためだということがわかったのだった。

祖父は怒り心頭に発していた。村人たちは思わず祖父のために道を空けた。祖父は早足で進んでいった。みんな、静まり返って、祖父がこの出来事にどう対処するのかを見守っていた。そして叔父さんが部屋の中で「おやじ……」と叫ぶのを聞いた。「開けてくれ、話はそれからにしてくれ」

祖父は声をかけなかった。

叔父さんはまた言った。「先に開けてここから出してくれ。話はそれからにしてくれ」

祖父は振り向いて村人たちを見ると、鍵を出してくれるよう頼んだ。反応はなかった。互いに顔を見合わせるだけで、誰が鍵をかけたかわからなかったし、誰が鍵を持っているのかもわからなかった。玲玲はもう泣いてはいなかった。ただしゃくり上げるだけで、叔父さんと一緒に入口のところに立って、扉が開くのを待っていた。そして扉が開いたら、なにがなんでも出ていくつもりでいた。しかし誰も鍵を差し出さなかったし、誰かが鍵をかけるところを見た者もいなかった。外からは、堤防を越える川の水のように、学校を取り囲んでいる塀を乗り越えて冷気が入り込んできた。冷気が平原を流れるサラサラという音が聞こえてきた。その静かな音には虫の鳴き声も混じっていた。冬というのに、何の虫か、ジージー鳴き声を響かせ、黄河古道で鳴いているのか、平原の深いところで相手を求めて鳴いているのか、深い静けさの中、虫の音がはっきりと聞こえてきた。

祖父は言った。「鍵を出してくれんか。駄目なら、わしが二人に替わって先にみんなに土下座する。どうだ、同じ村の者だろうが。もうあと何日も生きられん者ばかりだろうが」

　叔父さんは部屋の中で叫んだ。「おやじ、鍵を壊してくれ！」

　誰かがその辺に石を、調理場に金槌と包丁を探しに行った。そして鍵をこじ開けようとしたとき、その必要は突然なくなった。玲玲の旦那の丁小明が村から大急ぎで学校へとやってきたのだ。叔父さんの従弟、私の父の従弟の丁小明が外から学校へ乗り込んできたのだった。

　丁小明は病気に感染してはいなかった。血を売らなかったから熱病には罹らなかったのだ。彼の父親は売ったことがあったが、もう何年も前に熱を出して死んでしまっていたため、もう熱病のために苦しむことはなかった。丁小明自身は熱病でもなく、まだ若かった。彼は門の外から大股で入ってくると、まっすぐ人だかりのしている方へと歩いてきた。

　誰かが後ろの方から突然言った。「おい、早く見てみろ、ありゃ、玲玲の旦那じゃないか」

　全員が一斉に頭をそっちに向けた。丁小明が、虎か豹のように自分たちの方に向かってくるのが見えた。そして祖父の顔は灯の中で、血の気を失っていた。学校の白い壁のように蒼白だった。丁小明の父親は祖父より二つ年下だったが、同じ父母から生まれた兄弟で、売血が始まったあの年に、私の家が新しくなり、丁亮叔父さんの家が瓦葺きになったときでも、彼の家は相変わらず茅葺きに土壁の家だった。その頃からつきあいが少なくなっていた。丁小明の父親が突然死んだあとのことだが、彼の娘がある日、村の通りの真ん中に立って、なんの理由もなく、丁亮叔父さんの家を指さして言ったのだ。「瓦屋根が何なのよ、全部村の人の血でできてるんじゃないの」。そして私の家の建物の白い壁を指さしながら言った。「何がタイルの壁よ。みんな、村の人たちの骨じゃないの」。この話が父と叔父さんの耳に届いてからは、さらに疎遠になり、墓参りのとき以外には顔を合わせることはなくなっていたのだ。

　熱病が村に蔓延して、私は毒殺された。その知らせが村の家々に伝わり、丁小明の母親の耳に届いたとき、彼女の口からは思わず、罰《ばち》が当たった、ほんとに罰が当たったんだ、という言葉が漏れた。すると私の母が丁小明の家に乗り込んでいって、大騒ぎとなった。それからというもの、両家の行き来は絶えた。それ以後は親戚ではなく、他人同様の関係になってしまったのだった。

しかし今、丁亮叔父さんと玲玲の贓愛が明るみに出て、丁小明は虎か豹の形相《ぎょうそう》で、突進してきたのだった。村人たちは慌てふためいて道を空けた。月明かりの下で、小明の顔色はわからなかったが、風を逆巻きながら迫ってくるような感じだった。彼は村人たちが空けた道の手前までやってきた。人々の顔色は電灯に照らされ、蒼白になっていた。死にかけの病人の顔色ではなく、できものの鉄のような青錆びた感じでもなく、そこにあるのはただ水に濡れた紙のような、あるいはそれが日に晒されて乾いたような白い色だった。

祖父は身体を硬くして、鍵のかかった入口のところに立っていた。そこにいる者全員が、身体を強張らせて立っていた。あたりはまったく音が途絶えていた。平原の静けさの中で先程まで響いていた虫のジージー鳴く音もしなくなっていた。すべての音が消えていた。みんな、丁小明が食料庫に向かってやってくるのを見ていた。小明が突進してきて、祖父のそばを掠めるようにして通り過ぎるのを見ていた。突風が枯れ木の横を吹き過ぎていくようだった。

思いも寄らなかった。誰にも想像すらできなかった。意外にも丁小明のその手に食料庫の鍵が握られていたのだ。彼が鍵を持っていたのだ。考えられないことだった。扉の前に立つと小明は鍵をはずし、扉を開けた。最初は錠の反対から鍵を差してしまい、うまく開かなかった。錠をひっくり返して改めて差しこんだ。

カチャッという音とともに鍵は開いた。扉が開くと、事態は酷暑に寒波が襲うが如く、酷暑酷寒に霰《あられ》が降る如く、バラバラと音を立てて鳴り響いた。しかしそれは一時だった。一陣の霰が通り過ぎると、空は元に戻った。

扉が開くと、丁小明は玲玲をその手に摑んだ。玲玲がそこに立って捕まるのを待っているとわかっていたかのように。彼は玲玲を摑んだまま外へ出た。背はそれほど高くはなかったが、恰幅の良い虎のような男が、玲玲のブラウスの肩のところを摑み、まるで虎が子羊を捕えたような様子だった。外に連れ出された玲玲の顔色は真っ青だった。髪の毛は肩にかかり、両足は吊し上げられたかのように地面から浮き上がり、まるで地面に引っかかっているようだった。丁小明は一言もしゃべらなかった。一言も言わずに、あの鉄錆のような青みがかった顔色のまま、扉の前で固まってしまっている祖父の横を掠め、道を空けた村人たちの前をあっという間に通り過ぎていった。丁小明は祖父の横を通り過ぎるときも言葉を交わさず、怒りを露わにただ身体をひねって通り過ぎただけだった。しかし祖父はそれを待っていたかのように彼を一歩二歩、いや一歩だけ追いかけると、身体をしゃんと伸ばして叫んだ。

「小明……」

丁小明は足を止めると振り返った。

「玲玲の熱病はもう軽くはない、玲玲を離してやったらどうだ」

話す間もなく、即座に、丁小明は灯の中で祖父を睨みつけ、祖父の足下の地面に向けて「ペッ」とつばを吐きかけて、フンと鼻で笑うと、冷たく言い放った。

「自分の息子の面倒でもみてな」

そして身を翻して行ってしまった。玲玲をひきずるようにして行ってしまった。

校内の熱病患者たち、趙秀芹、丁躍進、賈根柱、趙徳全ら大方の者たちは、これはひどいと感じていた。大芝居の結末がこんなにあっさり終わっては困るのだ。だから丁小明が玲玲をひきずったまま門の外へ出ていき、その姿が見えなくなっても、まだその場に立って、何が起こったのかわからないような顔をしていた。ぼんやりと、手持ちぶさたのまま立っていた。月は西に傾いていた。そこでみんな、丁亮叔父さんのことを思い出した。賊愛は一人ではできない。女の方がいなくなったら、男の方が残っている。そこでみんな振り返って見た。叔父さんはいつの間にか食料庫から出ていた。服をきちんと着て、胸元のボタンもしっかり留め、食料庫の入口の敷居の上に座り、家に入れない子供がするようにうなだれて、両腕は膝の上に置き、両手をだらりと垂らしていた。村人たちは叔父さんを見、祖父を見た。祖父が叔父さんに何をするか待ち受けていた。

祖父は前に進むと行動に出た。いきなり足を上げると、有無を言わせずに叔父さんに蹴りを入れて、言った。「早う部屋へ戻れ。ここで恥をかいて死にたいのか、おまえは」

叔父さんは起きあがると、部屋へと戻っていった。村人たちの横を通り過ぎるとき、叔父さんは笑った。無理矢理の笑顔だった。目を細めて村人たちを見渡すと、うっすらと笑って言った。「とんだ笑い草だが、笑わないで聞いてくれ。頼むから、うちのかみさんには知らせんでくれ。もうすぐ死ぬ人間だが、一番恐いのはかみさんだ」

ずいぶん離れてから、また振り向くと言った。「どうか頼む、かみさんにだけは知らせんでくれ」

第二章

1

丁躍進と賈根柱が祖父のところを訪ねてきた。実は二人はあることを企んで、その思いも寄らないことを持ち込んできたのだった。

太陽はいつもと同じように出て、同じように昇り、平原の冬の寒さを追いやり、温もりを学校の中にもたらしていた。校庭の柳や桐の木も緑に染まっていた。春は朝露のように木々に宿った。柳には赤いような黒いような穂が垂れ下がっていた。昨日の昼間は見られなかったのに、昨夜の丁亮叔父さんと玲玲のことがあってから、一気に春が来たように穂を出したのだった。桐は葡萄のように花房を付け始めた。樹木が木の芽時の清新な香りを出し、そこはかとなく校庭に漂っていた。学校を取り囲んでいる壁の煉瓦の隙間の土には、緑の芽が窮屈そうに顔を出し、その柔らかい黄色が透明に輝き、その草の葉を通して見ると、日の光は黄金色を透かした青色、水の中の金箔のように光って見えた。春はそこまで来ていた。声も立てずやってきていた。校内で賊愛事件があったことで、春は学校にいち早くやってきて、校内の冬の澱んだ空気を追い払い、新鮮な空気を振りまいていた。みんな眠りについていた。前夜の賊愛騒動で疲れ切っていたのだ。丁庄の村に遅い朝日が昇り、病気でない村人たちは皆起きて、豚小屋や鶏小屋の戸を開け、新しい一日が始まった。

しかし夜がすっかり明けきっても、熱病患者たちは、夢の境地に入ったばかりだった。

鼾が部屋中に響いていた。一部の患者の寝言も聞こえてきた。しかし賈根柱と丁躍進の二人は目を覚ましていた。二人は二階の東寄りの同じ教室で寝起きしていた。賈根柱は窓のそばで寝ていたため、日の光は金色の水のように窓を越えて布団の上や彼の顔に降り注いだ。その温かさで賈根柱は目が覚めた。目を開けて、ぼうっとしたまま、身体を起こして窓の外を見た。すると大慌てで向かいの丁躍進を起こした。声は出さずに身体を揺らすと、躍進は驚いたように目を覚まし、ベッドの上に座った。

ちょっとぼんやりしていたが、躍進は不意にその企みを思い出すと、根柱と一緒に部屋を出た。下へ降りると、そのまま校門の横にある小屋へと向かっていった。二人は祖父の小屋の前まで来て、窓の外から中を見てから入口までまわると、ドアをノックした。すると最初の一回で後ろから声がした。

小屋の中では叔父さんが死んだように眠っていた。疲れ切っていたのだ。大騒動で疲れていたところへ、祖父と口論して眠ってしまったのだ。

騒動のあと、小屋に帰ってきた祖父は叔父さんに向かって言った。「亮よ、まさかおまえがこんなに意気地なしで、その上恥知らずだったとはなあ」

叔父さんは口を閉ざしたままだった。

祖父は続けた。「こんなに体《てい》たらくじゃ、きっといい死に方はできん。まともな死に方はできんということだ、わかるか、ええ?」

叔父さんはようやく応じた。「いい死に方ができんのが何だ。どうせ熱病で死んでしまうんじゃないか」

「婷婷に申し訳ないとは思わんのか」

「あいつは、一緒になる前に、男がおった。だが、あいつからは一言も謝ってもらったことはない」

「息子の小軍にはどうだ」

「おやじ、もうだめだ、眠くてたまらんから、寝る」

「おまえ、眠れるのか」

叔父さんは何も言わず、寝ようとした。

「婷婷と子供に知られたらどうする」

叔父さんは身体の向きを変えて言った。「どうして彼女にわかる」。そう問いかけながら、叔父さんは眠ってしまった。小さな鼾をかき始めたかと思うと、すぐに深い眠りについてしまった。賊愛事件、大騒動になってしまったその事件のことで、彼は長い道のりを歩いたかのように疲労困憊し、あっという間に眠りについたのだった。

祖父は眠れなかった。叔父さんを恨む一方で、また心配もした。眠れないので、枕元に座り、叔父さんの鼾が長く短く響くのを聞いていた。このまま首を絞めて殺してやりたかった。首を絞めたいと思っても、まったく力が出なかった。ただベッドの上で枯れ木のように座っていた。布団を身体に巻いて、服は脱いでいなかった。そうして座ったまま、色々なことを考えた。しかしまた何も考えていないようでもあった。頭の中には一晩中ウォンウォンという音が響いていて、夜の明ける頃には頭の中は真っ白になっていた。荒れ野の茫漠たる白だった。叔父さんのことを恨めしく思ったが、恨むことはできなかった。憐れに思ったが、憐れむことはできなかった。窓の外が明るく青みを帯びてきた頃、まぶたが重いのにそのまま眠ることができず、祖父は起き出すと、外へ出ていった。叔父さんの横を通るとき、叔父さんに覆い被さり絞め殺してやりたいという思いが再びよぎった。そして手を伸ばしたが、その手はずり落ちている掛け布団の端をつかんで持ち上げ、そっと肩にかけてやっただけだった。その肩には、新しいできものがいくつかできていて、赤く腫れ上がっていた。

祖父はベッドのそばでそのできものをじっと見て、そっと撫でてから外へ出ていった。

そして、学校の外の畑を、時々立ち止まりながらグルッと回って戻ってきた。その戻ってきたときに、ちょうど丁躍進と賈根柱が部屋の扉をたたいているところに出くわしたのだ。祖父は二人の背後に近づくと、疑わしげにきいた。「躍進、根柱、何の用だ」

この後、二人は祖父にとんでもないことを持ちかけることになる。それは、日が西から昇って東へ沈むような、平原に一夜のうちに高い山ができるような、千年もの間涸れ果てていた黄河古道が満々と水をたたえるかのような、六月に実るはずの小麦が春先のこの時期に実を付けるかのような、思いも寄らないことだった。

丁躍進はノックする手を止め、二人とも振り返った。二人の後ろ一メートルほどのところに、祖父が立っていた。疲れ切った様子で、目は充血して赤い蜘蛛の巣のようになっていた。二人は黙って顔を見合わせ、しばらく何も言い出さなかった。やがて躍進は顔にうっすら笑みを浮かべて言った。「叔父さん、一晩中眠れんかったんだろう?」

祖父は苦笑すると言った。「眠れるわけがない」

賈根柱は丁躍進を見ると、目配せして、祖父に顔を向けると続けた。「丁先生、わしら、ちょっと相談したいことがあるんだが」

「何だ、話すがいい」

根柱は目で校門を指すと言った。「あそこで話そう」

「どこでも一緒だろう」

「丁亮を起こしちゃ悪いじゃないか」

三人は学校の正門のところまで歩いていった。横の建物の切り妻壁の下に立って、二人は互いに顔を見合わせていたが、最後に根柱が丁躍進に目を細めて言った。「おまえが言えや」

躍進も目を細めて賈根柱に言った。「やっぱりおまえが言え」

根柱は視線を祖父の顔に向け、口を真一文字に引き結んでから、舌で唇を舐めて言った。

「丁先生、わしと躍進はもうあと少ししか生きられん身体だ。いろいろ考えたが、あんたを騙すわけにはいかんと思って」

祖父は二人をチラリと見た。

根柱はちょっと笑うと続けた。「丁亮と玲玲はわしと躍進が閉じこめた」

祖父の顔色が少し変わった。青ざめたような、白くなったような表情になり、二人の視線を見つめる目はうつろだった。荒れ野のように茫漠とした表情だった。つかもうとしてもつかめないものが、空中から地上に落ちてきたような荒涼とした表情だった。祖父は視線を躍進の方に向けた。躍進が頭を下げた。後ろめたそうな顔をしているだろうと思ったが、頭を上げた躍進は、賈根柱と二人で笑いを浮かべていた。丁亮叔父さんがよくするあのいやな笑いだった。笑ったまま祖父を見つめ、口を閉じてしゃべらずに祖父の顔色をうかがっていた。祖父は驚いた様子で二人を見た。

根柱が口火を切った。「ほんとうのことを言うと、わしら二人は鍵をかけてから、他の者に頼んで鍵を玲玲の旦那のところへ持っていかせたんだ」

躍進が続けた。「根柱は丁亮のかみさんにも届けようと考えたみたいだが、それはわしが止めた」

根柱が躍進を横目で見ながら言った。「大切なのは丁先生がわしの先生だったということだ。丁亮の人柄とは関係ない」

「叔父さん、もう一つ、相談したいことがある」

「丁先生、わしら二人とも、丁亮と玲玲の賊愛騒動で、あんたが一番怖がっとるのは、婷婷に知られることだとわかってる」

「だから、相談しに来た」

「そんなにたいしたことじゃないんだが」

「あんたにとってはなんにも悪いことはないから、うんと言うてくれたらいいんだ」

「認めてくれりゃ天下太平だ」

「何なんだ、言ってみるがいい」

「根柱、おまえが言え」

「どっちが言っても一緒だろう」

「おまえが言えよ」

「じゃあ、わしが言うことにするか」。顔を祖父に向けると根柱は言った。「丁先生、聞いても怒らんでくれよ。二人ともあんたが怒るのが恐いから、相談しに来たんだ。ものの よくわかっている人だから、話し合いに来たんだ。もし他の者だったら相談には来ん。李三仁がまだ生きとったら、やはりあれが丁庄の村長兼支部書記で、わしも躍進も言われたことをやるまでで、あれに相談しようとは思わん」

祖父は言った。「おまえら二人、結局何が言いたいんだ」

根柱は応えた。「学校のことだ。これからはあんたには学校のことに関わらんでほしいんだ。患者たちのことにも一切関わらんでほしい。全部わしら二人がやるから」

躍進が続けた。「はっきり言うぞ。わしら二人を校長にしてほしい。熱病患者の指導者として、丁庄の村長、支部書記として認めてほしいんだ。わしらの言うことを聞いてくれ。あんたさえ、わしらの言うことを聞いてくれりゃ、患者たちで言うことを聞かんやつはおらん」

祖父は笑った。声を出さずに笑うと言った。「それが言いたかったのか?」

「そうだ」。根柱は表情を硬くして言った。「熱病患者たちを一堂に集めて、今後学校のことはわしら二人に任せ、県政府が支給するものについても我々二人が管理することになったと宣言してもらいたい。丁輝の手元に村の委員会の公印があるそうだな。村の公印を丁輝から取り返して、わしらに預けてくれ。一人を村長、一人を支部書記にしてくれれば、それでいい」

祖父は二人を見つめたまま、何も言わなかった。

躍進は言った。「宣言してくれりゃ、それでいいんだ」

根柱が言葉をついだ。「もしあんたがみんなの前でわしら二人のことを宣言してくれんというなら仕方がない、丁亮のことは婷婷に知られることになるからな。婷婷に言ったら、あんたの家はもうおしまいだ。一家没落、家族離散いうことになる」

躍進が続けた。「叔父さん、わしらふたりに患者や村のことを任せて悪いことは何もなかろう」

根柱が断言した。「あんたよりうまくやってみせるから。わしらはあんたのところの丁輝が、上がわしらのために準備してくれた棺桶を売り払ったことも知っとる。もう少し金を貯めてから東京《とうけい》か県城へ引っ越すつもりらしいな。二番目の丁亮が賊愛、しかもよりによって自分の従弟の嫁さんに手を出した。あんたにこれ以上、村のことや学校のことを任せるのはどんなもんだろう」

躍進が言った。「叔父さん、これはあんたのためだ、あんたの家のためなんだ」

根柱は言葉を継いだ。「もしあんたが首を縦にふってくれんのなら、丁亮と玲玲が賊愛で捕まえられたことを婷婷に話して聞かせるまでだ。家がムチャクチャになって、一家離散になってもいいのか?」

二人はかわりばんこに話し、まるで双簧戯《そうこうぎ》（一人が後ろでしゃべり、もう一人が前に座って口だけ動かす演芸）を見ているようだった。馬香林の墜子のようだった。祖父は無言で二人の話を聞き、ただ二人の様子を見ていた。日の光が顔を照らし、顔は白く輝いていた。蒼白だったが、顔には汗の粒が、顔を洗ったあとのように浮かんでいた。祖父はもう年だったが、ごま塩の髪の毛が突然ほとんど真っ白になってしまったような気がした。切り妻壁の下で、頭が町で売っている白い風船のようになり、首でつながっていなければ、空中に浮かんでいって、正門のところで落ちてしまいそうな感じがした。祖父は見知らぬ他人を見るように根柱と躍進を見た。代用教員をしていた頃、教科書に意味のわからない絵が出てきたり、解き方のわからない算数の問題にぶつかったときのような感じだった。二人を見つめたまま、話を聞き始めてから最後まで、口は半開きのまま動かず、合わさることもなく、目も瞬きすることはなかった。

校庭の桐の木で雀がチュンチュン鳴いていた。三人が立っているところだけ、にわか雨にでも遭ったかのようだった。三人はずっと黙ったまま立っていた。ただ押し黙り、口をきかなかった。三人はしきりに顔を見合わせていた。結局しびれを切らした賈根柱が喉がむずむずしたように咳をして言った。

「丁先生、わしらの言ったことは聞こえたのか？」

2

祖父は根柱と躍進が言ったとおりに宣言した。

それは食事のときだった。余計なことは言わずに、ただ、自分はもう年を取ったこと、さらに息子の丁亮と丁輝は二人とも意気地がなく人に恥をかかせるような人間で、学校のこと患者のみんなのことを自分が任されているわけにはいかない、いっそのこと一切手を引いて、以後のことは根柱と躍進に任せることにした、と言っただけだった。二人とも若いし、病気もまだ軽く、熱心だから、ともつけ加えた。

人々は調理場や食料庫の入口の日当たりの良い場所にしゃがんで食事をしていた。みんな、昨晩の叔父さんと玲玲の賊愛事件のことを思い出し、祖父には確かに人の管理をする資格はないと感じていた。自分の子供のこともきちんとできないのに、人のことを管理することなどできようはずがなかった。みんな、一斉にキョロキョロと丁亮叔父さんを捜した。彼は調理場の東、食料庫から一番遠い軒の下で食べていた。みんなが叔父さんを見たとき、叔父さんもみんなを見た。顔にはやはりいつもの図々しい笑いを浮かべ、あたかも昨晩の一件がなんでもないことのような態度だった。

祖父が学校のことに関わるのをやめたことも、賈根柱や丁躍進にすべてを任せたことも、何でもないことのようだった。その顔に浮かんでいる笑いは、作り笑いのようでもあり、昨日賊愛で捕まったことを醜聞とはまったく思っていないような表情でもあった。その笑顔は捉えどころがなかった。そのとき、誰かが調理場の方から叫んだ。

「丁亮、うまい汁を吸ったじゃないか？」

叔父さんはそれに答えた。「もうすぐ死ぬんだ、『賊愛』の一日でも、一日は一日だ」

賈根柱と丁躍進の二人は叔父さんの顔を見ようとは

しなかった。手に持っていた茶碗を地面に置いて、祖父の宣言を聞いていた。聞き終わると、窓の下にある台からスローガンのようなものが書かれた紙を取り出すと、刷毛《はけ》で粘りのある茶碗の御飯粒をつぶして塗り、調理場前の柳の木にその赤い紙を貼り出した。二人は何も言わず、厳粛な面持ちでその大きな赤い紙を貼り終わると、二人で決めた条文に目をやった。

一、どの患者も、必ず毎月決められた食料を納め、共同食堂に供するものとする。ごまかすようなクソッタレは家の者全員に熱病を伝染《うつ》して死んでもらう。

二、県政府が支給する穀物や油、薬などは、学校が一元管理する。誰にも余計に分配することはしない。もし余計に取るようなクソッタレがいた場合には、八代前、八代後、まとめて十六代全部が熱病に罹って死ぬがいい。

三、政府が患者一人一人に支給している棺桶をなんとしても手に入れ、その棺桶は賈根柱と丁躍進が相談して配給する。言うことを聞かないものは、棺桶を配給しないだけでなく、全村民を動員して、八代前、十六代先まで呪ってやる。

四、学校の財産については、誰であろうと勝手に使ってはならない。使うときには必ず賈根柱、丁躍進の許可を必要とする。盗んだり勝手に使ったものは、いい死に方ができないだけでなく、死んだ後には、その墓を暴かれることになろう。

五、みんなの利益に関することは、大きいことであろうと小さいことであろうと、賈、丁二人の検討・同意を得た上で、公印を押すものとする。村の委員会の公印がないものは一切無効とする。従わないものには、さっさと死んでもらうだけでなく、その両親の命も長くはなく、子供は交通事故に遭うことになろう。

六、誰も学校の物に手をつけてはならない。道徳にはずれたことをしてはならない。もし今度捕まえられるものが出た場合は、村へ帰し、三角帽を被せ、プラカードを首に吊して、村中を引き回すこととする。そしてその一家には全員、熱病患者の血を頭からかぶってもらうことにする。

七、以上の規定に従わないものは、川を渡るときには橋がくずれ、夢を見れば死に、その熱病を家の者に伝染し、親戚に伝染し、友人・知人すべてに伝染し、家に帰って死ぬのを待つことになろう。二度と学校で

暮らすことはできない。少しでも長居すれば、即座に発作を起こすことになろう。

みんなその布告のような七条の規定を見て、声に出して読み、顔には自分が誰かを罵っているかのような笑いが浮かんでいた。この規定がとてもうまく書かれていて、気持ち良く痛快だったのだ。みんな振り返って根柱と躍進を見た。二人は壁の下にしゃがんで食事をしていたが、顔の表情は硬く、上空の黒雲のように重々しかった。こうして事と次第が定まった。

その結果、その条文の下、学校や村の中で、多くの胡散臭いことが起こるようになった。丁庄は昔の丁庄ではなくなってしまったのだ。

3

最初はたいしたことではなかった。賈根柱の家でお祝い事があっただけだ。彼の弟は熱病に罹っていたが、隣近所のみならず、村を挙げて、他の村に対して、弟は身体に問題はなく、一度にマントウを三つとおかず二皿、二杯のスープを食べることができるほど健康だと触れ回った。その結果、他の村の病気持ちでない娘の気持ちを動かして、彼に嫁ぐことを承諾させたのだった。承諾後、二、三日で結婚することになった。弟の結婚式ともなれば、めでたい席だ。机も十卓は必要だった。もともと客人用にあった机は全部棺桶になってしまっていた。弟の結婚式用に、宴席用の八仙卓は借りず、賈根柱は弟に学校の机を取りに来させた。

午後、根柱の弟、根宝がリヤカーに机を積んで持って帰ろうとしたとき、祖父が入口で彼をさえぎった。祖父はその机は子供が勉強に使う以外に外へ持ち出すことはできない、死んでも持っていかせないと言った。黄色のペンキが塗ってある新しい机が六卓、脚と脚を重ねてリヤカーに載せられていた。祖父は車に上がって机を下ろそうとし、二十二歳の根宝は下ろさせまいとした。言い争いになって、学校の患者たちがみんな出てきた。根柱も躍進もやってきた。

それは二人が学校の主人になってから三日後のことだった。この三日間、根柱も躍進も、食べる物も食べず、みんなが煎じた漢方薬を口にすることもなく、二回も郷政府にかけあいに行き、患者一人当たり五キロの小麦粉と二キロ半の豆を調達し、熱病患者のいる家は、麦が実った後の政府に納める土地税の三分の一を免除にしてもらったのだ。おかげで一家族当たり、十キロあまりの食料だけでなく、税金の節約までできることになったのだ。税金のことでは政府と毎年のように争っていたのだ。こうしてみんなが喜んでいるところで、祖父と根宝が喧嘩を始めたのだった。

「学校の机は誰にも持っていかせるわけにはいかん」

根宝は言った。「丁先生、わしも熱病患者だということは知ってますよね?」

「熱病患者のくせに誰と結婚するんだ?」

「一生童貞でおれというんですか」

みんなが取り囲んで、入口で机を持っていかせまいとする祖父を取りなした。

「ちょっと貸してやるぐらいいいじゃないか。返さないと言っているわけじゃあるまいし」

「みんな死んでしまうこの村に嫁さんが来るなんて、並大抵のことじゃない」

「丁先生、根柱があんたに学校のことをやらせないようになったんで、その腹いせか?」

祖父は何も言わず、ただ車をさえぎっていた。暖かい日の光が頭の上から降り注ぎ、みんな綿入れは脱いでいた。古いセーターや新しい毛織りのシャツを着ているものもいたし、綿のシャツを着て、上着を肩にかけているものもいた。今の時季は、薄着では寒く、厚着だと暑く、綿入れを一枚引っかけていれば、暑くもなく寒くもなく、ちょうどよかった。祖父は新しくもなく古くもない黄色い毛織りのシャツを着ていた。黄色のシャツは祖父の顔色を蠟のような黄色に見せていた。その蠟のような黄色の顔に汗をかいているので、日の光の中で黄土から水がにじみ出ているようだった。

祖父は学校の鉄格子の門の真ん中に立ち、一方の手で一方の扉を引っ張り、身体で扉の隙間を防ぎ、仁王立ちになった。その足は二本の杭が地面に食い込んでいるかのようだった。すべての患者を横目で睨めつけ言った。「こいつが死んだあと、こいつの子供が学校に勉強しにくることは絶対ないと請け合う奴はいるか、もしいたら机を持っていってもかまわん」

誰も何も言わなかった。

祖父は叫んだ。「誰か請け合う奴はおるか?」

相変わらず誰も何も言わず、じっとしていた。空気は凍り付き、人々は固まってしまっていた。みんながどうしていいのかわからなくなったちょうどそのときに、根柱がやってきた。慌てず騒がず、顔は青く、怒りが顔を覆っていた。彼は人々が空けた道を通ってやってくると、祖父の前に立ちはだかり、押し殺した声で冷たく言った。「丁先生、あんた、わしらが三日前に言ったことを忘れたのか？」

祖父は賈根柱を横目に見ると、落ち着いた声で言った。「わしがまだ学校を管理する立場だったら、誰にも机を持っていかせるわけにはいかん」

根柱は言った。「あんたが学校を管理するのは結構なことだが、この学校は丁庄の小学校だろ？」

「そうだ」

祖父はこの小学校が丁庄のものではないと言えるはずがない。祖父は認めてしまった。そして根柱のために筋を通してしまったのだ。根柱は袋から紙を取り出し、公印を探り出すと、しゃがんでその白い紙を膝の上に置いて、印鑑を口に当てて息をハーハー吹きかけると、赤い印を押して祖父に渡して言った。

「これでどいてもらえると思うが」。祖父が依然として入口をふさいだまま動こうとしないのを見て、またしゃがんで、その紙を膝の上に置いて、鉛筆で一行ほどの文を書いた。「検討の結果、賈根柱は根宝が学校から十二台の机を持っていくことに同意する」。そして署名した。名前を赤い印鑑の上に幹部らしく堂々と書いて、祖父の目の前に突き出した。「これでまだなんか文句があるのか」

祖父はその紙と紙の上に書いてある文字、公印を横目で見ると、つぎに賈根柱を目を細めて斜めに見た。嘘をつくのが好きな子供を見るような、軽蔑し憐れむような目だった。その軽蔑している感じを賈根柱に見抜かれてしまった。入口に集まっているすべての熱病患者たちにも見抜かれてしまった。みんな祖父が間違っていると感じていた。すでに公印が押されたのだ。通してやるべきだった。いくら話したところで、結局は何台かの机を持っていくことになるのだ。紙には「検討の結果、同意する」と書かれているのだ。持っていかせてやらなければならない。結婚というおめでたいことなのだから。いつまでもごねていてはならない。

そこに丁亮叔父さんが出てきて、賈家になりかわって祖父に頼んだ。「おやじ、自分の家の机じゃあるまいし、痛くも痒くもないじゃないか」

祖父は言った。「黙れ。おまえのことがなかったら、こんなことにはならんかった」

叔父さんは何も言えなくなり、顔に笑いを浮かべて人混みの中に戻りながら言った。「わかった、わかったよ。もう何も言わん。言わないよ」

趙秀芹が出てきて言った。「丁先生、ちょっと了見が狭すぎるんじゃないの？　机に丁という名前が付いているわけでもなかろうに」

祖父は応えた。「趙秀芹、おまえは自分の名前の漢字もわからんというのに、なにがわかるんだ」

趙秀芹は大きな口をポカンと開けたまま、何も言えなくなってしまった。

丁躍進が後ろから出てきて、人を掻き分けながら言った。「叔父さん、根宝が机を持っていくことはわしも同意したんだ。道を開けて、通してやってくれ」

「おまえが同意したからといって、持っていっていいのか？」。祖父はそう言い終わると、躍進を睨みつけた。目の中に呑み込んでしまうかのような表情だった。

躍進は祖父が恐くはなかった。彼は負けずに祖父を睨み返し、声高に固い調子で言った。「わしと根柱が二人とも同意した。相談の結果、根宝が持っていくことに同意したんだ」

祖父は首をまっすぐに伸ばして上を向き、賈根柱を見ようともせず、また丁躍進も見ようとせず、ただ丁庄の患者たちをチラッと見ると目を空に向けた。「もし机を持っていきたいのなら、その車でわしを轢《ひ》いて乗り越えていくがいい」。そう言い終わると、両側の鉄の扉を力一杯引き寄せ、隙間に入りこんだ。自分で鉄の門扉をハンダ付けにしたようだった。根柱や躍進が彼を引っ張ろうが殴ろうが、決してその扉を開けさせることはできそうになかった。

事態は膠着状態に陥った。空気も張りつめ凍り付いてしまっていた。誰も口を開こうとしない。誰もが根柱と躍進と祖父を見ていた。この膠着状態がどういった結末を迎えるのかを見ていた。そして次第に、これが机を持っていかせるいかせないということではなく、丁亮叔父さんと玲玲の賊愛事件のことでもなく、誰が学校の管理をするのかということなのだということがわかってきた。誰が学校の机を管理するのかということなのだ。

みんな黙っていた。それは黒々とした沈黙だった。初春の暖かい太陽に照らされていても寒さを感じさせる沈黙だった。

文字を書き、印を押した紙が賈根柱の手の中で微かに震えていた。彼の顔は真っ青になり、唇は真一文字に引き結ばれ、まるで老いてはいるが、まだ人に噛みつくことができる牛、老いても一方的に突撃してくる牛のようだった。

丁躍進は賈根柱のそばに立っていた。その顔は青ざめてはいなかったが、人に謂《いわ》れもなく顔に「ペッ」と唾を吐きかけられたような、情けない、やるかたない心境が顔に出ていた。祖父は彼にとっては叔父だった。良くも悪くも叔父だった。勉強を習ったこともある、先生でもあった。躍進には祖父をどうすることもできなかった。ただ賈根柱が何とかして祖父に門を開けさせ、根宝に机を持っていかせるのを待っていた。どのみちあの机を使うのは賈根柱の弟なのだから、この場は根柱が落とし前をつけるのが筋だった。根柱の弟は二十二歳で、熱病であることがわかっている。彼は売血したことはなかった。しかしなぜかわからないが、熱病になってしまった。丁庄の村人たちは彼が熱病であることを隠し通して、嫁を見つけてきた。人の娘を騙したのだ。二十歳にもなっていない他の村の娘で、二歳半年下だったが、きれいで、学もあり、大学を受けたこともあった。合格はしなかったが、あと何点かで合格するほど優秀な娘だった。合格すれば熱病患者の根宝に嫁ぐことはなかったのだ。しかし彼女は合格しなかった。そして丁庄の根宝に嫁ぐことになったのだ。

その娘は言った。「母さん、みんな丁庄は熱病だらけだと言ってるよ」

母親は応えた。「丁庄の人はみんな、根宝は熱病じゃないと言ってる。熱病でなけりゃ、なんでもないことさ」。そして、たたみかけた。「あんたには十年勉強させたが、大学にも受からんで、あんたを産んで育ててここまで尽くしてきたというのに、まったく無駄だった。それであんたはまだ母さんにあんたの面倒を死ぬまで見ろというのかい?」

娘は泣いた。泣いて丁庄に嫁ぐことに同意したのだ。同意して三日で結婚式だった。根宝は結婚すれば一人前の男となることができたし、自分の跡継ぎを作ることもできた。熱病であることはそれほど困ったことではなかった。彼はただ結婚式の当日を待ち望んでいた。式の準備は万端整った。あとは披露宴のときの机が足らないだけだった。その机のことで祖父の妨害に遭うとは思いも寄らないことだった。

それは机を持っていかせないということではなく、自分の吉事を邪魔することを意味していた。根宝は痩せて小さく、病気になったばかりで、まだ熱が下がらず、元気も力も出なかった。その上、祖父はずっと目上で、自分には祖父をどうすることもできなかった。だから哀れみを請うような目で兄を見た。兄は言っていた、これから学校と村のことは全部自分が管理することになった、自分が生きているうちに、家のことはすべてうまくやるから、と。弟の結婚、父母の百年後のこと、老い先短い両親が死んでからのことを準備し、売血で建てることのできなかった瓦屋根の家を建てた。しかし、今、祖父が机を持って帰らせてくれないのだった。根宝は悲しそうに兄を見て、兄が何か言って、祖父を門からどかせ、机を学校から運び出させてくれるのではないかと期待していた。

その弟の、哀れみを請うような、何とかしてほしいという期待のまなざしを見て、根柱は口を開いた。突然落ち着いた様子で言った。「根宝、この机はどこから持ってきた。元のところへ戻してこい」

根宝は訳がわからなくなって兄を見た。

根柱は言った。「わしの言うことを聞け。机を戻してこい」

根宝は戸惑いながら机を教室へ返しに戻っていった。机を載せたリヤカーのギイギイという音が埃とともに入口に落ちていった。患者たちは、机を載せたリヤカーが学校の奥へと入っていくのを見ながら、言いようのない残念そうな表情を浮かべていた。根柱がどうしてあんなことを言い出したのかわからなかった。これほど盛大な一幕がこんな未解決な状態のまま終わりを迎えるのが理解できなかった。太陽はすでに学校の真上に昇り、校庭には春の息吹があふれ、平原から芽を出した草木のしっとりとした香りがゆっくりと流れてきて、川縁で水の匂いを嗅いでいるようだった。

祖父にも事態がこのような結末を迎えるとは思いも寄らなかった。根柱がこんなに軟化するとは信じられなかった。祖父は突然、自分が根柱に申し訳ないことをしているような、根宝の結婚に水を差して申し訳ないというような思いにかられた。教室の向かいで机を下ろしているやせ細った根宝を見ながら、祖父は根柱に言った。「根柱、客人用の机なら、わしが借りてきてやる。八仙卓を何台か借りてこよう」

「いらん」。根柱は冷たく笑って淡々と言った。淡々と話しながら、祖父の横を擦り抜けていった。その顔からは血の気が引いて、首には青筋が浮かび上がり、柳の枝が喉に張り付いているようだった。根柱は冷たく祖父と擦れ違うと、患者たちの視線の中、丁庄の村へと歩いていった。遅くもなく早くもなく、枝のない木が平原の上を移動していくようだった。

初春になり、草木は芽を出した。そしてすべての事柄も芽を出そうとしていた。

4

事件は次から次へとやってきた。一つがやってくれば必ず次がやってきた。

賈根柱が村へ帰ってからすぐに、私の叔母、宋婷婷が丁庄からやってきた。つむじ風のように学校へやってきた。彼女は大股で歩きながら、顔は蠟のように黄色で、口の端はピクピク震え、息子の小軍を引っ張ってきた。息子は母親の後を小走りでついてきた。小軍の足は、太鼓がリズムをとるようだった。

平原では緑に色づいた小麦が青い光の中に揺れていた。荒れ地や荒れた畑にも、浅い緑色が土の中から顔を出し、世界の様子をうかがっていた。遠く黄水村や李二庄では、病気でないものは、畑で土地を耕し、雑草を抜き、春蒔き小麦に水をやっていた。遥か遠くの広い空の下、人々の姿は風の中で地面に立っている草のようだった。叔母さんは、灰色の道を砂塵を蹴立てながら歩いていた。小軍は引っ張られ、引きずられたりしながら、彼女の後ろを駆けていた。その様子は、丁小明があの夜、玲玲を食料庫から引きずり出したときの様子とそっくりだった。

ちょうどお昼時だったが、丁庄の村の人々は昼御飯を作るのをやめ、食事はなしになった。御飯を炊くために火を入れた女たちは、火を消した。鍋に沸かしていたお湯には水が加えられた。食事をしようとしていたものたちは、茶碗をまた元あったまな板の上に戻した。一瞬何が起こったのかわからなかったが、すぐに察しはついた。大人も子供も、男も女も叔母さんの後ろを追いかけて、学校に向かって邁進してきた。巻き上げられた砂塵は、騎兵隊が学校に突き進んでくるかのようだった。

ある男が校門に立って怒鳴った。「見に行かなくていい。帰ってこい！」

男の妻は、その人混みから引き揚げて戻ってきた。

お年寄りがくどくどと言っていた。「熱病で死ぬ人間ではまだ足りないとでも言うのか。この上、追いつめて首でも吊らせるつもりか？」

彼女の子供や孫は、村の入口に立ったまま騒動を見に行こうとはしなかった。しかし嫁が娘の手から茶碗を取り上げて言った。「行こう、大騒動だ。見に行こう。早く、早く、早く見に行こう」

彼女の子供も他の子供たちも一緒に群衆を追いかけて学校へと走っていった。

丁庄ではこの二年、こんな大騒動はなかった。自分が熱病に罹る以外には、こんな騒動はなかった。今回は馬香林の独演会よりも大騒ぎとなった。芝居の中の騒動ではなく、正真正銘の大騒動だった。

そのとき、学校は静まり返っていた。趙秀芹は二人の女と一緒に南の方へ行ってしまっていた。他の者たちも、皆、自分の家に帰っていた。校庭は空っぽで、冬の荒野のように静かだった。叔母さんが子供を連れて突撃してきたとき、後ろから付いてきていた大人も子供もなだれ込み、その足音が学校中に響き渡った。


学校の鉄門が開けられたとき、そのきしむ音に人々の奥歯は浮いた。

学校にいた者で、最初にその物音に気づいたのは祖父だった。祖父と叔父さんだった。二人はさっきのできごと、根宝に対してあのように対処してよかったのかどうか話していた。叔父さんは言った。「どっちにしろ、根宝も患者の一人だろ」。それに対して祖父は言った。「病気持ちが人の娘を騙してもいいというのか」。叔父さんは言った。「丁庄の娘じゃあるまいし、そんなにこだわらんでも」。祖父は言った。「おまえの性根が腐っとるのはわかっとる」

そう話していたとき、騒動は学校にやってきたのだった。祖父は部屋から出ようとして、戸口でいきなり叔母さんと出くわした。一人は中に、一人は外に、叔父さんは祖父のそばに立っていた。二人の視線がぶつかり、大きな道路で車同士が衝突したように、両者は立ち止まった。どちらも声が出なかった。

祖父は宋婷婷を見ていた。あの赤みを帯びていた顔は、青ざめて、春の若芽の緑色のような色を呈していた。すぐに事態は飲み込めた。何が起こったのかすぐにわかった。叔父さんにもわかった。祖父の後ろから自分の妻の姿を見るなり、奥の部屋へ引っ込んでいってしまった。

祖父はすぐに振り返って奥の部屋に向かって叫んだ。

「亮、出てこい、出てきて、かみさんに頭を下げろ」

叔父さんは奥の部屋で黙っていた。動かなかった。誰もいないかのようだった。祖父はまた叫んだ。怒り心頭に発して叫んだ。「この意気地なしめが、さっさと出てこんか！　出てきて土下座するんだ！」

叔父は出てこなかった。部屋に鍵をかけて閉じこもってしまった。

祖父は足で部屋のドアを蹴飛ばした。何度蹴飛ばしてもだめなので、椅子を持ち上げてドアをぶち壊そうとした。その椅子を持ち上げたときに事態は変わった。渦巻く洪水が引いていくように、竜巻が消えていくように。突然、叔母さんが敷居を跨いで入ってくると、口もきかず黙ったまま、ドアの内側に立った。先程まで青ざめていた顔は落ち着いて、激しい怒りで爆発しそうだった表情もだんだんと落ち着いていった。いつもの表情に戻ると、彼女は普段の調子で一言、「お義《と》父《う》さん」と声をかけた。醒めた様子で部屋の中をざっと見渡すと、額にかかっていた髪の毛を耳の後ろに撫でつけて、静かに言った。「お義父さん、もう呼ばなくてもいいですよ。あの人はどのみち人間じゃないですから。返事のしようがないんですよ」

祖父が持ち上げた椅子は宙に浮いたままだった。叔母さんは静かに続けた。「これでいいんですよ。私は丁家の人に申し訳の立たんことはなんにもないですし。離婚して実家に帰ってもいいんです。そうすれば、病気がうちや小軍に伝染《うつ》る心配もないですしね」

祖父は持ち上げていた椅子をゆっくりと下ろした。下ろしてもしばらくは手に持ったままだった。椅子が紐で彼の腰に縛り付けられているかのようだった。

婷婷は一息入れると、舌で乾いた唇を舐めた。顔には赤みが戻ってきた。うっすらとした赤みが差した。

「お義父さん、小軍は私が連れていきます。もし孫に会いたくなったら、うちの実家へ来てくださいね。でも、丁亮が会いに来たら、うちの兄さんに頼んで、足をたたき折ってもらいますから」

それだけ話すと、叔母さんは行ってしまった。祖父が何も口にしないうちに身を翻して行ってしまった。

5

　賈根柱が丁庄から戻り、丁躍進と一緒に教室棟の方から祖父の丁水陽を探しにやってきた。二人が祖父の部屋まで来たとき、ちょうど婷婷が祖父の部屋から出てきたところだった。騒ぎを見に来ていた村人たちは、まだ帰っていなかった。根柱は言った。「みんな、帰れ。帰るんだ。これぐらいの騒ぎなら見たことがあるだろうが」。根柱はまるで幹部のように話した。村の人々はなにがあったのかわからないというように根柱を見た。躍進が彼の後ろで説明した。「わからんのか。学校のことは全部彼が管理する、わしと根柱が管理するということだ」。そう村人たちに告げると、二人は祖父の部屋へ入っていった。
　躍進は笑って言った。「叔父さん、わしら二人、話があって来た」
　根柱の方は笑わず、一枚の紙を取り出した。その紙は前に書いた「検討の結果、同意した」の紙と同じ赤い線の入った、白い便箋だった。便箋の右下には村の委員会の公印が押してあった。印の上には驚くべきことが書いてあった。

検討の結果、丁水陽の丁庄小学校の管理人としての資格、先生としての資格を抹消し、今後、丁庄の丁水陽同志は、丁庄小学校の人ではなく、丁庄小学校のすべてのことに関わることができないことに同意する。

　丁躍進と賈根柱の名前が、公印の上に並んでいた。一番下にその日の日付が入っていた。その紙を受け取って、黙って一度読むと、信じられないといった様子で二人を見てから、祖父はまた頭をうつむけてもう一度読んだ。その年老いた顔の皮膚は、読み進むにつれて引きつり震えた。読みながら、この紙を丸めて二人の顔にぶつけてやりたいと思っていた。しかし再び顔を上げたとき、二人の後ろにはたくさんの若い患者たち、賈紅礼《かこうれい》、賈三根《かさんこん》、丁三子《ていさんし》、丁小躍《ていしょうやく》らが立っているのに気がついた。全員、三十歳前後の若い連中だった。賈根柱や丁躍進の近い親戚、身内の者たちだった。誰もが熱病を発症したばかりで、目には、冷たい光が宿り、この世の仇に出会ったかのように祖父を見ていた。何も言わず、腕組みしている者、ドアの枠に寄りかかっている者、唇の端に冷笑を浮かべている者もいた。

祖父は言った。「わしを食うつもりか」

根柱は言った。「丁水陽、あんたにはもう学校を仕切る資格はなくなった。あんたのところの長男は、丁庄の血を売り尽くしたんだからな。今では他の村の棺桶まで売り払いよった。今では他の村の棺桶まで売っとるそうだな。次男は長男に比べればまだましだが、熱病で、かみさんがおるというのに、人のかみさんとむちゃくちゃやって、しかもその相手が自分の従弟の嫁さんと きたもんだ。血のつながった従弟の嫁さんだろう、相手は。丁水陽、あんたは先生もしたことのある人だ。人倫にもとるとはどういうことか、よくわかっとるはずだ。それで自分が学校のことに関われると思っているのか？　どうだ、答えてみろ」

そして改めて宣言した。「今日限りで、あんたの丁庄小学校の先生、管理人としての職務を解任する」

祖父は声を立てなかった。ずっと部屋の真ん中に立ち、突然力が抜けてしまって今にも倒れてしまいそうだった。しかし倒れずに、足の指先で床を突っ張り、何とか自力で立っていた。


その日の夜、闇の中に教室の灯は煌々と輝いていた。校門の横の小屋の灯は消えていた。死の重みの黒い闇が重なっていた。それは部屋の中にもいっぱいに積み重なっていた。祖父と叔父さんは石の隙間にいるように縮こまって部屋にいた。雨になりそうだった。湿気を含んだねっとりとした空気が闇の中を流れていた。祖父は座っていた。顔や手が湿気で濡れた。叔父さんはベッドの上に仰向けになって、夜を見ていた。死の重みの黒い闇が彼の顔を圧迫し、彼の呼吸を抑えつけた。窒息しそうだった。

祖父は言った。「亮よ、一度家に帰るしかないだろう」

「何をしに」

「婷婷の様子を見に帰るんだ。ほんとうに実家に帰らせたらだめだ」

叔父さんはちょっと考えてから、帰ることにした。

校内では、連夜、机を運び出す者がいた。賈根柱と根宝が毎晩運び出していたのだった。賈紅礼、賈三根も積み込むのを手伝っていた。趙秀芹も手伝っていた。誰もがおしゃべりをしていたが、話の内容は聞き取れなかった。どうやら婚礼のことらしかった。笑っていた。雨の降ったあとの黄河古道の濁り水のようだった。

叔父さんは校門のところで、彼らが机を運ぶ話し声、笑い声を聞いて、ゴホンと咳をすると、彼らが静かになるのを待って、出ていった。叔父さんは家に帰った。家の玄関に着くと、扉に鎖が掛かっていた。ぞっとして、慌てて枠と扉の隙間を探って鍵を探し出した。鍵を開けて早足で庭に入ると、部屋の鍵を開け、灯をつけた。隅々を見渡してみたが、元のままだった。机の上の母親の写真には埃がかぶっていた。祖先の位牌にも埃がかぶっていた。隣の家との壁際の椅子の上には、洗っていない自分の服とズボンが置いてあった。奥の部屋に入っていき、衣装ダンスを開けてみた。婷婷と小軍の服がなくなっていた。慌ててタンスの隅を探ってみると、そこにあったはずのお金と、タンスと同じ色の通帳が、探しても探しても見つからなかった。叔父さんは妻が実家に帰ってしまったこと、丁家が崩壊寸前であることを知った。そして自分がもうあと何日もしないうちにあの世に逝ってしまうのかと思うと、叔父さんの目には涙が浮かんできた。

第三章

1

賈根柱が言っていたように、思ったより早く一家離散が起こったのだ。一家離散は、この年の春が例年より早くやってきたのと同じように、駆け足でやってきたのだった。

平原はすでに緑で覆われていた。畑の小麦の穂は固くなって、ひと冬に貯めていた力をこのときとばかりに発揮して伸びていった。土の良い畑も砂地で痩せた土地の畑も、初春は小麦を大きく育てていく。しかし半月後、ひと月後、春の盛りが過ぎると、痩せた土地はその力を使い果たし、小麦の育ちの良し悪しがわかるようになってくる。黄色く痩せた小麦が目立つようになるのだ。しかし今は初春、畑は一面の緑だった。道端にも、畑の端にも、小麦の植えられていない荒れ地にも、雑草が勢いよく伸びていた。好き放題に伸びた雑草は、赤い花、白い花、黄色の花、紫の花を咲かせ、緑の葉の中で揺れていた。一本一本の草や花がすべて狂い咲きしたかのようだった。平原に一人立っている木も寂しくなさそうだった。その木の枝も伸び上がってゆき、緑の葉っぱも宙に揺れ、歌を歌っているようだった。

千年もの歴史のある黄河古道は、広いところでは幅が千メートルを超え、狭いところでも百メートルを超えていた。古道の上には砂が覆い被さり、平原をくねくねとどこまでも延びており、その長さは数百キロにも及んだ。実際どのくらいの長さがあるのか、天と同じくらい長いのかどうなのか、誰にもわからなかった。その長さゆえ、また平原より一、二メートル低いために、いつもはその色はくすんだ黄色、灰色っぽい白に見えた。古くてくたびれてはいるが頑丈なベルトが地球を締め付けているような眺めだった。しかし春になり、雑草はその古道のあちこちですくすく育ち、そのベルトのような窪みと平原もこのときばかりはひとつの色になった。窪みがどこにあるのか見分けが付かなくなった。見渡す限りの平原だった。一面緑の平原だった。世界が緑で覆われていた。

空も大地も緑になった。木々も、農作物も、村も、すべてが。

騒動も春とともに目覚めた。慌ただしくなり、患者たちはみんな病人ではないかのように、学校から家へと物を運び始めた。一人一人に分配された机や椅子、黒板や先生の荷物入れ、ベッド、洗面器台に、どこから持ってきたのか木の板や、桁《けた》や垂木《たるき》を運んだのだった。

叔父さんはすでに丁庄に戻って住んでいた。実家に戻った叔母さんが、実家からことづけてきた話によると、彼女は死んでも叔父さんには会いたくないとのことだった。死んだあとの様子だけは見に来たいと言う。彼が死んだら丁庄の家を売り払い、家の品物は持っていくというのだ。叔父さんは学校から家に戻るしかなかった。家を守り、自分が死んで彼女が荷物を持っていき、家を売り飛ばすときを待つしかなかった。

学校はもうすでに祖父の管轄ではなくなった。誰も彼を管理人とも先生とも見なしていなかった。彼はそこに住んでいる丁庄の年寄りの一人に過ぎなくなってしまった。患者たちは、病気の重いものも軽いものも皆、食事のときであろうが、薬を煎じるときであろうが、将棋を指すときであろうとしなかった。彼に敬意を払うものはいなかった。ただ正門を通りすぎるときに、祖父が頭を下げれば、挨拶を返した。向こうから祖父に頭を下げれば、祖父は慌てて挨拶を返した。何十人という患者たちが教室で何をしようと、何を話そうと、病気の軽いものが何をしようと、彼とはまったく関係なかった。みんな祖父を学校に住まわせてやっていることで十分だと思っていた。

あるとき、彼は二十歳過ぎの患者に聞いた。「根柱の弟の婚礼はすんだはずだな？　学校の机はちゃんと戻ってきたのか？」

その相手は言った。「根柱とは失礼な。彼は今ではわしらの主任さまだぞ」

祖父は唖然としてその若い患者を見つめたまま、言葉が出てこなかった。その顔中にできもののある若い患者は言った。「知らなかったのか？　根柱おじさんと躍進おじさんは、わしらの主任になったんだ」

そう話しながら彼は校庭へと入っていった。祖父は世界の外に取り残されたようだった。

前の日の黄昏時、太陽が黄色から淡い赤色へと変わりかけていたときだった、趙秀芹が外から戻ってきた。竹の籠を提げていて、その籠の中には、白菜やビーフン、ニンジン、さらに肉の塊に二匹の魚、一本の酒が入っていた。肉は新鮮な豚肉で、酒はこのあたりで一番上等の宋河液《そうがえき》（中国の蒸留酒の有名ブランド）で、蓋を開ければその香りは五キロ四方に広がるほどの上物だった。祖父は近づいてきた趙秀芹を見ながら、追及するように言った。

「ほう、生活改善か？」

趙秀芹は顔に笑みを浮かべて言った。「賈主任と丁主任のお二人に食事をお作りするのよ」

「みんなで食べるんじゃないのか」

秀芹は言った。「賈主任と丁主任が政府に働きかけて、助成金をもらってきてくれたの。だからみんなで話して、お二人に肉とお酒を買おうということになったのよ」

賈根柱を根柱と呼ぶことはできなくなっていた。根柱はすでに丁庄熱病委員会の賈主任になっていたのだ。丁躍進を躍進と呼ぶこともできなくなっていた。彼も丁庄熱病委員会の丁主任となっていたのだ。祖父は、校内に新しい世界、新しい秩序ができあがっているということを知った。郷政府や県政府、地区や省で編成替えがあるように、すべてが以前とは違ってしまっていた。何もかも変わってしまったのだった。

祖父はやりきれなさを感じた。心が冷たくなるようなやりきれなさだった。しかし結局、熱病患者たちが快適な日々を送ることができるのであれば、何も言うことはない。わざわざ関わり合うこともないのだ。しかし今日、暇をもてあました祖父は、部屋を出て校門のところでちょっと立ち止まると、学校の壁に沿ってぐるっと一回りした。初春の緑に囲まれて歩いていると自分の家の外を回っているようだった。しかし校門まで戻ってくると、患者たちが汗だくになって、学校から何か担いで外へと出ていく。教室の机を二つ担いでいるものもいれば、大きな黒板を担いでいるものもいる。二人で学校の壁の下に置いてあった棟木を担いでいるものもいる。何人かでリヤカーを使って学校の先生のベッドを運んでいるものもいた。誰もが顔を輝かせ、興奮した様子で、学校の物を自分の家へと運んでいくのだった。祖父が夢に見た、**地上には鮮やかな花が咲き、地下には黄金が埋まっている、**あのときの村人たちの様子と一緒だった。皆せわしなく動き回り、歩きながら話していた。「おまえの机はわしのよりいいじゃないか。木の板がわしのよりずっと厚い」

「おまえのは楡の木だから、桐より高く売れるはずだ」

「あんたがもらったベッドは栗の木だろう。うちのは椿だ」

そんなことを話しながら、ダムの水が放出されたように、学校の正門から溢れ出してきた。祖父には一体何が起こっているのかわからなかった。壁に沿って人々の方へ急ぎ足で近づいていくと、校門のところで三台の机を担いでいる根柱の従兄弟《いとこ》の賈紅礼を捕まえた。「おまえら何をしとるんだ」

賈紅礼は高く掲げた机の中から頭を出して、チラッと見て言った。「何をしてるって？　あんたの息子の丁輝に聞けや」

そう言い終わるとそのまま行ってしまった。怒ったまま行ってしまった。三台の机を担いでいるその姿は、怒った山羊が枯れ草の山を背負っているようだった。祖父にはやはり何が起こったのか理解できず、ぼんやりと立っていると、黒板を担いで出てくるものがいた。黒板の角に釘が打ってあるのを見て、それが祖父が代用教員をしていたときに愛用していた楡の木の黒板だということがわかった。表面はピカピカで、木目が美しく、字を書くときに滑りが良くチョークがよく付いた。黒板を消すときのために、右下の角っこに釘を打ったのだった。釘には蒸すときに使う布巾のお古を黒板消し代わりに引っかけていた。しかし今、その黒板が誰かに背負われて持っていかれようとしていた。背負っている人は黒板の下に隠れ、殻の中に引っ込んだカタツムリのようだった。

祖父は近づいていくと、その黒板をめくって、校門のところへ下ろした。黒板の下から出てきたのは趙徳全だった。彼は祖父の顔を見ると、申し訳なさそうに笑うと、口ごもりながらいった。「丁先生」

「おまえだったのか」。祖父は言った。「黒板を持っていったら、授業ができなくなるぞ」

趙徳全は恐そうに祖父をチラッと見ると、まわりを見渡してから言い訳をした。「いらんとは言えなかったんだ。賈主任と丁主任がわしに分けて下さったんだ。いらんなんて言ったらみんなに迷惑がかかるし、主任にも申し訳がたたん」

言い終わると背後を気にしながら、校庭に誰もいないのを確認して、急いで祖父に言った。「丁先生、もしこの黒板に愛着があるのなら、あんたの部屋に隠してくれたらいい。だがわしがあんたに渡したとは言わんでくれよ。あんたが黙っといてくれたら、それでいいんだから」

祖父は黒板を撫でていた。「黒板を何に使う」

「棺桶にするんだ」。趙徳全は祖父を見ながら、顔に笑みを浮かべると言った。「みんな、あんたのところの長男が、県がいくつかの村のために準備した棺桶を他に売りとばしてしまったと言っとる。それで根柱と躍進が主任になってから、患者たちに棺桶用の木材を配給することにしたんだ」

祖父は愕然として立ち尽くしたまま、趙徳全の笑顔の中に、死相の青色が浮かんでいるのを見ていた。確かにこの男はもう数日もたないかもしれない。棺桶の準備が必要だ。そしてこの二カ月、息子と会っていないことを思い出した。ずいぶん前に見た、父が県の幸福棺桶工場で棺桶を運んでいた夢、数日前に見た、父があちこちで棺桶を売りさばいている夢のことを思い出した。

2

月の光は太陽の光と同じぐらい明るかった。太陽の光は月の光と同じように穏やかで優しかった。

春だった。際限なく広がる小麦は首が硬くなり茎もしっかりしてきた。畑には水を撒く人、草を刈る人が方々に散らばっていた。熱病が軽くなっているかのように、慌ただしく動き回っていた。丁庄、黄水、李二庄、さらに近郊に散らばっている夏家集《かかしゅう》、古道口《こどうこう》、老《ろう》河口《かこう》そして明王庄《めいおうしょう》も、春の農繁期の中、どこもかしこ

も鋤や鍬をふるう村人でいっぱいだった。父は村をひとつひとつ回っては棺桶を売っていた。ある村に着くと、村の入口に机を出して、県が発行した公印の入った書類を取り出して机の上に置き、村の熱病患者のいる家に通知を出すのだった。表に名前、年齢、病歴と現在の病状を書いて、村の委員会から印をもらい、書類の下にサインをし、拇印を押せば、確かに熱病患者であること、今日は生きていても明日は畑で死ぬかもしれないことが証明され、棺桶を原価で買うことができるのだった。棺桶の市場価格は四百元から五百元といったところだったが、書類を書けば、一律ひとつ二百元だった。一律に政府の熱病患者への配慮を受けることができたのだ。

父はどこでも大歓迎を受けた。歓迎する人々が皆、村の入口に列を作った。昨日父は老河口で患者たちのために奉仕した。今日は明王庄にやってきていた。明王庄は丁庄からは数十キロ離れた、黄河古道の東の岸にあった。熱病は明王庄ではすでに最盛期を過ぎており、村では飢饉の年の食料の如く、棺桶が必要となっていた。祖父は朝早く家を出て、県で昨日熱病患者たちが書き込んだ書類を渡すと、今日運ばねばならない八十個の棺桶を二台のトラックに載せて、明王庄へと運転していったのだった。半日かけて明王庄に到着した。

棺桶を積んだ二台のトラックが黄河古道の端の道を村の方へ走ってくるのが見えると、畑で水を撒いたり、草取りをしていた明王庄の村人たちは、大急ぎで自分の畑から村へと帰っていった。太陽は頭の真上で金のように輝き、明王庄はその光の中で全体が輝いていた。というのも、売血のときに建てた二階建ての家や瓦葺きの平屋が、春の光を浴びて、日の光が暖かいだけでなく、家のガラス窓や白いタイルを貼った壁や柱に光が集まっていたため、明王庄はますます明るく暖かくなっていたのだった。村の入口に止まった二台のトラックには、それぞれ四十個の棺桶が積まれており、二つの黒い山が荷台の上に出現したかのようだった。棺桶は黒光りして、強い匂いが鼻をつき、風が吹くと、棺桶の黒いペンキと削り立ての木材の匂い、板を貼り合わせた黄色い膠の匂い、打ちつけた釘の鉄の匂い、様々な匂いが明王庄の上を漂い、畑の春の匂いを覆い尽くしてしまった。大通りにも横町にも、黒い棺桶の匂いが充満するようになってしまった。

父は棺桶を売るときに、もう自分で何かをするということはなかった。数人の若い者を連れて、一人は書類、一人は車の上で、もう一人は車の下で棺桶を下ろし、自分はただもう一つの机の前に座って水を飲みながら、書類に書き込みの終わった人を呼んで、書類を受け取り、お金を受け取り、金額を確かめ、身につけた黒い鞄にお金を入れ、領収証を発行し、車のところへ棺桶を取りに行かせるだけだった。

明王庄は丁庄と違い、ずっと豊かだった。当時、丁庄が売血運動に人々を動員するために見学に行った蔡県の上楊庄同様、患者の比率は丁庄より高く、人口も多かったため、熱病患者のいない家はほとんどなかった。一家に複数の熱病患者がいることも珍しくなかった。彼らは当時売血致富の模範村だったので、今や埋葬に筵を使うことはなく、適当に村の入口や端に埋めることもしなくなっていた。彼らは一律に黒い棺桶を使った。死ぬ人が多かったので、どの家も使える木は全部切り倒してしまった。道端に生えている木や隣村の木は、全部彼らに買い尽くされ、目に付くところはすべて丸裸になってしまった。そんな時期に、父は棺桶を持ってきて売ったのだった。雪中に炭を送ったわけだ。

畑から急いで戻ってきた明王庄の村人たちは、安い棺桶を買い求めようと、村の入口に長蛇の列を作った。通りの入口から中程まで、二百メートルを超えた。一人の患者しかいないのに二つ、二人しかいないのに三つ買うのを防ぐため、父は明王庄の村長に来てもらった。

父は村長に言った。「村長さんよ、お手数だが、ちょっと来てもらえんかなあ。ちゃんと照合しなければならんから」

村長はちょっと考えてから応えた。「うちの小麦は今日手を入れてやらんともう駄目になってしまう」

「村長さんのところには、患者はおらんのか？」

「うちは誰も血を売ったことがないんでね」

「年寄りは何人だ」

「父親が今年八十四歳だ」

「そしたらあんたの父親にひとつ売ってあげましょうか。おやじさんのために準備してあげたら、どうですか」

村長はしばらく黙り込んでから言った。「安くなるのか」

父は少し考えてから応えた。「原価からさらに五十元安くしましょう」

「いいのをもらえるのか？」

「甲級の棺桶が三つあるんで、好きなのを選んでくれて構わんです」

村長は照合を手伝いに来た。彼の手には明王庄の村の委員会の印章が握られていた。まず並んでいる村人たちの顔を一通り見て、熱病患者のいない家の者に、病気が軽いのに危篤でもう間もなく死ぬと書き込んだものを引っ張り出して、父のそばに座らせてから、棺桶の販売を始めた。

ちょうど真昼で、太陽は真南にあった。村人たちは慌ただしく棺桶を家に運び、村中が棺桶を担ぐ人、引っ張る人でごった返していた。そして政府は良いことをしてくれた、熱病委員会は明王庄の神様だ、という話であふれかえっていた。棺桶を家まで持って帰ったものの、庭に入らないのでとりあえず表に置いているもの、庭には入ったものの、部屋の中に入らず、庭の真ん中に置いているものなど、あっという間に八十基の棺桶が各家庭に分配され、明王庄は棺桶だらけになってしまった。村が棺桶村になってしまった。安い棺桶を分配してもらった者は、政府の配慮を得ることができて、自分が熱病であること、まもなく倒れ死ぬ人間であることを忘れ、顔には笑みを浮かべ、軽やかさと喜びにあふれていた。あまりに嬉しくて感極まり、涙ぐんでいる者もいた。家に軽い症状の患者しかおらず、棺桶は支給されるべきではない家の人間で、紆余《うよ》曲折《きょくせつ》の末、ついに棺桶を手に入れることができた者がいた。彼は目を剝いて大笑いし、棺桶を家に持って帰ると部屋の中へ入れて鍵をかけ、また外へ出ると、見かけた村人に、「春だなあ、ほんとうに暖《あ》ったかいなあ」と話しかけるのだった。

次の日、父たちは明王庄からそう遠くない古河庄《こかしょう》へ行った。父は三台のトラックに棺桶を積んで村から数キロ離れた人気のないところに車をとめると、先に村に行き、村の通りや建物を見て回った。通りは七、八年前に敷かれたコンクリートの道で、家もすべて七、八年前に建てられたものであり、村の七、八年前の売血の様子がどうだったか、彼らがどのくらい裕福かを推測することができた。村は今、どの家も熱病で苦しんではいたが、棺桶の金ぐらいは十分貯め込んでいるはずだった。父は村の支部書記の家に行くと、自分が県の熱病委員会の副主任であることを告げた。そう言いながら、県の上層部の紹介状を取り出すと、その若い支部書記に見せた。その支部書記は慌てて父に椅子を勧めると、水を汲んできた。父は水で喉を潤しながら、村で熱病がどのくらい広がり、死亡率がどのくらいかきいた。そして最後に試すようにきいた。「あんたの家には熱病患者はいるのか？」

若い支部書記はうなだれて涙を浮かべた。

父は同情した様子できいた。「何人だ？」

支部書記は言った。「兄は死んでしまった。弟はベッドで寝たきりだ。わしもここ数日熱が下がらん」

父は黙ってハンカチを取り出すと、支部書記に渡して涙を拭かせた。そして決心したように切り出した。「支部書記さんよ、何も言わんでいい、わしの一存で、先にこの古河庄の患者さんたちに、棺桶をまわすことにする。しかし支部書記さんよ、患者でないものが買って、肝心の患者の手に渡らなくなるようなことがないようにしなくてはならん。そこであんたには申し訳ないんだが、照合を頼みたいんだ。棺桶は、僧多くして粥少なし、の状態だ。上層部は原価で分配すると決めたんだ。今の市場価格をご存じか。安くても五百元だ。しかし古河庄ではわしが二百元で売ろうじゃないか。それであんたの家のことだが」。父は少し考えてから、ゆっくり落ち着いた調子で言った。「わしの力じゃ、棺桶をあんたの弟に割り当てて、値段を半分の百元にするので精一杯だ」

支部書記は父を見つめ、その目には感激の涙があふれていた。

「こうしましょう」。父は言った。「上の規定では病気の軽いもの、発病して三カ月以内のものには、棺桶は支給しないことになっとるんだが、あんたは村の支部書記、幹部であることに違いはない。何ごとにも身内とそうでないものの区別がある。棺桶を支給し終わったら、百元出してもらって、あんた自身のために棺桶をひとつ準備しておいてもらうというのはどうだ。村の者にわからなかったら、それでよかろう？」

支部書記は奥の部屋に入ると、二枚の百元札を父に渡し、笑って外へ出て鐘を鳴らして村のもの全員を村の中央に集め、棺桶の分配を始めたのだった。

ちょうどまたお昼時だった。古河庄は明王庄と同じように、どこもかしこも棺桶だらけになった。黒いペンキの匂いが、町の通りを川の水のように流れ、木の

香りが大通りも横町も天も地をも覆い尽くした。古河庄の村人にとっては、病気であろうがなかろうが、棺桶さえあれば、死んだあとのことに何の心配もなくなるのだった。この二年間、ほとんど絶えてしまっていた笑い声が、また村に戻ってきた。

3

祖父は二カ月、父の顔を見ていなかった。祖父は父と会いたかった。うちへ行って父と話をしたかったが、母と会っても何を話していいのかわからなかったので、一日中、迷っていた。

黄昏時に、叔父さんがやってきた。叔父さんは祖父の部屋に入ると、ひとこと言った。「おやじ、兄さんが一緒に食事をしようと言ってるんだが。なんか話したいことがあるそうだ」

祖父は躊躇《ちゆうちよ》することなく、叔父さんと一緒にうちへ向かった。春の盛りの日差しはとろ火のように暖かかった。黄色い光が白いタイルの壁を照らし、祖父が夢で見た明王庄、古河庄の建物とそっくりだった。違うのはうちの家の庭の南側にあった鶏小屋と豚小屋がなくなってしまっていることだった。父と母はそこにケイガイの種を植え、今ではケイガイの木は一面の濃い緑色の箸の長さほどの枝に伸び、エンジュのような葉っぱをつけていた。エンジュよりは厚みがあって、表面はエンジュほど光沢がなかった。葉は柔らかく細い葉脈が走っていた。庭半分ぎっしりと育ち、薄荷《はつか》とよく似たピリピリする爽やかなケイガイの香りが庭中に漂っていた。しかし薄荷はケイガイよりも味が薄く、ケイガイは薄荷よりも野生味があった。その野生味が高県長のお気に入りだった。父と母は高県長のためにこれを植えたのだった。

叔父さんが前、祖父が後ろになり、庭に入った。一面のケイガイが目に入ってきた。母は、練った小麦粉を持って台所へ入っていった。「お義父さん、お昼はケイガイ入りのうどんを食べてくださいね」

母は昔から祖父と折り合いが悪かった。何年も前に丁家に嫁に来たときからそうだった。父は祖父と何も不都合なことはなかったかのように、部屋の入口で顔を見合わせると、ちょっと表情を硬くしただけで、すぐに笑みを浮かべ、笑いながら背もたれのある座布団つきの椅子を持ってきた。そして叔父さんも合流し、三人で三角になって座った。しかし、祖父にとってはあまり居心地が良くなかった。息子や嫁が昔のようにやさしくしてくれても、すでに自分の中で親しみが薄れていたからだ。祖父は少し顔がほてり、あらぬ方を見ていた。部屋の中は以前と変わらず、正面の白い壁の下には赤い椅子が置いてあり、両側の壁は、一方にソファーが並べられ、一方にはテレビが置いてあった。テレビの台は赤い色で、棚の扉には黄色い牡丹の花があしらってあった。壁の隅には蜘蛛の巣が張っており、いつもは母が見るなり掃除するのだが、今では壁から冷蔵庫まで張り巡らされ、扇子のように大きくなっていた。

蜘蛛の巣があることで、この家は以前とは違ったものになってしまっていた。祖父はそこに気がついていた。視線を蜘蛛の巣から移していくと、ドアの向こうの隅に紐で縛られた幾つかの大きな箱が置いてあるのに気がついた。一目で父が引っ越ししようとしていることがわかった。祖父の視線はその箱の上に留まった。

「はっきり言おう」。父は煙草を吸いながら言った。「引っ越そうと思う」

祖父は父を睨んで言った。「どこへ」

父の視線はあらぬ方を見た。「先に県城に引っ越して、金が貯まったら東京《とうけい》へ引っ越すつもりだ」

「県の熱病委員会の副主任になったのか？」

父の顔が嬉しそうにほころんだ。「もう耳に入ったか？」

「おまえ、数日前、明王庄と古河庄へ棺桶を売りに行ったのか？」

父は吸っていた煙草を口から離して、驚いた顔をして応えた。「誰に聞いた？」

「そんなことはどうでもいい。行ったのか、行かなかったのか？」

父は表情を強張らせて、さっきの嬉しそうな顔はどこへやら、驚いた表情で祖父を見つめ、何も言わなかった。祖父は続けて言った。「明王庄でトラック二台分、八十基の棺桶、古河庄では三台百十基を売っただろう？」

父はますます驚いて、顔から泥の皮がバラバラと剥がれ落ちていくような表情をした。驚いて茫然とし、表情は凍り付き、永遠に解けないかのようだった。親子三人はそうやって向き合っていた。台所からは母が麺を打つ音が聞こえてきた。柔らかいトントンという音が部屋に響いてきて、誰かが肉で三人の後ろの壁をたたいているような音だった。奥に座っていた父は、突然手に持っていた煙草の火を捻《ひね》り消すと、今度は足で踏みつけてバラバラの紙片にしてしまった。叔父さんを一目見ると、視線を祖父の顔に落とし、祖父の真っ白の髪に目をやった。

「おやじ」。父は言った。「話さなければならんことは、みな知っとるようだな。もう何も言うことはない。しかし一言だけ言っておく。あんたがわしに冷たくするのは構わんが、結局あんたはわしの血のつながった父親だ。どう言おうがわしらはこの丁庄にはもう住めん。うちのとも相談したんだが、わしらが引っ越したあと、こいつは今日明日をも知れん身の上だ、この家も家具も全部こいつにやろうと思う。服の他は何も持っていかん。この家と家具がありゃ、宋婷婷が実家から戻ってこずに、この家財に見向きもせんとは思えん」。父はちょっと話を止めてから言葉を続けた。「わしらと一緒に町へ引っ越してもらっても構わん。残ってこいつの面倒をみてもらっても構わん。こいつが死んでから町へ来てくれても構わん」

父の話は終わった。叔父さんの頬には涙が流れていた。

4

真夜中に戻ってきた祖父は、まったく眠ることができなかった。頭の中は、父が棺桶を売りさばいて町へ引っ越そうとしていることでいっぱいだった。棺桶を売りさばいているところを想像すると、祖父の心の中にはまた「あいつには死んでもらうしかない」という考えがわき起こってくるのだった。その思いに取り憑かれると、祖父は眠れなくなった。頭が痛かった。ベッドの上で寝返りを打ち続けているとき、突然、この平原で生きている人々に古くから言い伝えられている話が頭に浮かんだ。誰かを殺したいほど憎んだときには、桃の木か柳の木の棒の一方を鋭く削り、死んでほしい人物の名前を書き、その人物の家の前、あるいは裏に打ち込み、埋め、呪うのだ。本当に死ぬことはないにしても、そうすればもしかしたら早死にするかもしれないし、交通事故で腕か足か指の骨を折ることになるかもしれなかった。

祖父はベッドから降りると電気をつけ、部屋の中から一本の柳の木を見つけ出してきて、一方を鋭く削ると、一枚の紙を探し出し、紙の上に「わが子、丁輝に不幸な死を」と書いて、その柳の木の棒をうちの家の裏に埋めた。

棒を埋めて部屋に戻ると、祖父はあっという間に服を脱ぎ、ベッドに潜り込み、瞬く間に眠りについた。

柳の木を埋めても、父は元気に生きていた。一方、趙徳全は間もなく死にそうだった。

どうしようもない、災難としか言いようのない病気であっても、厳しい冬を越えて春になり、すべてのものが目覚めれば、生命は勢いを取り戻し、夏を越え、秋を越え、また一年寿命をのばすことができた。

しかし趙徳全は、この春を越えられなかった。あの学校から大きな楡の木の古い黒板を担いで村へ帰ったとき、ちょっと歩いてはちょっと休みながら、なんとか丁庄に辿り着いた。しかし村に着くと、村人たちはみんな、たずねた。「趙徳全、黒板もらって誰が授業するんだ?」「病気になって学校へ行ったら、学校の財産を分けてもらえるとは思いもしなかったよ」「まったく、黒板まで家に持って帰ってしまって。あんたが死んだら、子供が学校へ行けないじゃないか」。会う人ごとにそうきかれ、彼には答えようがなかった。そこでもう休むのはやめて、村の西から東まで一気に担いで、角を曲がって横町に入り、家に着いて黒板を庭の壁に立てかけたら、担いでいた人間の方は地面にうずくまったまま、起きあがれなくなってしまったのだった。

昔であれば、百キロの石や米を担いで一気に何キロの道も行くことができたが、今では五十キロ、いやそれほども重くないその黒板を、村の西から東まで数百メートルを一気に担いだだけで汗だくになり、家に戻ったらもうだめで、庭の真ん中で動けなくなり、息はぜいぜいとふいごのような音を立てているのだった。

妻がきいた。「黒板を担いで帰ってきて、どうしたの」

「分けてもらったんだ。棺桶を作るときに使うんだ」。趙徳全はそこまで言うと、顔は蒼白になり、まだ何か言おうとしたが、痰が喉に詰まり、咳をしても出てこず、顔は血が上って真っ赤になっていた。顔のできものは赤黒く腫れ上がっていて、今にも取れそうだった。妻は慌てて彼の背中をたたいた。血のように真っ赤な痰が出た。そして趙徳全は倒れたまま起きあがれなくなった。黒板を担いで帰ったがために、彼は二度と学校へ戻れなくなってしまったのだ。

数日後、妻が学校にやってきて、根柱と躍進を訪ねていくと言った。「賈主任、丁主任、うちの人はこの学校に来た頃はまだピンピンしていたのに、今はもう家の布団で虫の息です。他の者には椅子や机を分配してるのに、うちの人に分配されたのは黒板だけ。私はあの人に嫁いでからずっと妻としてやってきた。丁庄の他のところじゃ、嫁を殴り罵るというのに、うちの人はこれまで一度も私を殴ったり罵ったりしたことはなかった。もうすぐ死んでしまうのだったら、棺桶をちゃんと用意してあげたい。あの人はまだ元気なときに血を売って、うちと子供のためにあんな立派な瓦屋根の家を建ててくれた。死んだときに棺桶ぐらい準備してやりたいんです」

賈根柱と丁躍進は彼女と若い者を何人か連れて、学校を回った。気に入ったものがあったら持って帰ってもよい、棺桶の足しになるようなものがあれば持っていって構わない、と言った。一部屋一部屋見て回ったが、学校にはきれいさっぱり何も残っていなかった。

机も椅子も黒板も、先生のベッドも、部屋に掛けてあった鏡も、先生が服や本をしまっていた木箱も、全部なくなってしまっていた。部屋の中は空っぽで、床には生徒たちの宿題やボロボロの靴下が散乱していた。どの教室も紙やチョークが散らばり、ただ埃が積もっているだけだった。学校には患者たちの部屋に彼らの品物がある以外は、何もなくなっていた。調理場の食料以外には、何もなくなっていた。

すべて分配し尽くされたのだ。すべて盗み尽くされてしまっていた。

校庭にはバスケットボールのゴールがまだ残っていた。しかし木の板はなく、枠だけになっていた。枠だけになると、洗濯物を干すのにちょうど好都合になった。根柱と躍進は彼女を連れて学校の中を見て回り、太陽が西へ沈もうかという頃に校庭の真ん中に立っていた。

躍進は言った。「もしほしければ、わしが座ってる椅子を持って帰るといい」

根柱は言った。「それでだめと言うのなら、あの丁輝のクソッタレのところへ行って、棺桶を分けてもらうんだな」

そこで父を訪ねていくことにした。大勢の村人たちが父のところに集まっていた。うちの家の門の前は、大喧嘩をしているように、ウォンウォンと声が響き渡っていた。みんな口々に、父が別の村で棺桶を売りさばいていたこと、売りさばいたのは自分たち熱病患者の棺桶だったこと、政府は患者一人一人に棺桶を無料で支給するとしたはずだ、とまくし立てていた。父は村人たちを見ながら、ただ黙っていた。大声で喚き立てているものだから、誰の口にも白い泡がついていた。根柱が怒鳴った。「何を騒いでいる！　静かにせえ！」。静かになるのを待って、賈根柱は丁躍進を従えて人々の一番前に出てきて立つと言った。「わしら二人は丁庄を代表して、あんたに棺桶を要求する。棺桶を売ったのか売らなかったのか、それだけ教えてくれ」

父は言った。「売った」

「誰に売ったんだ」

「わしを必要としてくれる人に売っただけだ。おまえらもわしを必要としてくれれば、いつでも売ってやる」

そう話しながら父は家の中へ戻ると、大きなクラフト紙の封筒を持って出てきた。中から身分証を取り出した。県熱病委員会副主任の身分証だった。他にたくさんの県委員会、県政府の印が押された書類、市や省の印が押された書類を取り出した。省の二枚の書類の標題は《郷村熱病の予防とエイズ感染拡大に関する緊急告知》とあり、最後に押してある印は、省委員会と省政府の大きな丸い印だった。もう一つの標題は《低予算で熱病患者に棺桶を支給し埋葬・葬儀を遂行させることに関する通知》で、最後に押してあるのは省熱病委員会の大きな丸い印だった。市や県のものは、すべて上層部の通知を転送したもので、通知の後ろに押してあるのは、市や県の熱病委員会の印章だった。父はその文件を根柱と躍進に見せた。二人が見終わると父はきいた。

「おまえたち二人は丁庄熱病委員会の主任のはずだが？」

二人は互いに顔を見合わせ黙っていた。

父は笑って言った。「わしは県熱病委員会の副主任で、県全体の棺桶販売と患者の世話の総責任者だ。おまえたちは以前、郷政府から患者たちのために一人当たり五キロの米と五キロの小麦粉を支給してもらったはずだ。あれを許可したのはわしだ。書類のサインに気がつかなかったのか？　規則では、患者に売る棺桶の値段は二百元を下回ってはならないとなっている。しかしわしは丁庄の者だ。わしの独断で、もしみんながほしいと言うのなら、一人百八十元で分けようじゃないか。ほしい者は今、登録してくれ。明日棺桶を取りに行かせる」

日はすでに西に沈んでいた。初春の落日の中、暖かい香りが畑のどこからか漂ってきて、村の通りを微かに流れ漂っていった。父は賈根柱と丁躍進に話しかけながら、門の前の熱病患者たちを見ていた。門の台座の上に立っていたので、まるで主席台の上にいるようだった。村のものの顔を見ながら、父はまた大声で言った。

「実はこの棺桶は決して安くはない。自分で作っても同じ値段だ。もっと安ければ一番に買ってもらうところだが。わしの兄弟が買いたがっても、わしは売らなかった。木はちゃんと乾いていないし、数日で指が入るほどの隙間が開いてくる。木を買って自分のほしい棺桶を作った方がよほどましだ。みな同じ村の者だ。こんな物騒な騒ぎはやめようじゃないか。誰が一番かということなら、おまえたち二人は丁庄の熱病委員会主任で、わしは県の熱病委員会の責任者だ。どっちが上だ？　誰が誰の言うことを聞かなければならないのか？　もし喧嘩ということになったら、上に報告して、警察でも公安でも呼んでくるが？　しかしそれじゃ、わしは丁庄の者とは言えん。そんなことをしてしまったら、わしはまともな人間とは言えなくなってしまうだろうが？」

誰も何も言えなくなった。言うことがなくなってしまった。みんな、私の家から引き揚げて、学校へと歩いていった。落日は赤い鉛でできたクレープのようだった。赤く、そして重かった。天からドサッと落ちてきたようだった。横町から眺めると、西の平原は一面に燃えていた。柏の木が燃えるときのような火のパチパチという音さえ聞こえてきそうだった。

第四章

1

また夜がやってきた。寝る時間になって、みんな眠りについた。学校は死んだようだった。寝息ひとつ聞こえなかった。昼間、天の外側まで見えそうなほど晴れ渡り透き通っていた空は、底の見えない危うい青になり、真夜中になると闇を増した。重々しい闇だった、暴かれた墓から出てくるような湿った闇だった。学校は井戸の底のような静けさだった。空を流れる雲の音が聞こえてくるようだった。みんな眠っていた。祖父も眠っていた。

誰かが窓をたたいた。学校の鉄門はとっくに鍵を掛けなくなっていた。根柱と躍進が鍵を持っていたが、鍵は掛かっていなかった。夜中に出たり入ったりするものがいるのだ。だから人を呼んで開けてもらわなくても、外から入ってきてそのまま祖父の部屋まで行き、窓をたたくこともできたのだ。トントンと太鼓をたたくような音がした。祖父は誰かが窓をたたいているのに気がついた。

「誰だ?」。祖父はきいた。

たたいた者は、息をゼイゼイ言わせながら答えた。

「わしだ、丁先生、ちょっと戸を開けて下さらんか」

戸を開けると、そこに趙徳全が立っていた。ほんの数日会っていないだけだったが、以前の様子とは違って見る影もなく、骨と皮だけになっていた。顔の肉も削《そ》げ落ち、黒く青い皮が骨に張り付いていた。乾いたできものの痕だらけの皮だった。眼窩《がんか》は掘り下げられたように深く落ち込んでいた。祖父には死相がはっきりと表れているのがわかった。顔にはまだ光があったが、目に光がなかった。入口に立っている姿は服を着た骸骨だった。電灯に照らされても明るい色にはならず、影がユラユラ動くばかりだった。黒い影が壁に張り付き、薄く黒い死装束が風に揺れているようだった。祖父を見て、彼は黄色く瘦せた悲惨な笑みを浮かべて言った。

「丁先生、わしはあれこれ考えて、動けるうちに黒板を返しておこうと思ったんだ。あれこれ考えて、わしにはやっぱりこういうことはできん。これは黒板だ。木の板じゃない。熱病患者にやるもんじゃない。子供がまた学校に戻ってきたら、先生が授業するのに必要なものなんだ。どうしても棺桶にすることはできん。子供たちに黒板を使わせてやりたいから」

祖父は校門の横に黒板の載せられたリヤカーが置かれているのに気がついた。

「丁先生、わしはもうだめだ、背負うことができん。黒板を運ぶのを手伝うてくれませんか」

祖父はすぐに外へ出ると、彼と一緒に黒板を自分の部屋へと運び込んだ。壁に立てかけると、ガタガタッと大きな音が響いた。

祖父は言った。「ゆっくり、そっと」

趙徳全は言った。「どうせすぐ死ぬんだ。何も恐いことはありません。根柱と躍進の奴らが来て黒板に気がついたら、わしが学校へ送り届けてきたもんだと言ってくれれば、それでいい」

肩で息をしながら、しかし顔には淡い黄色の薄紙を貼り付けたような笑みが浮かんでいた。黒板を運び終わって、手に付いた埃を払った。祖父は趙徳全がすぐに帰るだろうと思った。しかし彼は父のベッドに腰掛けると、声は出さずに薄紙を貼り付けたような笑みを浮かべたまま、何も言わなかった。まだ何かあるようでもあり、何もないようでもあった。祖父が水を入れて持ってくると、趙徳全は手を振った。水を汲んで手を洗わせようとしたが、洗わなかった。ただこう言った。「丁先生、なんでもないんです。ちょっとこっちへ来て、一緒に座ってほしいだけなんだ」

祖父は向かいに座ると言った。「何かあるんなら話してみろ」

笑みを引っ込めて、徳全はまじめに言った。「ほんとうに何もありません」

二人は向かい合って座っていた。夜の深く厚い静けさが平原を押さえつけていた。学校には時折虫の鳴き声が響いた。それが過ぎると、また静かになった。ますます静けさは深くなった。祖父は話すきっかけがつかめなかった。

「学校へ戻ってきたらどうだ」

「もう先生にはわかるでしょう」。彼は祖父を見ながら言った。「もう何日ももたん」

「なんでだ」。祖父は言った。「冬をなんとか越えて、春までもったら、少なくともその年はだいじょうぶということだろうが」

徳全はまた笑った。苦しそうに笑った。ベッドの上で動くと、ベッドと壁に落ちていた死装束のような影が揺れた。身体が動いているようには見えないのに、徳全は動いた。徳全の魂が周囲を彷徨っているようだった。

「棺桶は？」。祖父は遠慮せずにきいた。あとわずかの命だった。「まあまあのがひとつあるんです」

趙徳全は祖父を見て、やりきれないような顔をして言った。「かみさんが根柱と躍進のところへ行って、書類を書いてもらって、村の桐の木を一本切ったんです」。言い終わると、趙徳全は手でベッドの縁を押さえて立ち上がり、帰ろうとしたが、最後に言った。「丁先生、言っておきたいことがひとつ。うちは二人の公印の入った書類で桐の木を切って棺桶にした。しかし、今は村の者がみんなわしらの真似をして、桐や柳の木を切り倒し始めているんです。棺桶にするわけでもないのに切っている。村総出で木を切っている。明日の朝には、村は丸裸になってしまいます。丁先生、あんたに出てきてほしい。木が全部切り倒されたら、村は村でなくなってしまう。わしは棺桶なんかどうでもいい。死ぬ前に、かみさんに結婚するときに約束した赤い綿入れを渡すことができれば、それでいい。死人に棺桶を作って何の役に立つんです？　村の木がすっかりなくなってしまいます」

2

祖父は学校から村へ向かっていた。迷ったが、結局村へ向かっていった。真っ暗な夜で空にも大地にも黒

い湖が広がっていた。月も星もなく、ぼんやりした影だけが揺らめいていた。村への道は闇に溶け込んでいて、恐る恐る歩を進めていったが、しばしば道の両脇の小麦畑に足を踏み入れてしまった。幸い遠くに灯が見えたので、祖父は方向を見定めることができ、その灯を頼りに村へと向かっていった。村からそう遠くないあたりまで来たとき、漆黒の闇の中に、切ったばかりの木屑の新しく白く輝く香りが灯のある方から漂ってきた。香りは村の西から、南から、北から、東の横町から流れてきてまとまると一塊になり、揺らめいていた。その中には鋸を挽く音、木を切り倒す音や人の話し声が混じっていた。まるで、村の老いも若きも夜を徹して鉄を鍛えていたあのとき、日夜水利工事に奮闘していたあの頃のようだった。

祖父の足はだんだん速まっていった。まず村の西に吊されているカンテラに向かっていった。最初に目に入ったのは、丁三子とその父親が、小麦畑の縁にある一番大きな柳の木の下で、大きな穴を掘り、その木の根を全部露出させ、最後の二本の太い根っこに斧を入れているところだった。三子の父親は服を脱いでパンツ一丁になっており、汗は雨のように顔から首そして背中を流れ落ち、斧を振り下ろすたびに飛び散る砂や木屑が顔や首、肩、体中に泥のように張りついていた。木の中程の股のところを太い麻縄で斜めに縛ってあって、丁三子が遠くから小麦畑の方へ向かって引っ張っていた。三子が思い切り引くと木は揺れ、根っこからはギリギリミシミシと音がして、もうすぐ倒れそうだったが、倒れまいと踏ん張っているようにも思えた。三子はそこから叫んだ。「父ちゃん、ちょっとこっちへ来て、一緒に引っ張ってくれ!」

三子の父親は、こちら側で応えて言った。「根っこをちゃんと切り落とすまで待ってくれ」

そのとき、祖父がやってきた。彼は三子の父親の斧の前に立つと言った。「おい、誰がこの木を切り倒せと言ったんだ?」。三子の父親は斧を宙に止めたまま一瞬あっけにとられていたが、斧を下ろして息子に早く戻ってくるように叫んだ。丁三子は麦畑の方から戻ってきて、祖父の顔を見ると、フンと鼻を鳴らして道端に脱いであった服のポケットから一枚の紙を取り出して祖父に渡した。その紙は思った通り、丁庄委員会の公文書で、丁三子の家のものが村の西の大柳を切り倒すことに同意するとあった。下には丁庄委員会の印が押してあり、丁躍進と賈根柱のサインがしてあった。祖父はカンテラの灯りでその紙を読んで、それが村の樹木伐採許可書であるとはっきりわかった。その許可書を持ったまま、祖父は三子親子を見て、何と言ったらよいかわからずにいた。彼らに木を切らせるべきなのか、それとも止めるべきなのか。躊躇しているうちに、丁三子がその通知書を祖父の手から引ったくると、たたんでまたポケットに戻し、醒めた様子で言った。「丁輝がわしらの棺桶を売ってしまったんだ、あんたそれでもまだわしらに棺桶にする木を切るなと言うのか?」

そう言うと、病気ではあるもののまだ体のしっかりしている丁三子は、また麦畑の方へ行き、麻縄を引っ張った。祖父はどうしようもなくその場にしばらく立ち尽くしていたが、村の別の灯に向かって歩いていった。それほど行かないうちに、後ろでメリメリと耳をつんざくような音がした。その音は祖父の胸に響き渡り、ズキンとするような痛みをもたらした。そして祖父の頭には、あの丁輝を絞め殺したいという考えがまたよぎった。皺だらけの両手は汗でぐっしょり濡れていた。

村の入口でちょっと立ち止まると、祖父は柳の木の方へ歩いていった。その柳の木には紙が貼ってあった。丁三子に見せてもらった伐採通知書と同じものだった。同じ印に同じ二人のサイン、同じ文言だった。

「賈紅礼の家のものが村の西の横町の西北の角にある古い柳の木を切り倒すことに同意する」

祖父はその通知書を、壁に貼られた告示のように眺めた。何も言うべきことはなかった。木の伐採には大義名分があった。ぼんやりしたまま木の下に立って、木の中程に吊されている灯の光の中で木の枝を切り落としている賈紅礼《かこうれい》に、ちょっと思案してから大声で呼びかけた。「紅礼、そんな高いところへ上って、命を粗末にするな!」

賈紅礼は木の上で手を休めることなく応えた。「命だって? あと何日生きられることやら」

祖父は木の下の紅礼の父親に向かって言った。「賈《か》俊《しゅん》よ、一本の木のために子供の命をなくすなよ」

すると賈俊は笑いながら通知書を指さして言った。「だいじょうぶだ。うちに発行してもらった通知書は木に貼ってある」

祖父は前へ前へと歩いていった。村の横町や角にある楡、エンジュ、桐、チャンチン、トウサイカチの木で、飼い葉桶ほどの太さのあるものにはすべてカンテラが吊されているか、ロウソクや石油ランプに火がともされていた。また暮らし向きの良い家ではどこからか短い電線を引っ張ってきて、電灯を木に吊したり壁に掛けたりしていた。ほとんどの家の門の前にも灯がともされ、丁庄全体が真昼のように明るくなっていた。灯が照らしているどの木にも丁庄の村民委員会の印を押した伐採許可書が貼ってあり、まるで木の死刑宣告のようだった。木を切り倒す音はカンカン途切れることなく続き、鋸を挽く音も休むことなく続いていた。新鮮な木の匂いが鼻をつき、夜の中、膠の匂いが混じった香りがあたり一面に漂っていた。丁庄は息を吹き返したのだ。人々は鋸や斧を持って通りをゆき、村民委員会へ伐採許可証を申請した。熱病患者のいる家に割り当てられたのは棺桶にしやすい木で、患者のいない家にも村が所有している木が割り当てられたが、棺桶には使いにくいチャンチン、栴檀《せんだん》、エンジュなどの木だった。柳やシナギリは棺桶にするにはあまり適当とは言えなかった。しかしチャンチン、栴檀、エンジュはもっと悪く、土に埋めると湿気を吸う上、虫が付きやすいので、患者のいない家に割り当てて、嫁を取ったり嫁に出したりするときの家具にしてもらうのだった。

丁庄は製材した板までも分配することにしたのだ。それで村をあげてこの春の夜に大忙しになったわけだった。どの家も寝ずに、慌ただしく木を切り倒し、運んでいった。

そんなにたくさんの鋸や斧をどこから用意したのか、どの家もあらかじめわかっていたかのように、道具を準備してあった。鉄がぶつかり合う音が歯切れ良く明るく響き、木の枝を折るバキボキいう音がひっきりなしに村の東の方から西の平原へと響き渡っていた。西から響いてくる音は、村の東のはずれの公道まで伝わっていった。丁庄は沸騰していた。その沸き上がり方は異常だった。行き交う足音、木を引っ張る車輪のきしむ音に、あそこじゃ製材が終わったらしいだの、こっちの木は質がいいだのと話す声が混じり、他人を羨ましがる声が、木に吊した電灯のあかりの中で、ゆらゆら通りに漂っていた。患者たちも伐採騒動の中で、顔を赤くほてらせていた。病気でない者も農繁期の収穫作業のように興奮していた。その夜、丁庄の村全体が忙しく動き回る音と木屑の生々しい甘い匂いに満ちていた。あまりに忙しくて、顔を合わせても簡単な会話をするだけだった。

「ほう、おまえのところは、楡か」

「おう、うちは梁が一本足らなくて困ってたんだ。それで楡をもらったというわけだ」

「おうおう、そんなに短く切ってしまって、一体何に使うんだ？」

「わからんか？　タンスの棚板にするんだ」

あるいは、

「聞いたか？　村の西の一番大きいチャンチンは李旺《りおう》のところにいったそうだ」

「李旺のとこだと？　嘘だろ？」

「わしの話を聞いたら信じるって。李旺の娘が丁躍進の従弟の嫁になるそうだ」

内緒話をしているようだった。その話を聞いた人は、はたと納得したようにちょっと立ち止まると、その話をまた別の人にこそこそ伝えるのだった。

祖父は丁庄の通りを茫然として歩いていた。木を見るたびに立ち止まり、この一晩で切り倒されてしまう木を一通り見ておこうとしているようだった。そしてまたあの、地上の花、地下の黄金の夢を思い出した。村の中をあてもなく彷徨《さまよ》い、あてもなく見て回った。村の中央に戻ってくると、三人でも取り囲めないほどの大きなエンジュの木に許可書が貼ってあるのに気がついた。趙秀芹と旦那の王宝山、そして他の村にいる趙秀芹の二人の従兄弟が、エンジュの木に吊してあった鐘を取り外して、端にある小さな方の木に掛けている最中だった。鐘を掛け終わると、趙秀芹の従兄弟たちが、梯子をかけて木の上に登っていき、鋸で枝を切り落とし、下に残っている者が、根を掘り出していた。

さっき横を通ったときにはまだ堂々と立っていたエンジュの木が、村を一回りしている間に切り倒されそうになっているのだった。祖父はその老木の下に立った。頭の上には向かいの家から引っ張ってきた電線があった。枝に掛けられた電球は少なくとも二百ワットはあった。いつも丁庄の村人たちが集まって会議をしていた場所を昼間のように明るく照らし出していた。

祖父は言った。「秀芹よ、この木はおまえらに分配されたのか」

灯の下に座っていた趙秀芹は顔を上げて祖父を見た。その表情は赤みと黄ばみが半々で、嬉しさと不安が入

り交じっているようだった。村で一番古く大きな木を分けてもらい、いささか恥ずかしそうに、笑って言った。「賈主任と丁主任が、こんなにいい人だとは、思わなかったわ。学校では二人が食べたいものを作ってあげて、お酒を飲みたいときには口に合うおかずを作っていたでしょう。私たちが申請に行ったときには、村の大きな木は全部分けてしまったあとだったから、村の真ん中に一本残ってるわねと言ったら、サインしてくれたのよ」

祖父は木が切り倒される音を聞いていた。そしてまた平原の地上の花、地下の黄金の風景を見たのだった。

3

一夜のうちに、丁庄から木が消えてしまった。本当になくなってしまった。大きな木はすべてなくなってしまった。もともとは飼い葉桶ほどの太さの木だけを切り倒すはずだったのが、翌日村人たちが目を覚ますと、村中の腕ほどの太さの木も根こそぎなくなっていた。通りいっぱいに伐採許可書が散らばっていた。一夜の風で落ちた木の葉のように。春の日は変わることなく丁庄を照らしていたが、暖かさは感じられず、カンカン照りのような暑さだった。

楡もエンジュもシナギリも梅檀もチョンチンも柳も柿もすべて姿を消し、残ったのはまだ小さい苗木のような木ばかりで、太陽は昇るやいなや、ギラリとばかり照りつけ、村中に夏のような日差しが降り注いだ。

夜が明けて、村人たちは起き出して外を見て、血の気を失った。一面、茫漠たる白々しい光景が広がっていた。

「なんという……こんなことになるなんて」

「クソッタレ、こりゃあ、ちょっと……」

「ばかじゃなかろうか、あんまりだ、これは」

4

趙徳全が死んだ。

木を切り倒した次の日の昼に死んだ。趙徳全が死ぬ前に祖父は叔父さんに言った。「玲玲の綿入れを徳全に渡してやってもらえんか」

叔父さんは玲玲の実家のある村へ行った。夜通しかけて行けば、行って帰ることができた。往復十キロほどの距離だった。叔父さんは玲玲の家で一泊してから戻ってきた。帰ってきたときに趙徳全はまだ死んでいなかった。しかし彼は叔父さんが持って帰ってきた玲玲の綿入れを妻に渡すのを見ると、にっこり笑ってそのままあの世へ旅立っていった。

墓に埋葬するときにも、趙徳全の顔にはまだ赤い綿入れのような微笑みが浮かんでいた。

第五巻

第一章

1

叔父さんと玲玲はまた一緒に住むようになった。夫婦のようだった。まさか恥も外聞もなく、丁庄の村人たちの目の前で一緒に住むようになろうとは、誰も思わなかった。

砂地に落ちた水はすぐに吸い込まれた。磁石のN極とS極は引き合ってカチリとくっついた。風で飛ばされて砂地に落ちた草の種は、すぐに根を張った。

玲玲は旦那に殴られたあと、旦那と姑から実家に追い返された。追い返しておいて、丁小明のために嫁を取る支度に取りかかった。それも仕方がないことだった。玲玲は病気、しかもエイズだった。すぐにでも死んでしまう人間だった。その上、本家の兄と賊愛したのだ。そういう仕打ちをされても仕方がなかった。追い返されるのは当たり前だった。適当なのが見つかったら、まず熱病でないことが条件だった。玲玲が死んでから再婚してもいいし、さっさと離婚してからでもよかった。玲玲の実家は物の道理のわかる人ばかりで、面と向かってこう話した。「うちはろくな娘を育てることができなかった。小明に新しい嫁さんを探してやって下さい。もし向こうがたくさんお金をほしいといってきたら、小明が玲玲にくれた結納金をお返ししてもいいですから」

そこで父方の叔母に頼んで、母方の叔母さんに嫁さんの世話をしてもらうことになった。玲玲は実家のものに罵られながら戻ってきた。

しかし春は来ると言ったら来るのだ。夏も来ると言ったら急いでやってくる。暖かかったのが暑くなって、冬の綿入れを脱ぎ捨てると、春服もすぐにいらなくなった。もう夏服を準備しなくてはといった時季に、玲玲はその夏服を取りに丁庄に戻ってきたのだった。風呂敷に衣装を全部包むとそれを提げて、旦那の家を出ていった。姑が門まで送ってきて、彼女のパンパンに膨らんだ風呂敷包みを見て言った。「玲玲、風呂敷に他人のものは入っとらんだろうね」

玲玲は言った。「ありませんよ」

姑は言った。「小明にはもうすぐ嫁が来ることになった。そのときに、あんたがまだ生きとったら、離婚してもらうから。わかってるね?」

玲玲は黙ったまま丁庄の通りの入口に立っていた。旦那の家から数歩ほど離れたところだった。その家のタイルの目地が、墨でひいたように黒くまっすぐに輝いているのが見えた。しばらくそうしていた。そして村を出ていった。

丁庄から村の外へと続くコンクリートの道が、まっすぐ畑の中を延びていた。道は畑から十五センチほど高くなっていた。昔は道の両側に排水溝があり、溝に沿って柳が植えられていたが、今では丁庄の村人たちにきれいに伐採されてしまっていた。そして溝には草がいっぱいに生えていた。風が吹くと草は楽しそうに揺れて、サラサラと音を立てた。道の両側の畑では、小麦がしっかりと茎を伸ばし、しっかり固くなっていた。畑には水撒きをしている村人がいた。ちょうどお昼時で、日の光は燦々《さんさん》と照りつけ、テカテカに光っている道は熱くなり火の上を歩いているようだった。玲玲は歩きながら、顔のできものが痒くてしかたがなかったのだが、掻きむしらないようにそっと撫でた。生まれたばかりの赤ん坊の顔でも触るかのように優しく撫でた。そうしながらゆっくりと、弱々しい足取りで、うなだれて歩いていると、声がした。

「――玲玲」

玲玲は立ち止まった。叔父さんが道の前方に立っているのが見えた。以前と同じように死期の近い青黒い顔色だった。二人は向かい合って見つめ合った。玲玲は慌てて後ろを見た。

叔父さんは言った。「誰もおらんよ。いたところで、恐いこともなにもない」

「ここでなにをしているの」

　叔父さんは自分から道端に座ると言った。「おまえが村に帰ってきたというのを聞いて、ここで待っとったんだ」

「何の用？」

「まあ、座れよ」

　玲玲は戸惑っていた。叔父さんはまた言った。「宋婷婷は、まだ実家だ」

　玲玲は彼のそばに腰を下ろした。二人はしばらく黙ったままだったが、叔父さんが口を開いた。「夏服を取りに戻ったのか？」

　玲玲は「うん」と答えると、手に持っていた風呂敷を揺すって見せた。

「病気はどんな具合だ？」

「あいかわらずよ」

「わしもだ。冬を何とか越えることができたから、春と夏もだいじょうぶだろう」

　そこからは話が途切れてしまった。しばらくして叔父さんは笑うと、彼女の手を取った。玲玲も叔父さんの手を取った。趙徳全が死んでからまだ間もなかった。二人はそのときに玲玲の実家で顔を合わせていた。しかし二人はもう何年も会っていなかったように黙ったまま見つめ合っていた。叔父さんは玲玲の手を自分の手の中に入れて、手の甲と腕にできものやかさぶたがあるのを見て、手でそっと掻いた。彼女は涙ぐんで手を引っ込めた。

　叔父さんは言った。「行くな」

　玲玲は叔父さんを見た。

「宋婷婷はわしと離婚したがっとるし、丁小明はおまえと離婚したがっとる。両方離婚してわしらは一緒になるんだ」

　玲玲は黙り込んだ。叔父さんは目を潤ませて続けた。「もう何日も生きられんのだ。うわさじゃ、今年の冬に熱病が爆発的に広がるということだ。わしもおまえも今年を乗り切ることは難しいだろう。人間らしく生きるというだけでなく、二人が死んだら一緒に埋めてほしい。死んでも一緒にいたいんだ」

　玲玲は頭を上げて叔父さんを見た。涙は真珠のように丸く大きくなっていた。叔父さんは玲玲の涙を拭いてやった。「なんで泣くんだ。どうせ二人とも長くないんだ。他の者が何を言おうが構わん。村で一緒に住もう。村の連中には、わしらをどうすることもできん」。叔父さんも涙を浮かべていた。「一緒に住んどるところを見せてやるんだ。丁小明らにも見せてやるんだ。宋婷婷や村の連中にも見せびらかしてやる」。叔父さんは泣き顔のまま笑顔をつくって続けた。「あいつらがわしやおまえに別れろというんだったら、一緒になってから離婚しに行ってやろうじゃないか。実家に帰ったら、お父さんやお母さん、お兄さんも可哀そうに思ってくれるかもしれんが、兄さんの嫁さんは、おまえが熱病なのをどう思うか。わしの家に住みたいと思うんだったら、わしの家で住もう。もし宋婷婷が使っていたものを見るのが嫌だったら、鍋釜持って村の外にある麦の刈り取り場の小屋に住むのはどうだ」

二人はこうして堂々と一緒に住むようになった。夫婦のように一緒になった。何はばかることなく。

麦の刈り取り場の日干し煉瓦の二間の小屋に、叔父さんは家から鍋、茶碗、ベッド、布団を運び込んだ。村で暮らしていたときと変わりなかった。畑は各家に分け与えられたものだったが、麦刈り場は、どれも何戸か十何戸かが共同で使っていた。この刈り場は、もともと解放後の互助組から、人民公社の生産隊を経て、そして今に至る村民小組まで、ずっと刈り取り場だった。土地は分割されてもこの場所だけは共用だった。刈り場の藁葺きの小屋がつぶれたので、村人たちが日干し煉瓦の二間の小屋を作ったのだった。刈り入れ時の農繁期には順番に使った。疲れたら部屋で休んだり、一寝入りしたりした。農閑期には部屋に農具をしまったりしていた。

今ここは、叔父さんと玲玲の新居になった。奥の部屋の窓際に何枚か板を敷いて、外にはかまどをこしらえて、細々としたものはきれいに整理整頓し、置くべきところにきちんと置いていた。壁に釘を打って、籠を掛け、鍋の横には木の棚を作って皿や茶碗を置いた。二人は自分たちの家を持ったのだ。

数日前まで叔父さんは陰でコソコソしているような感じだった。しかし今ではビクビクしながら人に知られないようにするよりは、いっそのことお構いなしでいこう、兵が攻めてきたら将軍が防ぎ、水が来たら土で塞ぎ、出たとこ勝負で何とかしようと、なかば捨て鉢な気分になっていた。米や油など日常生活の必需品は、堂々と自分の家に取りに行った。人に会って聞かれたら、鏡のように明るくはっきり答えた。

ある村人がきいた。「丁亮よ、家のものをどこへ持っていくんだ?」

彼は立ち止まって応えた。「あんたんとこのものを持っていくわけじゃあるまい」

村人は呆れて、ちょっと考えてから言った。「おまえという奴は。おまえのために言ってるんじゃないか」

「わしのため? ちょっと来い。わしの熱病を伝染《うつ》してやろうか。その病気のない身体と交換してくれるか」

「まったく、おまえという奴は」

「わしがどうしたって?」

村人は言った。「もう行け」

叔父さんはむきになってそこに突っ立ったまま言った。「おまえらの家の中に立っとるわけでもあるまいし、行けとはどういうことだ」

叔父さんは動かず、村人の方が立ち去っていった。もうそれ以上玲玲とのことは聞こうとしなかった。しかし村人はそのまま自分の家には帰らず、丁小明の家に立ち寄ったのだった。丁小明ではなく、彼の母親が家から飛び出てきて、まっすぐ麦刈り場へ向かっていった。顔は青ざめ、髪はぼうぼうで、手には途中で拾った一メートルほどの長さで腕の太さぐらいの棍棒を持ち、勇ましく果敢に、風を巻いて村の西へ向かっていった。後ろには騒動を見届けようという野次馬の女や子供を十数人引きつれていた。

現場に着くと、彼女は麦刈り場の真ん中に立ち、大声で罵った。「楊玲玲、このあばずれの恥知らず、出てこい!」

玲玲は出てこなかった。叔父さんが部屋から出てきた。彼は小明の母親の前、数メートルのところに立ち、手はズボンのポケットに突っ込んで、片方の足を前に片方の足を後ろにして、身体をはすかいに構え、顔にはいつもの人を食ったようなうす笑いを浮かべて、軽い調子で言った。

「おばさん、罵りたければ、罵るがいい。殴りたけりゃ、殴ればいい。わしが玲玲を誘ったんだ。実家に帰るところを、わしがここに引っ張ってきたんだ」

小明の母親は目を剝いた。「玲玲を呼んでちょうだい」

叔父さんは応えた。「彼女は今はもうわしの嫁だ。何かあるんだったら、わしに言ってくれ」

小明の母親はさらに目を剝いた。「あいつがあんたの嫁だと？　まだ離婚もしとらんのに、何を言う。離婚せんうちは、まだ小明の嫁だ。うちの嫁だ。この恥知らずが。あんたの兄さんは顔が売れとるし、お父さんはずっと先生をしていた偉い人なのに、あんたはなんでそんなに恥知らずの性悪な男なんだ」

叔父さんは笑った。「おばさん、わしは恥知らずの性悪でいい。殴りたきゃ殴ればいいし、罵りたけりゃ罵ればいい。死ぬほど殴って、死ぬほど罵りゃいい。気の済むまでやってくれ。だが、玲玲はわしのもんだ」

小明の母親の顔は、青から紫に変わり、そして白から赤に変わった。叔父さんから侮辱を受けたかのように、叔父さんから顔に唾を吐きかけられたかのように、青から白へ白から赤へと目まぐるしく変わり、唇は震え、手もわななないていた。ここまで来れば、殴り、罵らないわけにはいかなかった。そうしなければ、この場の収まりがつかないのだ。口の中で声を引き伸ばして何か罵ると、手にした棍棒を宙に振り上げた。

叔父さんは手をポケットから出して、胸を抱くと彼女の前にしゃがんだ。

「殴ってくれ。おばさん、死ぬまで殴ってくれ」

小明の母親の棍棒は宙で止まったままだった。叔父さんは、もし相手が殴るつもりなら、本当に殴らせてやるつもりだった。そうされると彼女はなんとなく、自分がもともと殴りたいわけではなかったような気がしてきた。ちょっと罵って気を晴らせば良かったのだ。面子《めんつ》の問題なのだから。罵らなければ、丁庄での面子が立たなかったのだ。罵らなければ、丁庄で生きていくことはできなかった。もともと殴るつもりがないのに、彼はしゃがんで殴らせようとし、死ぬまで殴れと言っている。それを殴るわけにはいかない。棍棒は宙で止まったままだった。春の透明な日差しが麦刈り場を照らしていた。周りの畑や麦の穂がしっとりとした青に輝いていた。どこかの羊が――時季がここに至っても、まだ悠々と羊を飼っている家があるのだ――畑の中で麦を食べ、「メェーー」と声を長く伸ばして啼《な》いた。

叔父さんは麦刈り場で腕を胸の前で交差させ、殴られるのを待っていた。

小明の母親は殴らなかった。突然棍棒を引っ込めると言った。「みんな、見るがいい。この丁亮という奴をよく見るんだ。あのふしだら女の化けもんのために、しゃがみ込んで、私に殴らせようとしてる」。首を捻って声を張り上げて言った。「みんな、見てくれ。早く学校へ行って、みんなを呼んできてくれ。水陽兄さんはずっと先生をやっていたというのに、なんという子供に育てたんだろう。一人の化けもんのために恥も外聞も捨てるとは」

彼女はそう叫ぶと、丁庄の方へ引き返していった。自分が人を呼びにいくかのように。歩きながら喚き、騒動を見にきた大きな一群も彼女の後について、丁庄に向かっていった。何度も叔父さんの方を振り返りながら。叔父さんは地面から立ち上がり、元通り立つと、遠くを見ながら叫んだ。「おばさん、今日はこんなに手酷く罵られて、わしの面子は丸つぶれだ。わしと玲玲は死のうが生きようがここで暮らす。今後もまだやるというのなら、わしも今日のように黙ってはいないから、覚えていてくれ」

叔父さんと玲玲はこの麦刈り場の小屋で過ごした。誰はばかることなく、夫婦として。村にものを取りに帰っても、鼻歌を歌っていることさえもあった。何も恐れてはいなかった。

道で少し年配の年長者に出会った。彼はこれまで世の中の様々なことを見てきていた。出会ってから叔父さんのことをしばらく見てからきいた。「亮や、何か足らんものはあるか？　あったらうちから持っていってくれりゃいいからな」

叔父さんは道端に立ったまま、その老人の言葉に感動して、今にも涙がこぼれそうな様子だった。叔父さんはその老人に向かって、おじさん、と声を掛けてから、静かに言った。「足らんもんはないです。おじさん、わしに関わったりしたら、村の笑いものになりますよ」

老人は言った。「それがどうしたね。長くても短くても同じ一生だ。今更、他人のことに首をつっこんでどうするんだ」

叔父さんはこらえきれず涙をこぼした。

村の若い者の一人は、叔父さんが額から汗を滴らせながら食料や小机を担いで麦刈り場へ運んでいると、何も言わずに肩にのせているものを奪い取り、自分の肩に担いで、責めるように言った。「何か運ぶときには声をかけてくれりゃいいのに。あんたのその身体で運べるはずがない」

　叔父さんは笑いながら言った。「だいじょうぶだ。わしを誰だと思ってるんだ」

　若者も笑った。彼は叔父さんと肩を並べると言った。「あの、どうなんですか？　病気でもあっちの方は抜かりなしなんでしょう？」

　叔父さんはほらを吹いた。「ばっちりだとも。毎晩二回ってところかな」

　その若者は荷物を担いだまま立ち止まり、驚いて言った。「ほんとうですか？」

「そうでなけりゃ、玲玲が家を捨ててまで、わしと一緒に住むか？」

　若者は信じたようだが、首をかしげながら叔父さんと肩を並べて歩いていった。麦刈り場に着くと、それ以上のことは話せるはずがなかった。若者は玲玲の身体を食い入るように、舐め回すように見た。そして玲玲がなかなかいい体をしていることに気がついた。細い腰、張りのある尻、そして広い肩には黒々とした髪の毛が一本一本、水が流れるように掛かっていた。その若者が玲玲の髪の毛を見ているのを見て、叔父さんは彼の耳元まで口を持っていって言った。「わしが梳《と》いてやったんだ」。若者は息を吸うと、振り向いて叔父さんに言った。「そりゃ、また、なんと！」。叔父さんは笑っていた。玲玲は後ろの話し声が聞こえたらしく、身をよじると、二人の前をサッとかすめて遠ざかった。その動作が彼女の美しさを完璧なものにした。彼女には宋婷婷に劣るところはひとつとしてなかった。おそらく、彼女の丸顔は、宋婷婷の少し面長な顔ほど人目は引かないかもしれなかったが、玲玲はなんといっても若かった。二十歳になってからどれほども経っていなかった。体中にその軽やかな抑え切れない瑞々しさが溢れ出ていて、それは婷婷にはないものだった。

　若者はただ茫然として玲玲を見ていた。叔父さんが彼の尻を蹴飛ばした。若者は顔を真っ赤にした。玲玲も顔を真っ赤にした。若者が担いできた荷物を部屋の中に降ろすと、玲玲は水を汲みに奥の部屋へ入っていった。さっきあれほどジロジロと眺めていたので、座って水を飲ませてもらうわけにもいかず、理由をこじつけて、玲玲をまたチラッと見ると、帰っていってしまった。玲玲は入口まで見送り、叔父さんは麦刈り場まで送っていった。

　刈り場の端まで行くと、その若者は立ち止まって言った。「亮兄貴、元気にやって下さい。もし玲玲みたいな嫁さんをもらえるんだったら、何遍でも熱病になるよ」

叔父さんは笑った。「わしらは死にかけの病人だ。賊愛したんだぞ」

若者はまじめな顔をして言った。「二人は結婚した方がいいですよ。ちゃんと結婚すれば、公明正大、堂々と家に引っ越して住めるんですから」

叔父さんは笑うのをやめた。その若者を見て、何か考えているようだった。

2

ある日、祖父が忙しくしているところへ叔父さんがやってきた。話をしにやってきたのだ。玲玲との結婚のこと、宋婷婷との離婚のこと、玲玲と丁小明の離婚のこと、いくつか話さなければならないことがあった。

叔父さんは笑いながら言った。「おやじ、わしは、玲玲と結婚しようと思う」

祖父は驚いたように応えた。「死にもせんと、よくわしに合わせる顔があったもんだな」

玲玲と住み始めてから半月、叔父さんは初めて祖父の家にやってきたのだ。まじめな重大な話をしにきたのだ。しかし祖父はその叔父さんを罵った。しかし叔父さんはいつもの伸びやかな人を食ったような微笑を浮かべ、机の上にうつぶすようにして言った。「玲玲と結婚したいんだ」

祖父は叔父さんを横目で見ると言った。「おまえも兄さんと一緒だ。死ぬに越したことはない」

叔父さんは身体をまっすぐにすると笑いを引っ込めた。「ほんとに結婚したいんだ」

祖父は驚いた顔のまま叔父さんを見つめていた。しばらく見ていたが、歯を食いしばったまま言った。「何を考えてるんだ、おまえは。あと何日生きられると思っとるんだ？　あの女もいつまで生きられると思っとる？」

「何が悪いんだ？　あとどれぐらいか、なんていうことは、どうでもいい」

「今年の冬は越せそうなのか？」

「越せそうにないから、早く結婚して、一日一日を楽しくやりたいんだ」

二人はそこで押し黙った。そのままいつまでも続きそうな沈黙だった。

祖父が口を切った。「どうやって結婚する?」

「婷婷のところへいって離婚について話す」。叔父さんの顔に、得意げな、うまいことやったような、勝ち誇ったような笑みが浮かんだ。「もうあいつと離婚するのは恐くない。離婚したいんだから」。ちょっと笑うと、笑いを引っ込めて、「玲玲は実家に行くことができん。だから親父に行ってもらって、向こうの母親と小明との離婚について話してきてほしいんだ」

祖父は口をきこうとせず、長い間黙っていた。そのまま一生黙っているかのような沈黙だった。長い時間が過ぎ、祖父はまたその歯の間から押し出すような固い調子で言った。

「わしは、行かん。どの面さげて行けというんだ」

叔父さんは祖父の部屋から出ると、出る前に笑いながら祖父を横目で見ると言った。「行かないのなら、玲玲に土下座しにこさせる」

3

玲玲が来た。そして本当に祖父に向かって土下座した。

玲玲は言った。「おじさん、お願いです。亮さんはこの夏を越せないかもしれません。夏は越せたとしても冬までもたせるのは難しいんじゃないかと思っています。両足は膿んだできものだらけで、毎晩蒸しタオルで拭いてあげているんです。私も今年は越せないと思っています。小明の家じゃ、私は要《い》らん人間なのです。実家へ戻っても、父も母も兄も、それに兄嫁も、私を避けてばかりです。見捨てられているんです。でも、私はまだ死んではいません。生きていかなければならないのです。おじさん、そうでしょう? 死んでないのですから、生きないといけないでしょ? 婷姉さんは亮さんと離婚したがってるし、小明の家の人らも、私に離婚してほしいんです。みんな、離婚したがってるんですから、離婚しましょう。離婚して亮さんと一緒にさせて下さい。そうすれば、ひと月でも、三月でも、私ら正々堂々と生きていけますし、死んでも誰にも文句言われることなく一緒に葬ってもらえます。おじさん、お願いです、死ぬ前に私にお義父《とう》さんと呼ばせて下さい。そして、死んだら私と亮さんを一緒に埋めて下さい。頼みます。亮さんは私のことを好いてくれてるし、私も亮さんのことが好きなんです。一緒に埋めてもらえたら、私らは連れ合いということだし、一家ということでしょう。おじさんも不安に思うことはなくなるし。おじさんが百歳まで生きて、この世に別れを告げることになったら、私があの世でおじさんに親孝行させてもらいますから。おじさんと私の母親に孝行させてもらいますから。ですからおじさん……私の実家へ行ってひとこと言ってもらうわけにはいかないでしょうか。お願いです。おじさんの嫁のつもりで、頭を下げさしてもらいます」

そして本当に地面に額をこすりつけたのだった。何度も何度も……。

第二章

1

初夏になった。平原の初夏の夜はひんやりと涼しく、さっさとベッドに横になって寝るに越したことはなかった。あるいはこの気持ちのいい夜を部屋に座ってのんびり過ごすに越したことはなかった。天気の良い爽やかな夜だった。丁庄の村人たちも、柳庄の村人たちも、古渡頭の村人たちも、病気の者もそうでない者も、平原の人はみんな、男も女も、戸口や村の入口に座り込んで、昔のこと、今のこと、たわいもないおしゃべりをし、ただとりとめもなく話し、その爽やかな夜を楽しんでいた。

叔父さんと玲玲も楽しんでいた。二人は麦刈り場に座っていた。一方は村、一方は学校で、どちらも一キロほどのところにあった。二人は麦刈り場の中央から少しずれたところに静かに座っていた。村と学校の灯がほんのり黄色く輝き、月か星の光のようだった。ここは麦刈りの季節には麦刈り場だが、他の季節は単なる平らな、使い道のない、どこかの家の庭のように、遊休地だった。月は頭上に掛かっていた。村で見れば村の上に、ここで見れば頭の上にあって、平原を水色に映し出していた。平原は果てのない静かで平らな湖面のように輝いていた。村から聞こえてくる犬の鳴き声は、魚の湖面を跳ねる音のようだった。麦刈り場の向こうにある麦畑からは、小麦の伸びていく、細い流れが砂地に染みこむような微かな音が聞こえてきた。そしてその音は、夜の中に吸い取られ呑み込まれていった。

風が吹いていた。二人は風の通り道に座って、風に吹かれ、おしゃべりをしながら、爽やかな夜を楽しんでいた。

叔父さんは言った。「もっとこっちへ来て座れよ」

玲玲は椅子を叔父さんの前に動かした。二人は小屋の前、刈り場の真ん中に小さな椅子を出し、三十センチほど離れたところに、向かい合って身体を後ろにそらせて座っていた。月の光でお互いの顔ははっきり見えた。鼻の下には濃い影ができていた。息を吹きかければ、相手の顔に届いた。

玲玲は言った。「私の作ったうどん、なかなかでしょ？」

「ああ」。叔父さんは言った。「婷婷の百倍はうまい」。答えながら靴を脱ぎ、足を持ち上げて玲玲の太腿の上に置いた。そして伸びやかな様子で、頭を空に向けた。満天の星、空いっぱいの青を楽しんだ。足で玲玲の身体をつついたりつねったりして楽しんだ。楽しみながら空に向かって言った。「もっと早く結婚すりゃあよかった」

「何で？」

「何ででも」

身体を起こしてきちんと座ると、玲玲の顔を見つめた。深いところ、井戸の底の影でものぞき込むように。玲玲は微動だにせず、相手の見るがままに任せていた。月の光が彼女の背中に降り注いでいた。玲玲は動かぬ鏡の中にいるようだった。顔は動かさず、手だけを動かして、叔父さんのふくらはぎを按摩《あんま》するように揉んだ。叔父さんを気持ちよくさせるために。彼女の顔はほんのり赤らんでいた。はっきりとはわからないほどうっすらとした赤味だった。自分が裸で叔父さんの前に立っているような恥じらいを含んでいた。

玲玲は言った。「私、熱病になってほんと幸せ」

叔父さんはすぐにきいた。「幸せ？」

「熱病にならなかったら、私は丁小明の奥さんのままだし、あなたは宋婷婷の夫でいるしかなかったんだから。一緒になりようがなかったでしょ？」

叔父さんはちょっと考えてから言った。「なるほど」

この話のあと、二人は感極まったように、お互いに椅子を動かして近づき、叔父さんはまたふくらはぎを玲玲の膝の上に載せると按摩をさせた。そして按摩が終わると、玲玲は叔父さんの足を降ろして靴を履かせ、今度は自分が靴を脱いで、足を叔父さんの太腿の上に載せ、按摩をしてもらった。叔父さんは彼女のふくらはぎをつねったり押したりした。足首から少しずつ上へと移動してゆき、ちょっと力を入れると言った。

「きつくないか？」

「ちょっときつい」

「これは？」

「ちょっと弱い」

叔父さんには、どこをどのくらいの力で押したらいいのか、その押し加減がわかってきた。ズボンの裾をまくり上げると、二つの裸のふくらはぎが月の光に曝された。足にはまだ熱病のできものも、かさぶたもなかった。まるで玉《ぎょく》でできているかのように、艶々と白く輝き、そしてしっとりしていた。柔らかく滑らかで、男を誘う肌の匂いが微かにあり、叔父さんはその香りを嗅ぐと、また押したりつねったりを始めた。

「どうだ、気持ちいいだろ」

玲玲は笑った。「気持ちいいわ」

叔父さんは笑わずまじめな顔をして言った。「玲玲、まじめな話があるんだ」

玲玲はさっきの叔父さんと同じように空を仰ぎ見ていた。「言いなさいよ」

「ほんとうのことを言ってくれよ」

「いいから言いなさいよ」

叔父さんはしばらく考えてからきいた。「わしがこの夏を越えられると思うか？」

玲玲は驚いて顔を向けた。「そんなこと聞いてどうするの」

「聞いてみただけだ」

「村の人はみな、冬を越せたら一年もつと言ってるじゃないの」

叔父さんは彼女の足を揉みながら言った。「ここんとこ、夢におふくろが出てきてわしのことを呼ぶんだ」

玲玲は少し驚いて、身体をまっすぐにすると、足を叔父さんの手から引っ込めて、靴につっかけた。見ていれば何かわかるんじゃないかというように、ただぼんやりと叔父さんの顔を見つめていた。「お義母《かあ》さんは、何て？」

叔父さんは言った。「真夏なのに、寝ていて身体が冷える。おやじはまだ寿命が先だから、わしに来て足を温めてくれと言うんだ」

玲玲は何も言わず、叔父さんの言ったことを考えていた。叔父さんも声を出さず、母親が枕元で話したことについて考えていた。黙ったままの時間が長い間続いた。かなり時間が経ってから、玲玲が叔父さんの顔をじっと見つめて言った。「お義母さん、亡くなって何年だったかしら」

「死んだのは売血の始まった年だから」

「私の父もその年に死んだわ」

「何で？」

「肝炎だと言っていたけど」

「血を売ったからだろう？」

「はっきり言わなかったからわからないのよ」

二人ともまた黙った。押し黙ったままだった。世界に誰もいなくなり、彼ら二人もこの世から消え、すでに土の下に埋められてしまっているかのようだった。地上には土も農作物も風も夏の夜の虫の鳴き声もあった。月の光も輝いていた。その月明かりに照らされて、草むらの虫の声が軽く細く響いてきた。墓の中の棺桶の隙間からコオロギの鳴き声が漏れて聞こえてくるような、ゾクッとする、骨まで染みこんでいくような音だった。冷たく突き刺さる風が骨の髄まで吹き込んで、思わず震えが来るような感じだった。しかし玲玲は震えなかったし、叔父さんも震えなかった。死があまりにも多すぎて死ぬことは恐くなかった。お互いに向かい合って言った。「もう遅いから」

もう一人が言った。「寝ようや」

そして部屋の中に入っていった。部屋に入り扉を閉めると、部屋はすぐにむっとする暖かさになった。新婚のベッドの匂いがした。

この日、この初夏の爽やかな夜に、二人は他の人々と同じようにその夜を楽しみ、麦刈り場でたくさんおしゃべりをし、部屋に戻り、そして夫婦の営みを行った。ベッドの上、ロウソクの明かりだけで、部屋の中の様子は朦朧としていた。ぼんやりと曖昧だった。営みの最中に、玲玲は突然言った。「亮、いつも心で私のことを考えていてくれなきゃいや」

「考えてるよ」

「考えてない」

「おまえのことを思っていなければ、わしは罰当たりのイヌだ」

「お義母さんのことなんか考えんでもいい方法があるよ」

「どんな方法だ」

「私をお母さんにするのよ。私のことを母さんて呼ぶの。私を母さんて呼んだら、お母さんの夢なんか見なくなるし、早く死ぬかもしれないなんてことは考えないはずよ」

叔父さんは何も言わず、夫婦の営みを中断し、玲玲の顔を見つめていた。玲玲は叔父さんの身体の下から這い出てきて、座ると叔父さんと向き合った。

「私の父さんが死んでから十年、あんたのお母さんが亡くなって十年、これからはあんたは私の父さんで、私はあんたのお母さん」。そう言いながら、玲玲の顔は真っ赤になった。それは夫婦の営みのせいではなく、最後の一言を口にしてしまったために赤くなったのだった。極めてまじめな表情の変化だった。叔父さんには、彼女が普段は恥ずかしがり屋で、人前ではうつむいてばかりだが、叔父さんと二人だけのときには、恥ずかしがり屋の感じが残ってはいるものの、本来持っている荒々しさが顔を出し、場合によっては叔父さんよりも激しいということがわかっていた。

なんといっても玲玲は二十歳を過ぎたばかりで、若かった。なんといっても彼女自身の死もすぐそこに迫っていた。一日一日をなんとか過ごし、その一日一日を楽しく過ごしているうら若い女性なのだ。

玲玲は布団をはがすと、裸のままベッドに座り、裸の叔父さんを見た。子供のような、お遊びのような笑みを浮かべて言った。「そうよ、亮、これからは私のことを母さんって呼んで。私のことを母さんって呼んでくれたら、何でもしてあげる。お母さんみたいに可愛がってあげる。足を洗う水だって汲んできてあげる。私はあんたのことを父さんって呼ぶ。そうしたらあんたは父親になったつもりで、私のことを可愛がってくれないとダメよ。私がしてほしいと言ったことはしてよ。私の父さんが生きていたときみたいに」。言い終わると、玲玲は身体を叔父さんにすり寄せた。それは子供が親にすり寄っていくような感じだった。しなを作って叔父さんを見上げていた。笑ってはいなかったが、うっすらと微かに微笑みを残していた。今すぐにでも叔父さんが彼女を、母さん、と呼び、彼女が叔父さんのことを、父さん、と呼ぶのを待っているかのようだった。玲玲は指で叔父さんの身体を撫で、舌で身体を舐めた。くすぐったかった。痺《しび》れるような快感だった。こらえきれずに笑い、玲玲を自分の下に組み敷こうとした。

叔父さんは言った。「この妖怪ババア」

「そっちこそ妖怪ジジイのくせに」

「女狐め」

「男狐」

「母さん、わしは、やりたいんだ」

玲玲は不意打ちを食らった。叔父さんが本当に自分を母さんと呼ぶとは思っていなかった。驚いて顔を上げると、叔父さんの顔を見つめて、本気でそう呼んだのかどうかを見極めようとした。叔父さんの顔には相変わらず、ごまかすような、薄い笑いが浮かんでいた。バカにしたような感じが強かったが、まじめな感じもあった。そのバカにしたような感じが嫌で、叔父さんが手を伸ばしたとき、玲玲はその手をそっと一方へ押しのけた。叔父さんは耐えられなくなり、笑うのをやめて、まじめな顔になり、しばらく玲玲の顔を見てから、口を開いてさりげなく言った。「母さん――」

玲玲は応えなかった。叔父さんの目に涙が浮かんでいるのを見ていた。彼女は涙を流す間も与えずに、しばらく黙ってから、母親が子供を励ますように、一方に押しやった手を取って自分の乳房に置いた。

部屋は静まり返っていた。二人の出す音以外にはなんの音もしなかった。ベッドが音を出した。ギシギシと、足が折れんばかりの音を響かせた。二人はベッドの足のことなどお構いなしに、ただ感情の赴くままに行為に没頭していた。

感情は激しく乱れ、制御を失っていた。布団はベッドの下に落ちた。そんなことはお構いなしだった。布団はほったらかしのままだった。二人の服もベッドの下に落ちた。それにもお構いなしだった。服は下に落ちたままだった。

狂乱の行為の末、すべてのものは下に落ちてしまった。自分を忘れるための行為だった。すべてのものはベッドから振り落とされてしまった。

次の日がやってきた。太陽が真上に昇る頃になって玲玲は目を覚ました。彼女は昨夜の狂乱は、生きた人間をくたばらせてしまうような、夢を見るなり死んでしまうようなものだったと思った。しかし次の日、二人ともまだ生きていた。

玲玲が先に目を覚ました。叔父さんの鼾が部屋の中に泥水のように渦巻いていた。昨日のお互いを父さん、母さんと呼び合った、狂乱の一夜のことを考え、彼女は叔父さんのそばで顔を赤くした。そっとベッドから降りると、静かに扉を開けた。日の光が玲玲を出迎え、そのまぶしさにグラリとして、戸口に寄りかかって立つと、太陽はとっくに真上にあって、もうすぐお昼だった。外の小麦畑は青々としていて、きらめくような香りがあたりを漂っていた。ほど近いところにある丁庄はいつもと同じく静かだった。その静けさの中、ちょうど村人たちが家を後にして、鋤や縄を持ち、棺桶を担いで村を出るところだった。ほとんど誰も話をしなかった。孝帽や孝服を着ている人々は誰も口をきかず、顔を強張らせ、悲しみも喜びもないような顔をしていた。鋤や棺桶を担いでいる人々は、話しながら笑っていた。――今年は天気がいいなんて思うちゃいかん、小麦の育ちはいいかもしれんが、秋には旱魃が来るかもしれん。――何でだ？　――万年暦でそうなっとるんだ。閏六月は旱魃だと。彼らがそんなことを話しながら麦刈り場の角まで来たときに、玲玲は彼らが、丁小明の家の近所の人であることに気がついて、大声で聞いた。「おじさん、誰が死んだの？」

「――趙秀芹だ」

玲玲は驚いて言った。「何日か前に、まだ学校で大きな米の袋を担いでいたけど」

隣の住人は言った。「悪くはなかったんだ。病気になってからまだ一年だから。しかしこの間、米を持って帰って家の戸口に置いといたら、家で飼ってる豚にあっという間に全部食われてしまったんだ。それで怒ってしまってな。追いかけて豚をぶちのめして、豚は背中から血を流したんだが、彼女はそれでくたびれてしまって、それが悪かったんだろう、胃から血を出して、一昨日死んでしまったんだ」

玲玲はその場に立ち尽くして青ざめた顔を強張らせていた。自分の胃から生臭いものがこみあげてきそうだった。舌で口の中を味わって、血の生臭さはないとわかって安心した。しかし心臓は激しく打ち、壁に手を突いて身体を支えた。

隣の住人は言った。「まだ昼御飯は作ってないのか」

玲玲は言った。「今作ろうと思っていたところ」

みんな行ってしまった。葬儀の一群は行ってしまった。葬儀の隊列を見守り、引き返そうとしたとき、丁小明が隊列の後ろで鍬を担いでいるのが目にとまった。

すぐに部屋に入ろうと思ったのだが、丁小明はすでに彼女に気づいていた。隠れようにも間に合わなかった。顔を上げて丁小明を見て声をかけるしかなかった。

「手伝いに行くの?」

小明は彼女を見た。「秀芹は住む家もあるちゃんとした人だ。その人がもうあの世へ逝ってしまったんだ。おまえのような化けもんが何でまだこんなところに住んで生きとるんだ。何でさっさと死んでしまわんのだ」。彼の声は火薬を身体に向かって爆発させるように大きかった。彼女が言葉を返す前に、真っ青な顔色で彼女の目の前を通り過ぎると、急ぎ足で前の人々を追いかけて行ってしまった。

玲玲はまた茫然としたまま、遠く去ってゆく丁小明を見送ってから、ゆっくり麦刈り場に戻った。叔父さんはもう目を覚まし、ちょうど服を着ているところだった。玲玲は目に涙をためて泣きながら言った。「父さん、私たちほんとに結婚しよう。二、三日のうちに結婚して、村へ行って住むの。生きているうちにほんの数日でもいいから、正々堂々と生きよう」

第三章

1

　叔父さんは私の叔母、宋婷婷を訪ねていった。その日、七、八キロの道を玲玲とずっと一緒に歩いていった。子供の小軍のためにおやつも買っていった。玲玲は、村の外の木陰で叔父さんを待つことにし、叔父さんは一人で村へ入っていった。村の名前は宋営《そうえい》といった。

　叔父さんは婷婷に言った。「離婚しよう。はっきり言うが、わしは死ぬ前に玲玲と結婚したい。生きているうちに数日でもいいから、彼女と正々堂々と暮らしたいんだ」

　叔母さんは真っ青な顔色をして言った。「離婚するのは構わないのよ。あんたのお兄さんに棺桶を二つ回してもらえさえすればね。最高級のがいいね。一番きれいな花が彫ってあるやつが」

「誰が使うんだ」

「あんたには、関係ない」

　叔父さんは図太い笑いを浮かべると、言った。「わしにはその棺桶を誰が使うのかわかっとる。そいつも熱病だったというわけか」

　叔母さんは何も言わず、身を翻すと隅に行った。目には涙があふれていた。叔父さんはもう何も言えなくなってしまった。何とも言いようのない気持ちだった。

2

祖父は丁小明の家に行った。家には誰もいなかったので、畑に向かった。

村のはずれで、小明の弟の奥さんと母親の前に立ちはだかると、知らない人に道をたずねるように突然言った。「水撒きですか？」

小明の母親は、水撒きに行っていたのだ。小麦の茎が伸びるのに必要な水だった。畑は村の東の黄河古道にあった。水撒きのときに、化学肥料を混ぜるのを忘れていたのを思い出した。そうすることによって肥料を土に染みこませるのだ。その肥料を取りに戻ってきたところで、祖父に道をさえぎられ、話しかけられたのだ。小明の母親は祖父が尋ねるのを聞くと、周りを見渡した。膝丈あるいは腰ぐらいの高さに育った草以外に、誰もいないのを見て、祖父が自分にきいているのだということがわかった。そしてそのまま答えて言った。「ああ、水撒きだよ」

祖父は彼女の前に木のように立ったまま言った。

「丁亮の奴が明日にでも死んでしまわんのが残念でなりませんわい」

小明の母親は冷たく笑うと言った。「まさか小明に離婚を承諾させて、あの二人を添いとげさせようとしとるんじゃないでしょうね」

祖父の顔は真っ赤になった。「死んでも恥知らずな連中だ」

小明の母親は、古道の堤防の小さな木の下に立って、横目で祖父を見ていた。彼女の口元はピクピク引きつり、見るような視線だった。彼女の口元はピクピク引きつり、鼻をフンと鳴らすと、唇にうっすら笑いを浮かべ、声を和らげて言った。「こうしましょう。ほんとうのことを言うと、小明が離婚するのは構わん。小明にはもう相手がいるし、これがまたいい娘さんだから。しかし向こうの家が五千元の結納金を要求してきている。五千元ですぐにでも嫁入りさせるということになってる」

ここまで言うと、小明の母親はまた草地の方を眺め、やはり誰もいないのを確認してから続けて言った。

「丁亮は、生きてる間に玲玲とまともに暮らしたいと思ってるんだろ？　それだったら、あの二人に五千元出してもらおうじゃないか。出してくれりゃ、小明の結婚資金ができるし、二人はなに恥じることなく堂々と生きていけるし、一緒に埋葬もしてもらえるというわけだ」

祖父はあっけにとられて、公道中央の小道の上で、ただ風に吹かれていた。ヨモギがその身体に飛んできた。ヨモギの匂いが顔から空中へと漂っていった。

「小明も今度の嫁さんも病気じゃない」。小明の母親は続けた。「向こうは病院の証明書まで見せてくれた。しかし、亮とあの化けもんは、長くは生きられんだろう。待っていてもしかたがない。五千元さえ出してくれれば、小明は玲玲とすぐに離婚するし、離婚したら、亮もあの妖怪と結婚でき、小明もあの娘さんと結婚できるというわけだ。一挙両得だと思うが」

祖父は棒のように立っていた。小明の母親は、また家の方に向かって歩き始めた。フラフラと揺れながら村へ向かって歩いていった。

祖父は振り返って小明の母親を見ながら叫んだ。

「本には、水の中に肥料を混ぜて撒いたらだめだと書いてあったよ。栄養の半分も作物にいかんそうだ。雑草が全部吸い取ってしまうということだ」

小明の母親は淡々とした足取りで村へ向かって歩いていった。しばらくしてからまた振り向いて叫んだ。

「あんたは先生をしてた人だろ。それなのに恥ずかしげもなく、よくものこのこやって来られたものだねえ」

祖父は棒のように立っていた。黄河古道に生えている一本の木のようだった。緑の雑草はうっそうと生い茂っていたが、その木は枯れて天の下に立ち尽くしていた。

祖父は黄昏近くに丁小明を訪ねていった。小明は水を撒き終わり、黄河古道の端に座って歌を歌っていた。母親は村に戻って食事の支度をしていた。彼は古道の堤のエンジュの木の下に座って歌っていた。真っ赤な落日は平原を深紅に染め上げていた。太陽の赤と平原の青がぶつかり合って深紅になった。深紅の光を発し、平原には深紅の香りが匂い立った。小明が煙草の煙を落日に向かって吐き出すと、金色の光が輝いた。

祖父は近づいていった。祖父は面白くなさそうに小明の目の前に立って言った。「小明、この間までやめてたのに、なんでまた吸い始めたんだ」

小明は祖父をチラッと見ると顔を背けた。祖父は厚かましくそこにしゃがみこんだ。「煙草には、なにもいいことはないぞ」

小明は煙をわざと強く吸い込んだ。悪いとわかって吸っているのを見せつけるように。「わしは、あんたんとこの丁輝みたいに県の熱病委員会の役人じゃないし、上等の煙草も飲みきれないほどの酒もない。その上、安い煙草も吸うなというのか」

祖父は腰を下ろすと笑った。枯れた笑い声だった。「丁輝も丁亮もろくでなしだ。二人とも車に轢かれて死ねばいいんだ。しかしなかなか轢かれんもんだ。わしが絞め殺すわけにもいかんしな。もうじいさんだから、絞め殺す力もないしなあ」

小明は笑った。馬鹿にした笑い方だった。黄金色の糸が飛んできて口元に引っかかったようだった。「だからあんたは二人を生かしたままにしているというわけか。病気持ちでないもんも天国だ。病気持ちですぐ死ぬもんも天国だ。いいじゃないか」

祖父は小明を、甥の顔を見つめ、黙っていた。顔には黄ばみに赤みが混じり、誰かに殴られたかのようだった。祖父は頭を一旦下げると、その顔を小明に差し出すように持ち上げた。

「小明」。祖父は言った。「腹の立つことがあるのなら、わしの顔を殴れ。丁先生のこの顔を殴ってくれ」

小明はまた笑った。冷たく笑った。「丁先生、伯父さん、あんたは徳のある人望の厚い人だ。わしに殴れるわけがなかろう。わしがあんたに指一本触れたら、丁輝の奴が子分を引きつれて来るだろうし、丁亮は自分の血をうちの鍋釜にぶちまけるだろうよ」

祖父は言った。「丁輝がおまえにそんなことをしたら、わしはおまえの目の前で死ぬ、丁亮がおまえの目の前で大声を出すようなことがあれば、わしはおまえの目の前でこの頭をかち割る」

小明は笑うのをやめた。冷笑も消えた。顔に浮かんでいた冷ややかな感じもなくなった。ただ強張りだけが張り付いていた。顔色は黒ずんだ青色をしていた。悪血が浮き上がってきているかのようだった。彼は低い声で言った。「おじさん、あんたは先生をしていた人だ。話のできる人だ。そのものの道理をわきまえてるあんたが、なんで丁亮がうちのかみさんを盗ったことに対してなにもせんのだ。なんで丁亮を殴らんのだ、罵らんのだ。それどころか二人を一緒に住まわせるとは、ほんとに恥知らずもいいところだ」

祖父は言った。「小明や、本当のことを言ってくれ。おまえは玲玲が必要なのか？　あれとまだ一緒に暮らしたいのか？」

小明は鼻をフンと鳴らすと言った。「わしがどれだけ先の見込みがないといっても、ボロやクズは拾わんよ」

祖父は言った。「それじゃあ、さっさと別れて、二人を一緒にさせてやったらどうだ」

小明は言った。「丁先生、伯父さん、あんたが、ほんとうのことを話せと言うから、話す。わしは次の嫁さんを見つけた。玲玲より若くて、背も高くて、色も白くて、学もある。向こうは金はいらない、ただ病院へ行って、熱病でないという証明書を書いてくれと言うんだ。わしが血を売ったことがないこと、熱病でないことをはっきりさせようということだ。だから、わしも向こうに病院へ行ってもらって、証明書を取ってもらった。お互いに証明書を渡して結納代わりにしたんだ。わしらはもともと今月中に結婚するつもりだった。だが、丁亮と玲玲が恥も外聞もなく一緒に住み始めた。結婚したいだって？　正々堂々と暮らしたいだって？　一緒に墓に入りたいだって？　ハッ、大笑いだ。わしは、それを聞いて結婚する気がなくなった。意地でも玲玲とは別れん。正々堂々と暮らしたい？　死ぬまでそう思ってればいいさ」

祖父は小明のその怒りの表情に得意げな様子があるのを見て、もうこの件に望みはないとわかり、立ち上がると黄河古道の堤から離れて学校へ向かって歩き始めた。落日の透き通った光が黄河古道の堤を照らし、金色に光る赤い水をまき散らしたかのようだった。平原の堤ではもう蟬が鳴いていた。どこから聞こえてくるのか、そのかすれた壊れた鈴のような音は一瞬響いたまま後ろの方へと消えていった。祖父はゆっくりとした足取りで小学校へ向かっていた。少し行ったところで振り返ると、丁小明が身体を起こして家へ帰ろうとするところだった。二人の目が合った。祖父は立ち止まった。丁小明は祖父の方をまっすぐに見ていた。言い残したことがあるようだった。

祖父は相手の言葉を待った。小明は大声で叫んだ。「丁亮と玲玲の二人には待ってもらう。わしは、あいつらが死ぬのを待つ。そして、あいつらが死んだら、その日に結婚してやるんだ」

祖父は向きを変えてまた歩き始めた。黄河古道の砂堤のある区間には、ヨモギが大きく育っていた。昔祖父が東京《とうけい》で見た松のようだった。目の前のヨモギも、一本一本が高く伸びて、濃い緑の葉を繁らせていた。祖父はそのヨモギの中を延びる一本の細い道に沿って歩いていった。バッタがひっきりなしに足や靴の上に這い上がり飛びついてきた。ただ黙って歩いた。日がすっかり沈んでしまう頃、小道をそれて小学校の方へ曲がった。そのとき背中で足音がした。振り返ると、なんとそこには小明が立っていた。

急いで走ってきたのだろう、顔には汗をかき、跳ね上がった砂が顔にこびり付いていた。汗と泥だらけになりながら、追いかけてきて、祖父が立ち止まるのが見えたので、小明も立ち止まったのだった。十数歩ほどの距離で小明は祖父と向き合い、叫んだ。

「伯父さん」

「小明……」

「わしを離婚させるのも構わん、あの二人を一緒にさせるのも構わん。しかし、あんたにも丁亮にも、ひとつだけ聞いてほしいことがある」

「何だ」

「聞いてくれるか？」

「言ってみろ」

「よくよく考えてはっきりした。玲玲とすぐに離婚する。あいつと丁亮をすぐ結婚させてやる。あいつらは正々堂々、一緒に墓に入りたいんだろう？　わかった、認めてやる。丁亮に遺言を書いてもらってくれ。死んだら家、土地、家財一切をわしに譲るとな。丁輝が引っ越したらもう戻ってはきまい。あそこの家はいらん。あんたが老後を過ごせばいい。丁亮の家はあれほど良くはないが、わしに残してほしいんだ」

祖父は窪みのそばに立っていた。ヨモギの横に立って、目を細めて小明を見た。

「聞こえただろ。丁先生、あんたはわしの伯父だ。わしはあんたの甥だ。肥えた水を他人の畑に流すことはないだろうが。丁亮が死んだら、財産はわしにくれ。他人に渡るよりはいいだろう。政府に取られるよりよっぽどいいだろう」

祖父は窪みのそばに立っていた。ヨモギの横に立っていた。もう一度、目を細めて小明を見た。

「考えてみてくれんか、伯父さん。ちょっと丁亮に話してみてくれんか。死んだら家は用なしだ。わしは生きとるうちにくれと言ってるんじゃない、二人が死んでからでいいと言ってるんだ。二人がうんと言わないのなら、わしも玲玲とは別れん。わしが別れなかったら、丁亮は玲玲と結婚できん。生きているうちに正々堂々暮らすこともできんし、死んでも心残りのまま墓に入ることになる」

祖父は話を聞いているうちに、目の前一面に日の光を受けた黄金色の花が広がっていくのが見えた。木やヨモギやチガヤやカヤなどの草が彼の目の前でぐるぐる回り、足下で回って遠くへ飛んでいくようだった。風景がゆっくり回り、甥の小明も遠くで回っていた。

「わしは帰る。丁亮に話してみてくれ。よく考えてもらってくれ。あと何日もない残りの人生を有意義に過ごしたいんだろう。生きとっても動かせんものばっかりだし、墓まで持っていくこともできはしない。一日一日気持ちよく暮らせたら、それが一番だろうが」

そう言うと帰っていった。身体を揺らしながらゆっくりと、黄金色の赤い落日の中を帰っていった。

3

西の地平線、平原の一番端っこに一本の木が立っており、彼方の村を背景に、画用紙に描かれた絵のようだった。黄河古道の砂堤は、日が当たる方は一面草が茫々と生え、日の当たらない方は禿頭で、砂地は殻のように固くなっていて、火傷のかさぶたのように見えた。堤の上、丘の上は、白銀色、黄金色に光っていた。落日の中、照らされて暖められた草と砂の匂いが、甘く生臭い匂いを発散していた。砂糖水を平原一面に撒いたかのようだった。平原は甘く生臭く、ムッとする、ねっとりした、暖かみのある果てしのない湖のようだった。

黄昏が来た。どこかの家の羊が、学校から村の方へ向かって歩いており、羊の啼き声が、平原を漂い風に流されて、静かな湖面のような平原に黒い跡を残していった。一日放牧していた牛を追っている村人が、ゆっくりと村へ向かって歩いていた。牛の啼き声は羊と違って泥のように四方へゆっくりと広がっていき、羊の鳴き声が残した跡を埋め尽くしていった。

黄昏が来た。丁庄の村のはずれで、村人が遠いところにある麦畑にいる男に向かって叫んでいた。「おじさん、明日は忙しいか」

「いいや、何があった」

「おやじが死んだんだ。明日墓へ入れるのを手伝ってくれんか」

あたりはしばらく静けさに包まれた。続けて問答が行われた。

「いつ死んだんだ」

「半日前だ」

「棺桶はあるのか」

「躍進と根柱がうちに柳の木を分けてくれたから心配なしだ」

「死装束《しにしょうぞく》は」

「お袋が準備してくれていた」

「そりゃなによりだ、明日は朝から行くから」

平原はまた静かになり、風のない暖かい湖に戻った。

4

私は、私と玲玲が死んだ後、家の建物と庭と木と家具と、黄河古道の北にある、王家・張《ちょう》家と隣り合う三畝五分の畑を、すべて従弟の丁小明に譲るものとする。財産の詳細は、青瓦の三間の家屋、二間の付属の部屋（うち一間は台所で、一間は物置である）、庭の土地は三分あまり、庭の三本の桐、二本の柳（これらの樹木については私と玲玲が生きている間には決して切り倒さないことを保証する）、家具は、棚が一つ、長机が一台、木箱二つ、衣装ダンス一つ、洗面器台が一脚、赤漆の背もたれ付きの椅子が四脚、小さな腰掛けが五脚、長椅子が二脚、大きなベッド一台、小さなベッド一台、他に二つの大きな缶、六つの小さな缶がある。これらの品物については、私と玲玲二人が生きている限り、大切に取り扱うこととし、決して壊したり、どこかへ持っていったりはしない。

口約束では証拠にならないので、ここに記し、私の遺書とする。この遺書は私の従弟、丁小明が保管するものとし、私と玲玲が死んだ後、発効するものとする。なお、父の丁水陽は丁小明と財産を争わないものとする。

遺言者：丁亮

××××年×月×日

5

叔父さんが丁小明にその紙を渡したとき、丁小明は丁亮叔父さんを自分の家まで呼びつけた。叔父さんは門の外で、丁小明は門の内側に立っていた。叔父さんはその紙を丁小明の目の前でヒラヒラ揺すってから言った。「やるよ」

丁小明はその紙を見て、歯ぎしりをしながら言った。

「従兄《にい》さん、うちのかみさんを横取りしといて、それはないいんじゃないか」

第四章

1

叔父さんと玲玲は結婚した。正真正銘の夫婦となった。そしてついに玲玲と一緒に小屋から家へと引っ越した。

引っ越しの当日、一台のリヤカーで二往復して、麦刈り場の小屋に置いてあったものを家に運んだ。しかし家に着くと、玲玲の身体は汗でぐっしょりになった。リヤカーから鍋や茶碗や椅子や箱を降ろして、置くべきところへきちんと置くと、汗が次から次へとあふれてきた。服を脱いで風を送ると、とりあえず汗は引いた。しかしその夜、再び熱が出て身体は乾き、ガサガサしてたまらない気分になった。風邪だと思い、薬を飲み、生姜スープを飲んだのだが、その熱は引いてはくれなかった。

半月後、熱病の最後の症状が出た。暴発したのだ。まもなく死ぬのだ。

全身の力が抜け、食事をするときの茶碗を持つほどの力もなくなっていた。ある日、叔父さんが熱を下げるための生姜スープを運んできたのだが、玲玲はそれを受け取らず、叔父さんの額にできた新しいできものを見つけると、痩せ細った顔に驚きの色を浮かべて言った。「あんたも顔にできものができるようになったの？」

叔父さんは応えた。「何でもないよ」

「服を脱いで見せて」

叔父さんは笑って、ごまかすような笑いを浮かべて言った。「何でもないと言ってるじゃないか」

玲玲は大声を出して言った。「何でもないいんだったら、服を脱いで私に見せて」

叔父さんは服を脱いだ。玲玲は叔父さんの腰の回り、ちょうど腰ひもが当たるところ全体に、できものができているのを見た。赤いできものが艶々と光り、今にも血を噴き出しそうだった。ズボンの腰ひもができものとこすれるので、腰ひもを使うのはやめて、幅の広い布を代わりにズボンの上に当てているのだった。今、その布が垂れ下がっていた。何代も前の農民のようだった。彼は何世代も前の村人たちがそうだったように、その布を自分の前にだらりと下げているのだった。

叔父さんの腰の赤く腫れ上がったできものを見て、玲玲の目には涙が浮かんだ。涙を浮かべ、笑いながら言った。「これでいい。二人とも一緒にもうじき終わりが来るのね。数日前まで、私が先に熱病で死んでしまったら、あんたがまた婷婷と一緒に住むんじゃないかって、気が気じゃなかったのよ」

叔父さんも笑顔で言った。「ハァ、まだそんなことを。おまえには言えなかったんだが、この最後の症状が出て、腰ひもを代えたあの日、わしは、神さまに言った。早く玲玲の症状も進めて下さい、わしだけ先に死んで、あいつだけ元気で生きるようなことはやめて下さい、とね」

叔父さんは笑った。人をからかっているような笑顔だった。玲玲は叔父さんの身体を軽くつねった。

叔父さんは生姜スープを枕元に置いた。「この半月、夜はおまえに触れようともしなかったが、病気がひどくなってるとは思わなかったのか？」

玲玲は笑って首を振った。それから二人は色々なことを話した。玲玲は言った。「これでいいの。引っ越したばかりで、二人で病気がひどくなるなんて」

「死ぬのは一緒だ」

「やっぱり私が先に死ぬほうがいい。あんたに埋葬してもらえるし。そのときはお願いだから、きれいな服を買ってきて。死装束は嫌。スカートを二枚買ってきて。真っ赤なの。私は昔から赤が好きなの。それからもう一枚、地味な色のをね。どっちも着せてよ」

「赤い革靴も買ってやる。ハイヒールのやつ。東京《とうけい》の若い娘が好きなやつをな」

玲玲はちょっと思案顔になると、突然伸びやかな表情を強張らせて、叔父さんの顔をジロジロ見て言った。「だめ。やっぱりあんたが先に死んだ方がいい。あんた一人が生きていたら、私は安心できないから」

叔父さんはちょっと考えてから応えた。「おまえが先に死んだら、ほんとうにおまえをちゃんと葬ってやるから。おまえを葬ってからだったら、わしが死んでも、親父も兄さんもわしを安心して葬ることができるだろ？　わしがおまえより先に死んでしまったら、おまえをちゃんと埋葬してくれるかどうか」

玲玲は涙ぐんだ。「そんなこと言っても、私はあんたが生きていたら不安なの」

「何が不安なんだ？」

「不安じゃないと言ったら、不安じゃないけれど」。そう言って舌打ちをすると、玲玲は最後にこう言った。「一緒に死のうか」

しかし叔父さんは言った。「嫌だ。わしが先に死んだら、おまえが一日よけいに生きるということだし、おまえが先に死んだら、わしが一日よけいに生きるということだ」

玲玲は言った。「結局、私には一日も長生きさせたくないということね。あんたは一日でも長く生きていたいということね」

叔父さんはそうでないと言った。しかし玲玲はそうだと思った。二人は半ば芝居のように大喧嘩をし、叔父さんは身体をひねった拍子に枕元に置いてあった生姜スープの茶碗を落としてしまった。茶碗は床に落ちてパリンと音を立て、粉々になってしまった。

そこで二人は喧嘩をやめた。二人とも砕けた茶碗を見ていた。良い知らせではなかった。あと数日の命なのだから、薬など飲むだけ無駄なことだということだった。お互い音を立てないように黙って見つめ合っていた。部屋の中は蒸し風呂のようで、二人の身体の汗は玉のようだった。身体は痩せ細っていた。二人とも骨と皮だけになっていた。玲玲の張りのあった乳房、叔父さんが大好きだった乳房も、今では形が崩れ、痩せた黄色い肉が盛り上がっているだけだった。できものができても赤く艶のあった顔も、今では青ざめて鉄のような色になっており、黒錆や赤錆が浮いているような感じだった。眼窩も卵形に深く落ち込み、頬骨は二枚の薄い布を突き上げているように皮膚を押し上げていた。人間らしくなくなっていた。もはや人間ではなかった。髪も枯れて、何日も梳いていないのでバサバサになり、ヨモギの枯れ草が頭に生えているようだった。叔父さんは、食事は以前と同じようにするものの、その食べたものはどこへ行っているのか、顔は刃のように鋭く尖り、目は白目が増え、昔のような輝きはなくなっていた。割れて床いっぱいに散らばっている茶碗のかけらを長い間じっと見つめていた。

「玲玲、おまえに先に死んでもらいたいというわしの言葉がおまえのためだというのが信じられんのなら、わしは今ここでおまえの目の前で死ぬ」

「どうやって死ぬの」

「首を吊る」

「それなら、吊ったらいい」。玲玲はベッドから起き上がって座ると、手で髪をといて、落ち着いた様子で言った。「どうせ何日ももたないんだから。縄を取ってちょうだい。あんたが頭を輪に通すのを見たら、私ももう一つの輪に首をつっこむから、二人で一緒に椅子を蹴りましょ。一緒に生きられないのなら、一緒に死のう」

　叔父さんは玲玲の顔を見つめた。

玲玲は言った。「縄を取ってちょうだい」

　叔父さんは動かなかった。

玲玲はまた言った。「取ってよ、麻縄だったらベッドの下にあるでしょう」

　叔父さんは壁際に追いつめられたように、口を閉じ、話さず、しばらく玲玲を見つめていたが、本当にベッドの下から麻縄を取り出して、椅子の上に立つと、縄を梁に掛け、両端に二つの輪を作り、椅子の上から首を捻って玲玲を見た。高さを比べているような、勇気を比べているような感じだったが、その目は温かく、彼女をからかっているようだった。しかし玲玲は違った。彼女は普段は穏やかで、男女の営みのときには野性的だったが、死ぬことについてはもっと激しかったのだ。彼女は縄を縛り終わるのを見ると、目を細め、落ち着いた様子でベッドから降りて顔を洗い、髪を梳き、部屋から出て表の門の鍵を掛け、戻ってくると椅子の上に上がって叔父さんに言った。「一緒に死ねるんだったら、あんたと一緒になったのも無駄じゃなかったわ」

　まだ正午にはなっていなかった。太陽はまだ東よりの空に掛かっており、火のような日差しを二人のベッドの上に照らしつけていた。ベッドの布団は玲玲がいつもきれいに畳んでいた。部屋の椅子も服もきちんと片づけられた。部屋の境に掛けられていたカーテンも、きれいに洗ってあった。ここはすでに玲玲の家だった。この家には宋婷婷のものは一切なかった。婷婷が寝ていたベッドは、敷き布団を二人が使っていたものに取り替えた。婷婷が使っていた箱は、彼女の匂いが消えるまで、水で擦った。婷婷が使っていた茶碗は、鶏の餌を入れる器にした。今この家は彼ら二人のものだった。死んでも何の悔いもなかった。きちんと並べるべきものは並べられ、庭に置くべきものは部屋から外へ持っていかれ、扉の後ろに置かれていた鍬、部屋の壁に掛けられていた鋤も、庭の軒下に持っていった。部屋の中で片づけるものは、右を見ても左を見ても見つからなかった。四方の壁を修繕した墓のように、直すところはどこにもなかった。玲玲はその部屋を見回してから、最後に洗面器から濡れたタオルを手に取って顔を拭くと、叔父さんが用意した椅子に静かに上がり、手で縄の輪を摑んで、最後に視線を叔父さんに向けた。最期の時が来た。退路は断たれた。生きる道はなくなった。縄に首を差し入れるしかなかった。叔父さんは両手で縄の輪を摑むと、玲玲も手で縄を摑んだ。彼女の目は叔父さんを見ながら、次の行動を迫っていた。叔父さんが頭をつっこんだら、自分も頭をつっこむのだ。死のときが迫ってきた。追いつめられ、死ぬしかなかった。しかし叔父さんはまたあの図々しいずるそうな笑いを浮かべると、笑いながら言った。「一日でも長く生きるんだ。死にたきゃ死ねばいい。わしは生きる」

叔父さんは椅子から降りると、ベッドに座り、まだ縄の輪を摑んでいる玲玲に向かって言った。「母さん、降りてくれ。ほんとの息子のように孝行するから」

叔父さんは玲玲に近づき、抱いて椅子から降ろした。抱いたままベッドへ降ろすと、ゆっくり服を脱がせ始めた。玲玲の白く艶やかだった肌は枯れ果て、冬の枯れ草のような色だった。顔には悲痛と憂いの表情がゆっくり広がり、涙がこぼれ落ちた。玲玲は言った。

「私たちほんとうに首を吊るんでしょ?」

「そんなことするわけがないだろう。一日でも長く生きるんだ。生きるというのはすばらしいことだ。食べて、寝て、腹が減りゃ、台所へ行って焼きマントウをつくればいいし、喉が渇きゃ、砂糖水を作って飲めばいい。寂しくなったら外へ出て、村の人たちと話せばいい。おまえのことを想ったら、顔を撫で、キスし、抱くこともできる」

話が終わると、叔父さんは本当に思いっきり玲玲と男女の営みを行った。叔父さんは悪い男だった。

営みの最中、玲玲がきいた。「私たちが顔を出さんでも、丁輝はほんまに結婚証明書を取ってきてくれるんだろうか」

叔父さんは得意げに言った。「兄さんは、もうすぐ熱病委員会の主任になるそうだ。証明書の一枚や二枚、何でもないことだ」

2

丁小明、宋婷婷、叔父さん、楊玲玲が誰一人挨拶に行かなかったのに、父は本当に、小明と玲玲に離婚証明書、玲玲と叔父さんに結婚証明書を取ってきた。赤い紙には「結婚を許可する」の文字と、郷政府の印章が押してあった。

父が叔父さんに二人の結婚証明書を届けにきたのは、ちょうど丁庄の村人たちが昼寝をしている時間だった。太陽はギラギラと頭上にあり、蟬は山の音のように水の音のように宙にこだましていた。村の通りは沸騰した水のように熱かった。そしてまた静まり返っていた。その静けさを踏みつけながら父は家から出ると、丁庄での用事をすませたついでに叔父さんの家の方へと足を向けたのだ。叔父さんの家の門は閉まってはいたが、鍵は掛かっていなかった。しかし父は扉を押しもせず、呼びもせず、ただ手で扉をたたいただけだった。ドンドンドン、たたけばたたくほど力が入っていった。

叔父さんは部屋の中から叫んだ。「誰だ」

父は言った。「亮、ちょっと出てこい」

叔父さんは白いパンツ一丁で出てきた。表の扉を開けて、ちょっと驚いたようだが、ぼんやりした様子で言った。「兄さん、あんただったのか」

父は冷たく言った。「宋婷婷がほしがっとった棺桶二つはあいつにやった。特上だ。棺桶にはビルや瓦葺きの家や、電化製品が彫り込まれとる。あそこの家の者がこれまで使ったことのない高級なきれいな棺桶だぞ」

叔父さんは父が話をしているのを見ながら、まだ寝ぼけまなこのままだった。父はきいた。「この庭や家を丁小明にやると言ったそうだな」

叔父さんは相変わらず何も言わなかった。もう眠そうな表情は消えていた。顔を背けると、兄を横目で見、庭を横目で見た。

父はポケットから二枚のテカテカ光っている二つ折りの結婚証明書を、門の外から門の中にいる叔父さんに向かって放り投げた。その掌ほどの大きさの紙は、叔父さんの身体を掠めて、木の葉のように地面にヒラヒラと舞い落ちた。「まったく、性根の腐った奴だ。もうすぐ死ぬというのに、女のことでごたごたして。その女のために家の財産を人に渡すとはなあ。跡継ぎなしのろくでなしで、残された者のことを何も考えとらん。こんなありさまで生き永らえてどうするんだ、早くくたばってしまえ」。父は歯の隙間から絞り出すようにそう言うと、さっさと身体の向きを変えて、帰っていこうとした。が、二、三歩行くと振り向いて叫んだ。「四枚の離婚証明書、二枚の結婚証明書、合わせて六枚のこの証明書だがなあ、これはわしが棺桶と引き替えに出してもらったんだ、よく覚えとけよ」

これはさっきとは違って、さらっと口から出た。怒鳴り終わると、今度は振り向きもせずに帰っていった。父はやはり父だった。痩せた身体に、町で買った青地に赤い刺繡の入った単《ひとえ》のシャツを着ていた。いつも母のたたんだ折り目がついていた。それに母がいつもアイロンで折り目をつけているグレーのズボンを穿《は》いていた。こう装うことで父は丁庄の村人ではなく、町の人間になるのだった。町で働いている幹部になるのだった。それから黒い革靴を履いていた。村でも大勢の者が黒い革靴を持っていたが、それらはみな偽物だった。本革のものもあったが、せいぜい豚革だった。父の靴は本物の牛革だった。その靴は棺桶配給の便宜を図った人から贈られたものだった。本当の革、本物の牛革だった。その輝きは鏡のようにテカテカで、丁庄の木や家を映し出していた。しかしその木も大きな木はほとんどなくなり、映るのは小さな木ばかりだったが。

父は村の外へと曲がっていった。叔父さんは父がその角を曲がるのを見て、ようやく何が起こったのか、はっきり知った。腰をかがめて結婚証明書を拾うと、広げて見てみた。別に新しいことは何もなかった。数年前に宋婷婷と一緒に取りにいった結婚証明書とまったく同じだった。ただ、その中の一人の名前と、日にちが違っていた。たったそれだけしか違わないことに、叔父さんは失望したような、後悔しているような、意味のないことのような感じがした。がっかりしたようにそこにしばらくぼんやりと立っていたが、身体の向きを変えると、そこに玲玲が立っていた。顔は白く黄ばみ、父が話したことは全部聞こえていたようだった。父が証明書を外から投げ込んだところも見ていたのだ。誰かに殴られたようなショックを感じていた。

叔父さんは言った。「こんなことなら、証明書なんかもらうんじゃなかった」

玲玲は叔父さんの顔を見るだけで返事をしなかった。

叔父さんはまた言った。「クソッタレが、こんな証明書なんかなくても、わしらは一緒に住める。それでも誰もわしの頭をかち割ることなんかできんし、わしらが死んで一緒に埋められても掘り出すことなどできん」

「誰が私たちを一緒に埋葬してくれるのよ?」。玲玲はきいた。「その証明書がなけりゃ、お義父さん、お義兄さんは私たちを一緒に埋葬してくれないんでしょう?」

そう言いながら、玲玲は二枚の証明書を受け取ると、ためつすがめつ見て、自分の顔を洗うようにそっと証明書に付いた土埃を払い落とした。

3

不思議なことに、父があの証明書を届けた瞬間から、玲玲のずっと続いていた熱が突然引いたのだった。薬を飲まなくても熱が収まったのだ。そして身体に突然力が湧いてきた。元気で健康な人のようになった。相変わらず痩せてはいたが、気力があふれ、顔には以前のような瑞々しい光が戻ってきた。父が帰ってから、二人はまた部屋に戻って昼寝をした。叔父さんは、玲玲が寝たかどうかもわからないうちに寝入ってしまった。玲玲は部屋の家具を拭き、地面を掃き、服も洗った。これらの仕事が終わると、通りへ出て、お店で煙草数箱と飴を数キロ買ってきた。色とりどりのフルーツドロップだった。それから椅子に座ると、叔父さんの顔を見ながら、目を覚ますのを待っていた。叔父さんが目を覚ますと、笑って顔を見つめていた。

「どうしたんだ?」

玲玲は笑いながら応えた。「よくなったの。熱が引いたのよ」。そして、叔父さんの手を取って、自分の額に当てた。「私、村中の人に、私たちが正式に夫婦になったって触れまわりたい」

　そして玲玲は飴を取って、叔父さんの横に置きながら言った。「亮――父さん、何ともなくなったの。だから一軒一軒、喜糖（婚礼のときに配るお祝いの飴）を配って回って、私たちが結婚したって言いたいのよ。病気持ちじゃ、お客を呼ぶわけにはいかないから、一軒一軒配って回るの。いいでしょ？　再婚といっても、私はまだ二十四だし、初婚みたいなもんだから。行こう、父さん、一軒ずつ回るの。戻ってきたらあんたを、何回でも父さんって呼んであげる。少なくとも百回は呼んであげる」

　彼女は叔父さんの手を引いた。そして母親のように濡れたタオルで叔父さんの顔を拭いた。目の回りをごしごし擦って、鼻を二回擦って、最後に両手を拭いて、シャツとズボンを用意して、子供にするように、叔父さんに着せ、ボタンを留めると、叔父さんの手を引っ張って、子供のように声を上げながら、飴と煙草を抱えて出ていった。

　報喜（喜びを知らせること：一種のお祭りで、仮装行列やプラカードを立て、鳴り物入りで賑やかに町を練り歩く）のように、一軒一軒回っては報告し、飴を配った。まず最初に行ったのはお隣さんだった。戸をたたくと出てきたのは六十を越えたおばあさんだった。玲玲は喜糖をひとつかみ渡すと言った。「おばあちゃん、飴を食べて下さいね。うちと丁亮は正式に結婚したの、証明書も貰ったの。患者だから、お客を呼ぶわけにもいかんし、喜糖を配りにきたのよ」

　二軒目に来た。扉を開けたのは、四十過ぎのお嫁さんだった。玲玲はまた飴をつかむと言った。「おばさん、うちら二人、結婚したのよ。証明書を貰ったの。患者じゃ、家にお客を呼ぶわけにもいかないから、喜糖を配って回ってるの」。喜糖を相手のポケットに押し込んで、結婚証明書を取り出すと、目の前に広げて見せた。

　五番目の家で出てきたのは、嫁に行ったばかりで実家に帰っていた娘だった。名前を小翠《しょうすい》といった。玲玲は結婚証明書を彼女の手に渡すと言った。「小翠、この証明書、あんたが取ってきたんと同じかしら。私はどうも偽物のような気がしてならないの」

　小翠は言った。「丁小明と結婚したときのと違うの？」

　玲玲は顔を真っ赤にして言った。「何遍見ても赤色が鮮やかすぎるような気がして、違うものみたいに見えるのよ」

　小翠は門の前に立って、その結婚証明書を縦にしたり横にしたり裏返したり、偽札を確かめるときのように日に透かしてみたりしたが、どう見ても自分のものと違うとは思えなかった。

「違わないわよ。どこもかしこも一緒。大きさも、赤い色も、字も、印鑑も」

「一緒なら安心だ」。玲玲は気がかりなことがどこかへ消えてなくなったように安心すると、次へ向かった。すぐに肝心の喜糖を渡すのを忘れていることに気づいて、大慌てで駆け戻ると、小翠の手に喜糖を押し込んだ。

　さらに進んでいって、別の横町に入り、門をたたこうとしたとき、玲玲はこれまで全部自分が扉をたたいて笑みを浮かべて報告し飴や煙草を渡していたことに気がついた。叔父さんはその間中、その飴をなめながら、彼女の後ろでただ黙ってニヤニヤ笑っているだけだった。そこで玲玲は持ち上げた拳を元へ戻すと、首を捻って言った。「今度はあんたの番。ここは男の人が多いから、出てくるのはきっと男よ。あんたが行って」

　叔父さんは身体を後ろへ退かせた。玲玲は叔父さんを引っ張り寄せた。叔父さんは笑いながら言った。

「ところでおまえは今夜、百回父さんって呼んであげるって言ったよな」

　玲玲は顔を赤くすると、一度うなずいた。

　叔父さんは言った。「今ここで、一回呼んでくれ」

「父さん」

「もっと大きい声で」

　玲玲は大声で言った。「父さん！」

　叔父さんは笑いながら扉をたたいた。

　庭で声がした。「誰だ？」

「おじさん、ちょっと貸してほしいもんがあるんだが」

　扉が開いた。叔父さんは例のニヤニヤ笑いを浮かべたまま、急いで煙草を一本渡すと、火を付けた。向こうは言った。「何が借りたいんだ？」

「いや、借りたいもんがあるわけじゃない。実はわしと玲玲が正式に結婚して証明書が来たんだ。玲玲がどうしてもあんたの煙草に火を付けて、喜糖を配りたいと言ってきかんものだから」

　向こうは事情がわかって笑顔になると言った。「そりゃ、めでたいことだ、おめでとうさん」

二人は次の家に向かった。次は丁小明の家だった。驚いたことに叔父さんは臆面もなく門をたたいた。玲玲は大慌てで叔父さんをその場から引き離した。

丁庄の村の家は全部配り終え、飴も煙草もなくなってしまったので、家にお金を取りに帰り、また飴と煙草を買い込んで、今度は学校へ行って、祖父や患者たちに報告に行こうとしたとき、ちょっとした事件が起こった。ちょっとしたことだったが、大ごとになってしまった。叔父さんが家の敷居を跨ごうとしたときに、敷居につまずいて庭に転んだのだった。夏で薄着だったので、擦り傷ができて血が出た。腕にも膝にも血が流れた。

ちょっと出血しただけで、なんということもなかったのだが、血が出たところだけでなく、全身に痛みが走ったのだった。全身汗が噴き出し、背中にはゾクゾクするような冷たい痛みがあった。転んだ地面から起き上がって、手で血を拭きながら言った。「玲玲、全身が痛い」

玲玲は慌てて叔父さんの身体を起こすとベッドへ連れていき、汗を拭き、血を拭き取った。叔父さんはベッドの上で海老《えび》のように身体を折り曲げて、うずくまっていた。額からは大粒の汗がベッドへと落ちていった。震えが来るほど全身が痛かった。唇も真っ青だった。玲玲の手を引っ張った。爪が肉に食い込み、手が青くなるほど強く摑んで言った。「母さん、今回はだめだ。越えられんような気がする」

玲玲は言った。「父さん、大したことはないわ。村で死んだ者は、たくさんいるけど、あんたと同じ頃に病気になったもんは、まだみんな元気にしてるじゃないの」

叔父さんは涙をためて、いつもの笑顔もなく言った。「母さん、今回ばかりはだめだ、骨の髄まで引き裂かれそうに痛い」

玲玲は叔父さんに痛み止めを飲ませた。さらにスープを少し飲ませると、痛みが軽くなるのを待ってから、そばに座り、たくさん話をした。

「父さん、ほんとうに今回は越えられんと思うの？」

叔父さんは笑わなかった。いつもの笑いはなかった。

「越えられそうにない」

「あんたがほんとに死んでしまったら、私はどうしたらいいの？」

「わしがあの世に逝ったら、ともかく生きるんだ。一日でも長く生きるんだ。すぐにでも親父と兄さんに二人の墓を作ってもらう。大きく広く高く、この家ぐらい、この家の庭ぐらいのを」

「棺桶は？」

「兄さんが引き受けてくれた。二人があの世に逝ったら、一人に一つ、棺桶を分けてくれると言ってた。悪くても桐、柏の木で、十センチの厚みのあるやつだそうだ」

「もし分けてくれなかったら？」

「なんだかんだ言ってもほんとの兄弟なんだから、分けてくれんわけがない」

「あの人が結婚証明書を投げて寄越したのを見なかったの？　この建物や庭を小明に残すということで言い合いになっていたじゃないの。兄さんは、心の中じゃ、あんたとうちの結婚を恨んでるのよ。あの人は大きな墓を掘るなんて考えてはいない。あの人の頭の中にあるのは、普通のお墓に普通の棺桶よ。私にあの人を相手にどうしろと言うの？　今は他のものは大して高いことはないけど、棺桶だけは別よ。四、五百元の棺桶が七、八百元はするのよ？　あの人が私たちに良い棺桶を分けてくれるというなら、千五百元ね。たとえ誰に分けたとしても痛い思いをするわ。亮、兄さんが棺桶をくれなかったら、私には本当にやりようがない。死ぬんだったら、やっぱり私に先に死なせてちょうだい。あんたが生きてれば、墓を家ほども庭ほども掘らせることもできるし、棺桶もこの煉瓦の家のようにすることもできるじゃない。父さん、生きて。もしどうしても先に一人で死ななければいけないのだったら、私が先」

二人は口を止めず、休まずしゃべった。話していると痛みのことを忘れた。もともと夜には玲玲に百回父さんと叫んでもらう約束だったが、それも叔父さん次第だった。叔父さんが元気であってこそ享受できるものだった。しかし今は玲玲の方は元気だったが、叔父さんの身体はひどくなっていた。もう男女の営みをすることもできなくなっていた。熱病が身体にしっかり根を下ろし、玲玲が話をしてくれなければ痛みを感じた。転んで擦りむいただけなのだが、熱病が抵抗力をまったく奪ってしまっていた。そのため少しの痛みでも、骨の髄にまで響いていったのだった。あらゆる関節が刀で抉られるような、鉄の棒か木の棒をむりやり差し込まれ、こじ開けられるような痛みだった。太い麻の糸を通した錆びた針が、骨の隙間を突き抜けていくような痛みだった。あまりの痛みに、口の中に酸っぱいものが浮かぶほど歯を食いしばり、額には汗がだらだらと流れていた。

もう夜はすっかり更けていた。夜の闇は、平原を突き抜けて奥へ奥へと走る小道のように深かった。月は乳白色に輝いていた。その乳白色の月の光が窓から差し込んでいた。コオロギが鳴き、その声が窓から染みこんできた。ひどく蒸し暑かった。月明かりの中のコオロギの鳴き声は明るく白く、いつもなら涼しげに聞こえてくるのだが、この日の晩だけは暑苦しいことこの上なかった。痛みのために叔父さんの体の中に火がついていたのだ。かまどに積み上げた炭が燃えているようだった。鉄の溶鉱炉のようだった。身体を海老のように折り曲げ、ベッドの真ん中に這いつくばり、尻は宙に突き出していた。かと思うとベッドの真ん中に倒れ込んで、死んだ海老のように丸まっていた。またその次には仰向けになり、両手で黄ばんだ両膝を宙に抱え、仰向けになった死んだ海老のような姿勢になった。そうして死んだ海老のようになることで、痛みが少しだけ軽くなるのだった。軽くなっても、絶えず口は動いていた。

「玲、もちそうにないわ。母さん、また痛み止めの薬を作ってくれ」

叔父さんは叫びながら、ベッドのシーツをぐちゃぐちゃに丸めて抱き寄せた。身体の汗がシーツに染みこんだ。玲玲は休みなく汗を拭き、話しかけていた。聞き入れやすい話を選んで話した。それならば、彼の痛みを軽くすることができた。しかし聞き入れられない話の場合、彼は枕を拳骨で殴りながら叫ぶのだった。

「わしはもうすぐ死ぬんだ、いまさら何を言う」

彼女はせわしなくタオルで彼の身体の汗を拭くと、話を変える。

「父さん、怒らないで。聞きたいことがあるの」

叔父さんは首を捻って彼女を見た。額の汗がキラキラ輝いていた。

「父さん、宋婷婷は、実家の村の誰といい仲なの？」

「母さん、おまえはわしの痛みの度合いがまだ足らんというのか」

玲玲は笑いかけた。「どっちにしても、私たちほど仲良くはできないんだから」

叔父さんが玲玲を見る目が優しくなった。

「父さんって呼んであげるから。婷婷に相手の男を父さんって呼べる？　あんたは私のことを母さんて呼ぶのよ。婷婷の相手の男にゃ婷婷を母さんとは呼べないでしょ？　父さん、私はあんたの嫁よ、あんたが私を嫁にしたいときは、私はあんたの嫁さんなのよ。学校だろうが、麦畑だろうが、郊外の畑だろうが、麦刈り場だろうが、朝でも昼でも夜でも真夜中でも、あんたが私をほしいときにゃ、もうイヤとは言わない。あんたの言うなり。甘いもんがほしけりゃ、甘いもんをあげる。しょっぱいものがほしいんだったら、しょっぱいものをあげる。食事の支度もあんたをかまどには近寄らせせんし、洗濯もあんたの手を濡らすようなことはせん、ねえ、そうでしょ？」

叔父さんの答えを待っていたわけではなかった。玲玲の問いかけは自分のための問いかけだったのだ。

「今私はあんたの嫁さんだ。けれど、あんたが私に母親になってほしいのなら、毎晩あんたを抱いて寝てあげる。口に乳を含ませて、背中をトントンたたいて。あんたが寝るまで。亮、娘になってほしけりゃ、一言、父さんって呼んであげる。実の父親に呼びかけるように、何度でも父さんって呼んであげる。実はねえ……」。玲玲はちょっと間をおいた。「一遍こっそり、数えてみたの。私が五十回父さんって呼んで、あんたはやっと一回、母さんって呼んでくれた。しかも私に足を洗わせてるときに。夜中、私がもう寝てるのに、あんたは私を起こして身体を拭かせる、ねえ、亮、――兄さん、――父さん。言って、私はあんたにほんとに良くしてるでしょう、それとも私のやってることは偽善なの？」

自分に顔向けのできない人間を見るように彼女は叔父さんを見た。

「言って、私はあんたにほんとに良くしてるのかしら、それとも私のやってることは偽ものなのかしら？」

叔父さんは玲玲が本当に自分に対して良くしてくれているとわかっていたし、自分が彼女に対しても良くしているとわかっていたが、今の話を聞いているうちに、どこか申し訳ないような気持ちがしてきた。傷つけてしまったような気がしたのだった。おそらく確かに玲玲の話したようなことがあったのだ、しかし叔父さんにはすぐにはそのこと、前後の一連の出来事が思い出せなかった。申し訳なさそうに玲玲を見ているしかなかった。不平不満でいっぱいの母、妹、姉を見ているようだった。玲玲はベッドのそばに座っていた。短パンとシャツを着て、叔父さんの手を引っ張って指を押し広げ、また指を包みこんだ。まるで指の数を数えているようで、手を握っていることをすっかり忘れているかのようだった。叔父さんを見つめるその顔には赤みが差して輝いていた。もうすっかり痩せていたが、その赤い光は顔の内側から輝き、恥ずかしがり屋の娘が、初めて男の人とこんなに近くで座って、気の置けない話をしているようだった。部屋の光は、柔らかく部屋を照らしていた。はじめはうるさく飛び交っていた蚊も、そのあたりに止まって玲玲の話を聞いているように動きを止め、部屋は柔らかい静けさに包まれていた。柔らかく、暖かい静けさだった。叔父さんの身体は、もう海老のように丸まってはいなかった。足をまっすぐ伸ばし、身体を横にして頭は枕の上にのせ、痛いとも部屋が暑いとも言わず、玲玲の話を聞いていた。子供がお姉さんの話す物語を聞いているようだった。

「父さん、私がこんなに良くしてあげてるのに、あんたの言うことときたら、わしはだめだ、生きられん、ばっかり。生きられんわけないでしょ。熱病でたくさんの人が死んでるけど、肝臓に来たのが少し早くて、胃や肺に来たのは少しゆっくりで、熱が下がらんのはもっと遅いし、骨が痛むのはさらに遅い。あんたは肺も、胃も、肝臓も、なにも悪くないんだから、どうしてそう死ぬ死ぬと言うの。あんたのは、死ぬのが一番遅い骨の痛いやつでしょ。それなのにそんなに死ぬ死ぬと言うのは、生きたくないということなの？　自分で死に神を呼び寄せてるの？　枕元にそんなもんを呼んでどうするつもり。私があんたに良くしないから、早く離れたいとでもいうの？　熱病のまま生きるのが嫌になったの？　私を見て。――父さん。結婚証明書を貰ったとたん、半月続いた熱があっという間に下がって、なんともなくなった。病気じゃないみたい。なんでだと思う？　あんたを好きだから。父さん、私はこうしてあんたと結婚できて嬉しい。二人は、今日結婚証明書を貰って、やっと正式の夫婦になった。正式の夫婦になってから、まだ何もしてないというのに、あんたは死ぬ死ぬとばかり言う。父さん、――亮、――私が好きじゃないの？　もしまだ好きなんだったら、昔みたいに大切にしてくれないとだめ。越せるだの越せないだのという話は止めて。私のことをもっと考えて、もっともっと母さんって呼んで、あんたの面倒を見させてちょうだい。食べるのも、着るのも、あれも……。私たち結婚したのよ、正々堂々と一家を構えたの。私はあれだけ父さん、父さんて呼んであげたのに。向こうのお父さんもまだ父さんて呼んだことはないし、丁先生のことも義父さんて呼んだことがないというのにねえ。明日学校へ行ってお義父さんを連れ戻してきて、一緒に住まわせてあげようと思ってる。お義父さんのためにごはんを作って運んで、服を洗って。元気が出てきたから、今のうちに、お義父さんのためにセーターと毛糸のズボンを作ってあげようかしら。あんたにもね。父さん、あんた私がセーター作るのむちゃくちゃ上手なの知らんでしょう？　実家にいたとき、隣近所のみんなが私にセーター作ってくれって頼むぐらいだったんだから」

叔父さんの目が閉じそうになっているのに気がついた。

「父さん、眠いの？」

「目がふさがりそうだ」

「痛みは軽くなった？」

「うん、痛くなくなった。少しも痛くない」

「痛くなくなったんだったら、目をつむりなさい。一晩寝たら良くなるから。明日は二人ともゆっくり寝てようね。大寝坊するの。おしりに日が当たり始めたら起きて、朝御飯と昼御飯を一緒に食べるの」

そう話しているうちに、叔父さんは瓦に上から押さえつけられているようにまぶたを閉じた。しかし口は相変わらずモゴモゴ動いていた。「痛いのは良くなったが、身体が熱くて、気持ちがカラカラだ。心の中で火が燃えとるようだ」

「一体、どうすればいいの？」

「湿ったタオルで胸のあたりを拭いてくれんか」

玲玲はすぐに水でタオルを絞って、叔父さんの胸を拭いた。胸と背中を拭いた。拭き終わってからきいた。

「どう、良くなった？」

叔父さんは目を閉じたまま応えた。「胸ん中がかまどのようだ。氷を持ってきて抱かせてくれ」

玲玲は一晩中井戸の水を汲んでは、その氷のように冷たい水でタオルを絞り、叔父さんの胸に当てた。

「どう、今度は良くなった？」

叔父さんは目を開けた。「ちょっと良くなった」。しかしそう言っている間にもタオルはお湯で絞ったかのように温かくなっていった。熱くなると、焦《じ》れったくてたまらないようにベッドの上を転げ回り、また身体を丸めた。「身体が燃えとるみたいだ。氷を持ってきてくれ。氷を抱きたい」

玲玲は立ったまま、しばらく考えていたが、身につけていた服を脱いでベッドに引っかけると、濡れたタオルを持って庭に出た。もう真夜中だった。夜半を過ぎると涼気が地面の下から上ってくる。庭の涼しさは井戸水のようだった。月はどこへ行ってしまったのか、星だけが丁庄の上に輝いていた。村の静けさがひんやりと庭に降りてきた。玲玲はその静けさの中、庭の真中で、裸身を曝し、汲み上げた井戸水のそばに立っていた。そして柄杓でその水をかけた。水がかかるたび、その冷たさに震えが襲ってきた。水を浴び終わるとタオルで拭いて、サンダルをつっかけ、大急ぎで部屋の中へ駆け戻り、ベッドへ飛び込むと、叔父さんの火のように熱い身体にその氷のような肢体を張りつけたのだった。

そして聞いた。「父さん、少しは良くなった?」

叔父さんは応えた。「冷たくていい気持ちだ」

玲玲は叔父さんを抱いて眠った。冷たくなった身体で身体の熱を吸い取ったのだ。叔父さんの身体の熱で自分の身体が温まってくると、また庭へ走ってゆき、熱を持った身体に冷水をかけた。咳き込み震えながらタオルで拭いて駆け戻ると、また叔父さんの身体にくっつけた。冷たい裸の身体で、叔父さんの身体の熱を吸い取るのだ。三回、五回とベッドに上がっては降り、咳き込み震えながら冷水をかぶり、その冷えた身体で叔父さんの熱を下げようと走るのだった。六回目、彼の身体の熱は去り、叔父さんは眠りについたのだった。

ぐっすりと眠りに落ち、鼾までかいていた。叔父さんの鼾はふいごのように響いていた。

4

ふいごのような鼾の音は、田んぼに引き込まれた水のように部屋の中にたまっていた。夜が明け、日もずいぶん高く昇った頃に、叔父さんは夢から覚めた。体中がだるかったが気分はすっきりしていた。仕事でつかれた後に、風呂を浴びたような感じだった。目を開いたとき、玲玲は横に寝ていなかった。昨晩、玲玲はすぐ横で、冷たい玉《ぎょく》の柱のような裸身で寝ていた。叔父さんはその冷たい身体を抱くことで眠りにつくことができたのだ。しかし朝、目覚めたときには、玲玲はそこにはいなかった。ベッドには寝ていなかった。

玲玲は部屋の真ん中のゴザの上に、きちんと服を着て横になっていた。月の光のように白いズボンに、新しいピンクのブラウスだった。真夏だというのに、靴下も穿いていた。肌色の靴下だった。髪はきれいに梳かされて、これからどこかへ出かけようとしているかのようだった。そのズボンの白、ブラウスのピンク、肌色の靴下、黒い髪の色の組み合わせが、涼しげで爽やかで心地よい印象だった。

玲玲はそのような恰好で筵の上で寝ていた。真っ白なゴザの上で寝ていた。眠るようにあの世へと逝ってしまっていたのだ。顔は苦しみのために少しゆがんではいたが、そのゆがんだ顔には安心した穏やかなものがあった。

叔父さんはベッドから起き上がり、玲玲がゴザに寝ているのを見て、「玲」と声をかけた。「玲」。もう一度呼んだ。返事がないので、慌ててベッドから飛び降りて、大声で「玲――」と叫んだ。大声で「母さん――」と叫んだ。その声が玲玲に聞こえていないことがわかると、心臓がキュッと縮み上がった。もしかしてと思い、彼女の手を引っ張り、両手で彼女を抱き起こすと、声を張り上げて叫んだ。

「母さん――」

「母さん――」

玲玲は叔父さんの胸の中で動かなかった。ぐっすり眠っている少女のように頭を叔父さんの胸に預けていた。顔にはまだ赤みが残っているような気がしたが、唇は乾いて割れていた。ひび割れがたくさんできていて、皮がめくれ上がり、蜻蛉《とんぼ》の羽のように透けていた。高熱を出して死んだことがわかった。昨晩何度も冷たい水をかぶったことで、熱を出してしまったのだ。

高熱は収まらず、熱病があっという間に彼女を襲い、症状は急激に悪化し、ついにあの世へ逝ってしまったのだった。丁庄の村と、父さんと呼んでいた叔父さんの元から離れていくしかなかったのだ。玲玲は自分がもう死んでしまう、この丁庄そして叔父さんの元から去らなければならないことを悟ると、熱を出して寝ている叔父さんを起こさないように、ベッドから降り、服を着て床のゴザの上に横になって、熱病の熱に焼き殺されてしまったのだ。生きながらに焼き殺されたのだった。

唇は乾いていたが、微笑みをたたえていた。その微笑みは、死ぬ前に叔父さんの役に立てたことに満足しているような、自分の一生に満足しているような微笑みだった。

第五章

1

祖父が叔父さんの家に着いたとき、叔父さんはすでに自分の足を包丁で切り落とし、血が泉のように噴き出していた。昨日の晩は地面に転んで擦りむいて、その痛みで死にかけたが、今度はこの一刀で、自分があの世に逝くのだ、玲玲に続いてあの世に逝くのだ、玲玲は自分が来るのを待っている、と叔父さんは思った。叔父さんは急いで彼女を追いかけていかないわけにはいかなかったのだ。

ちょうどそのとき祖父はやってきた。祖父は夢の中から抜け出し、叔父さんの家に風のようにやってきたのだった。しかし叔父さんはすでに玲玲の後を追って息を引きとっていた。

お昼時だった。丁庄は前の日と同じように静かで暑く、村人たちはみんな、昼寝の最中だった。学校の患者たちも風通しのいいところで昼寝をしていた。祖父は昼寝の夢のぼんやりした中で、玲玲が「父さん」と続けざまに呼んでいる声を聞いた。**その声の感じは真っ白な刀が平原を飛び回っているようだった。**祖父は今呼ばれているのかと思って、ベッドの上に起き上がったが、玲玲の姿はなく、呆然としてからまたベッドに横になった。蟬の声が窓の外、門の外から押し寄せて入ってきた。その音を聞きながら祖父はまた寝入った。するとまた**あの父さん、父さんと続けざまに呼ぶ**

声が祖父の耳めがけて飛び込んできた。祖父には自分が夢を見ているのだとわかっていた。夢は水となってベッドを沈め、部屋を沈め、丁庄や平原を沈めていった。そしてまた玲玲の叫び声だった。その声を辿って祖父は、叔父さんが庭から外へ出ようとしているのを、玲玲が彼の後ろに跪き、彼の足に抱きついて、父さん、だめ、やめて、と叫んでいる姿を見た。

父さん、私と同じにしちゃだめ、やめて。

祖父は玲玲がなぜ叔父さんのことを「父さん」と呼んでいるのか、自分の夫のことを「父さん」と呼んで、「亮」とか「ねえ」とか呼んでいないのかがわからなかった。祖父は玲玲の叫び声で訳がわからなくなってしまった。その叫び声を聞き、二人が泣き喚き、すったもんだしている様子を見ていると、まるで芝居の舞台を見ているようだった。玲玲は叔父さんの足に抱きつき、外へ行かせまいとするのだが、痩せて力もないので叔父さんに外までひきずられてしまう。祖父はその様子を身じろぎもせず見ていた。庭の様子は叔父さんと玲玲が引っ越してくる前と一緒だった。桐の木が庭の三分の一を占め、キラキラした木漏れ日が厚い葉っぱの間から射し込み、涼しげな庭に、丸い光をちりばめていた。物干しの針金が以前と同じように木から木へ渡してあって、二本の木にはその針金が食い込んで深い傷ができていた。正堂の壁の下には長い間使われずに錆び付いた鍬が掛けてあった。台所の入口には以前飼っていた豚の飼料桶が並べてあった。婷婷がいなくなってからは豚もいなくなり、桶の中も空っぽだった。以前と違うところはどこにもなかった。唯一違うのは、ブリキの桶が、使わないときには台所に並べてあったのだが、今は庭の中央に適当に置かれていることだった。通り道の真ん中に、しかも桶には水が半分ほど入っていた。柄杓があるので、誰かが暑気払いに水を浴びた後、そのままほったらかしにしているのだとわかった。祖父は、叔父さんが庭を通り抜けようとして、その桶に目をやり、しばらく見てから横を通り過ぎ、足にすがりつく玲玲をひきずりながら台所へ入ってゆき、まな板の前まで来ると包丁を手に取り振り上げるのを見た。祖父は叔父さんが玲玲に切りつけるのだと思い、驚いて駆け寄り、止めようと思った。しかし叔父さんは片足を上げるとまな板の上に置き、包丁を自分の足にザッと振り下ろしたのだった。

切りつけたとき、彼は声を張り上げて叫んだ。クソッタレが、愛しい妻が死んだというのに、生きていたってどうしろというんだ！

叔父さんの叫び声に、祖父はあっけにとられた。その包丁が叔父さんの足に振り下ろされたときには、白い閃光が目の前をよぎるのが見えた。続いて叔父さんがその包丁を抜いた瞬間、血がどっと噴き出した。それはかつて祖父が夢の中で見た、突然噴き出した東京《とうけい》の町の広場の噴水のようだった。キノコのように血が噴き上がり、周囲には真珠のような血の赤い粒が飛び散っていた。そのとき、日の光が台所の窓から射し込み、叔父さんの身体に降り注ぎ、噴き上がる血は透明な赤いガラスの柱のように見えた。斜めに噴き出した血は三十センチほど上がると、パシャッと下へ落ち、米粒ほどの血しぶきが広がった。血は叔父さんの足から床へと流れ落ちていった。

玲玲は突然泣くのをやめると、顔を蒼白にしてまな板の下にうずくまり、涙をポタポタ流しながら言った。

「亮、――父さん、あんたはほんとうにバカだ、大間抜けだ。父さん、――一日でも長く生きなければならないのに、私のあとを追いかけてどうするの」

叔父さんは玲玲に向かって笑いかけようとした。顔は血の気を失い、黄ばみ、蒼白だった。笑うほどの力は残っておらず、笑みを浮かべる間もなく、激痛が彼の身体を突き上げ、手にしていた包丁を落とすと、両手で骨と肉が見えている切り口を押さえ、腰を折ってまな板の下にうずくまった。額には豆粒大の汗がびっしりと出ていた。

祖父は夢から抜け出すと、近道をして叔父さんの家へと走っていった。門の扉を押し開けると、庭の真中に果たしてあの桶が、ブリキの桶が置いてあるのが見えた。桶の中には半分水が入っていて、その中に柄杓が浮かんでいた。蟬の鳴き声が庭の桐の木の上から熟した果実が落ちるように降ってきた。木漏れ日の丸い光の中、台所から正堂まで血の跡が一本の線のように続いていた。庭は生臭い血の匂いでいっぱいだった。祖父は庭でしばらくぼんやりしていたが、はっと気がつくと正堂に向かって矢のように飛び込んでいった。部屋の中に入ると、叔父さんが玲玲のそばで死んでいた。肩を並べ、仰向けで、足から流れ出た血が玲玲のスカートを満開の花のように染め上げていた。

2

埋葬とは残された人々の面子を立てることだ。

次から次へとまとめて色々なことが一度にやってきた。丁亮叔父さんが死んだとき、躍進の弟の丁小躍もその日の同じ頃に死んだ。玲玲が死んだとき、賈根柱の弟の賈根宝もやはり同じ頃に死んだ。四人がそろって死んであの世へ逝った。埋葬の人手が足らなかった。祖父が墓掘りの手伝いを頼みに行くと、誰もがみんな、申し訳ない、賈主任と丁主任に先に頼まれてなあ、と断られた。叔父さんと玲玲の遺体を二、三日置いておけるのだったら、小躍と根宝の埋葬が終わってから手伝えるのだが、ということだった。

「根宝の方が玲玲よりちょっと早かったんだ。小躍の方が丁亮より少しだけ早かった。埋葬も順番だからなあ」

祖父は根柱の家へ行った。なんとかして叔父さんと玲玲の埋葬に人手を何人かまわしてもらえないかどうか頼んだ。根柱は祖父を見つめたまま、長い間黙っていた。最後に口を開いて言った。「あんたんところの長男に頼んでみたらどうだ。他の村の熱病委員会の主任たちから聞いた話だが、熱病患者に対してはきちんと管理しているらしく、上層部は一人にひとつ、上等の棺桶を支給しているということだ。それなのに、なんでわしと躍進にはないのかねえ」

躍進の家に行った。どうにかして人手の都合はつかないものか聞いた。躍進は空を見ながら祖父に言った。「叔父さん、他の村の幹部には、上等の棺桶が支給されとるそうだ。あんたんとこの丁輝は、なんでわしと根柱に支給せんのかねえ」

祖父は根柱の家から引き下がり、躍進の家からも引き下がって帰ってきた。家に戻って二人の遺体のそばに座り、空を見たり地面を見たりしながら父が町から帰ってくるのを待った。

父は日が暮れてから急いで帰ってきた。叔父さんと玲玲の遺体を見ると溜息をひとつつき、庭に出てきて祖父と向かい合って、話もせずに顔をつきあわせていた。月の光が村にうららかに降り注ぎ、庭にもその光を落としていた。叔父さんと叔母さん――玲玲の遺体は正堂の中、二枚の戸板の上に横たえられていた。部屋の中も外も誰もいないかのように静かだった。深夜過ぎ、賈家と丁家の埋葬を手伝いに行った村人たちが戻ってくる足音が聞こえてきた。その足音が門の前を通り過ぎるのを待ってから、祖父は頭を上げて父を見た。

「埋葬せんわけにはいかんだろ。一日置けばそれだけ臭うようになる。なあ、輝よ、わかっただろ、人手が足りんわけじゃないんだ。村の連中は丁家が恥をかくのを見とるんだ。わしの言うことをちゃんと聞いて、村人の前で土下座して、すまんと一言あやまってさえおったら、こんなことにはならんかった」

父は祖父と向き合ったままゆっくりと立ち上がると、祖父を見て、叔父さんと玲玲の遺体を見て、フンと鼻を鳴らすと、言った。「親父、心配せんでもいい。まあ、見とれ。丁庄の連中の力なんかいりゃあせん。鍬一本いらん。どれだけ立派に埋葬するか見せつけてやる」

そう言い終わると、父は叔父さんの庭から立ち去り、地面に穴があくほど力を入れて歩いていった。石か煉瓦を黄河古道の向こうまで蹴飛ばしそうな勢いだった。

父が去った後、残された祖父は叔父さんと玲玲の遺体を守っていた。

3

静かな夜が過ぎた。特別なことは何も起きなかった。しかし日が昇り夜が明けると、村の外から十数人のがっしりした男たちがやってきた。上は四十歳から下は三十歳、一番力のある年代だった。彼らは村々で家を建てたり墓穴を掘ったりするのを専門にしている者ばかりだった。彼らは七十歳の老人に引き連れられて丁庄に到着すると、一日で叔父さんと玲玲の墓を掘り終わった。丁家の墓は村の南西にあった。まず祖母の墓の下に深い墓穴を掘り、さらにそこから横穴を掘り、大きな部屋のような棺室を作った。その棺室は普通のものよりずっと大きかった。今、平原には熱病が大流行しており、死人は落ち葉の数ほども多く、墓穴を掘るのがあまりにも頻繁なことになっていたので、昔よりも一回り小さく掘るのが普通だった。しかし叔父さんの墓は熱病以前の二人用の墓よりもさらにずっと大きかった。

ただ大きいだけではなかった。肝心なのは、その普通の家の部屋のような棺室の壁に、最も年長の職人が、ナイフやヘラ、小さなスコップなどを使って、砂と土の混ざった壁一面に、東京《とうけい》都市図を彫刻したのだった。図の中には、東京《とうけい》の有名な龍亭や鉄塔、潘家湖《はんかこ》や楊家湖《ようかこ》、さらに宋代に修繕された相国寺《そうこくじ》や包公祠《ほうこうし》や大禹治水廟が描かれ、壁に古い色合と香りを醸し出していた。

宮廷画が描かれているようだった。別の壁には一面に東京《とうけい》の高層ビルや高層建築、噴水のある広場や市政府や市委員会の庁舎が彫られていた。他にも有名な商業歩行街もあって、その通りにはひしめき合う店と人がひとつひとつ細かく彫り込まれていた。左の古い風景を描いたものには「宋城」、右の新しい風景を描いたものには、「新東京《しんとうけい》」と名前が付けられ、その文字が絵の正面上に彫られた。絵も字も紙に描かれた水彩画ほど繊細ではなかったが、その中に描かれた絵は、この平原では滅多に見ることのできない代物だった。その珍しい光景が生き生きとした絵となって丁庄にやってきたのだ。この知らせはすぐに村に届き、墓まで様子を見に来る村人が出始めた。

ついには大勢で墓を見に来るようになった。見学が終わると、墓から出てきた人々は、この墓がどれほどすばらしいか、彫刻家の技がどれほどすばらしいか、龍亭の柱の龍や麒麟《きりん》がどれほど美しく神々しかったか、口々に話すのだった。それは商業都市の大通りの雑踏のようだった。噂はあっという間に広まって、老いも若きもこぞって見に行き、それはまるで地下宮殿でも発掘されたかのような大騒ぎだった。

三日目、棺桶を納める日、村人たちは皆、叔父さんの墓の様子を見に行った。地下宮殿を見学に行った。平原の朝日はまだ昇り始めたばかりで、東の地平線が赤く染まりはじめ、一面に赤い色をした湖のようだった。火のついた湖のようだった。耕作地はいたるところが眩しく輝き、箸ほどの高さに伸びた小麦はすべて黄金に輝いていた。道端の草はすべて碧玉のようだった。叔父さんの二人用の墓は、丁家の墓地の一番下に位置し、掘り出された土は墓の両側に積まれていたが、踏み固められ、新しい土の甘い匂いが鼻をつくほどに強かった。村人たちは、墓の横穴へ降りてゆき、見学して出てくると、しきりに舌打ちしながら、次のものに譲った。

「わかっただろう?」

きかれた村人はうなずきながら応えた。「丁亮も玲玲も死んだ甲斐があるっていうもんだ」

「誰がこの墓を掘ったんだろうか。こんな墓に入れるんなら、熱病で百遍死んでもいい」

賈根柱と丁躍進両家の墓掘りを手伝った丁庄一番の職人もやってきた。村人たちはその職人に宮殿への参道を譲った。降りるときには信じられないといった表情だったが、上がってきたときには、心底敬服した笑顔で、ずっと墓と工具の番をしている三十歳ぐらいの職人に声をかけた。

「あんたが彫ったのか？」

「わしの叔父さんだ」

「どこで覚えた技だ？」

「先祖伝来の技だ」

「叔父さんに向こうの墓もやってもらえんかなあ」

三十前後のその職人は、四十前後の丁庄村の職人に向かって言った。「これは、官墓といって、昔は四品《よんぴん》以上の官等級の偉い人が死んだときに彫る彫刻だったんだ。今はそんな等級はありゃしないが、うちの叔父さんに彫って貰いたいんだったら、上の許可証が必要なんだ。上の書類がなけりゃ、勝手に彫るわけにはいかんのでな」

「それじゃ、この丁亮の墓はいったい誰の許可で彫ってるんだ？」

「お兄さんの丁輝さんが県の熱病委員会の主任をしてると聞いてるが」

それ以上話すことはなかった。丁庄村の職人はスゴスゴと村へ戻っていくしかなかった。このとき、太陽はゆっくりと昇ってきて、遺体に死装束を着せて納棺する時間になっていた。墓地にいた村人たちは村へ戻らなければならなかった。丁小躍と賈根宝の棺桶はすでにそれぞれの家の入口に準備されていた。それは丁庄に熱病が出て以来の上等な棺桶だった。桐の木で作った、十二センチ厚の板に十センチ厚の枠板、枠板には大皿ほどの大きさの「奠」と「祭」の字が彫られていた。字は白金の粉で塗られており、金銀の花が咲いているようだった。根柱と躍進はそれぞれ弟の墓を掘ってやったのだが、それは父が叔父さんに掘ってやった墓とは比較にならないものだった。

こちらはなんといっても官墓だった。官墓は宋代以来、この平原では絶えて久しい墓だった。父は墓の壁に都市の情景、賑やかな東京《とうけい》の様子を彫刻させて埋葬したのだ。しかし残念なのは、これを賊愛賊婚の二人のためにしてやったということだった。それゆえに根柱と躍進にとってはなんともあきらめきれず、村人たちに対してはきまりが悪いことこの上なしだった。

　しかし幸いにも両家の棺桶は上等だった。以前なら、八十歳のお年寄りに準備されるほどの高級品だった。家が裕福で地位も名誉もある家でないと用意できない棺桶だった。その棺桶が両家の門の前に準備されていた。両家は同じ通りに住んでいて、家もあまり離れていなかったので、並べて置いてあるようなものだった。丁庄の人々は、棺桶を取り囲んで口々に言った。すばらしい棺桶だ。これで丁躍進も賈根柱も兄弟に顔向けできると言うもんだ、と。しかし丁輝が弟のために用意した官墓のことは口に出さなかった。きっとあの二人のために用意した棺桶はこの棺桶よりもすばらしいはずだと思っていた。

　ちょうどそのとき、一台の車が丁庄に入ってきて、叔父さんの家の前で止まると、二つの棺桶を降ろした。棺桶は厚紙と布でくるんであった。降ろされて椅子の上に置かれてからその包みが解かれた。それと同時に村人たちは、その一組の棺桶を取り囲んだ。それは一対の夫婦棺だった。これまで見たこともない銀杏《いちょう》の木に金を施した棺桶だった。

　この平原では熱病で人が死ぬのは**灯が消えるが如く、木の葉が落下するが如く**で、死者が棺桶を求めるのは、生きている人が家を求めるほど多く、棺桶にする桐の木は銀よりも不足しており、棺桶の横木にする柏は金よりも不足していた。しかし父が叔父さんのために準備した棺桶は桐が使われており、横木は柏、そして全体に銀杏が使われていた。叔父さんは男だったので、棺桶は少し大きく、棺桶の名前は金棺だった。金棺の木材は、十センチあまりの厚みの銀杏で、銀杏は触ると柔らかいのに、木材としてはしっかりしていて、模様は細かく節がなく、彫刻や絵を施すのに最適で、底の板の内側だけでなく、地面に接する外側も、その他の左右の板、蓋、前後の板、すべてに賑やかな風景、山水画、祥雲・春風が施され、大都市の大通り横町、車に人、高層建築に羊の腸のように入り組んだ立体交差、さらに公園の樹木、木の下にいる人、凧揚《たこあ》げする人、ボートをこぐ人が刻み込まれていた。昔の金銀棺に描かれた絵といえば、「二十四孝図」とか、「孟姜《もうきょう》女《じょ》が万里の長城を泣いて崩す」や、「梁山伯祝英台《りょうざんぱくしゅくえいだい》」（中国四大民間伝説のひとつ。中国のロミオとジュリエットにたとえられる）の故事などだったが、叔父さんと玲玲の金銀棺は、大都市の情景が描かれていた。北京の天安門、上海のテレビ塔、広州の大賓館や、その大都市の商業街や繁華街、陸橋や百貨店、噴水池など、あれもこれもそれこそありとあらゆる様々なものが描かれていた。言うまでもなく、この棺桶に彫刻を施したのは全国をくまなく見て回っている人で、それだからこそ、その賑やかな繁栄した様子を描くことができたのだ。上海、北京その他の中国の大都市の賑やかな様子を克明に表現することができたのだ。その繁栄と賑やかな様子は、金粉や銀粉、彩色絵の具を使って描かれていた。

丁庄の人々はこの棺桶を取り囲んで驚いて叫んで言った。「こりゃまた、なんと、なんという名前の棺桶だ？ 皇帝様でもこんな棺桶は使えなかっただろう」

そして、恐る恐るその棺桶の絵を撫でて言った。

「おいおい、みんなちょっと来て触ってみろ。この絵、御新造《ごしんぞ》さんの顔みたいにツルツルだ」

みんな触りに行った。大都市のビルを撫で、立体交差を走る車を撫で、広場の電灯や湖の畔に座っている老人を撫でた。棺桶の隙間から中を覗いてみると、蓋の内側にも絵が彫ってあるのが見えた。そこでゆっくり気をつけながら蓋を開けると、裏側には叔父さんの引き伸ばした写真が貼ってあった。棺桶の内側の四方の板には、都会人の楽しんでいる様子、テレビ・冷蔵庫・洗濯機に映画や芝居を見ることのできる音響機器などが彫ってあった。他にカラオケのマイクもあり、十菜八汁の豪華料理のテーブルまでも彫られていた。テーブルの上にはもちろん、上等の酒、鶏、鴨、魚、コップに酒杯、赤い箸が並んでいた。さらに劇場や映画館、高層ビル群も彫られていた。それら立派な建物の正面玄関の上には、「丁家」の二文字が刻まれていた。電化製品の上にも一つ一つ叔父さんの名前である丁亮の二文字が刻まれていた。

最も重要なのは、足下の板で、そこには、ビルが一棟あって、ビルの頂上には中国人民銀行の六文字があるということだった。一つの国家が数十年をかけて築き上げた富と繁栄を、叔父さんとともに葬るのだ。この世のすべての繁栄と富が、叔父さんの棺の中に納められるということだった。

一方、玲玲を納める棺は、女性なので寸法が少し小さく、銀の棺だった。少し小さいとはいえ、使用された木材は叔父さんのと同じ銀杏だった。棺の外側には、金棺とほとんど同じように大都会の情景が彫られ、蓋を押し開けると、裏側にはやはり同じように玲玲の肖像画が貼り付けてあった。玲玲は笑っていた。それから内側の四面には、綾織物や緞子、衣装や装飾品、化粧台に化粧箱が彫られていた。さらに服を作るためのミシン、食事を作るための棚、収納棚にレンジ、エプロン、食器、酒器、食器洗いのスポンジ、マントウを作るための蒸し器、炒め物用の油など、あれもこれも必要なものは何でも揃っていた。またそこかしこに草花が飾られ、葡萄園の他にザクロの木も植えられていた。ザクロの木の下には、玲玲が洗い終わった洗濯物が干してあった。

人々は叔父さんの金棺を取り囲み、玲玲の銀棺を取り囲んでいた。そしてしきりに感心していた。感心しながら、祖父が叔父さんの家から出てきた。顔は紅潮して輝いており、数日前と比べると何歳か若返ったようだった。

村人たちは言った。「丁先生、こんなにしてもらって、丁亮と玲玲は幸せ者だ」

祖父は棺桶の横に立って言った。「何が幸せだ。だが死んだ価値はあったかもしれん」

村人たちは言った。「これはなんという棺桶だ」

祖父は応えた。「昔、金棺、銀棺と呼ばれておったらしいが、これは新しい金棺、銀棺で、棺に今の繁栄を彫り込んだものらしいんだ」

納棺の儀式が始まった。叔父さんの家の門の前は、会議でも始まるかのように、賈根柱と丁躍進を除いた村人全員が取り囲んでいた。丁躍進の母親、賈根柱の妻と息子もその中にいた。黒山の人だかりで、隣村の村人たちも混じり、芝居見物のように賑やかで、丁庄の村の半分が人で埋まった。芝居見物のときのように、子供は壁や木に登った。男や女の言い合う声が沸き立ち、年寄りや子供の笑い声が響いた。日はすでに高く昇り、もうすぐ頭の真上に来る時刻だった。光の束が劇場の照明のように降り注ぎ、葬儀をまるで婚礼のように明るく盛り上げていた。父は家の中で、街から来た棺桶の担ぎ屋たちと話をしていた。母は外から呼んできた人々に水を運んだり、煙草を勧めたりしていた。妹は群衆の中を縫って走り回って遊んでいた。そして儀式は始まった。父が家から歩いて出てきた。その後をたくさんの丁庄の村人たち、他の村の人たち、街から来た人たち、平原の田舎の人たちが付いていった。

父がやってくるのを見て、遠くから誰かが叫んだ。

「納棺が始まるのか?」

父は答えた。「納棺だ」

納棺が始まった。叔父さんと玲玲を運び出す前に、叔父さんのための本物の煙草、酒、洋服、革靴、玲玲のための地味なブラウス、花柄のスカート、本物と区別の付かない首飾りなどの副葬品を納めなければならなかった。丁庄の人々は、その副葬品を納めるのを手伝おうと、叔父さんを担ぎ、玲玲を担ぐのを手伝おうと、家の中に殺到した。祖父はその中に、丁躍進と賈根柱の葬儀を手伝うことになっているはずの、職人や葬儀屋までいることに気がついた。祖父は申し訳ない気持ちになり、赤く火照った顔を輝かせながら、彼らに向かって大声で叫んだ。「おい、あんたらは躍進と根柱の家の手伝いに行ってくれ。向こうをほったらかしにしちゃいかん」

相手は言った。「穴掘りは向こうを先にやってやったんだから、納棺はこっちを先にしてもいいだろう」

祖父は門の前の台に立って、きまりが悪そうだった。

「それはいかん、だめだ、よくない」

そこに丁躍進の母親と賈根柱の妻が出てきて言った。

「なにがだめなんだ、だめなことはなにもない。みんな丁庄の村の者だ。家族みたいなものだろ。どこを先にやろうが似たようなもんだ」

そして賈根柱と丁躍進の家の葬儀は後回しとなり、村中の老いも若きもみんな、叔父さんと玲玲の埋葬に参列することになった。


二人は埋葬された。

叔父さんと玲玲の墓の前には、一本の碑が建てられた。それは大理石の碑で、茶碗ほどの大きさの文字が一列、刻んであった。

梁山伯丁亮和《と》祝英台楊玲玲之墓

その石碑が建てられると、丁庄の村人たち、他の村の人たち、集まっていた百人、いや二百人の人々が一斉に墓に向かって拍手した。拍手の音は二月の日の光の下、響き渡る春雷のようだった。

冬が去り春が来たとき、ふと見上げた空に響く春雷のようだった。

第六巻

第一章

1

叔父さんと玲玲は滞りなく埋葬された。

丁小躍と賈根宝も埋葬された。

埋葬が終わり、すべてのことが片づいたので、父は丁庄を離れた。一家全員で丁庄を離れた。もう丁庄に戻ってくる気はなかった。金輪際戻るつもりはなかった。一度離れた木の葉が二度と枝に戻ってくることはないように。叔父さんと玲玲の棺桶を運んできた車をそのまま引っ越しに使った。テレビや冷蔵庫などいくつかの貴重品と何箱かの梱包済みの荷物は、適当に荷台に放り込まれた。町から呼んできた瓦職人や左官職人、葬儀屋たちは荷台に乗り込むと、それぞれ思い思いに荷物の上などに座った。父と母と妹は運転席に乗った。そしてその車は村の外に向かって走っていった。

お昼時で、太陽は金色に輝き、平原は熱く燃え上がり、灼熱地獄と化しつつあった。足下の地面には熾火《おきび》が残っているようだった。叔父さんの新しい墓では、新しい土の香りの中に、暖められた土の香りが匂い立っていた。父はその匂いを嗅ぎながら、祖父を呼び寄せて言った。「何か言うことがあるか?」

祖父は四方を見渡して言った。「何もない」

「何もないんだったら、行くから」。父は手伝いにきてくれた者たちに村に戻るように声をかけ、彼らが全員、叔父さんの墓から離れるのを待っているときに、もう一度振り返って見たが、祖父はまだ叔父さんと玲玲の墓の前に立っていた。碑の前に立って、落ち着いてはいたが、がっかりした様子をしていた。何も変わったことは起こっていないとわかっているかのようだった。あるいはことが起こっているのに、何が起こっているのかすぐにははっきりわからないかのようだった。落ち着いているようでもあり、また戸惑っているようでもあった。目の前のどっしりと立っている石碑の文字がわからない年寄りのように、静かに見ながら、一心に考えていた。父は身体の向きを変えて祖父のところまで戻ってくると、祖父にきいた。「おやじ、わしはこれで、弟に申し開きが立つな」

祖父は首を傾げて父の顔を見た。

父は軽い口調で祖父に言った。「官墓だぞ、金銀棺だ。——だが、あの二人がどれほどのものなんだ」

祖父は父を見たまま何も言わなかった。

父はまた追いつめるようにきいた。「あの二人は結局何なんだ」

祖父はやはり何も言わなかった。

父は語気をゆるめて言った。「これでわしも面目が立ったというわけだ。二人がどれほどのもんか知らんが、できるだけのことはしてやった。今度は二人にわしのために働いてもらわんとなあ。おやじよ、よく覚えといてくれ。これから血の売り買いのことを言う奴がいたら、丁亮がやったと言うんだ。わしとはまったく関係ないと言うんだ。わしは一遍も血頭になったことなどないというんだ。いいな」

祖父は父を見たまま無言だった。ずいぶんしてからついに口を開いた。

「輝よ、ほんとのことを言ってくれ。上層部は各村の幹部に上等の棺桶を分配したのか？　なんで根柱と躍進にはなかったんだ？」

父は淡々と応えた。「おやじ、あんたまさか、あの金銀棺が、天から降ってきたとでも思ってるんじゃないだろうな。あれはわしが百基の桐の棺桶と交換したもんだ」。言い終わると父はもう祖父を見ずに踵を返すと、祖父がどういう反応をするかなどおかまいなしに、相変わらず淡々とした調子で言った。「それじゃあ、行くわ。またあんたの様子を見に戻ってくるから」

まるで何か他のことでも話しているような感じだった。言い終わると、叔父さんの墓から離れていった。

祖父から離れていった。離れてからもう一度振り返って言った。「忘れないでいてくれよ、おやじ。誰が売血のことをきいても、全部丁亮一人がやったと言ってくれよ。相手が信じないようだったら、その墓を暴いて本人に聞けと言ってくれ」

2

このように祖父に言い置くと、前を行く人を追いかけていった。父の革靴が巻き上げる土が日の当たっている地面にパラパラと落ちた。**死人は木の葉が落ちるように、灯が消えるように死んでいった。墓掘り人はついでのように鍬を振るい穴を掘り、まるで死んだ犬や猫を埋める穴を掘っているかのようだった。悲しみもなく、泣き声もなかった。泣き声も悲しみも涸れた川のように音を立てることもなく、涙も灼熱の太陽の光の中に降る霧雨のように、地面に落ちる前に蒸発してしまった。**叔父さんと玲玲も、賈根宝と丁小躍も、どうということもなくあっという間に埋められてしまったのだ。

みんな埋められてしまった。埋葬が終わって、父は母と妹を連れて村を去っていった。そして町の住人となった。

叔父さんと玲玲は立派に埋葬され、墓前の石碑には「梁山伯丁亮和《と》祝英台楊玲玲之墓」という素晴らしい句が刻まれていた。

しかし三日後、いや三日もしないうちに、その墓は暴かれ、盗掘された。叔父さんの金棺は持っていかれた。玲玲の銀棺も持っていかれた。墓の壁に刻まれていた都市繁栄図、龍と麒麟は、スコップやヘラなどで剝がされた。墓が盗掘に遭ったその日の夜、祖父はある夢を見た。**天上に一群の太陽が出現した。五つ六つ、七つ八つ九つと、すさまじい日差しが地上のすべてをひび割れさせた。平原の、世界のあらゆる作物が枯れて死んでしまい、あらゆる河川が干上がり、井戸の水もなくなった。天上の太陽を追いやるため、九つを八つに、八つを七つにするために、各村から男が選ばれた。十人に一人男を選んでそれを集め、刺叉《さすまた》やシャベル、押し切り鎌などで、その一群の太陽を天の端まで追いやり、水であふれている海の中に落とそうというのだ。天に太陽は一つあれば十分だ。男たちは手に手に武器を持って、太陽を追いかけた。年寄りや女子供**

はみんな、村のはずれの道端に立って、太鼓や銅鑼《どら》をたたき、その男たちに声援を送っていた。太陽は天を駆けて逃げた。男たちが駆け抜けるところ、砂塵が舞い上がり、怒声が天に轟いた。太陽に焦がされた草や木、地面や家は到る所で煙が舞い上がり、きらめく炎と灰になった。また一つの太陽が天から追い出されたとき、学校に駆け込んできて祖父の部屋の扉をたたくものがいた。

たたきながら叫んだ。「丁先生、丁先生、早く来てくれ。丁亮の墓が盗掘に遭ったんだ」

祖父は夢から醒めると、目をカッと見開いた。太陽の光が窓を焼き、彼のベッドに照りつけていた。慌ててベッドから起き上がると、呼びにきた人について叔父さんの墓へと走った。墓に着くとすでに村人たちが墓を取り囲んで見ていた。あの石碑も押し倒されていた。埋められた土がまた掘り出され、墓の両側に積み上がっていた。祖父は靴を脱ぐと、墓の中へと降りていった。叔父さんと玲玲の遺体が墓の床に放り出され転がっていた。あの金銀棺、樹齢千年の銀杏の木で作った彫刻の施された棺は、なくなっていた。棺桶の中の煙草、酒、服などの副葬品もなくなっていた。左の壁に彫られていた都市繁栄図は剝ぎ取られ、土が頭上からパラパラと落ちてきて、祖父の顔や目に当たった。右の壁の都市繁栄図は地震にでも遭ったかのように壊され、土や瓦が崩れ、玲玲の遺体の頭や手のあたりに落ちていた。

墓の中はぐちゃぐちゃだった。一面大混乱だった。その混乱の中には、じっとり冷たい腐臭が漂っていた。祖父は横穴の墓の入口のところに立って、茫然としていた。そして古くから平原に伝わる話を思い出していた。祖先の人々はこう言い伝えていた。

墓を暴き財宝を盗む
天下に財宝はないが、
墓を暴いて棺桶を盗む
天下に棺桶はある。

第七巻

第一章

1

大旱魃がやってきた。

大地が日で焼かれるような旱魃だった。天に八つも九つも太陽が昇って照りつけているようだった。四月の初めに降ってから、この酷暑の九月まで、平原には一滴の雨も降らなかった。半年の間一粒の雨にもお目にかかれなかった。はじめ、人々は今年が旱魃だとは予想していなかった。だから様々な方策を考えて、水を引いてきて畑に撒き、井戸を掘って畑に撒き、トラクターで畑を開き、そのエンジンを使って地下水を汲み上げた。しかし小麦が乳熟し花粉を飛ばす頃になって、地下水がなくなった。川から引いていた水も、地下から汲み上げていた水も、なくなってしまったのだ。

畑の小麦は、膝ほどの高さに育っていたが、見る見るうちに枯れていった。これまでは夜気が小麦を育て、明け方には葉が青々と茂っていた。しかし今では、起きて目にするのは、枯れた麦の葉が夜気に湿って萎れた様子だけだった。青い葉を目にすることはなかった。太陽が平原の東の地平に炸裂すると、麦の葉も、小麦の苗もガサガサに枯れていった。ガックリ頭を垂れた穂と葉からは、風が一吹きすると灰色の砂が舞い上がり、その中には焦げ臭い匂いが混じっていた。

平原は果てもなく枯れ果て、灰色になった。村の中でも外でも、桐、エンジュ、椿、栴檀は、一日のうちに、葉が丸まってしまった。エンジュの根は水を吸い上げることができず、黄色く枯れた葉をひっきりなしに落とし、秋になったかのようだった。楡の根は底深く張っていたので、葉は緑だったが、その緑には無数の虫が群がり、この世のあらゆる虫が幹や枝や葉にびっしり集まっているようだった。小さな青虫、ゴマダラカマキリ、てんとう虫、そして全身真っ白なのにおなかだけ緑色の虫、箸と同じぐらいの太さで、人の舌ほどの長さの虫が、虫の王のように楡の木を這い回り、葉を食べ、茎を食べた。

昔は木の下に立つと太陽は見えなかったが、今では木の下から見上げると、日の光がまともに顔に降り注ぐ始末だった。楡の木にぶらさがっている虫は、銅鑼のバチのように頭をたたくのだった。

村は以前のような濃い青色ではなく、光が突き抜け平原に溶け込んでしまいそうだった。農作物はすべて死に絶えた。見渡す限り枯れた灰色だった。草も死に絶えた。見渡す限り枯れた灰色だった。

木は生きてはいたが、葉には養分が回らず、次から次へと舞い落ちていたが、根と幹はまだ生きていた。蟬は木が干涸らびても死ぬことなく、ますます盛んに、朝から晩まで鳴き続けていた。昼は地面いっぱいに広げて晒している唐辛子のようで、夜も落ちることなく、天にぶらさがる葡萄の房のように鳴き続けた。木にとまっている蟬は黄金色で、日が出るや、その羽を黄金色に輝かせた。

昼間にはどこかで火事があったかのように、焼けこげた匂いが平原から流れてきた。村の入口から見ると、いたるところから煙が上がっているようだった。黄昏時には、あらゆるところから炎が燃え上がり、煙は消えたのに、火だけは残っているようだった。空の下はすべて焼き尽くされてしまっていた。

一日が過ぎるのを待ちこがれて、やっとの思いでやりすごしても、次の日の夜明けには前夜は暑くて眠れなかったというのに、太陽は駆け足でやってきた。最後にうとうとしかけたかと思うと、日の光は窓から戸口から入り込み、ベッドへと伸びてゆき、顔や目を照らすようになる。身体を反対側に向けてそのまま寝ようとしたとたん、どこかの家で誰かが死に、埋葬の足音が足早に重々しく響き渡り、すぐに家の前までやってきて、窓をたたくのだった。

「おじさん、今日は手伝ってもらえんかね。お袋が死んでしまったんだ。朝起きたら死んでいた」

「おい、今日はうちにちょっと力を貸してくれ。おたくの家の者が死んだときには、三日間手伝ったじゃないか。今日一日でいいから、来てくれんか」

そしてまた一日が始まるのだった。灼熱の太陽が頭上に昇り、大地を村を熱し続けていた。溶鉱炉のように一日中、轟々と照らすのだった。

2

ついに熱病の大爆発が起こった。それは爆発以外の何物でもなかった。普通、寒い冬や暑い夏は、病人や年寄りが一番死ぬ季節だと村人たちは早くから言っていた。平原の老人たちも昔から言っていた。清朝皇帝は寒い冬ではなく、暑い夏に死んだのだと。平原の熱病患者たちは、ほとんどがこの年の厳しい夏に死んだ。冬を何とか乗り切って、もう一年生きられると思っていたが、この一年は、暑さが特に厳しく、身体にこたえた。太陽は地面から煙が上がるほど照りつけていた。空気は熱く熱湯のようで、吸い込んだらシュウシュウ音を立てて、喉に水ぶくれができそうだった。


小麦は全滅だった。雑草もすべて枯れ果てた。数少なくなっていた木の葉も皆、枯れて丸まってしまった。村の東の趙家の嫁が、まだ三十歳にもなっていないのに、熱が出たかと思ったら、三日後には、年端《としは》もいかない子供を残して死んでしまった。焼き殺されたのだ。枯れて死んだのだ。

村の西の賈家の四十歳の男は、自分が熱病だとわかっていた。身体に力が出ず、免疫力がなくなっていた。風邪を引いたりおなかを壊したり怪我をしたりしないように気をつけていた。とにかく他の病気に罹らないようにしていた。しかし便所へ行くのに、日の当たるところを通っていき、便所でかがんだ。便所はちょうど壁の陰になっていた。その温度差がいけなかった。夏風邪を引き、鼻水が出て、頭痛がした。鼻水が止まると、熱病が襲ってきた。頭は割れるように痛くなり、我慢できなくなった男は、自ら頭を壁に打ちつけて死んでしまった。激突死だった。一面血の海となった。

村の中ほどに住んでいた小敏《しょうびん》は、あか抜けた美しい女性だった。実家へ戻ってくる前は何ともなかったのだが、戻ってから数日すると体中が痒くなり、一面蛇の肝のようなできものができた。しかしだからといって彼女は泣きもしなかったし、そのことについて何を言うわけでもなかった。数日後、荷物を片づけて嫁ぎ先へ戻っていった。そしてその戻る道の途中、柿の木で首を吊って死んだ。

丁嘴嘴は村の横町の角で、患者としゃべっていた。

「昔むかし、役人になったある男がめでたく昇進いたしました。その男は家に帰ると奥さんにお祝いの料理を作ってもらいました。奥さんはお酒を温め、おかずを作り、運ぶときにききました。『あなた、役職がそれだけ大きくなったということは、あなたのアレも大きくなったのかしら』。その男は言いました。『役職が大きくなれば、なんでも大きくなるんだ』。夜になり、二人はベッドに入って夫婦の営みを始めました。しかし奥さんは夫のアレがあいかわらず小さいのを見て言いました。『役職が大きくなって、こっちも大きくなったと言ったのに、相変わらず小さいじゃないの』。その男は言いました。『昔よりずっと大きくなっているんだ。ただ私の役職が大きくなるのに合わせて、おまえのも大きくなっているのだよ。だから私のが大きくなったような気がしないのだよ』」

もともとたわいもない笑い話だった。丁嘴嘴は話しながら、まだ話が終わらないうちから、身体を揺すって大笑いをはじめた。しかし話を聞かされた方は笑わず、黙ったまま家に戻って包丁を持ってくると、その笑い話の好きな男を一刀両断にしてしまったのだった。丁嘴嘴は斬殺されてしまったのだ。

「このクソッタレが！　村の者がみんな次から次へと死んでいっているというのに、まだそんなくだらない笑い話などして。しかもその大げさな笑い方は何だ。なんでそんなに楽しそうにできるんだ」。そして切り殺されたのだった。

人が、鶏のように、犬のように、踏まれる蟻のように死んでいった。大声をあげる泣き声もしなくなり、死人が出たときに貼る白い対聯も貼ることはなくなった。誰かが死ねば、その日のうちに埋められた。棺桶は早々と準備されていた。墓も死ぬ前から掘ってあった。あまりにも暑さが厳しいため、死んでから穴を掘っていては、その間に遺体が腐ってしまうからだった。だから棺桶も穴も準備しておいて、死んだらさっさと埋めてしまうのだった。

学校の患者たちの集団生活も解消し、全員家に戻っていた。とっくの昔に帰っていた。解消する前には、まだ熱病は爆発はしていなかった。熱病が爆発したから解消したのではなく、突然上層部が丁庄への毎月の食糧支給を打ち切ったためだった。穀物も油も支給されなくなったのだ。いつも受け取りに行っていた若い者に様子を聞きに行ってもらうことになった。彼は朝御飯を食べてすぐに村を出て、昼には戻ってきた。手土産はなかった。「向こうが言うには、丁庄にはもう何も支給せん、小麦粉一袋も支給せんということだ」

賈根柱と丁躍進、そして村の患者たちは、そのとき、学校の壁の陰で涼を取っていた。テレビを外へ持ち出し、涼みながらテレビを見ていたのだ。しかしその話を聞くと、みな目を剝いて詰め寄った。

「なんで支給してくれんのだ」

「どうもわしらが丁亮と楊玲玲の墓を暴いて、金銀棺を盗んだと疑っているみたいなんだ。それで出さんということらしい」

患者たちは視線を賈根柱と丁躍進に移した。支給が止まったのが、父のせいだとわかったからだ。彼らが墓を暴き盗んだと父が思っているからだった。患者たちは、自分たちが盗掘とは関係ないことを、賈根柱と丁躍進が父にはっきりと話をしに行ってくれることを期待していたが、二人は互いに顔を見合わせるばかりで、何も言わなかった。

学校の患者たちは数日後、集団生活を解消し学校から出ていった。その当日、祖父は小屋の裏にある、筵三枚ほどの狭い畑に野菜を植えていた。私の墓のすぐそばだった。祖父は学校の井戸の水を運んできて水を撒いた。その畑には、ニラとアサツキとチンゲンサイを植えていた。畑の溝に撒いた水は、黄河古道の白い砂の中に吸い込まれるかの如く地面に呑み込まれ、あっという間に消えていった。水を七回運んで撒いた。もうじき水撒きが終わるという頃に、賈根柱が二十数名の患者たちを引き連れてきたのだった。みんな、丸めた布団と茶碗と箸、団扇とゴザを持ち、祖父のそばに立って祖父を見ていた。自分たちを追い出すものを見るかのように。

すべての視線は祖父に注がれていた。まるで祖父が食糧の配給を止め、学校から出ていかせるようにしたと言わんばかりの責めるような目だった。祖父は畑の横に立って、空《から》の柄杓を担いで、村人たちを見ていた。その目の前に広がる視線、顔を見渡した。しかし以前のように彼らを恐れる気持ちはなかった。以前は患者たちに対して申し訳ないような、借りがあるような気がしていたのだ。彼らに話さなければならないことがあるような気がしたが、何も話さなかった。顔見知りなのだが、どこの村のものかわからないような感じだった。借りはたしかにあったのだ。しかしもはや借りはなくなった。この中の誰か、一人いや二人が、自分の息子の墓を暴き、この百年見ることもできなかった立派な墓を破壊し、これまたこの百年見たこともなかった金銀棺を盗んでいったのだ。それはそれで良かった。祖父は彼らに何の引け目を感じることもなくなった。祖父が感じていた様々な負い目は帳消しになったのだった。

祖父は患者たちを見返した。双方黙ったまま、ただ睨み合っていた。冷たく、淡々と。しばらくして彼らは学校から立ち去った。賈根柱は何かを吐き捨てるように「ペッ」と地面に唾を吐きかけると、患者たちを連れて出ていった。

こうして集団生活は解消され、みんな、家に戻っていった。いつまでも飽きたらず振り返って祖父を睨みつける者もいた。祖父にはまだ多くの貸しがあり、叔父さんの墓を暴いて金銀棺を盗むぐらいでは不十分で、返してほしいものがまだ山ほどあると語っているようだった。祖父は畑の横に立ってその視線を受け止め心の中で繰り返していた。「このわしにまだどうしろと言うんだ。どうなったらいいんだ？　墓が暴かれても、わしは村でそのことについて言ったことは一遍もない。誰かを罵ったこともない。なのに、わしにまだどうにかしろと言うのか？」

祖父はそこからまた学校の井戸へ水を汲みに行こうとした。今度は丁躍進が荷物を抱えて出てくるのに出くわした。最後に一人で出てきて祖父と正門でかち合ったのだった。

躍進は言った。「おじさん、水撒きかい？」

「躍進、丁亮の墓が盗掘されてから、わしは村で屁ひとつこいたことはないのに、みんなどういうことだ。わしを食べようとでも思っているのか」

躍進は祖父の前に立つと、荷物を降ろして少し考えてから言った。「丁亮はいいやつだった。だが丁輝はありゃ人間じゃない。わしと根柱の棺桶を差し押さえただけじゃなくて、村の患者たちの食料や油まで止めた。あいつはなんで、わしと根柱二人が盗掘したなどと思い込んだんだろう。わしらを泥棒扱いして、まともな人間と言えるか？」。躍進は頭を上げて日の光を浴びたまま祖父を見た。「あんた、今、丁輝がなにをしているか知ってるか？　棺桶を取り仕切っているだけじゃなくて、県全体の熱病患者の配骨親（死人同士の婚姻の仲人）を一手に引き受けてるというんだ。一組まとまるごとに、二百元の冥婚費だそうだ。熱病で死んだ者の中で、嫁さんがいなかった者、旦那のいなかった者が、県全体でどれだけいることか。一組二百元？　一体一生のうちにどれだけ稼げば気が済むんだろう」。さらに付け加えて言った。「丁亮は死んでしまったが、あいつに生き返ってもらって、丁輝に死んでもらうのが一番だった」

話が終わると、丁躍進は再び荷物を抱え、祖父の前から立ち去った。祖父は彼を遠く小さくなるまで見ていた。突然、村の患者たちがさっき祖父に向けていた視線の異様な光の理由がわかったような気がした。正門に立ったまま、丁躍進を見つめていたが、だいぶ遠く離れてから叫んだ。「躍進、いまのはほんとうのことか？」

躍進は振り返った。「信じられんのなら、本人に会って聞いてみるがいい」

そしてまた行ってしまった。祖父は道の真ん中の高いところに日の光に照らされて立っていた。躍進が歩いていった道が目の前にまっすぐ延びていた。祖父はただ茫然と腐った杭のように立ち尽くしていた。

3

祖父は一度町へ行って父に会い、母や妹に会いたいとずっと思っていながら、なかなか身体が言うことをきかなかった。父に会うのが嫌で、どうにも行く気が起きなかったのだ。

祖父は一人で学校にいた。学校はすでにもぬけの殻だった。教室の机も椅子も黒板も持っていかれた。ベッドにしていた机や戸板も担いで行かれた。校庭の大きな木も小さな木もすべて切り倒された。教室の窓ガラスまでついでに持っていかれた。

このところ毎日のように根柱と躍進のサインと印鑑の押してある書類を持った村人がやってきては、学校のものを運び出したので、学校は空っぽになってしまったのだった。祖父は何一つない学校と、自分の住んでいる二部屋の小屋を守っていた。守るものは何もなく、何の仕事もなかった。父に会いに行くのも億劫《おっくう》だった。日々は空しく過ぎ、心の中も空っぽになってしまっていた。叔父さんが死んだときのように、心が身体から離れてしまっていた。祖父には父が今ものうのうと生きていることはわかっていたが、心の中では父をもう死んでしまったものと見なしていた。

丁庄へ戻るのも面倒だった。村人に会うのが面倒だった。世界には丁庄など存在していないかのようだった。学校は去年と同じように静かだった。村人も、先生も、生徒も、そして患者もいなかった。十数畝《ほ》の空っぽの校内に一人だけだった。早く寝たければ寝、遅く起きたければ遅く起き、腹が減ったら食事を作り、喉が渇けば水を飲んだ。一度に二回分の食事を作り、鍋や茶碗を洗わなくても、顔を洗わなくても、知ったことではなかった。祖父には毎日の生活が突如として閑散として空しいものに感じられた。村で泣き叫ぶ声が聞こえると、誰かが死んだのだろうとは思ったが、誰が死んだのか村へ行って確かめようとも思わなかった。葬列が村からやってきて学校のそばを通れば、立ったまましばらく様子を見て、やることがあれば行ってやった。

また、小さな畑の野菜に水をやり、立ち止まり、草を取り、地面を見た。野菜の虫がいなくなると、そこにじっとしたまま、草が生え、虫が出てくるのを待った。平原はどこもかしこもカラカラに干涸らびていたが、この二枚の畑だけは緑だった。祖父はこの畑を守ることを自分の使命とした。叔父さんが死に、玲玲が死に、父は村を出ていった。一家はすべて村から離れていった。その一家離散となった現実を思っても、なんの感慨もなかった。それどころか数十年の大きな荷物を肩から降ろしたように、突然心がきれいに軽くなったように感じたのだった。

そうやって一日一日は過ぎていった。三伏《さんぷく》（夏の酷暑の時期）になり、村の最後の木の葉も枯れて落ちたとき、賈根柱が村から学校の正門までやってきた。

「おじさん」

祖父はふいをつかれて一瞬ぼんやりとしたが、気を取り直して振り向いた。少し驚いた様子だった。数えてみると祖父は半月あまりも村に帰っておらず、ずっと賈根柱とは会っていなかった。すなわち、根柱と躍進が患者を連れて学校を離れてから、二十日あまりが過ぎたということになる。しかし根柱はすでに以前の根柱ではなくなっていた。すっかり痩せ細って顔は青黒く、眼窩は卵か拳骨ほどの大きさに落ち込み、人間らしさは微塵もなかった。地面にしゃがみ込み——そこは私の墓の上だったが——、学校の壁の陰に縮こまり、墓から出てきた幽霊のように見えた。顔色は枯れ果て黒ずみ、生きながらに風葬されたようだった。根柱は「おじさん」とそっと声をかけた。それから大声で「おじさん」と叫んだ。顔には黄ばんだ葉っぱのような色の笑いを浮かべ、きまりが悪くて仕方がない様子だった。

「どうした」

「わしは、もう何日も生きられん」。話せば話すほど顔に浮かべている笑いは厚く重くなってゆき、笑いを浮かべられなくなったら、そのまま木の皮のようにバッサリ剝がれ落ちてしまいそうだった。「もうわしにはわかっとる。あと数日の命だ」。笑いながら言った。「もうじき死ぬ、生きる見込みがなくなったと思ったら、突然あんたと話をしたくなったんだ」

祖父は畑から出てくると、私の墓の上に座った。私が地下で伸ばしている両足のあたりにしゃがみこみ、ちょうど私と向き合う形になった。ちょうど日の入りの時刻で、平原の一日の灼熱は過ぎ去りつつあったが、蒸し暑さが平原の深いところに根を下ろしていた。それでも涼しげな風が学校の裏の方には吹いていた。祖父と賈根柱が座っている壁の陰も涼しくなってきた。遠くから聞こえてくる蟬の鳴き声は、去年の秋、馬香林が学校で弾いた弦の響きのようだった。

「おじさん、わしはほんとうにもうすぐ死ぬ」。賈根柱は顔を祖父の目の前に突き出して言った。「もう死相が出ているだろう」

祖父は賈根柱の顔に、鉄の青光りを見た。「だいじょうぶだ」。祖父は言った。「夏を持ちこたえることができりゃ良くなる」

「わしを騙さんでくれ。おじさん、わしはもうすぐ死ぬ。わしは、あんたに聞いてほしいことがあってここまで来た。これを聞いてもらわんと、死んでも死に切れんのだ」

「話してみい」

「それじゃ、話そうか」

「いいから、ともかく話してみろ」

「ほんとに言っていいか？」

祖父は笑った。「おまえというやつは、ほんとに。話せといったら話せ」

「おじさん——わしは——丁輝に死んでほしいんだ。最近考えることと言ったら丁輝の死ぬことばっかりだ。夢でもあれが死ぬことだけを考えてる。もちろん、わしより先にだ」

言い終わると、それ以上は何も言わずに祖父の表情から何かを汲み取ろうとするかのように、祖父の顔をじっと見つめた。祖父がそれを許すかどうか見極めるかのように見つめていた。

祖父は驚いた表情で座っていた。いきなり頭の上に大きな石でも落ちてきたかのように、ただ茫然と賈根柱の顔を見ていた。はじめ撫でられ、いきなり平手打ちを喰らってしまったかのようだった。祖父の顔は血の気を失い、顔の表面にうっすら灰が積もったかのように蒼白になった。真冬の凍り付いた霧が祖父を取り囲んでいた。相手の顔を見つめていたのは、本気で言ったのか、適当に言ってみただけなのかを判断するためだった。根柱はもうすぐ死ぬとは言ったが、その目には二十日ほど前に学校から出ていったときより穏やかで善良な光が宿っていた。物でも借りに来たような、捜し物を取りに来たかのような感じだった。

陽はすっかり西に傾いて、熱い日の光が学校の角から射し込んできた。刀でスパッと切り落とされたように、二人の顔の前面に光が当たっていて、どちらの顔も赤みが差したようになっていた。

祖父はきいた。「丁亮の墓を暴いたのはおまえか?」

「なんでわしにできる」

「墓が暴かれ、棺は持っていかれ、埋葬品も持っていかれ、もうこれで十分だろう」

根柱はちょっと考えてから応えた。「わしもそう思う。しかし、この半月の間、丁庄の若い娘が何人か熱病で死んだが、その娘たち全員が、他の村で死んだ男に嫁いでいった。配骨親だ。墓を掘り返して娘の遺体を運んでいってしまったんだ。うちの従兄弟《いとこ》の紅礼は趙秀芹の姪の翠子《すいし》と陰親（十歳以上で夭死した未婚者同士を結婚させる風習）をすることになっとったが、昨日のことだ、向こうが急に翠子を柳庄の馬《ば》とかいうところにやってしまった。丁輝が仲介したそうだ。あいつは両方から百元ずつ受け取ったそうだ。そのうえ馬の家は、翠子の家に結納金として三千元払ったんだと」。ここまで言うと、根柱はまた視線を祖父の顔にしっかり向けると、語気を強めて言った。「わし一人が丁輝に死んでほしいと思ってるだけじゃない。たくさんの村の者が、あいつがいけしゃあしゃあと生きてるのがたまらんと思ってるんだ。丁輝によく言っといてくれ。丁庄に戻ってくるときにゃ、背中に気をつけろってな。がまんできずに殴り倒してしまうかもしれん。おじさん、わしは、あんたが確かな人だと思うから、こんなことを話すんだ。丁輝が村へ帰ってきたら、誰かに殺させてくれ。おじさんは知ってるはずだ。売血したとき、わしはまだ十六の中学生だった。通学の途中で丁輝に出くわして血を売らされた。そのとき、わしはきいた。『痛い?』。あいつは『蟻に嚙まれるようなもんだ』と言った。わしがまた『血を売ってどうにかなることはない?』ときくと、『いい若いもんが一瓶の血も売ることができんようじゃ、将来嫁さんの来手がないぞ』と言うものだから、それでわしは血を売った。おじさん、わしが丁輝を殺したいと思うのは、間違ってるか? ともかく、言っといてくれ。決して丁庄へ戻ってくるなってな。もし戻ってきたら、わしと村のもんで殴り殺す」

ここまで話すと、賈根柱は地面から立ち上がった。村からこ話が終わったので帰るといった感じだった。村からここまでフラフラしながらやってきたのは、この話をするためで、他に何かあるような様子ではなかった。太陽が沈み、一面、血の海のように赤に染まっていた。話が終わり、根柱は行こうとした。立ち上がり、さあ帰ろうと一歩を踏み出したときに、また「おじさん」と声をかけると立ち止まった。

「実はもうひとつお願いがある。わしはもうあと何日ももたん。最後の頼みだ。わしとあんたの甥の躍進は村の幹部だ。躍進の身体もわしと同じでひと月はもたんだろう。一昨日、二人で相談した。二人とも死んだとき、村の公印をどちらの墓に埋めるかという話だ。どっちも自分の墓に入れたいから、言い争いになってしまって、クジ引きにした。結局向こうが勝って、公印は躍進の墓に入ることになってしまったんだ。だが、わしは悔しくて、この二日間、夜も眠れん。なんとか公印を取り戻して、わしの墓の副葬品にしたい。おじさん、以前わしは丁家に申し訳ないことをしたこともある。しかし、もうじき死ぬということになった今、躍進にこのことについて、ひとこと言ってもらって、公印をわしの副葬品にしてほしい。わしが見たところ、躍進はずっとあんたを尊敬しているようだ。同じ丁家の者だし、あんたが言ってくれれば、あいつもうんと言うはずだ」

学校の正門と畑のちょうど真ん中に立って、賈根柱はすがるような目で祖父を見ていた。夕日に照らされ、血の海の水を浴びたかのようだった。

祖父は立ち上がった。上半身は夕日に照らされ、下半身は壁の陰になっていた。目を一本の線のように細めていた。

「どうしても公印を一緒に埋めないとだめなのか」

「どうしてもというわけじゃないが、そうしたいんだ」

「もうひとつ作りゃいいじゃないか」

「もうひとつ作ったら、そりゃ偽物だ。それだったら、偽物は躍進の棺桶に入れて、わしは元のを使わしてもらいたい。もし躍進からあの公印を取ってきてくれたら、わしはもう丁輝を殺そうなんていうことは絶対考えないから」

そう言うと、根柱はまた祖父を見て、なにかゴニョゴニョ言うと、踵を返して帰っていった。ゆっくり、フラフラしながら。ほとんど風はなかったが、風に吹き倒されないように気をつけて歩いているようだった。根柱が身体を揺らしながら歩いていくのを見て、祖父は公印のことはとりあえずほうっておこうと思った。根柱はまだ生きているし歩けるのだから。それよりも町へ行って父に会い、村へ決して戻ってこないように言わなければならなかった。永遠に帰ってくるなと。祖父は、今晩は早く寝て、明日の朝一番に父に会いに行こうと思った。

第二章

1

祖父はすぐに父に会いに行った。

長い道のりを越え、あちこちを探し回り、祖父が父を見つけたのは、父が十数年前に丁庄の村人たちと見学に行った上楊庄だった。父は、この村で何人が熱病で死に、その中に結婚していないものが何人、男が何人、女が何人いるか、統計を取っているところだった。死んだ親族の名前を登録させ、さらに結婚していない男女の場合は写真も提出させていた。写真のないものについては、だいたいの顔立ちを説明させた。ちゃんと記入担当者がおり、年齢、身長、太っているか痩せているか、四角い顔か丸い顔か、色が黒いか白いかなどを書き込んでいた。村の中央には机が並べられ、町の学生が数人、一人一つの机に座り、書類の統計と特徴を書き記す作業を行っていた。父はその一列に並んだ机の前で立ったり座ったり、行ったり来たりしながら、しきりに学生たちに指示を出していた。

祖父には父が毎日田舎へ出かけていることがわかっていた。村を一つ一つ訪ねては父を捜し追いかけ、この上楊庄に辿り着いたのだった。祖父は村の入口に立って、当時繁栄を極めた上楊庄をざっと見渡した。一家に一棟あった二階建ての建物はまだあったが、建物の壁に貼り付けていたタイルはあちこち剝がれ落ちており、残っているタイルも黄ばみ、雨風に曝されてボロボロになっているものもあった。色々な形の屋根や門も、今では瓦の隙間から草が伸びていた。その草も今年のひどい旱魃で枯れて白くなってしまっていた。黄河古道の枯れ草のようだった。

祖父は通りを歩いていった。あの光明街、幸福街、康庄大道のコンクリートを敷いた地面も崩れ、ガタガタの砂利道になっていた。道の両側に並ぶ大きな鉄の扉は、丁庄と同じように、鍵が掛かっておらず、扉の両側には白い対聯が貼ってあった。古いものも新しいものもあった。対聯には「白髪が黒髪を送る、若木が枯れて老木は緑」や「あの世に逝けば新世界、我らはこの世の旧世界」、あるいは大笑いしたくなる「死んで天国たんまりご馳走、生きてこの世の生き地獄」などの文句が書いてあった。さらにはいっそのこと文字を書くのはやめて、お椀の底で丸を左に七つ、右に七つ書き、門の上には少し大きなお椀で大きな丸が四つ書いてあるのもあった。その対聯は新しいもので、白い紙に書かれた丸は目が並んでいるようで、この平原の世界を瞬きもせずじっと見つめているようだった。

祖父はその門の前にしばらく立ち止まっていたが、また通りに沿って歩き始めた。かつては村の人々が将棋を指したり、トランプをしたり、テレビを見ていたクラブの大きな門は開いており、片側の扉は誰かに持っていかれ、もう片方の扉には大きな穴が二つ開いていた。中の建物の入口の扉は壊され、窓は割られ、戦争でもあったかのような狼藉《ろうぜき》の跡があるばかりで、廃墟と化していた。庭には草が生い茂っていたが、土地が低いために土に水分が多く、草の葉は濃い緑をしていた。草の間にはたくさんのバッタや蛙がおり、さらに蛾や虫が飛び交っていた。荒れ寺の墓場のようだった。

さらに進んでいくと、どの家にも置いてあった電動の石臼はうち捨てられ、電線は切れて宙にぶらさがり、元は緑に塗装されていた機械はどれもひどく錆び付き、鼠がその上を走り回っていた。

馬小屋や牛小屋には、馬の姿も牛の姿もなく、飼い葉はどこかへ飛んでゆき、柵の上には雨ざらしの筵が掛かっていた。餌を入れていた桶の真ん中は大きくひび割れていた。その小屋の前では一人のお年寄りが孫を連れてコオロギを捕まえて遊んでいた。その姿を認めると、祖父はその前に立ってきいた。「ご家族は?」

「この子の父親は死んでしまった」。お年寄りは目の前の孫を指さして言った。「母親は再婚して出ていった。他はみんなまあまあだ」

祖父はぼんやりして長い溜息をつくと言った。「丁という幹部があんたらの村に来ておらんか？」

そのお年寄りはきき返した。「丁輝主任のことか？」。祖父がそうだ、と言うと、その老人は、「いい人だ、ほんとにいい人だ」と繰り返して言った。「瀉県の人なのに、瀉県の棺桶を一番安い値段で蔡県の上楊庄に売ってくれた。死んだ者の問題を解決してくれただけじゃなくて、死んだ者で嫁のなかった息子、旦那のいなかった娘のために、陰親の世話までしてくれて、生き残った者の問題まで解決してくれた。たくさん血は売ったものの、精神病で嫁の来手のなかった男がいたんだが、死んでから丁主任さんが十八歳の娘を世話してくれたんだ。その娘は熱病ではなく、町で交通事故に遭って死んだのだが、その精神病の息子の母親はたった五千元で、その娘を嫁に迎えることができた。ある娘は、北京の最もいい大学に合格したんだが、合格してから熱病に罹っとるということがわかって、学校から家に戻って、半月も経たんうちに死んでしまった。高学歴で美人だった。親は金はびた一文いらんから、娘のためにいい陰親を結び、娘があの世でつつがなく過ごし、りっぱな家庭をもってほしいと願ったんだが、ここら百キロ四方、大学生で死んだもんは他にいなかった。もう家の者は毎日死んだ娘に申し訳ないと言って泣き暮らしていた。そこに丁主任さんが来てくれたんだ。主任さんはポケットから写真を取り出すと、熱病で死んだがまだ陰親の決まっていない男の写真を見せたんだ。その男は、南の方にあるなんとかいう大学に行っていた。もう両家にとってなんの問題もなしだ。あっという間にことは決まった。こんなにめでたい縁はないと、両家は十数席の宴席を設けてお祝いしたんだ。なんと言っても安いんだ！」。そのお年寄りは感心して溜息をつくと続けた。「陰親一組で政府が二百元しか取らんとは、おかげでどれだけ残された者が救われたことか！」

祖父はそのお年寄りをしばらく見つめてからきいた。「その丁とやらはどこにいる？」

お年寄りは言った。「向こうの十字路で仕事中だ」

祖父は引き続いて上楊庄の康庄大道を歩いていった。往時は平らで光っていたコンクリートの道も、あちこちひび割れ、穴が開き、そこから草が伸びていた。きれいなところにも埃が厚く積もり、人が通るとその埃が舞い上がった。通りの食堂や衣料品店、売店はとっくに店を閉め、主人がどこへ行ったのかはわからなかった。通りにはほとんど人影はなく、特に三十代から四十代の壮年を見かけることはなかった。たまに出会っても、体中にできものができてガリガリに痩せた病人だった。その顔には賈根柱と同じような青黒い死相が浮かび上がっていた。

あの華やかだった上楊庄も、丁庄と同じように売血で滅びたのだ。子孫は途絶え、残された村はほとんど死にかけていた。生き残っているのは老人と子供だけだった。

祖父はそのさびれた通りをゆっくりと歩いていった。採血所が設置されていた紅星広場の二畝ほどの広さの十字路には、以前は丸い花壇があった。あのときはきれいな花を咲かせていた花壇にも花はなく、踏み荒らされた黄土の荒れ地のようだった。そしてまさにその花壇の上で、父は部下を引き連れて、熱病で死んだ若者のための縁結びの仕事をしていたのだ。何十人という上楊庄の者が取り囲み、あれやこれや尋ねていた。数日前に息子と兄の名前を登録したのだが、まだ相手が見つからないという話をしていると、ちょうどそばに妹と娘の嫁ぎ先を探している者がいたりした。五十過ぎの中年の村人は、一枚の写真を父に渡した。父は写真をひっくり返したり裏返したりして見た。見終わると頭を上げてその五十過ぎの中年の男を見た。ボロボロで汚いランニングに、黄ばんだ黴臭い古い麦わら帽をかぶっていた。父は言った。「いい男だなあ」

その父親は満面に笑みをたたえた。

「いくつだ?」

「死んだときは十六だ」

「死んで何年だ」

「三年半だ」

「学歴は?」

「中学校だ」

「女はいなかったのか?」

「相手は熱病じゃなかったもんで、他のところへ嫁いでいった」

「条件はなんだ?」

「年が近かったらそれでいい」

父はその写真をそばの眉目秀麗な若者に渡すと、「並だな」と言った。その若者は袋から二十数枚の娘の写真を取り出した。ほどほどのを見つけると裏返して名前と年齢、条件を確認すると、顔を上げてその中年の男に言った。「これでどうです。――二十歳、小学校卒、条件なし、結納金四千元だけでいいそうです」

その中年の男は驚いてきき返した。「四千元？」

若者は言った。「これが一番安いです」

中年の男は苦笑いすると、「二千元以下のものを探してみてくれんか。うちには二千元しかない」

若者は困って山のような娘の写真の中を探すと、子供を抱いた女性の写真を見つけ、それを中年の男の前に突き出すと言った。「これなら二千元です」

中年の男はその写真を受け取ると、相変わらず苦笑いをしたまま言った。「うちの息子はまだ童貞だからなあ」

そこでもう一度探し、よく肥えた目の大きい娘の写真を取り出すと渡した。「この家は三千元と言っています」。その中年の男は写真を見て、器量はまあまあ、値段もそれなりだと思った。あと千元借りればいいだけだった。彼は年齢、名前、どこの村の娘か、家庭状況や条件について尋ねたあと、最後に頷くと、若者に二百元の陰親費を払って言った。「いつ嫁に来てくれる？」

若者は言った。「三日以内にご返事します」

「向こうにうちの息子は高卒だと言っておいてくれんか？」

「それはできません。高卒なら高校の卒業証書を出してもらわないと」

「うちの息子の方がこの娘より見栄えがいい」

「こちらの家は今商売がうまく行っていて、煉瓦作りの家に住んでいて、お金には苦労していないようです」

「そんだけ金があるのに、まだ三千元の結納金がいるのか？」

若者は腹を立てて言った。「金があるとは言っても、あなたの家のためにただで娘を育ててきたわけではないですから」

中年の男はちょっと考えてから言った。「うちの息子は性格がいい。娘さんをきっと一生幸せにするから」

若者は笑って言った。「安心して下さい。この婚姻がまとまれば、少しでも結納金が少なくなるように力を尽くしますから」

中年の男は満面に笑みをたたえて、引き下がっていった。父はまた一枚の娘の写真と老婆を若者のところへ連れていくと、彼に二十五歳前後の男の写真を探すように言った。このとき祖父がやってきた。父が陰親の仲介をやっているのを実際にその目で見てその耳で聞いた。祖父は父に向かって歩いていった。咳をすると、普通の調子で一言「輝」と声をかけた。

父は驚いて振り向くと、祖父がそこにいるのを見て「おやじ」と声を上げた。「なんでこんなところまで来たんだ？」

父は祖父を花壇の端、昔の採血所の前へ連れていった。見上げると、門の上には十数年前の鮮やかな赤十字がまだ残っていた。ペンキが上質だったのか、その赤十字は相変わらず鮮やかな赤い色をしていた。当時のペンキの匂いと、採血の赤々とした生臭さが臭ってくるようだった。

その赤十字の下で、祖父は賈根柱がわざわざ訪ねてきて話した言葉を伝えた。

「今後二度と丁庄には戻ってこないでくれるか」

父はちょっと笑うと、唇の端にその笑いを残したまま言った。口元に花が二つ咲いたようだった。「賈根柱がなんだ。気にすることも、恐れることは何もない」

父は相変わらず笑みを浮かべたまま言った。「帰ったらあいつにきいてくれんか。従兄弟《いとこ》の紅礼の相手がほしくないかどうか。自分が死んだあと親にちゃんと生活していってほしいのかどうか。もしそう思うんなら、丁家のことをあんまり考えないように、わしがなにをしているか詮索などしないように言ってくれ」

話が終わると、誰かが父を呼んだので、父は祖父をほったらかしたまま、花壇の上の人混みの中に消えていった。取り残された祖父は、一人その廃墟となった採血所の下にたたずんでいた。

2

日暮れ時になっても祖父は丁庄に戻ってこなかった。父と一緒に車で町へ行ったのだ。母と妹も出てきて、祖父を連れて一緒に外で食事をした。ご馳走だった。四階建ての外壁に様々なネオンサインが付いているホテルで、鶏を食べ鴨を食べ、聞いたこともない海の幸まで食べた。一人一杯ずつスープを飲んだ。スープには透明のビーフンのようなものの他に、サツマイモの粉と生姜の千切り、香菜などが入っていた。口に入れると、不思議な生臭さと風味が広がった。抜いた後、冷ました血のような味だった。飲み終わると、お椀はきれいな若い女性が片づけていった。「うまいだろ?」「いい味だ」。祖父は言った。

「一椀いくらだと思う?」

祖父は父の顔を見ていた。

「一椀二百二十元、棺桶一基と同じ値段だ」

父の話に、祖父はポカンと口を開けたまま、顔からは血の気が引いていった。何か一言言いたかったが、しばらくの間は声が出なかった。そのホテルから出て、父の一家は祖父を連れて町の夜景見物に繰り出した。祖父は何度も食事の代金が全部でいくらだったかきいたが、父は金額については決して言おうとしなかった。ただ、気にしなくてもいい、とだけ言った。祖父は、あんな豪勢な料理より、家で食べる一杯のうどんと大根とビーフンの煮込みの方がよっぽどおいしいと言いたかったが、結局言い出せず、彼らと一緒に夜の町を歩いていった。

大通りのあまりの変わりように祖父は飛び上がらんばかりに驚いた。たった一年の間に、東京《とうけい》と見まがうばかりになっていた。高いビルが立ち並び、空に向かってそびえ立っていた。ビルの間を走る道はトラックが七台か八台並んで走れそうなほど広かった。道の両側の街路灯は、葡萄が枝から垂れ下がるように、様々な形をした様々な色のものが柱からぶらさがっていた。夜なのに、通りは昼間のように明るく、赤い光、緑の光が、柱や木の間で明滅していた。町には旱魃も洪水もなく、村が旱魃で一面枯れ果てていても、町には昔と同じように木があり草があり花があり、道の両側の街路樹は緑が生い茂り、偽物のようだった。さらに町をゆく男女は、数年前まではまだ田舎者で、村の者と比べればあか抜けてはいたが、東京《とうけい》の都会人と比べると、やはり田舎者でしかなかったが、この一年で、人々からは田舎臭さはまったく消えてしまっていた。炎天下、若者たちは金色に染めた長い髪をなびかせ、冬にならないと履かないような白くて厚いスニーカーを履いていた。娘たちは昔に比べると髪が短くなり、スポーツ刈りにしている者もいて、後ろから見ると、まるで男のようだった。娘たちは短いブラウスやシャツを着て、臍《へそ》を天下に、そして男の目に曝し、さらに臍の上には、青や緑や紫に光る塗料で、蝶やトンボ、うずくまった鳥などが描いてあった。あるいは金を埋め込んだり、キラキラと輝くプラチナを嵌め込んだピアスが付いていていた。

祖父はこの一年ほど瀉県に来ていないだけだったが、何十年もの間、この町に入ったことがないように思えた。父の後ろについて歩きながら見ていると、まるで別世界に入ってしまったようだった。大通りにあふれている店やホテルから流れてくるウキウキするような音楽に、祖父はめまいがし、早く帰ろうと父に言った。そしてすぐに家に帰った。父は祖父を連れてビルの一群を通り抜け、明るく昼間のような灯の下を通り過ぎ、何十階もの高層ビルがひしめきあう細く長い横町に沿って、大理石を踏みながら森の中へ入っていった。森は一人では抱えきれないほどの太さの柏、数人でも抱えきれないほどの銀杏が、鉄柵に囲まれて繁っていた。そしてその柏と銀杏の間に、忽然と四合院《しごういん》が現れたのだった。黒い煉瓦に黒い瓦の、築百年以上はある古い建物だった。同じような四合院が十数棟にわたって並んでいた。屋根には石の獅子と龍がのっていた。四合院の西側の建物の前で母が扉を開け、父が祖父を部屋へ連れて入った。祖父にとってはまるで一幕の芝居、信じられない光景が広がっていた。

祖父は言った。「ここに住んでいるのか?」

父はちょっと笑った。「上層部の幹部はみんな、ここに住んでいるんだ」

祖父は首をねじって父の顔をまじまじと見ていた。私の妹がつけた門の灯の下、父の顔には輝くような笑顔があった。もう何年も前に結婚が決まったときに見せた笑顔、採血所を始めて最初に儲けたときに見せた笑顔だった。それから一家は古い煉瓦に銅を嵌め込んだ大きな門をくぐって中へ入っていった。ここ数カ月、丁庄では嗅ぐことのできなかったしっとりした柔らかな木の香りが鼻をくすぐった。一畝《ほ》ほどの中庭の中央に、二人でも抱えきれないほどの銀杏の木があった。月の光の下、銀杏の葉は青く光り、濃厚な緑の匂いが、閉ざされた庭を蓋をするように覆っていた。木の両側には古色蒼然とした瓦の建物の他に、庭の地面には三十センチ角ほどの黒い煉瓦が敷き詰められ、煉瓦を焼いたときの匂いがまだ残っていた。このとき祖父には、この四合院が清朝あるいは明朝の古い家屋ではなく、民国時代のものでもなく、古い家屋を真似て最近建てられたものだということがわかった。その庭に立って、祖父は庭を覆い尽くしている銀杏の木を見上げ、叔父さんと玲玲の銀杏の木で作った金銀棺のことを考えた。父のあとについて部屋の中へ入っていった。部屋の調度はホテルのように派手なものではなく、最近のモダン建築のようにテカテカ光るものでもなく、何年前かの大邸宅を再現したような作りだった。家具は紫檀《したん》か黄花梨で、清朝、明朝の様式を真似たものだった。ソファーと椅子、長机と書斎机は部屋の灯の下で、暗く鈍い赤や黄色の光を放っていた。濃く鼻をつく木の香りが部屋の中に瀰漫《びまん》し渦巻いていた。祖父はそのだだっぴろい正堂と埋め尽くされた家具の中に立っていると、どこかしら廟の中にいるような感じだった。この部屋の中で、母は祖父に水を汲み、妹は宿題をしに行き、祖父と父は面と向かって長い話をした。

父は言った。「座ったらどうだ、おやじ」

祖父は座らず、父を見ていた。また外は古い煉瓦、中は白い雪のような壁を見ながら、父にきいた。「おまえが建てたのか？」

父は笑いながら言った。「この四合院はわしが稼いだ金で建てたんだ」

祖父はもう何も驚かなかった。腰を下ろすと、とっくにその質問を考えていたかのようにきいた。「全部棺桶で稼いだ金か？」

父は祖父を睨むと言った。「棺桶の販売は、連中にとっては千載一遇のうまい話だった」

「棺桶を売った金は全部おまえのものになったのか、それとも上のもんの儲けになったのか？」

父は笑って応えた。「もし全部わしのもんになってたら、町の半分が手に入ってるよ」

「陰親の紹介料はおまえの懐に入るのか、それとも上のもんのものになるんか？」

父は笑うのをやめ、繰り返して言った。「手間賃だけだ。わしは政府にかわって庶民のために善行を施しているだけだ」

そしてそれ以上、もう何も言わなかった。夜は深まっていた。庭から漆黒の夜気が入り込んできた。雨が来る前のような匂いがした。祖父は戸口まで行って顔を上げて、銀杏の葉っぱの間から見える星を目で拾いながら、空が晴れていること、明日もまた灼熱の暑さが来るだろうということを確かめた。雨の前のような匂いは、夜中に銀杏の放つ香りだった。もう寝る時間だった。父の後について、四合院の南の建物に移動した。そこも特に変わったところはなく、古い家具にベッドで、内装は前の部屋と大して変わったところはなかった。しかし祖父が寝ようとしたときに、父は突然言った。

「おやじ、去年みたいにわしを絞め殺したいとは思ってはいないよな」

祖父は息子から突然そんなことをきかれるとは思っていなかったので、不意打ちを食らった。どう答えていいかわからず、ベッドに腰をかけ、服のボタンをはずそうとしていた手を強張らせ、頬を紅潮させていた。

父は祖父がギクシャクしているのを見て笑うと、

「もし絞め殺すつもりがないんだったら、わしの部屋で寝てもらって、少しでも親孝行させてもらおうと思ってるんだがな」。そう言いながら、父は祖父の前を横切ると、外の壁と同じくらい真っ白な木の扉を開けた。その扉は隠し扉になっていて、鍵は大きな絵の後ろにあった。絵は福の神だった。その絵の線は流れるようで、壁の真ん中に掛かっていた。扉が開くと、その絵は半分は壁に掛かったままで、半分は宙に浮いた。戸を開けると、父は電気をつけた。部屋は真昼のように明るくなった。町の大通りの灯のようだった。その蛍光灯の明かりのもと、祖父はその部屋を覆い尽くしている札束の山を見た。夢のような光景だった。父はまず机の上に重ねてあるものを覆っているシーツを取り払った。そこにはきれいに積み重ねられたお金があった。すべて百元札で、一万元を一括りにし、どれも赤い紐できっちり縛ってあった。そしてそれを十万元でまた一括りにし、また百万元で大きな一括りにした。どれも赤い紐でくくられていて、スミレの花束のようだった。全部新札で、鼻をつくインクの匂いがした。紐も新しい紐で、目を刺すような鮮やかな赤色だった。さらにお札の赤、緑、黄色、橙色があって、机の上は圧縮された押し花のようだった。祖父にはどうして父がこのお金を片づけないで、机の上に置いているのかわからなかった。すると父はそれを察したかのように、引き出しを開けて、引き出しいっぱいのお金を見せた。ベッドのそばのタンスと箱を開けた。すべてお金でいっぱいだった。ベッドの下も、机の下も、木箱の中も、紙の箱の中も、扉の後ろの麻袋の中も、ベッドの敷き布団の下も、すべて積み重ねられ、詰め込まれ、並べられたお金だった。敷き詰められ、積み上げられた煉瓦のようだった。部屋はお金の山、お金の海だった。燦然と輝き、色とりどりで、インクの匂いが鼻を突き、呼吸困難に陥るほどだった。一箱ごと、ひとまとめごとに防虫・防腐のための樟脳《しょうのう》が挟んであり、白い薬の匂いが針のように鼻孔を突いた。長い間外に干していない敷布や掛布には、湿気を防ぐために撒かれた石灰の匂いがした。匂いという匂いが混ざり合い、色という色がぶつかり合い、部屋はけばけばしく異様な雰囲気となり、部屋の中に立っていると日の出前の沼地のほとりに立っているような気分だった。父はもうその匂いにも色にも慣れてしまっていて、小さい頃におなかが空いて、蒸し器の前でマントウができあがるのを待っているような様子をしていた。しかし祖父は、その大きくもない、かといって狭くもない部屋の中で、喉が引きつり、何かが詰まって呼吸できないような感覚に襲われていた。一生懸命鼻で息をしては、鼻を揉んでいた。揉み終わると、部屋いっぱいのお金を見て、自分はよく夢を見るので、これは夢を見ているのに違いないと思い、太腿を思いっきりつねった。以前、夢から覚めるときにはたいがい、自分で自分の身体をつねって目を覚ましていたのだった。目を覚ますといつもは学校の小屋のベッドの上にいた。しかし今回は何度太腿をつねっても、痛くなるほど、赤くなるほどつねっても、やはり学校の小屋のベッドではなく、相変わらず銀行の金庫の中のような部屋の中にいるのだった。金の山、銀の山に今にも溺れてしまいそうな感覚だった。そしてその入り乱れている匂いの中で、庭から入ってくる、微かな、雨が降る前のような、銀杏の木の匂いを嗅いでいた。祖父は自分が夢の中にいるのではなく、実際に息子の前に、いっぱいに積み上げられたお金のある部屋の中にいるのだと思った。

祖父はきいた。「いくらあるんだ?」

「わからん」

祖父は考え込んだ。「これだけありゃ、もう十分だろ。何に使うんだ」

父は困惑した様子だった。「熱病には終わりがない。わしにどうしろというんだ。わしは上に代わって五つの大棺桶工場を作った。平原の木は全部切り倒してなくなってしまって、今じゃ、東北からここまで運んでくるんだ。それでも毎日作らなければならない棺桶のためには足らんのだ。今月わしは、十数組の陰親仲介チームを作った。毎日村を回らせ、統計を取って縁結びをしている。もう半月になるが、縁ができたのは成仏できていない者の三分の一でしかない」

祖父は言った。「陰親は良い行いだ」

父は笑った。「わしは、いつも良い行いをしているつもりだが」

祖父は黙り込むと、あらぬ方を見てきいた。「このあたりに住んでる者はみんな、こんな金庫部屋を持ってるのか？」

父は頷いた。

祖父はまたきいた。「みんな、こんなにたくさんの金を持ってるのか？」

父は頭を振った。「それは知らん。みんな、自分の仕事をしてるだけだ。他の家のことはきかれてもわからん」

祖父はそれ以上きくのをやめた。ただ黙って部屋いっぱいの金を眺めていた。眠たそうな父の顔を見て、最後にそっと諭すように言った。「輝よ、父親の言うことをきいてくれ。今後、おまえら家族は丁庄に戻らんでくれ。丁庄に戻ったら命がない」

父の顔には相変わらず笑みが浮かんでいたが、フンと鼻を鳴らすと言った。「天が落ちてきて頭をかち割られようが、恐いことはない。丁庄はわしの生まれたところだ。これからも丁庄に帰る。実際、数日後には息子のために陰親を結びに戻るつもりだ。大いにやるつもりだ。丁庄の誰がわしに何ができるのか、見てやろうじゃないか」。ここまで言うと、父は眠くて朦朧とした目を揉むと、話を自分の方に引き戻し、祖父を見つめた。その顔にはまた孝行息子の笑みが浮かんでいた。

「おやじ、もう寝ようや。今晩はこの部屋で寝て、見たい夢を見りゃいい。わしに親孝行させてくれや」

3

祖父は金に囲まれた部屋で寝た。そして果たして思いも寄らない夢を見た。寝る前に、今日はきっとお金に関する夢を見るだろうと思った。しかし実際には一分《ふん》のお金も夢の中には出てこず、ただ私が祖父に向かって手を伸ばして叫んでいるだけだった。

祖父は私のために陰親を結ぼうとしていた。父が私のために探してくれた女の子は、私より年上で、菱子《りょうし》といった。私の姉さんになることもできる年齢だった。

彼女は生まれつき足に障害を持っていた。さらに持病もあって、二、三日に一回、発作が出た。その発作が起こったときに、川に落ちて溺れて死んだのだった。菱子は女性の霊魂の中で最も醜かった。しかし父は彼女を私の相手に選んだ。父は何一つ躊躇うことなく、私を菱子とくっつけたのだった。

父は部下を引き連れて丁庄に戻ってくると、私の骨を叔父さんの棺桶よりももっと立派な金棺に納めて、東京《とうけい》郊外にある黄河沿いの霊園に運ぼうとした。菱子の父親は、私と自分の娘のために、最上の場所を選んでいた。砂丘を背にし、足が黄河の方向に向けられる、風を避けた日当たりの良い場所で、冬は暖かく、夏は涼しかった。この場所は、以前ある人が自分の親族のために二百万元出して買おうとしたのだが、菱子の父親は私のために残しておいたのだ。

その日、日の出の時刻に、父は十数人を引き連れて丁庄に戻ってきた。私の墓の前で紙銭《しせん》を燃やし、香を燻《た》き、爆竹を鳴らして、私の墓を掘り、塗装も何も施されていない白木の棺桶を取り出すと、その精巧な装飾を施した金棺に入れて担いでいった。しかし私が村から離れたくないということを父は知らなかった。私は丁庄から、祖父から、学校の裏のこの場所から離れたくなかったのだ。父は私が知らないところへ行くのを怖がっているということを知らなかった。運ばれそうになったとき、私は金棺の中で、力の限り叫んだ。

「お祖父《じい》ちゃん――、お祖父ちゃん――」

胸が張り裂けそうなほど叫んだ。

「お祖父ちゃん、僕、行きたくないよ、ここから離れたくないよ、――助けてお祖父ちゃん――」

天地を揺るがさんばかりに叫んだ。

「早く助けに来てよ、――早く、お祖父ちゃん――」

祖父は目を覚まし、ベッドに座ってただ茫然としていた。東の空から乳白色の光が部屋に流れ込んでいた。

第三章

1

祖父が起きて身の回りを片づけ、父を訪ねて上層部に行こうとしたところへ、ちょうど父が丁庄村へ帰ってきた。父は部下を引き連れていた。陰親仲介チームを引き連れて丁庄へ戻ってきたのだ。そしてそのまままっすぐに学校へ来たときに、出かけようと校門から出てきた祖父と出くわしたのだった。

父はきちんとした恰好をしていた。灰色の短パンに、革のサンダル、中国襟の白いシャツを着て、頭には南方産の麦わら帽子をかぶっていた。丁庄を出ていった頃に比べ、日に焼けて赤黒くなっていた。日に焼けた顔が光っていた。祖父を見て、一団は学校の正門で立ち止まった。父は祖父に紙で包んで縄で縛った包みを渡した。その包みはとても軽かった。祖父はきいた。「何じゃ?」父はすぐに答えた。「人参《にんじん》だ。最高級の野生人参だ」。祖父は手の荷物が持ち上げられないほど重くなったように感じた。そのとき、太陽はまだ真上には来ていなかった。東の空から日差しが降り注いでいた。平原の熱を持った焦げたような黄色い匂いが漂っていた。小麦の藁を燃やしている煙が流れているようだった。つるっぱげの大地は小麦も雑草も枯れ、何もかも枯れ果て、砂地のような灰色だった。父と会ったときの祖父の顔色のようだった。

祖父は驚いて言った。「村で根柱たちには会わなかったか？」

「会わなかったが、会ったところで恐いことはありゃせん。天が落ちてこようがだいじょうぶだ」。父は根柱が自分をどうしたいのかとっくに知っているかのようだった。まるで根柱が祖父に話したことを知っているかのようだった。「丁庄の者がわしに言ったことがあるんだ。用がなけりゃ、村へ帰ってくるなってな。だが今回、あえて戻ってきてみた。二、三日したら息子の陰親でまた戻ってくるから、儀式を大いにやったら、賈根柱がわしをどうするか見てやろうじゃないか」

祖父の顔には疑念の表情がどんどん広がっていった。目の前にいるのが見ず知らずの他人のようだった。

「ほんとに小強《しょうきょう》に陰親の嫁を世話する気か？」

「もう話はついとる」

「相手はどこの者だ？」

「町の、県長の家の箱入り娘だ」。父は顔をほころばせた。「小強よりはちょっと年上だがな。年上は年上だがほんの数歳だ。父親がこの県に配属になって、売血運動を組織したとたん、娘はわけのわからん病気になって、川に落ちて溺れ死んだんだ」

祖父はしばらく黙っていた。

「小強よりいくつ上なんだ？」

「五、六歳だ」

「釣り合うかな？」

「父親が県長なんだぞ。向こうが釣り合わんとは言ってないのだから、わしらに何も言えるわけがなかろう」

「いつだ？」

「そのことで相談しようと思って、戻ってきたんだ。数日中に小強の骨を東京《とうけい》の霊園に運んで向こうの娘と一緒に埋葬する。一番ええ墓地だ」。そう言うと父は、連れてきた陰親仲介チームが村の南の道路で自分を待っているからと伝えて帰ろうとした。そこでまた食べものや着るもののこと、旱魃で学校の井戸水はだいじょうぶなのかどうか、飲み水に困っていないかどうかきいた。もう行こうというときに、村の自分の家のことを思い出し、祖父と様子を見に行くことにした。枯れ果てた麦畑の畦に沿って、近道をして村の北側からぐるっと回って新街に入り、家の戸口まで来た。父は驚いて立ち止まった。祖父も驚いて立ち止まった。

うちの門の鍵は何者かにこじ開けられ、鍵は地面に落ちていた。二枚の戸板は誰かに持っていかれ、なくなっていた。住居の扉もこじ開けられていて、窓ガラスは無茶苦茶に壊れ、庭に破片が散らばっていた。部屋にあった机や箱、大小の椅子、洗面器やカーテンは、すべてすっかりなくなっていた。盗まれてしまったのだ。墓荒らしに遭ったように持っていかれてしまった。さらに部屋の真ん中には小便までしてあった。

父の顔は真っ青だった。錆びた鉄のような黒い色も混じっていた。入口の階段に立って、部屋を見渡すと冷たい表情をして振り向き、祖父を見ながら静かにきいた。「誰がやったんだ」

祖父は頭を振った。父は足で壁を蹴りつけると、歯をギリギリ言わせて罵った。「コンチクショウ、賈根柱と丁躍進のクソッタレどもだ！」

口元と鼻の両側の肉が上にひきつれて痙攣していた。祖父は父の顔が青ざめ、ひきつれているのを見て、突然入口の階段にしゃがみ込むと、何かを怖がっているかのように、ボソボソと言った。「輝、わしが持っていったと思ってくれ。戸板をはずして部屋にションベンしたのもわしだと思ってくれ。わしをどうしてくれてもいいから」

言い終わると、頭を上げて父を見上げた。子供が父親に哀願するようだった。父は祖父をしばらく見ていた。目の前で子供がだだをこねているようだった。そして最後には踵を返すと、振り向きもせずに行ってしまった。

父は近道をしてもよかったのだが、あえて村の真ん中を通っていくことにした。意気揚々と歩いていった。村の中央の十字路には村人が何人か座っていた。まだ生き長らえている人々だった。ちょうど朝御飯の時間で、集まってきていた。炎天下では外へ出るのが億劫だったが、朝のまだ暑くなる前にはこうして集まっておしゃべりをしながら食事をするのだった。食べ終わった者は茶碗を足下に置いていた。そこへ父がやってきた。足をいつもより高く持ち上げて、気勢を上げてやってきた。もう少しで十字路というところで、歩調をゆるめ、左の革靴を右のズボンの裾で拭くと、右の革靴を左のズボンの裾で拭いた。革靴はピカピカに光って鏡のようだった。顔も鏡のように光り輝いていた。

父はそのまま集まっている人々に向かっていった。もうすぐというところで、王宝山が父を見つけ、大声で叫んだ。「よう、丁輝、こんなに早く村へ戻ってきたのか?」

父は宝山に向かって笑いながら言った。「出かける途中でちょっと寄っただけだ」。そしてフィルター付きの煙草をさっと取り出すと、一つかみ引っ張り出して、まず宝山に、そして左から右へ一本ずつ渡して言った。「まあ吸ってみてくれ。試してみてくれ。一箱で棺桶半分の値段だぞ。一本吸えば塩で五キロ、油なら五百グラム、肉で七百五十グラムだ」。村人たちはあっけにとられていた。王宝山も驚いてきいた。「ほんとか?」。父は笑いながら答えた。「いい味だから、まあ吸ってみろ」。ライターを取り出すと、まず宝山の煙草に火を付けた。そしてまた煙草をまわし、火を付けていった。

賈根柱は右側の一群の真ん中に座っていたが、父は一人一人に渡していくとき、賈根柱は飛ばした。父は賈根柱には煙草を渡さず、ただチラッと目をやっただけだった。彼は黒く痩せ、顔中できものかさぶただらけだった。誰かがちょっと押しただけで倒れてしまいそうだった。目の光も鈍く濁っており、どこか助けを求めているような感じだった。病状ここにいたり、もうどこか身体がどうにも言うことをきかなくなり、もうどこかあきらめているようなところがあった。だから父のその仕打ちにも耐えるしかなかった。できるだけ父に頼るしかなかった。はじめ父が煙草を配り始めたときには、顔に嬉しそうな表情が浮かんだ。しかし父が自分をチラッと見ただけで素通りし、手に持っていた煙草を次のものに渡したとき、賈根柱の顔は、サッと赤黒く変わった。むくんだ赤色、豚の肝臓のような色だった。

煙草を配り終えると、父は自分を待っている陰親仲介チームのところへと向かっていった。意気揚々と。しばらくしてから振り返ってみると、恨みがましそうな、どうしようもない表情で彼を見ている賈根柱と目が合った。父は刀のような鋭い視線で彼に斬りつけた。相手の目が切り裂かれ血が噴き出すような鋭さで。

祖父にはすべてわかっていた。父のやることはすべて目の前に並んでいる静物を見るように明らかだった。父が行ってしまってから、祖父は父の後について村へ入っていった。まず躍進の家に寄った。一家がちょうど食卓を囲んで朝御飯を食べているところだった。カボチャの炒め物、卵とニラの炒め物、熱々のおかゆに、焼きマントウまで付いていた。扉を閉めようとしたところへ祖父がやってきた。躍進は慌てて祖父に席を譲ると言い訳をした。病状は食べたいときに食べるところまできているが、我慢しきれずついたくさん焼いて、家族に一つずつ食べさせているのだと。

祖父は「食べてくれ、食べてくれ」と言うと座った。祖父は患者たちがついに解散して学校から出ていったとき、躍進がまた上層部へ行き、どうやったのか、食料をもらっていたのを知っていた。躍進の手元には村の公印があり、熱病患者の食料を持って帰ったときには、米と上質な小麦粉、毎日食事には焼きマントウが付くのだった。だから扉を閉めて食事をしていた。祖父はその食卓に座って、躍進の家の軒下を見た。十数台の学校の新しい机と、いくつかに切り分けた大きな桐の木が置いてあった。二メートルちょっとの長さで、一人では抱えきれない太さだった。すぐに校庭にあったあの大きな桐の木だとわかった。さらに切り妻壁の下には、十何枚もの板があった。すべて学校の教室の扉の板で、何年何クラスという字がまだ残っていた。もうそれ以上見るに忍びなく、自分がなにか捜査に来ているような気がして恥ずかしくなってきて、視線を元に戻した。

躍進の家は豊かだった。大瓦の屋根にコンクリートの庭、去年の冬の玉蜀黍がまだ軒下に吊してあった。家族の顔色も良く、豚もよく肥えていた。その白く太った豚が食卓の周りを走り回り、躍進が背中をたたくと、向こうへ行ってしまった。躍進は祖父を見ると言った。「おじさん、今日は何か用か?」

祖父は手に持っていた包みを開けた。三本の人形のような人参が出てきた。人参は毛だらけで薄黄色で透き通って輝いて、その包み紙の上に横たわり、涼しげな漢方の香りを放っていた。躍進の家の庭はあっという間に、その香りでいっぱいになった。躍進の家族は誰も人参を見たことがなかった。みんな取り囲んで言った。「まあ、ほんとうに、人参って人みたいな形なんだねえ。子供みたいだ」。祖父は一本取り出し、二本の指で挟んで躍進に渡すと言った。「これをおまえにやるから。煎じて飲め。東北の野生の人参だ。人が育てたんじゃなくて、野生の人参だ。何十年もかけてやっと箸ぐらいの太さにしかならん。栄養満点だ。どんな薬よりおまえの身体にいいだろう。熱病に効くかどうかはわからんが」

躍進は受け取ろうとしなかった。人参がどれほど高価なものか知っていたからだ。顔を真っ赤にして身体を硬くして後ろにそらして言った。「おじさん、丁輝が親孝行であんたに持ってきたもんを、わしが飲めるわけがないだろう」

祖父は人参を強引に躍進の手に押し込んだ。「丁輝がおまえに一本渡せと言ったんだ、受け取ってくれ」

それで躍進は受け取った。大事そうに包むと机の上に置いて、突然「おじさん」と呼んだ。「丁輝にもう村へ戻ってこんように言ってくれんか。根柱や他の村のもんで丁輝を恨んどる者がいて、よからぬことを企んでるみたいなんだ」

祖父は言った。「根柱がおまえの手元にある公印をほしがってる。あれさえ手元にありゃ、死ぬまで悪いことは考えないと言っていた」

躍進はちょっと考えると笑った。「わしが先に死ぬのだったら、公印はあいつに残すし、埋葬品としてほしいとは思っていない。死んで命がなくなってしまったら、棺桶に入れるも入れんもなかろう」。ここまで話して、食卓の上にあるおかずや焼きマントウを見ると、ちょっと申し訳なさそうな顔をして続けた。「だが、あいつはもうじき死ぬ。わしは痒かったり、できものができたりはしてるが、まだあの世逝きの兆候は出てない。彼が死んでわしが生き残るんだったら、わしはまだあの公印で上層部からあれこれ受け取らなければならんのだ」。言いながら食卓の上の人参を見て、「おじさん、まさか根柱の代わりに執《と》り成《な》しに来たんじゃないだろう？　なんといっても、わしらは丁家の人間だ。丁の字をバラバラにするわけにはいかん」

祖父は恥ずかしくなって繰り返して言った。「違う、違う、そういうわけじゃないんだ。根柱のためだと？　そんなことあるわけがなかろう」。祖父はそれからしばらくしてから躍進の家から出ていった。

次に根柱の家に行った。

祖父と根柱は、正堂の部屋の中で向かい合っていた。根柱の家も躍進の家と同じだった。軒下には十五、六台の学校の新しい机が並び、切り倒した二本の木が転がっていた。これは学校の食堂の前の柳と桐だった。庭の中央には学校のバスケットボールのゴールまで置いてあった。折り曲げられ、切断されて庭の真ん中に積み上げられていた。部屋を見上げると、学校の窓が天井がわりに使われていた。さらに学校の鍋、患者たちがみんなで使っていた蒸し器、鉄の桶、大きな黒板、背もたれの付いた椅子、生徒が出し忘れた宿題ノートから、先生が使い終わっていないチョークや鉛筆までが、すべて根柱の家のこの部屋の棚や角に積み重ねられていた。

根柱の家は、学校の倉庫のようだった。さらに祖父がずっとたたいていた鐘までもいつの間にやら運び出され、根柱の家の門の裏に掛けられていた。根柱が一体これを何に使うのかわからなかった。おそらく鉄だから取り外して持ってきて門の裏に掛けておいたのだ。祖父はその尖った帽子のような鐘を見ていると、その鐘は自分のものであって、学校のものではなく、ただ盗まれてこの家に来たもののように感じられた。

祖父はその鐘を目を細めてじっと見つめていた。根柱は祖父を見て言った。「おじさん、うちにそれを探しにきたわけじゃなかろう?」

祖父は慌てて目線を戻すと、恥ずかしそうに笑って言った。「いやいや、とんでもないことだ。違うんだ」。そしてまた手に持っていた人参を根柱の前に突き出すと言った。「これは丁輝からだ。わしがことづかった。本物の人参だぞ。野生のものだ。ゆっくり煮詰めて飲むといいそうだ。数日で力が出てくると言ってた」。

人参を根柱に突きつけ、助けを請うように、祖父はその大きな人参を根柱の前に並べると、笑みを浮かべ、続けて言った。「根柱よ、この人参を試してみたらいい。昔から重い病気には人参を飲んだものだ。昔の皇帝様もそうだった。不治の病でも飲めば軽くなる。飲んで元気になるんだ」

根柱は視線をその人参に落とすと、しばらく見てから顔を上げ、冷ややかに言った。「今朝、丁輝が村に来たとき、他の者には煙草を配ったのに、わしにはくれなかった」

祖父は笑った。乾いた笑いだった。「だからわしにこの人参を届けさせたんだ。もっと上等の煙草でも、この人参のひげ一本ほどの価値もないからなあ」

根柱は笑った。冷たい笑いだった。貼り付けたような笑顔だった。「丁輝は、これを飲んで元気になったわしに、後ろから殴られるとは考えなかったのか?」

祖父の顔は強張り、黄ばみ青ざめ、笑顔も固まったまま貼り付いていた。しばらく強張ったままだったが、むりやり顔の力を抜いて笑いながら言った。「さあ、この人参を飲め。それで力が出てきて丁輝を殴りたけりゃ、二、三日のうちに小強の陰親で戻ってくるから、殴り倒してやったらいい」

4

その日、父は日の出とともに十数人の部下を引き連れて丁庄に戻ってきた。彫刻の施された杏子《あんず》の木でできた棺桶を担いでいた。その棺桶の板の厚みは十五センチ、表には金粉が塗られ、北京、上海、広州など最も賑やかな都会の景勝図が描かれ、外国の大都市の繁栄図も描かれていた。下に巴黎《パリ》、紐約《ニューヨーク》、倫敦《ロンドン》などと書かれてはいたが、文字の読めない村人には都市の名前だとはわからなかった。私は巴黎がどこにあるのか、紐約がどこにあるのか知らなかったし、北京がどこにあって、上海がどこにあるのかも知らなかった。知っているのは自分の家が河南省東部の平原の丁庄にあるということだけだった。私には棺桶の木材がどれほど材質のいいものかとか、表に塗られた金粉が本物だとか、売れば丁庄の半分が買えるなどということには興味がなかった。棺桶は日の光の下で、太陽が天から落ちてきて四角になったかのように眩しく輝いて、目を開けていられないほどだった。父たちは、その棺桶を村からデモ隊のように担いできた。後ろにはまだ生き延びている丁庄の村人たちがくっついていた。みんな、私の棺桶を見に、棺桶の表の本物の金粉を見に、棺桶の表面に彫ってある、誰も見たことのない大都市の景勝図、大都市の繁栄と喧騒、外国の都会の栄華を見にきたのだ。棺桶が私の墓の前に置かれた。紙銭が焼かれ、香が燻かれ、爆竹が鳴らされた。私の墓は掘り返され、私の骨をその漆も塗っていない棺桶から拾い出し、この最上級品の銀杏の彫刻を施した金棺に入れ、儀式とともに私を担いでいこうとしていた。

私はその金の棺の中で大声で叫んだ——

「お祖父ちゃん——、お祖父ちゃん——」

胸が張り裂けそうになるほど叫んだ。

「お祖父ちゃん、僕、ここから離れたくないよ——早く助けにきてよ!」

天地をどよもすほどに叫んだ。

「助けてよ、お祖父ちゃん——助けて、お祖父ちゃん——」

学校中に、丁庄の村中に、平原中に、世界中に、私の声を嗄らした叫び声が、旱魃の平原を覆い尽くすほど落ちる雨のように、天地に響きわたっていた。

5

その日は少し風があって涼しかった。夜明けからしばらくして、母と私の妹は相手方の家に陰親を迎える準備に赴いた。父は部下を連れて戻ってくると、私を地面の下から掘り出し、担いでいって陰親を結ぼうとしていた。私に嫁を連れてくるのではなく、私を向こうにあてがうのだ。太陽はいつものように遥か高く頭上に輝き、太陽の周りには炎が燃え上がっていた。空には一筋の雲もなく、水のように真っ青で、風は爽やかな香気を村の郊外に運んできた。

夜露の潤いを得た草や畑は、枯れた白ではあったが、よく見てみるとその中にわずかばかりの緑があった。緑は枯れた白に挟まれて、砂が黄河古道に降り注いだようだった。校門の私の墓の周りには、何十人という人が立っていた。あの丁亮叔父さんと玲玲の墓を掘った職人たちがシャベルやツルハシ、袋に入った様々な道具を持って、またあの金箔を塗った彫刻を施された銀杏の棺桶を担いでやって来た。棺桶にはたくさんの都市が彫刻されており、一つ一つが現代の繁栄を表していて、まるで天国のようだった。それぞれの都市には高層建築や大通り、人波や車、商店やホテルが描かれていた。ホテルに出入りする客や入口に立って出迎えるガードマンや従業員も、広場の花壇の上の子供の遊び場まで描き込んであった。遊び場にあるものはすべて見たことのないものばかりで、龍のように空中を飛ぶ汽車もあれば、宙に浮かぶ赤い鉄の輪に小さい椅子が付いているものもあった。一面ボンボンぶつかり合って走っているゴムの小さな車もあった。遊技場の賑やかさと新鮮さは春のはじめの森の鳥の鳴き声のようで、そこで楽しそうに遊んでいる大人も子供もみな埋葬品の紙でできた少年と少女よりもいい服を着て、いきいきと飛び跳ね、その話し声や笑い声までも棺桶に刻まれているようだった。

棺桶の大きさは大人のものよりは一回り小さかったが、表と同じように世界中の木や草花、川や橋が描かれていた。川には船が浮かんでいた。山の麓の林の中には湖があって湖畔には古い洋館が建っていて、洋館の瓦は古い時代に使われた黄色い半月形の琉璃《るり》瓦で、壁は花模様など色々な意匠が焼き込まれた煉瓦だった。洋館の周りを囲んでいる煉瓦の壁は、透かし彫りの煉瓦だった。庭には柏、銀杏の木が植えてあって、門には赤い対聯が一組描かれていた。対聯は箸ほどの細さしかなかったが、その上にはっきりと文字が彫られていた。――天国の歳月は長く、瑶池（神話で西王母が住むところ）は四季を通じて緑。上には扁額があって、「丁姓大宅」の四文字があった。その門から入っていくと、庭に沿って石畳があり、古い建物の廊下側の壁はすべて透かし格子になっていて、部屋の中の電化製品や設備が見えるようになっていた。壁には絵や楽器が所狭しと飾り付けられ、壁の下には本棚があって、様々な物語の本が並んでいた。さらにいたるところにお菓子や飲み物が並べられていた。これは父と母が私に元気に暮らしてほしいという気持ちで用意したものだった。私のあの世での繁栄と家財一式を用意してくれているのだった。

棺桶で私の下に来る底板には、さらに様々な高層ビルが彫られていて、どれも有名な銀行だった。中国銀行、中国人民銀行、中国工商銀行、中国農業銀行、中国城市信用社、中国農村信用社、光大銀行、民生銀行などそうそうたる顔ぶれがそろっていた。中国にあるあらゆる銀行が私の棺桶の底板に集合し、私の身体の下に中国中のお金、世界中のお金が眠っているようだった。

この父が私に用意してくれた大都市だらけ山水だらけの棺桶の横で、父は連れてきた職人たちと言葉を交わすと、墓掘りを始めた。縁結びで目出度《めでた》いことだったので、シャベルやツルハシには赤い紐が結んであった。墓の前では一万発の爆竹が鳴り響き、大筒もいくつか鳴らされ、墓の前で赤い紙で作った花嫁籠が燃やされた。爆竹係のものがまた新しく火を付けた爆竹を持って、私の墓の周りを時計回りに三回、反対方向に三回まわった。二連発三連発の花火や爆竹が一面に飛び散り、墓のそばに立っていた人々は、爆発していないものを拾ってはまた火を付けていた。

丁庄にはここ数年来、こんなに盛大な祝い事はなかった。爆竹や花火の音がしばらくパンパンパリパリ鳴り響き、その光は空の太陽よりも眩しかった。爆竹や花火や紙切れが飛び、火花が飛び、話し声が空中に響き渡った。最上級の彫刻を施した銀杏の金棺は私の頭の上、四、五メートルのところにあった。油で揚げた供え物と、町から買ってきたリンゴとナシが私の墓に並べられた。三本の線香に火が付けられた。空気は火薬と焼けた草や紙の匂いに、果物と汗の臭いでいっぱいだった。

墓掘りの儀式が始まった。丁庄の村人たちは、爆竹の音でここに押し寄せつつあった。縁日にでも行くように、大事件でも見に行くように、手伝いに出かけるように、集まりつつあった。口々に、めでたいことだ、こんな盛大な陰親婚をしてもらえるとは、生きているものを嫁に取るより、よっぽどいいじゃないか、などと言いながら。

丁庄ではたくさんの人が死んでいたが、まだ半分は残っていた。その半分が私の墓のそばにカラスのように集まっていた。座っている者、立っている者、麦わら帽で日差しを避けている者、そり上げた頭を日の光に曝し、頭は汗だらけ、水で洗ったスイカのような者もいた。掘り返しが始まった。職人たちは赤い紐を結んだシャベルやツルハシで、掘り返した土を墓の両側に積んでいった。中年の儀司《ぎし》（儀式の進行係）が、本物の結婚式と同じように、男たちには煙草を配り、女と子供には飴や町の様々なお菓子を配った。

学校の正門の前は、異様に賑やかだった。丁躍進は何人かお供を連れてくると、爆竹や花火の燃えかすを足で踏みつけ、父に向かって言った。「この旱魃だ、火事にでもなったら困る。土の下に眠っとる小強を燃やすわけにはいかんだろう」。丁小明も家からやってきて、笑みを浮かべ、父の目の前に行くときいた。「何かわしがすることはないか?」。何も手伝うことがなさそうだとわかると言った。「わしは病気じゃないから、身体は元気だ。墓掘りを手伝うことにするか」

趙秀芹と一緒に学校で食事を作っていた芬《ふん》は、もう痩せ細っており、あと何日も生きられないようだった。彼女は父に、どうして私の母が帰ってこないのかときいていた。彼女は私の母に会いたがっていた。彼女は丁庄に嫁いできたときに、私の母が彼女を迎えに行ったのだ。私の母が彼女の手を引いて丁庄に入り、嫁ぎ先の門をくぐったのだ。

最近熱病であることがわかった趙桩子《ちょうしょうし》は、ここ数日家に閉じこもっていたが、家から出て見に来ていた。お供え物に掘り返す土がかかっているのを見て、お供え物を脇にどけると父にきいた。「これはどうするの?」。祖父は人払いするように手を振りながら言った。「食べていいぞ」。彼はすぐに二つの白いマントウをポケットに詰め込み、油で揚げたお供え物は、そこら中を走り回っている子供たちに分け与えた。

正門は内も外も賑やかだった。芝居見物のように人の頭がうねり、何十、何百という人々が、うちの仕事を手伝っていた。陰親の様子を見ていた。儀司がどのように取り仕切っているか彼の一挙手一投足を見ていた。掘り返す前に爆竹を鳴らし、穴の下に入って棺桶を動かす前にもう一度爆竹を鳴らして棺桶の上の土を清め、蓋を開けるときにまたもう一度爆竹を鳴らして、筵ほどの大きな赤い布で穴の口を覆って、見物人を後ろに下がらせ、私の様子を見せないようにすると、赤い祝い服の上下を隙間から入れて穴の下にいる人に渡すと、私に着せた。

祝い服を着せられたら、私は墓の外へ出なければならなかった。最も厳《おごそ》かな瞬間がやってきた。近辺に立って見守っているまだ生きている村人たちは、口をつぐみ、息を止め、赤い服で着飾った私が地面の下から出てくるのを待っていた。このとき、父や祖父が私を見て泣き出し、私の魂を驚かせてはいけないと、儀司は父を横に呼び出すと、陰親の儀式が終わってから客を招いて宴会をするかどうか相談した。決定権は父にあった。父はすでに丁庄では宴会は開かないと決めていた。熱病患者とその家族を呼んで飲み食いする必要はないと考えていた。父は町でそこの友人を招いてうつもりだった。すでに町で一番大きなホテルの三つのフロアを貸し切りにして、町の一番の名士たちを一人残らず招いてあるのだった。招待された誰もが陰親の儀式が無事終わり、宴会が開かれるのを楽しみに待っているのだった。しかし儀司が丁庄の村人たちを招いて宴会をするか祖父と相談してくれと言うので、父は学校の中を探した。

学校の中では見つからなかった。人混みの中も探したが、見つからなかった。そこでやっと、墓を掘り返して骨を取り出す今の今まで、祖父の姿が見えなかったことに気がついた。そこで何人かの部下に命じて探させた。

学校から丁庄に続く道の道端で、祖父は一人ぽつんと小さな楡の木の陰に座って、枯れ果てた平原と丁庄を眺めていた。目は黄ばんで白く濁り、何か考えごとをしているようだった。天地の広さ、山水の雄大さを考えているのか、丁家の行く末を考えているのか、あるいは何も考えていないのか、ただ疲れ、その木陰に身を寄せ、静かに座り煙草を吸いながら溜息をついていた。そこへ父がやってきた。父は祖父がほとんど枝を付けていない木の陰に座っているのを見つけた。祖父は日の光の下にいるかのように、頭にも顔にも汗をかき、その汗は首から背中へと流れて白いシャツはびっしょりと濡れていた。

父はそっときいた。「おやじ、ここにいたのか。こんな暑いところでなにをしてる」

祖父は首をゆっくり父の方に向けた。「小強は棺に納まったか?」

ああ、と頷くと父も祖父の横にしゃがんだ。「こんなところで、なにしてるんだ」

祖父は父の顔をしばらくの間、黙ったまましっと見つめてから口を開いた。「菱子は結局小強よりいくつ年上なんだ?」

父は笑いながら言った。「賈根柱が陰親の儀式に乱入してくるんじゃないかと心配して、ここにいるんだろう?」

祖父はそれには答えず、さらにきいた。「結局いくつ違いだ?」

父は祖父の横に座り込み、祖父の方に首を向けて言った。

「あまり年の差がないと、どうやって小強の世話ができる。それよりわしは、賈根柱が陰親の儀式にやってきて、わしに何ができるのか楽しみに待ってるんだがなあ」

祖父はまた父を見つめた。「菱子は左足が不自由だと聞いたが」

父は視線をそらせると答えをはぐらかした。「よく見んとわからんほどだと言っとった」。そしてまた祖父の方を見て言った。「今、賈根柱が墓へ乱入してきたら、わしの咳ひとつであいつはあの世逝きだ」

祖父は父の話の相手はせずに、私のことをきいた。

「菱子の父親は県長だそうだな」

父は嬉しそうな顔でうなずいた。

「その娘は持病もあるらしいな」

父は目を剝いて祖父を見た。祖父がなぜそのことを知っているのか見極めようとでもするかのようだった。祖父はそれ以上何も言おうとしなかった。父の反応をじっと見ているうちに、自分が夢で見たことは本当だったということがわかり、長い溜息をつくと、賈根柱の家がある丁庄へと続く道へ視線を移した。そこからはちょうど賈根柱の家の門が見えるのだった。柳の木の扉は左右とも固く閉じられ、ずっと誰も出てこなかったし、誰も入っていかなかった。家には誰もいないかのようだった。そのとき、中から一人出てくると、竹竿に結ばれた白い布を門のそばの枯れた木の上に掛けた。そうして丁庄とこの世界に訃報を知らせると、また何事もなかったかのように中へ戻り、扉を閉めた。遠く賈根柱の家の前の白い布が旗のようになびいているのを見て、祖父の心の中で一つカタンと音がした。視線をその門から戻すと、残念そうな、しかしすっきりとした顔で父を見ながら言った。「一人前の人間のようなふりをして、自分の子供にこんな陰親をするのか？」

父はよくわからないといった表情をした。「こんなにいい縁はどこを探してもありゃせん。向こうの父親がこれからどうなるか知ってるか？」。父は突然声を大きくして言った。「東京《とうけい》の市長さんになるんだぞ」

祖父は何も言わずフンと鼻を鳴らすと、見下しあざ笑うような冷淡な表情で父をチラリと見てから立ち上がり、汗を拭き、尻に付いた土を払い、首を曲げて学校の私の墓に群がっている村人たちの方を見た。あの筵ほどの大きさの何枚かの赤い布はすでに金棺に掛けられ、私の骨がすでに掘り出され、大小の骨が赤い布にくるまれ、脚の骨は赤いズボンでくるまれ、足の骨は赤い靴の中に入れられたのだと、祖父にはわかった。あの墓から改めて金棺に納められることにより、葬式は婚礼に変わり、悲しみは喜びに変わるのだった。祖父は学校の方へ向かって歩き始めた。

父は祖父の後についていった。「おやじ、あんたももう年だし、一緒に町で暮らさんか？」

祖父は口をきかずただ歩くことに専念していた。「町で愉快に暮らそうや」。父は言った。「あんたが来たら丁庄には丁家の者はいなくなる。あんたももう丁庄に帰らんでもよくなるじゃないか」

祖父は口をきかないだけでなく、父の方を見ようともしなかった。

学校に到着すると、儀司の指示で、八人の人が私の棺桶を肩に担ぎ、一万発の爆竹が鳴り響くなか、運びだそうとしているところだった。私は十二歳で死んだので、棺の前には私を見送るため孝布（葬式のときに身につける細長い白い布で首に巻いたり、腰に巻いたりする）をつけた息子や娘もいなかった。これは葬式ではなく婚姻なのだ。あの赤い布は金棺の頭に付いている花につなげられていた。こうして私は担ぎ上げられたのだった。運び出されようとしていた。

祖父と離れ、学校から離れ、丁庄から離れなければならないときが来たのだった。知らないところへ連れていかれ、六つも年上の足が不自由で持病のある女の子の夫にならなくてはならないのだった。

棺は動き始めようとしていた。爆竹がパンパン鳴り響き、閃光が一面に明滅し、爆竹の紙くずは舞い散り、歓声が沸き上がった。滅多に見られない騒ぎの中、父は私の棺桶の後ろで、周囲の丁庄の村人たちを見ると、担ぎ人を押しとどめ、砂地の上に立ち、私を見送ってくれている丁庄の村人たちに向かって、大声で叫んだ。

「なあ、聞いてくれ。みんな、聞いてくれ。今日はよく来てくれた。見送りはここまででいい。これから何か困ったことがあったら、わしを町まで訪ねてきてくれ。力になるから」

そして父は声の限りに叫んだ――。

「わしはこの丁庄の者だ。同じ村の者に悪いことができるわけがない。ひとつみんなに話しておきたいことがある。わしはもうすぐ潁県の県長と一緒に、潁県、東京《とうけい》と省都のちょうど真ん中、黄河のほとりに五千畝《ほ》の土地を買い取るつもりだ。山も川も平原もある。わしはそこに霊園を作ろうと思ってる。霊園がどんなものか知ってるか？　人を埋葬するために作られた場所で、風向も風水も問題なしだ。五千畝の霊園の中で、二百畝は死者の足が黄河の方に向いてる、邙山嶺《ぼうざんれい》を背にした最高の場所だ。みんなも聞いたことがあるだろ。丁庄では昔から、『蘇州・杭州に生まれて、河邙《かぼう》に葬られる』という言い伝えがある。だが、誰が蘇州・杭州に生まれられる？　誰が河邙に葬ってもらえるんだ？　だが、わしは今や県の上層部だ。みんなを蘇州・杭州に生まれさせることはできんが、河邙に埋葬することはできるようになる。今、わしがみんなに約束しよう。丁庄の村の者で、河邙山のふもとに埋葬したいときは、このわしに言ってくれ。みんなには風水も一番いい場所を保証するから。この小強と同じだ。もし丁庄の村の者で、墓を移したいという者がおったら、墓地は最低価格で融通する。値打ちもんだ。風水もなんの問題もなしだ」

言いたいことを吐き出すと、父は頭の上の太陽を仰ぎ見てから、自分の話を聞いていた村の人々をさっと見渡し、私を土から掘り出し担ぎ出した職人に前に進むように目配せした。

丁庄の人々も一緒になって棺桶の後についてゆっく

り歩き、父にあれこれきいたり、話したりしていた。父もそれに答えていた。祖父はもう棺桶を追いかけてはいなかった。祖父はさっき棺桶が置いてあった場所に立って、父の最後の話を聞いていた。

祖父は言った。「安心して丁庄を通っていくがいい。根柱は死んだ。あいつにはおまえをどうすることもできん」

父は笑って祖父に言った。「おやじよ、もしあんたさえ、わしを殺したいと思わんのだったら、丁庄の者でわしをどうにかしようという者はおらん」

そう言うと、父は人混みの後について、丁庄の方に向かって歩いていった。祖父はその空っぽになった私の墓の横の、さっきまで私の金棺が置いてあった場所に立ち、顔は強張り、血の気は失せて真っ青になっていた。父の話は祖父にすっかり忘れていたことを思い出させた。今また思い出し、それは祖父の心の中をゴロゴロ音を立てて転げ回った。顔には汗がどっと噴き出し、掌にもぐっしょりと汗をかいていた。視線を父から前を行く棺桶、棺桶の後をついていく人混みに移した。その担がれている棺は、大きな赤い布で覆われ、花嫁籠のようだった。その赤は空を焦がす炎のようだった。日の光は明るく燦然と輝き、平原にはうっすらと透明な光を放つ霧がかかっていた。前後左右にある柳庄、黄水、李二庄はその光のもと、ひっそりと静まり返り、砂地で枯れ草を咬む牛のようだった。もう少なくなった蟬の鳴き声が炎天下に響き渡り、パンパン響き渡る爆竹の音と一緒に頭の中を鳴り響いていた。祖父は埋め戻されていない私の墓の掘り返されたあとを見て、私が連れていかれようとしていること、父に運んでいかれようとしていることに気がついた。丁庄にも、学校にも、祖父を除いては誰も知っている人がいない私が。祖父には黒い髪の毛は一本も残っていなかった。ボサボサの銀髪が天を突き、地面に投げ落とされて殺される子羊のようだった。年老いた顔は、旱魃でひび割れた地面のような皺で覆われていた。私の棺桶とそれについていく人混みを見ている瞳に涙はなく、悲しみも恨みもなく、はっきりとは言えない絶望の光が宿っていた。決して外に流れ出ることのない、涸れ井戸の水のように。

気がつけば私はずいぶん遠くまで運ばれていた。祖父の姿はぼんやりかすんでいた。私は最後にその棺桶の中で思いっきり大声で叫んだ。

「お祖父ちゃん――、お祖父ちゃん――」

胸が裂けるほどに叫んだ。

「お祖父ちゃん――、お祖父ちゃんと離れたくないよ、ここから離れたくないよ――、早く助けてよ！」

天地をどよもすほどに叫んだ。

「早く助けて！　助けてよ、お祖父ちゃん――」

祖父ははっと何かを思い出したように我に返ると、真っ青な顔で、両手をぶるぶる震わせながら、地面に転がっていた栗の木の太い棍棒を摑むと、駆け足で人混みを追いかけていった。棺桶の隊列を追いかけていった。あっという間に隊列の最後尾に追いつくと、持っていた棍棒を持ち上げ、父の後頭部めがけて振り下ろした。ドスンと。父は振り向く間もなく、声を出す暇もなく、立っていた小麦粉の袋が倒れるように身体を揺らすと、ぐにゃりと地面に倒れた。

地面を染めた血は、春の野に花が咲いたようだった。

第四章

父は即死だった。祖父は自分が天下の一大事を成し遂げたかのようだった。地面に横たわっている父の遺体には構わず、良いニュースを知らせるように村人たちに向かって言った。

「おい、丁輝を殴り殺したぞ。おい、わしは丁輝を殴り殺した」

私の墓から丁庄まで、祖父はまるで十歳は若返ったかのような軽い足取りで歩いていった。祖父は村の一番西の端の家から順番に門を開けては叫んで回った。

「おい、聞いたか？　わしが丁輝を殴り殺した。後ろから棍棒で一撃だ」

二番目の家の門を開いて言った。

「誰かおらんか——おい、父ちゃんと母ちゃんに言ってくれ。このわしが、丁輝をたたき殺してやった。棍棒で一発だ。栗の木は重くて固い。一撃でおだぶつだった」

三番目の家の門を開いて言った。

「おお、おまえか。ちょうどよかった。おまえの家の墓に行って、紙銭を焼くんだ。墓の中の父ちゃん、母ちゃん、兄ちゃんに言ってくれ。わしが息子の丁輝を殴り殺した。後ろから棍棒で一撃だ」

七番目の家の門を開くと、中庭のあらゆる扉に錠が下ろされ、どの扉の横にも白い対聯が貼ってあった。祖父はその庭に跪くと、天地神明を三回拝み、独り言のように言った。「おい、いい知らせを持ってきたぞ？　わしが丁輝を殴り殺した。棍棒一発であの世行きだ」

根柱の門を開けると、庭には黒い棺が置いてあった。祖父はドスンとその棺桶の前に跪くとやはり同じように言った。「なあ、いい知らせだ。息子の丁輝はわしに殴り殺された。もう安心してくれ。後ろからゴンッだ」

また村のはずれの新しい墓に跪いて叫んだ。「なあ、みんな、聞いてくれるか？　みんなにええ知らせだ。わしがうちの長男の丁輝を殴り殺した。後ろから棍棒で一発だ。ぶち殺してやった」

第八巻

夏が過ぎた。

秋がまたやってきた。

夏には一滴の雨も降らなかった。秋になってもしばらくは雨が降らなかった。六カ月百八十日間、結局一滴の雨も降らなかった。平原は百年に一度あるかないかの旱魃に襲われていた。農作物も草も死に絶えてしまっていた。

木も旱魃に耐えきれなかったものは死んでしまった。桐、エンジュ、栴檀、楡、チャンチン、そして滅多に見られないめずらしいトウサイカチなど、様々な種類の木々が、黙々と声も上げずに死んでいった。

大きいものは切り倒され、小さいものは旱魃に耐えられず、みんな、死んでしまった。

池は涸れた。河も干上がった。水がないので蚊もわかなかった。

木が死ぬと、季節でもないのに蟬が早々と脱皮し、涸れた木の幹の上、枝の上、股の上で死んでいた。さらに村の風や日差しを避けることができる壁にも一面金色の蟬の抜け殻があった。

太陽はまだ生きていた。風もまだ生きていた。月も星も皆生きていた。

父を埋葬してから三日後、祖父は上層部に連れていかれた。祖父は人を殺したのだ。父を殺したのだ。祖父が連れていかれて三カ月、中秋の頃に雨が降った。平原が大旱魃で草木も死に絶えた頃に彼らは祖父を連れていった。そして丁庄の様々なこと、売血、棺桶の横流し、陰親仲介についてきいた。その祖父を救うが如く、雨が降ったのだ。雨は七日七晩降り続け、井戸にも川にも池にも谷にも溝にも水が戻ってきた。そして祖父は釈放されたのだった。

まったく、彼を救い出すために降ったような雨だった。

祖父が丁庄に戻ったその日——ちょうど黄昏時だった、落日の太陽が平原を血のように真っ赤に染め上げていた。赤い色を敷き詰めたようだった。太陽は以前と同じように平原の西の地平線で笑っていた。沈黙の大地にはカサコソいう音が響いていた。いつもなら秋の落葉の立てる音だ。しかしこの年の秋は、死に絶えていた草が息を吹き返したのだ。畑も荒れ地も黄河古道の砂丘の上にも緑が萌え始めていた。カサコソいう音は命の息吹の音だったのだ。淡い緑色だった。秋草の生臭い匂いは、まるで春の緑のように鮮烈だった。

清らかな匂いだった。

空は夕日で赤く染まっていた。ときおり雀やカラスが飛び交った。天から鷹が降りてきた。その影は平原を掠めて流れていく煙のように過ぎていった。

祖父は戻ってきた。以前と変わりなかった。痩せて顔は灰色だった。黄ばんだ灰色だった。古びた麦わら帽をかぶり、巻いた布団を抱え、遠出から丁庄へ戻ってきたかのようだった。丁庄は言いようのない静けさだった。三カ月より少し多い百日目の帰還だった。夏の盛りは過ぎ、仲秋になっていた。そして丁庄は昔の丁庄ではなくなっていた。

しかし丁庄は丁庄だった。ただ人がいなくなっていた。通りは死んだように静かだった。人も家畜もいなかった。鶏、豚、犬、猫、鴨も何も見あたらなかった。ときおり雀が鳴き、その鳴き声は地面に落ちてガラスのように砕けた。犬が一匹現れた。どこの犬かわからなかったが、痩せてあばらが浮き上がっていた。その犬は趙秀芹の家の門の下から出てきて、道の真ん中で祖父を見ると、鳴きもせずに、尾をだらりと下げて新街に通じる横町へと曲がっていってしまった。

祖父は村の入口でちょっと見回して、自分が道を間違えたのではないかと思った。少しぼんやりして、村の入口にあった半分壊れかけの古い牛小屋が、相も変わらぬ様子で壊れかけのままそこにあるのに気がついた。半分日干し煉瓦で半分土塀の壁の上には、壊れた茶碗の上に箸がのっかっているように小屋の垂木が横にのっていた。

村の道は、何年も前の売血騒動のときに各家から金を集めて敷いたコンクリート舗装だったが、今では路上に土が三センチほども積もり、作物を植えることもできそうだった。ひび割れは以前と同じように曲がりくねっていた。地図の道と同じように曲がりくねっていた。

馬香林の家もそのままだった。高い門に白い対聯が貼ってあるのがぼんやり見えた。鍵の掛かっていない扉は細い隙間が開いていた。祖父は入口に立つと、扉を押して中へ入り、庭に立つと叫んだ。「誰かおらんか?」

返事はなかった。死んだようになにも反応がなかった。

また次の家でも叫んだ。「王宝山——王宝山——」

やはり返事はなかった。死んだようになにも反応がなかった。ただ二匹の鼠が鳴いて飛び出してくると、祖父を斜めに見てまた家の中へ飛び込んでいった。

次の家にもやはり人はいなかった。丁庄には人がいなくなってしまったのだ。熱病の大爆発で、丁庄から人の気配が消えてしまったのだ。死ぬものは死に、生きているものはみんな引っ越していったのだ。みんなどこかへ移っていってしまったのだ。旱魃で去ってしまったのだ。風が丁庄の木の葉を吹き散らすかのように。灯はすべて吹き消された。祖父は一軒一軒回って叫んだが、喉が嗄れて声が出なくなったとき、犬が数匹顔を出し、尻尾を振りながら祖父の後をついていった。

落日は、三カ月前私の棺を覆っていた赤い布のように滑らかで、村の屋根に、通りに、木にふわりと被さっていた。羽毛が空から落ちてくるような微かな音を立てながら。

祖父は新街を歩いていた。まず叔父さんの家に行った。そこへ引っ越したはずの丁小明一家もいなくなっていた。門の扉には鎖が寂しく掛かっていた。

私の家に着いた。三階建ての住宅は相変わらず宙にそびえていた。しかし門も扉も窓もなくなってしまっていた。とっくの昔に誰かに持っていかれてしまったのだ。庭はだいじょうぶだった。緑のケイガイが庭いっぱいに育っていた。ざらっとして重い、痺れるような香りが、庭にあふれていた。

祖父は学校へ戻った。丁庄を横切るその姿は、終わりのない谷を彷徨《さまよ》っているようだった。丁庄から小学校へ至る道は砂漠の中を歩いているようだった。人煙の絶えた黄河古道を歩いた。太陽の光は無言の赤だった。平原を涼しい風がわたり、枯れ草の腐った匂いや新しく生えたばかりの草の生臭い匂いが祖父の身体を通り過ぎた。清流と濁流が混じり合って流れる一本の川のようだった。

遠く古道の砂丘は、昔より少し低く小さくなったような気がしたが、また前より高く大きくなったような気もした。

学校はやはり元のままだった。ただ校庭に草が生えていた。バッタやトンボが校庭を飛び回っていた。

祖父は疲れていた。疲れ切っていた。部屋に入ると、壁に掛かっているくすんだ模範的教師の賞状にチラッと目をやり、ベッドに倒れ込むともう起き上がる気力はなくなっていた。そして眠った。**祖父は丁庄の周りの柳庄、黄水、古河渡《こかと》、二河渡《にかと》、三河渡《さんかと》、そして上楊**

庄、明王庄へ行った。数百キロの道のりを回り、百あまりの村々を見た。そして平原百キロ四方の村々は、丁庄と同じように誰もおらず、家畜もおらず、家は残っていたが、木は一本もなかった。棺桶のために伐採し尽くされたのだ。

家はあっても門やタンスや箱はなかった。みんな棺桶に化けたのだった。

その周りの蔡県、明県、宝山県にも一人の人影もなかった。

平原は人も家畜もおらず、空っぽだった。

ちょうどその夜、また雨が降った。バケツをひっくり返したような雨だった。祖父は見渡す限りの泥の平原で、女の人が柳の枝を手に持って泥に浸し、持ち上げて枝を振り回しているのを見た。彼女が枝をひと振りすると、たくさんの泥の人間ができた。また浸してひと振りするとまた何百人、何千人という泥の人間ができた。彼女は休むことなく浸しては振り回し、あたり一面、泥の人間がピョンピョン跳びはね、それは地上に降る雨が作る泡のようで、祖父は新しい躍動が平原で飛び跳ねているのを見た。

新しい世界の躍動だった。

二〇〇五年四月八日初稿
二〇〇五年九月から十一月定稿

創作の崩壊——後記に代えて

閻連科

二〇〇五年八月中旬のある日の午前十時、私は長編小説『丁庄の夢』の最後の一頁を書き終えた。筆を擱いたとき、私は書斎机の前に座り、一人イライラと不安な気持ちになって、どうしてよいかわからず、むしょうに誰かと話がしたい、バカ話をしたいと思った。そのとき、妻は河南の実家に帰っていたし、息子は上海の学校の授業中、気心の知れた友人に片っ端から電話をしても、そのときに限ってみんな持ち場を離れており、誰も出てくれない。続けざまに何件か電話をしたが、結局あきらめて受話器を机の上に投げ出し、椅子に崩れ落ちた。涙がとめどもなく流れ落ち、身体は骨抜き状態で力が入らず、その孤独感と希望なき無力感は、絶海の孤島に一人取り残されたかのようだった。

そのとき、眼下の車は相も変わらず留まることを知らず川のように流れ、家具が並べられた家の中は空漠とした空間に変わり、荒れ果てた原野となった。私は一人客間のソファーに座り、ただぼんやりと目の前の白い壁を眺めていた。白い壁は小説の中の「風になびく白い孝布」「各家の門に貼られた白い対聯で、降り積もった雪のように白くなった横町」のよう、そして「人煙の消えた渺茫たる平原、蒼茫たる平原」を遠く眺めているようだった。心の中の寄る辺なき苦痛と絶望は、一九七七年末に『日光流年』を書き上げたときにも経験したし、二〇〇三年四月に『愉楽』を書き上げたときにも感じた。しかし今回『丁庄の夢』を書き終わったあとにやってきた、強烈で耐え難く言葉にできない感覚は、前回を上回っていた。

私にはこの苦痛と絶望が、単に『丁庄の夢』一作品を書いただけでなく、長年にわたる創作活動の破綻であるとわかっていた。それは『丁庄の夢』への供養であり、一九九四年から書き始めた『日光流年』、二〇〇二年に書いた『愉楽』、さらに二〇〇五年に書いた『丁庄の夢』の十二年にわたる苦痛の蓄積とその暴発だった。日の光が窓の外から射し込み、客間の埃が宙に浮かんでいるのがはっきり見えた。小説中の無数の霊魂が周りでひそひそ話をしているかのようだった。私はただぼんやりとそこに座って涙を流し、頭の中は一面真っ白な空白、あるいは無秩序と混乱の巣窟だった。何のために苦しみ、誰のために涙を流し、なぜこのようにこれまでにない絶望感と無力感を覚えているのか、はっきり言葉にすることができなかった。自分の生活のため？　それとも自分以外のこの世界のため？　あるいは河南省――私の故郷――のため？　河南省だけでない多くの苦難を被った、結局のところ何人いるかわからないエイズ患者の命のため？　もしかしたら『丁庄の夢』を書き上げたことで直面する心労と困難極まる前途のためなのか？　そうしてどれほど涙を流し、どれだけ時間が経ったのか、涙がいつ止まったのかわからなかった。私は木の人形のように何も言わず微動だにせず座っていた。ただその日はまだ昼御飯を食べていないということはわかっていた。午後一時前後だったと思うが、家から出て、家からそう遠くない北京十三号線の軽軌鉄道の線路沿いの歩道に沿って歩いてゆき、誰もいない荒れ地まで来ると、また一人で林のそばにぼんやり座り、日が沈んでからまた家に帰った。そうすることでやっと現実感を徐々に取り戻し、生きることへの欲求が出てきた。

そこで私はインスタントラーメンを食べ、顔も洗わず、歯も磨かず、服も脱がずに、ベッドに倒れ込んだ。長い道のりを行く旅人が、夜には旅籠《はたご》で布団に倒れ込むようだった。気がついたら翌日の朝だった。それからの三カ月、私はこの小説に幾度となく手を入れ、手を入れるごとに、生きること、絶望することを味わった。創作に対する無力感を味わった。今、『丁庄の夢』を出版社に渡すことができた。しかしそれは苦痛と絶望を渡すということであった。そして残されたのは、依然として向き合わねばならない現実の生活と現実の世界であった。『丁庄の夢』がうまく書けたかどうかはわからない。しかし誓って言えるのは、私はこの二十数万字の小説を書いて、自分の命をすり減らし寿命を縮めたということだ。二十数万字を二十万字弱にしたとき、そこにあったのは私の生命に対する愛だけでなく、小説に対する素朴な愛と理解だった。

　小説は私の手を離れ、読者も評論家もこの小説についてなんでも言うことができる。この本に唾を吐きかけることもできる。しかし私は誰に対しても、正直で落ち着いた気持ちで言うことができる。『日光流年』『愉楽』『丁庄の夢』は、私が心血を注ぎ、命を削って書いた作品である、と。みなさんは『丁庄の夢』を読まなくても、『愉楽』を読まなくても、『日光流年』を読まなくてもよい。しかし私はこれらの作品が決して読んで損をするものではないと確信している。ただ一つ不安に思っているのは、読者の皆さんが、この「快楽」にあふれている世界でこの小説『丁庄の夢』を読んだときに、その「快楽」を得ることができず、心に突き刺さるような痛みしか感じることができないのではないかということだ。これについてはみなさんに謝罪しておきたい。

　苦痛を与えてしまった読者の皆さんには申し訳ない気持ちでいっぱいだ。

北京清河にて

二〇〇五年十一月二十三日

解説　象徴と現実の間で――『丁庄の夢』を読む

田原《テイアンユアン》

1

数年前、中国のある新聞の副刊（文化面）でたまたま、作家の閻連科がエイズに関する長編小説を書こうとしているという報道を目にした。このニュースはほどなく閻連科の自宅で本人の口から明らかにされることとなった。そのとき彼は、ちょうど『丁庄の夢』を書き始めたばかりで、筆が進んで機嫌のよい、伸びやかな中にも緊張感のある彼のその表情は、窓外に広がる北京の美しい秋の風景を忘れさせるほどだった。

『丁庄の夢』脱稿後、閻連科が電子メールで送ってきた完成原稿に私は眼を通した。そのときこの小説が私に与えた、衝撃や絶望や憂い、そして抑えることのできない興奮が交錯する複雑な感情は、これまで感じたことのないものだった。本が出版されてから私はもう一度詳しく読み直したが、それはまたさらに新たな驚きと感涙を私にもたらすこととなった。

今でもよく覚えているが、その日、仙台は抜けるような青空で、私は締切の迫った原稿や山積みになっている雑用をほったらかしにしたまま、大学の職員宿舎の部屋に一人、まるで失語症になってしまったかのように座り、ずいぶん長い間そうしていたが、突然部屋から二階のベランダに飛び出した。私の寄る辺なき疲れ果てた視線は、覆い被さるような桜の木の枝、林立するビルや鳥の鳴き声を突き抜け、遥か西の大海を越え、この小説の舞台となった中原の大地にある「エイズ村」――私が生まれ育った故郷――へと飛んで行った。どれほど思いを馳せても無駄なことはわかっていたのだが、そうせずにはいられなかった。

　私と閻連科はどちらも中原に生まれ、中原に育った。彼は河南省西部の尹川のほとりの辺鄙な山間で、私はそこよりも少し裕福な河南省中部の平原で育った。私の記憶の中の故郷は、いつも漯河《るいが》が音を立てて流れている。彼の故郷は北宋の時代に理学の基礎を確立した著名な哲学者であり、教育者である「二程」（即ち程顥《ていこう》と程頤《ていい》）を輩出している。また私の故郷からは東漢の文字学者で経済学者でもあった許慎《きよしん》が出ており、彼が二千年前に著した『説文解字』は今でも文字の研究や字書編纂の最も依拠すべきものとなっている。彼の墓は漯河の川縁にひっそりとたたずんでいるが、毎年世界各地からたくさんの漢学家が訪れ、彼の霊を慰めている。私と閻連科はいつも二人の故郷が輩出した偉人を誇りに思い褒め称えるのだが、その二人の得意な感情は、いつも悲しい現実で薄められてしまうのだった。

『丁庄の夢』の背景である「エイズ村」は、河南省西部でもなく、中部でもなく、東の黄河南岸にあり、私にはなじみ深い土地である。何千年にわたり黄河が氾濫するたびに幾度となく流され、土砂に覆われてきたところである。そこは私が通った大学の近くで、休みで田舎へ帰るたび、私は長距離バスで必ずそこを通り過ぎていた。北宋の時代、百五十万余りの人口を世界に誇った大都市、経済・文化・芸術の中心地、汴京《べんけい》のすぐそばだった。千年以上の時が過ぎ、汴京は次第にすたれてゆき、人々に忘れ去られ、ついには貧しさから抜け出すことのできないところになってしまっていた。

2

閻連科は中国の一部の批評家から「魔幻現実主義（魔術的リアリズム）」の作家であると言われている。「魔幻」という言葉は『現代漢語詞典』（日本の『広辞苑』にあたる）にも見あたらないが、単純に考えれば、「魔性と変幻」ということになろう。一般的にはラテンアメリカで一九五〇年代から六〇年代にかけて活躍したグアテマラ人作家のアストゥリアスの『大統領閣下』やコロンビア人作家のマルケスの『百年の孤独』などの作品を概括する用語として「魔術的リアリズム」が使われている。しかし実際には、ドイツの文芸批評家フランツが二〇年代に著した美術評論集『魔術的リアリズム、後期表現派と当面のヨーロッパ絵画が抱える若干の問題について』という本の中からラテンアメリカの批評家が取り出して使うようになったものである。ヨーロッパからラテンアメリカへ、ラテンアメリカからアジアへ、「魔術的リアリズム」という言葉は一世紀近くの時を経て、中国にやってきた。二十数年前、中国にこの言葉が入ってきたとき、中国の批評家たちはこれを安易に閻連科に当てはめた。「象徴、寓意、暗示、連想、高度な誇張を用い、人・神・霊の境界がなく、時空が入り乱れ、現実と幻想が交錯し、屈折した幻想の世界から理不尽で過酷な現実世界を描き出す」即ち「現実と幻想を一体化している」という概念では、閻連科のすべての作品を概括することはできない。こういった言葉で決めつけるやりかたは、偏った見方で全体を覆ってしまうことになる。常に変化して行く中で自分を向上させようとしている作家を、ひとつの述語で括ることは難しい。

閻連科は八〇年代初め中国文壇に登場した。彼の最初の小説はたくさんの読者に受け入れられたが、批評家の目にはリアリズムの伝統を守る作家としか映らなかった。しかし九〇年代初め、彼の創作は根本的に変化し、九四年に書いた長編小説『夏日落』は、思想面では中国革命のヒロイズムに対して異を唱え、創作面では「新写実」と「寓意化」という方式を取り入れ、これまで数十年にわたって発展してきたヒロイズムの軍隊文学を徹底的にひっくり返したため、政府当局から発禁処分を受けた。しかしながら中国軍隊文学の創作に「新天地を切り開き」、幅広い読者や評論家の注目を集めることとなった。続いて、九〇年代中期、中編小説『尋找土地（土地を探し求めて）』、『天宮図』、『黄金洞』、『年月日』など一連の作品を発表し、莫言・余華に続く「純文学のホープ」として、批評家や読者の熱い支持を受けることとなった。そして九〇年代末、『日光流年』を世に問い、中国文壇で不動の地位を築くことになる。しかし閻連科の非凡なところは、その二年後には物議を醸すことになる『硬きこと水のごとし』を書き上げ、二〇〇三年には中国で「狂想現実主義」と称される記念碑的作品『愉楽』を書き、まだ文壇も読者もその出現に沸き立っている二〇〇四年一月に彼は長編小説『為人民服務（人民に奉仕する）』を書き上げたのである。この小説は正式に出版される前に、中央宣伝部および新聞出版署連名で出された「紅頭文件」により発禁処分を受けることになった。一編の小説が中央からの文書によって発禁処分になったのは、中国が改革開放されてから二十年で初めて（発禁処分はこれまでも何度かあったが、すべて電話や口頭での通知のみ）のことであり、この発禁処分は中国でも大きく取り上げられ、これが閻連科を世界に知らしめることとなったのである。そしてさらに引き続いて、まだその発禁騒動の余波が収まらぬうちに、『丁庄の夢』が二〇〇六年初め、中国・台湾・香港・シンガポールの四カ国で同時に出版され、その作品の持つ思想性・芸術性は読者・評論家、そして政府にも激震をもたらしたのである。これによって閻連科は最も優秀な作家の一人ではあるが、捉えどころのない、言葉で伝えることの難しい作家となった。評論家はその十数年にわたる彼の変化を追究し研究してきたが、一致した結論を出せず、評価を定めることのできない矛盾の陥穽《かんせい》に落ち込んでしまった。ある者は、彼の創作は伝統的であるが、その小説にはモダニズムとシュールレアリスムの雰囲気と技巧が溢れていると言い、ある者は、彼の小説はモダニズムであるが、その小説の中には中国本土の血肉があり、中国伝統文化と密接に繋がっていると言う。そこで中国の読者や評論家は、一方では彼の創作を「魔術的リアリズム」として中国のマルケスであると言い、一方では「モダニズム」「シュールレアリスム」「荒唐無稽」「ブラックユーモア」「ポストモダニズム」と言い、あるいは新たに「狂想リアリズム」「悪夢リアリズム」「新歴史主義」などと新しい名前で呼ぶのである。これらの述語のいずれを用いても閻連科の小説が持つ独特の深い思想性と複雑な芸術性を説明することはできない。しかし共通の認識としてあるのは、「閻連科の創作が中国文壇の創作方法の秩序を変えた」（林建法・王尭「新浪読書頻道」）「リアリズムがシュールレアリスムとどのように結合するかという重要な試みであり、その大きな突破口である」（李陀『読書』二〇〇四年三期「超リアリズム創作の新しい挑戦」）「魯迅の『国民性批判』と沈従文の『郷土愛』のあと、新たに切り開かれた中国農村文学の三番目の創作方法である」（王鴻生『当代作家評論』二〇〇四年二期「反ユートピアのユートピア叙事」）ということである。このため閻連科の創作は現在「異種創作のホープ」（『北京青年報』）と呼ばれている。

復旦《ふくたん》大学教授・陳思和の中国当代文学作家分類によると、閻連科は典型的な周縁「純文学作家」に属している。陳教授の分類を考えれば確か親方日の丸作家（いわゆる主流派）や通俗作家（いわゆるベストセラー作家や流行作家）に比べると、彼らが背負っている精神的重荷や良心に対する責任感は比較にならないほど重い。彼らは日々重厚で厳粛な思考を背負い、巨大な圧力を迎え撃ち、自分に挑戦し、世界に挑戦し、権力に挑戦し、体制に挑戦しているのである。それほど人数の多くない「純文学隊伍」の隊列の中で、閻連科は十年の間に二度も発禁処分を受けた唯一の作家である。『丁庄の夢』は彼が『人民に奉仕する』で発禁処分を受けているという特殊な状況の下で出版されたもので、それは数年間の間に七度の「エイズ村」での潜伏生活の成果なのである。彼がエイズ患者から聞き取った売血の衝撃の真実とは次のようなものであった。——「当時、農民が畑仕事をしていると、血頭が畑までやってきて採血した。五〇〇ccでたったの五、六十元にしかならなかった。血を売ったあとは足元がふらついて歩けなかった。すると血頭はその農民の両足を持つと逆さにひっくり返して血を足から頭へと下ろした。数分後、頭がふらつかなくなった農民はまた畑仕事に戻るのだった」(「活きるのはただ本能だけではない」『南方周末』二〇〇六年三月二十三日)。この話が、作者が『丁庄の夢』を書こうと思った「最初のきっかけ」だった。この小説は純文学作品としては異例の初版十五万部を売り上げるという記録を作った。

3

『丁庄の夢』は「生と死が対話する」という構造を持った悲劇の物語である。この物語は「死者」である一人の少年の口から次から次へと語られる。象徴と現実の間で、作者は稀有の想像力を駆使し、叙述の起伏に沿って物語の哲学を構築している。主人公は加害者の子であると同時に被害者であるという二重の構造を持っている。三人の血縁関係のある年長者、祖父、父、叔父——この三人は物語の重要な登場人物でもあるが——についての語りを通して、それぞれの人物を細部まで生き生きと描き出すだけでなく、一人一人の心の動きを鮮やかに描写し、丁庄の無実の若者たちが貧困の中、当時の権力者によってエイズという不治の病に感染させられてしまうという災難に巻き込まれる様子を、迫真の筆で描写している。これは単に「エイズ村」の悲劇というだけでなく、中国の大地で生きている八億の農民の共通した戸惑いなのである。人間の私利私欲、卑劣さ、悪辣さといった暗黒は、時間や場所を超越するものである。しかしこの作品のように人に深く反省を促す普遍的な矛盾や痛みは、時代が小説家に与えた使命であり、またそこに小説の普遍的価値があるのである。

作者は中国のメディアの取材の中で、『丁庄の夢』について、「第一に、人体のエイズを書いたのではなく、人の心の中のエイズを書いた。第二に、書いてあるのは人が死ぬことであるが、しかしそれ以上に大切に表現したのは生命の最後の時に、いかに命を愛するか、どのような独特の愛し方があるかということである。第三に、小説の構造と叙述については、その中に永遠の独創性があることを望んでいる」(『北京娯楽信報』二〇〇六年一月二十三日)と答えている。取材の中に溢れているのは、閻連科が作家として責任を持って「人が死と向かい合ったときの感情の動き、内面の世界とその生き様を描く」ということである。彼が中国文壇を震わせた『日光流年』や『愉楽』が想像を経由して現実へ入っているのと比べてみると、『丁庄の夢』は日常の現実から想像へと入っている。この作品の登場人物の性格は生き生きとして真に迫っており、小説の構造や言語も無駄がなく、詩情もより深まっている。

ずっと閻連科の研究をしている梁鴻教授は『現実の超越と回帰——丁庄夢の構造と意義』の中で、「中国農村のエイズは精神的愚かさと隙をはっきりさせ、経済発展のユートピアの夢想を打ち砕くと同時に、文明発展の不可知性と悲劇性を極限にまで推し進めた。これがまさに小説の大きな構造がもたらす基本的意義である」。また合わせて『丁庄の夢』は「二度の大きな構造変化がある。最初は丁庄の村人たちが血を売ると決めるところ、二度目は祖父が丁庄のエイズ患者たちを学校に集めて生活し始めるところである。二度の変化は、最初が丁庄の村人たちのユートピア創世を決定したとするならば、二度目は人間性のユートピア創世であり、二度の変化が小説に新しい叙述空間を作り出しているのである」。私は個人的にこの論述に同感する。そしてこれがまた閻連科の小説に対する比較的正確な位置づけをしているようにも感じている。

4

何年も前のこと、中国に帰国して買った一冊の『中国年度優秀短編小説選』の中に、閻連科の「黒い豚の毛、白い豚の毛」があった。この作品が私に与えた衝撃と興奮は今でもありありと甦ってくる。中国の当代文学にもこのような深みのある作品を書くことのできる作家が出てきたことに感無量だった。その日私は日記に、この作品は魯迅の短編に匹敵するほどの傑作であると書き留めた。物語の構成、言葉の構築、現実と象徴・隠喩を絶妙に融合させる手法、いずれも一分の隙もないほどだった。この小説は私が彼の作品を積極的に読むきっかけとなった。その後、私は彼の代表作である長編小説『日光流年』『硬きこと水のごとし』『愉楽』『為人民服務』そして『丁庄の夢』、さらに中編小説『年月日』『夏日落』、そして大量の散文や随筆を続けざまに読破していった。閻連科は中国当代文学の中で数少ない多作でかつ書くたびに作品の水準が上がっている作家である。彼との数年間のつきあいの中で、私は彼が珍しく詩人の気質を持っている作家であることに気がついた。私の言う詩人の気質とは、単に小説言語がその域に達していて、言語が高度な抽象性を持ち、物語にも詩情があるということだけでなく、小説全体に詩意《ポエジー》に溢れた文化的意義が含まれているということである。この点についてはじっくりと検討していく価値がある。実際、閻連科の小説の中の詩的意義については国内の研究者が注目しつつある。ここ数年間、ほぼ一年ごとに出される長編を見ていると、彼の創作への激情とそのスピードは、「純文学作家」黄金時代の到来を暗示しているかのようである。

『丁庄の夢』の優れているところは、どの登場人物もその言動と心理に矛盾がなく、自然な情景を作り出しているところである。健全な読者もそうでない読者も、毒殺された少年の唇から出てくる物語世界に引き込まれ、地獄からの声、魂の奥底からの声に耳を傾けることになるのだ。これがこの長編小説の独特の完成された文学空間を作り出している。「魔性」の運用はこの小説に緊張感を作り出している。ここで私も陳思和教授が『硬きこと水のごとし』について論じた文章の中で述べていたように、魯迅の『狂人日記』やドストエフスキーの『カラマーゾフの兄弟』を連想した。明喩と隠喩の交錯、秩序・体制・権力・倫理・道徳・神・運命などがシンボリズムとリアリズムの融合された言語世界の中にきちんと構築されているのだ。「もし『日光流年』や『愉楽』が想像を通じて内在する真実に向かっているとするならば、『丁庄の夢』は現実から内在する真実へと向かっている。そしてそれがさらに象徴と寓意の世界へと広がっていくのだ。小説の素朴な叙事に思わず純粋なリアリズムと思いこんでしまうが、『丁庄の夢』は、虚構と芸術の持つ審美的力を捨て去ってはおらず、それらを新たに融合させ、虚構は小説の基本的構造となっているだけでなく、物語の中に内在化されており、我々は外部の虚構によってテキストを超越することができるだけでなく、さらに広い視野で小説本体に含まれているもの、小説本体が象徴しているものを感じとることができる。内部の虚構が現実生活の情景をより深いものにし、我々の現実を感じとる力を強めているのである。これらはみな、姿形を見せることなく、小説の芸術性と審美性を高め、文学が文学としての魅力と本質的な特徴をはっきり表しているのである」(梁鴻)

5

『丁庄の夢』を二度読み、怒りがふつふつとこみ上げてきたが、その中には悲しみが大部分を占めていた。私はあの無意識のうちに部屋を飛びだし、異国の地から遠く西の方角を望んだことを永遠に忘れないだろう。私は異国の太陽の光を通して小説の中に描かれている故国の大地の中原──私を生み育て、私をいつも惹《ひ》きつけてやまない故郷──の真実の姿をはっきりと見ようとしたのだ。私には商《しょう》唐《とう》（商朝と唐朝）より流れてくる澄んだ川の水が病原菌に汚染されているように感じられた。人々の血脈の中で怒りは怒濤《どとう》の如く渦巻き、絶望の中を流れて行き、最後には気息奄々《えんえん》と枯渇してしまうのだ。『丁庄の夢』に描かれているのは素朴な民衆ばかりである。何代にもわたって黄河の曲がり角に住み、天から命を授かり、大地と共に生きてきた。日が昇れば仕事に出て、日が沈めば家に帰る。しかし中国社会の変動が彼らの静かな生活を破壊したのだ。政府が組織した売血運動に乗せられ、「脱貧致富」の犠牲となったのだ。彼らの死に罪はない。しかし死の原因の半分は彼らの愚昧さにあるのである。これは中国社会の致命的な欠陥である。エイズ患者たちは「豊かな生活」を願いながら、声も上げずに死んでいった。彼らの「願い」が彼らの生きる権利、健康な肉体、青春を奪い、死に追いやったのである。いくらかの恨みと満足だけを携えて、「雖有忮心、不怨飄瓦（心のひねくれた者でも、屋根から風で落ちてきた瓦が当たったことを恨んだりはしない。『荘子』「達生篇」）」という諦めの中、中原の大地の下で腐っていくのだ。一人一人の死に存在する悲しみに、私はただ心の中で手を合わせ、彼らが新しく生まれ変わることを祈るのみである。小説の最後に描かれている泥の人間は、小説全体の中で良心の叫びをより際だたせており、それは人類の輪廻転生への希望であり、文学精神の涅槃《ねはん》という意義を持っているのである。

二〇〇六年七月　仙台にて

（詩人・翻訳家）

エッセイ　厄災に向き合って——文学の無力、頼りなさとやるせなさ

閻連科

私は、今日の文学に人々が言うような大きな意義があるのか、ずっと疑念を抱いている。

こう考える根拠は二つある。一つは、偉大な文学はすでに煙のように果てしなく広がっていて、どうやら書くべきことはもう先人たちが書き上げ、しかも書き尽くしてしまっているようだということ。二つ目は、偉大な文学は、生まれるのに適した時代に生まれなくてはならないということだ。そして今日、時代はネットと科学技術に属し、文学はただ時代の周縁で脇役を演じているだけで、十八世紀末から二十世紀の七〇年代までのような、文学が世界という舞台の上で文化の柱となり主役を演じた時代ではない。

偉大な文学を産んだ時代はすでに過ぎ去ってしまった。天の配剤を得て、この世に逆らった驚天動地の偉大な作品を産むことができるのは天才だけだ。ただ中国のあの偉大な作品を産んだ時代はすでにひっそり終わっていて、今の現実と情勢は、私が言う偉大な作品を産み出すのが難しい時代なのだろう。世界文学はすでに十九世紀と二十世紀の二百年にわたる光と輝きを持っているのだから、人類の歴史は文学に対して大いに自慢していい。そのおこぼれをもらった作家がやるべきことは、力を尽くしてすばらしい脇役を演じることだ。たくさんの小説、映画、演劇の中で、脇役の輝きが主役にま

さることがある――我々が倦《う》まずたゆまず探求し創作するのは、おそらくこの意外さのためだろう。意外な偉大さのために創作するものの、我々はまた、主役は結局主役であり、脇役はしょせん脇役に過ぎず、歴史がそのように分配したことを忘れてはならない。文学が脇に追いやられることを黙認するのは悪いことではなく、それは、この時代において作家は作家でしかないことを我々に知らしめてくれるのだ。作家にこの時代の中で、彼(彼女)が何をしたいのか、そして彼(彼女)らに、できることはこれだけだということを知らしめてくれるのだ。

新型肺炎がやってきた。

果たして、あってはならない戦争のごとく、突然銃声が四方に鳴り響き、武漢、湖北、中国だけでなく、全世界までも、一歩一歩その災難の中に引きずり込んでいる。中国の内陸都市――武漢がこの厄災の中心点で、疫病と死の災難は津波のように、中心から周囲へ、世界へと広がり各地を席巻している。世界各国はどこも、こんなやり方で「人類が一つの共同体である」と証明することになるとは、思いもしなかっただろう。不条理と倒錯は、永遠に人類の一部分である。不条理と倒錯の中で、死んだ者たちがまだ目を閉ざされないうちに、悲しみの叫びと涙が、都市や町の通りや農村の村人たちの家の軒先にあふれて流れ出す。中国の数万の医師や看護師たちが、家を捨て子供から離れ、武漢、湖北に順番に押し寄せ治療に当たった。医師と看護師たちが命をかけて疫病と死に抵抗する中で、多くの医師と看護師たち自身もまた死者の一部分になった。疫病のはじまりがどこにあろうが、疫病の蔓延は疑いもなく、中国の特殊な社会構造の隙間から漏れて爆発したのだ。しかし武漢が封鎖されてから、中国全体があっという間に一体となって、バラバラになった薪を素早くまとめて縛って火をつけたようになった。この間、湿気《しけ》った薪の出す黒い煙のように、人間の醜いところが我々の間に渦巻き纏《まと》わり付いた。しかし一方で、人間の輝きと純粋さも、世界を、天地を、人々を、そして一つの民族の最も根本にある民間の草の根や塵芥をも、まばゆい光のように、温め、照らした。

これもいわゆる民族の力だろう。

これもまた我々の言う民族の希望だろう。

この力、この希望のうちに、文学からはほど遠い、厄災に間近の激動の現場で、逆巻き襲来してくる災難に文学が向き合ったとき、我々はもう一度、文学の無力と頼りなさとやるせなさを感じるのだ。文学は疫病蔓延地区へ送るマスクになることもできないし、医療従事者の使っている防護服にもなることはできない。食べ物が必要なときに、それはミルクでもパンでもないし、野菜が必要なときに、それは大根でも、白菜でもセロリでもない。人々が不安や恐れや焦りの中にあるとき、それは偽薬にさえなることもできない。なぜ中国の一部の政府メディアやほとんどすべての思慮深い民間の声は、期せずして一致したように、封鎖された武漢を「アウシュビッツ」だと言ったのだろうか？　どうしていつもアウシュビッツと「詩」を関連づけるのだろうか？　それは武漢の新型コロナウイルスがすでに隠喩になっているからなのだ。この突然訪れた災難の中で、中国社会は異なる音を受け入れる重要性を再び体得したのだ。そしてまた、アウシュビッツで詩を書くことができるときには、やはり詩を書かなくてはならないことを命をもって証明したのだ。というのは、このときの詩、それは詩ではなく異なる音であり、次から次へと伝わり生きているからだ。もし当時アウシュビッツに詩を書くことのできる人がいて、またその詩が伝わったのなら、アウシュビッツはあんなに長くは続かなかったはずで、あんなにたくさんの無辜《むこ》の命が蟻のようにファシストに踏みつけられた上に捻り潰されることはなかったはずだ。

戦争の中にもし真実を命とする戦場記者がいないなら、それは本当に愚かで恐ろしいことだ。

人類が災難に直面したとき異なる音が存在しないことが最大の災難なのだ。

戦争や厄災が訪れたとき、作家は「戦士」や「戦場記者」になることができる。彼らの声は銃声よりも更に遠くまで響くはずだ。その異なる音は多くの場合、相手のナイフを引っ込めさせ、相手の銃声を止めさせた。たとえば、イサーク・バーベリやヘミングウェイ、ノーマン・メイラー、アイザック・バシェヴィス・シンガーやオーウェルのように。作家は戦争中は記者になってこそ良い作家だと言っているのではない。もし一人の作家が戦争の中で死を見ず、銃声も聞かないとしたら、それはなんと不条理なことだろう。あるいは、あきらかに死を見て、銃声も聞いたのに、その銃声を凱旋将軍の爆竹の音にするなら、それは戦争や厄災よりももっと恐ろしいことだ。カフカは彼の日記に「午前戦争が勃発し、午後お風呂に入った」と書いたが、我々は彼が不条理に対して最も敏感で、本当の不条理を書いた人間だということを忘れるわけにはいかない。しかしながら我々は往々にして、銃声を爆竹の音にする人間であり、自分のペンで、銃声を確かに爆竹の音だと言うように、不条理を正常だと証明までする人間なのだ。

あたり一面の泣き声の中、鬨《とき》の声を上げたり手を振り声高に叫ぶ人になるのを責める権利は誰にもないし、また無数の真実がまだ明らかでないときに、詩人や作家や、大学教授や知識人が政治的に正しい選択をして、早々に彼の選択、立場や判断を宣言するのを責めるべきでもない。世界で中国の作家の置かれている弱くてやるせない立場をわかってくれる人は少ない。まるでただ寒い中でしか生きていくことのできない南極のペンギンのようだ。これも中国人と中国の作家が置かれている境遇なのだ。境遇は往々にして作家と作家、文学と文学の優劣と違いを決定する。中国では、言おうと思ったことを言えるのは限られた人だけだ。もし他の人が同じようなことを言ったら、その人はもう存在できなくなるのだ。だから異なる音の存在を許すことは、一冊の、あるいは何冊かの偉大な作品を産み出すことより、切迫した重要なことになる。中国の作家の無力、頼りなさとやるせなさを理解できる人はいない。そしてまた中国の作家がみな、あなたはあなたでいい、私は私だからということを受け入れてほしいと思っているわけではないし、自由にできることはとても大切で、そのことを大事にしたいと思っているわけでもないのだ。このことはなかなか理解してもらえない。人類は寒い日があればみんな寒く、暖かければみんな暖かく、というみんな同じだという心理が働く。しかし本当にみんな同じなのか？　作家、文壇というこのバラバラの群れはと言えば、寒い冬がやってきて、本当に寒くなったら、人からもらったご褒美の綿入れを余計に着込むのだ。これもまた今日の中国の作家と中国文学の、微妙で、気まずくて、悲しいところなのだ。あたり一面本当に寒い中、大多数の作家は他の人よりもたくさんの防寒の綿入れを着ているからだ。

　第一次大戦、第二次大戦中、イサーク・バーベリやヘミングウェイは銃声の鳴り響く戦場でペンを執ったが、すべての作家が前線や戦場に行ったわけではない。しかし私は思う。どの作家も知っている。トルストイが兵隊にならなかったら、彼にどうやって『戦争と平和』が書けたのか？　レマルクが第一次世界大戦に従軍して負傷しなければ、彼にどうやって『西部戦線異状なし』が書けたのか？　ジョーゼフ・ヘラーと『キャッチ＝22』、カート・ヴォネガットと『チャンピオンたちの朝食』、更にはカミュと『ペスト』、ジョゼ・サラマーゴと『白の闇』など、戦争に関係のある前者二人は空軍の兵士あるいは捕虜になったし、後者二人は人類の厄災に対して深い理解と共感がある。この視座から言うと、今日の状況は、では次に何を書くべきなのかという順番が中国の作家に回ってきたということなのだ。中国の作家に、最も痛みを異化し、最も不条理で耐えられない歴史、そして最も独創的な作品を書くべき順番が回ってきたのだ。中国の作家は中国の現実と歴史の中で、あまりに多くの不条理とそれに伴う死や災難を経験し目撃している。厄災の爆発とそれに伴う死と災難を忘れたあとの再爆発を、経験し目撃している。これらを経験して、我々はカミュやサラマーゴのように人の孤独、記憶そして人類の苦境を思考することができるだろうか？　彼らのように人と現実そして世界の真相に向き合い、独創的な見方で更に深い真実に到達できるだろうか？　書けるのだろうか、それとも書けないのだろうか？　書いたとして何を描き出すことができるのだろうか？

　実際確かに、中国には、多くの作家の才能があふれている。中国文学の問題点は必ずしも人が我々に何を書かせ、何を書かせないかにあるのではなくて、やはり我々自身が何を書きたいか、何を書くのかにあるのだ。ぼんやりとわけのわからないまま良心をごまかして生きるのは一つの生き方だが、それは良心をごまかして生きざるを得ないのとはまた別のことだ。しかし目覚めていて、かつ良心をごまかして生きるのを自ら望むのは例外中の例外だ。私は自分が良心をごまかして生きているとわかっているし、良心をごまかして生きる中で幸福や快楽を得ることもできる。これは今日の中国人の気質であり文化で、遺伝であり特質なのだ。文学は無力で頼りなくやるせない。しかし作家は、その無力と頼りなさとやるせなさを言い訳にして、思考せず、自分のペン、声、権力を使って、不条理、死、号泣の現実に曲をつけ、賛美の歌を歌うこともできるのだ。良心をごまかして生きるために、英雄の靴をはいて、ただ死者の墓へ向かう足跡の上を踏みつけていくなら、これは文学を無力で、頼りなくやるせないものにするだけでなく、文学を悪のためのものにしてしまっているのだ。

文学を文学でなくしてしまうのだ。

恐ろしいのは歴史の中で文学の役割が変えられ隅に追いやられることではなく、それが無力で、頼りなくやるせないとはっきりわかっていながら、作家がその無力、頼りなさ、やるせなさに拍手を送り、無力で、頼りなくやるせない創作に「すばらしい！　すばらしい！　すばらしい！」と大声で叫び、文学の最後の靴まで脱がせ、裸足で荊《いばら》の上を歩かせ、文学が倒れて死ぬのを見ながら、自分が文学を救い出す作家であり模範だと思っていることだ。

これもまた今の中国文学の一つだろう。作家が自分を文学の死刑執行人にするのだ。中国の文学の悲しみは、多くの作家が寒い中、他の人より一枚余計に綿入れを着ていることにある。その脱出口は、人々が寒がっている中、綿入れを一枚余分に着込んでいる人が、自分の綿入れを脱げるかどうかにある。そうでなければ文学に希望はなく、文学は悪のためのものになってしまうのだ。

二〇二〇年三月四日、隔離中

訳者あとがき

『丁庄の夢』が十三年ぶりに新装版で再版されることになりました。嬉しいことではありますが、新型コロナウイルス騒動の真《ま》っ只中《ただなか》での再版決定で少し複雑な気持ちです。この新装版が出るころには、状況が少しは落ち着いてくれていると良いのですが。

日本でこの騒動が大きくなったとき、閻連科の「この厄災の経験を『記憶する人』であれ」が泉京鹿さんの訳で『ニューズウィーク日本版』（二〇二〇年四月三日）に掲載され大きな注目を浴びました。そして続けて書かれた本書収録の拙訳「厄災に向き合って――文学の無力、頼りなさとやるせなさ」（河出書房新社『文藝』二〇二〇年夏季号）では、作家としてこの厄災にどう向き合うのかについて書いています。どちらも情報統制の厳しい中国の事情を色濃く反映して書かれたもので、中国国内で読むことはできません。しかしこれら二篇の文章は、文学界だけにとどまらず多くの日本の人々に示唆を与えたようです。

「厄災に向き合って――文学の無力、頼りなさとやるせなさ」を読むと閻連科がいかに海外の作品をたくさん読み、それらを吸収し自分の創作の糧《かて》としているか、また自分が中国では「異なる音」を出すことのできる数少ない作家の一人であると自覚し自負を持っているかがわかります。

闇連科はある講演で、「もちろん、発禁すなわち良い本ということではない。長篇『人民に奉仕する』は『硬きこと水のごとし』の私生児だ。おそらく『人民に奉仕する』は良い小説ではないだろうが、『丁庄の夢』は間違いなく良い小説だと私は思っている」と語っています。

その彼のお気に入りの作品を、コロナ騒動の今だからこそ、たくさんの日本の読者の方々に読んでいただきたいと思います。厄災の中にあっても逃れられない人間の性《さが》が赤裸々に描かれています。まさに「湿気った薪の出す黒い煙のように、人間の醜いところが我々の間に渦巻き纏わり付」き、「一方で、人間の輝きと純粋さも、世界を、天地を、人々を、そして一つの民族の最も根本にある民間の草の根や塵芥をも、まばゆい光のように、温め、照らし」ています。

今回改めて読み直してみて、彼の作品の中の自然の描写が、人間の性をよりいっそう際立たせる大切な役割を果たしていると感じました。人間たちがどんなに浅ましくなろうが、真実の愛にのめり込もうが、正義を貫こうが、そんなことはおかまいなしに、春が来れば木々は芽吹き、夏になれば熱い日射しが照りつけ、秋には木の葉が落ち、冬には雪が降り積もります。その自然の営みの描写が人間世界とのコントラストを鮮やかに浮かび上がらせています。どうやらこの土臭さを感じさせる彼の描写が私には合っているようです。

そしてもうひとつ改めて感じたのが、この作品は全篇血の赤に染まっているということです。ページをめくるとそこらじゅう血の跡で生臭さが鼻をつきます。赤色で今回いちばん強烈に印象に残ったのは、楊玲玲のズボンが、丁亮の血で彼女の大好きな赤に染め上げられるところです。

初版では河出書房新社の小池三子男さんにたいへんお世話になりました。このとき私が翻訳書を出すのはまだ二冊目で、いたらないところだらけの訳文に丁寧に手を入れていただきました。初版では訳者あとがきがなかったので御礼の気持ちを表すことができませんでした。この場をお借りして改めて感謝申し上げます。ありがとうございました。また新装版刊行をご決断いただいた河出書房新社の島田和俊さんをはじめとする編集部の皆さんにも厚く御礼申し上げます。

二〇二〇年五月六日

名古屋経済大学　谷川毅

著者略歴

閻連科（えん・れんか、Yan Lianke）

1958年中国河南省嵩県の貧しい農村に生まれる。高校中退で就労後、20歳のときに人民解放軍に入隊し、創作学習班に参加する。1980年代末から小説を発表。軍人の赤裸々な欲望を描いた中篇『夏日落』は発禁処分となる。その後も精力的に作品を執筆し、中国で「狂想現実主義」と称される『愉楽』（2003）は、05年に老舎文学賞を受賞した。一方、長篇『人民に奉仕する』（05）は2度目の発禁処分。さらに「エイズ村」を扱った本書は再版禁止処分。大飢饉の内幕を暴露した長篇『四書』は大陸で出版できず、11年に台湾で出版された。09年には父の世代への追憶を綴ったエッセイ『父を想う』がベストセラーとなる。11年本書がマン・アジア文学賞最終候補。ほかに、『年月日』（97）、『硬きこと水のごとし』（01）、『炸裂志』（13）、『日熄』（15）、『心経』（18）など。14年にはフランツ・カフカ賞受賞。近年はノーベル文学賞候補としても名前が挙がっている。

訳者略歴

谷川毅（たにかわ・つよし）

1959年広島県大竹市生まれ。名古屋経済大学教授。訳書に、閻連科『人民に奉仕する』（文藝春秋）、『丁庄の夢』『愉楽』『硬きこと水のごとし』（いずれも河出書房新社）、『年月日』（白水社）、労馬『海のむこうの狂想曲』（城西国際大学出版会）など。

本書は、2007年1月に弊社より刊行した『丁庄の夢　中国エイズ村奇談』に加筆修正のうえ、エッセイ「厄災に向き合って――文学の無力、頼りなさとやるせなさ」を追加したものです。

丁庄の夢　新装版

2007年1月30日　初版発行
2020年6月20日　新装版初版印刷
2020年6月30日　新装版初版発行

著　者　閻連科
訳　者　谷川毅
装　丁　木庭貴信（Octave）
発行者　小野寺優
発行所　株式会社河出書房新社
〒151-0051 東京都渋谷区千駄ヶ谷2-32-2
電話　（03）3404-1201〔営業〕（03）3404-8611〔編集〕
http://www.kawade.co.jp/
印　刷　株式会社亨有堂印刷所
製　本　小泉製本株式会社

Printed in Japan
ISBN978-4-309-20801-5